水云湾情歌

谭剑 著

中国华侨出版社

北京

图书在版编目（CIP）数据

水云湾情歌／谭剑著. －－北京：中国华侨出版社，
2021. 3

ISBN 978－7－5113－8276－4

Ⅰ. ①水… Ⅱ. ①谭… Ⅲ. ①长篇小说－中国－当代
Ⅳ. ①I247. 5

中国版本图书馆 CIP 数据核字（2020）第 132172 号

● **水云湾情歌**

著　　者／谭　剑
责任编辑／江　冰
封面设计／百悦兰棠
经　　销／新华书店
开　　本／880 毫米×1230 毫米　　1/32　　印张/11.75　　字数/240 千字
印　　刷／河北文盛印刷有限公司
版　　次／2021 年 3 月第 1 版　　2021 年 3 月第 1 次印刷
书　　号／ISBN 978－7－5113－8276－4
定　　价／45. 00 元

中国华侨出版社　北京市朝阳区西坝河东里 77 号楼底商 5 号　邮编：100028
法律顾问：陈鹰律师事务所
发行部：(010) 64443051　　　传　真：(010) 64439708
网　　址：www. oveaschin. com　　E－mail：oveaschin@ sina. com

如发现印装质量问题，影响阅读，请与印刷厂联系调换。

荡气回肠的乡村挽歌

——序谭剑的《水云湾情歌》

◇ 谭旭东

几年前，就听小弟说起谭剑兄，知道他是《郴州日报》副刊编辑，很提携小弟，发表了他的一些诗和散文。前年回老家，王琼华、刘青鹏等乡兄热情接待，邀约了一批郴州文朋诗友，一起畅谈，见到了谭剑兄。谭剑兄面相憨厚，言谈之中，本色人生。他向我约过稿，在他编辑的副刊上，发表了我不少诗文，以及对我的访谈。我也知道他钻研新闻理论，写一些新闻言论，出过专著，但很少读到他的小说作品。去年，谭剑兄给我来信，说写了一部长篇，请我看看，我以为他只是客气，没想到他的这部大著今年要出版，他希望把我的评论放在书前，也就是序言。这令我倍感荣幸！

《水云湾情歌》的背景是改革开放的 40 年，它以一个湘南地区乡村的变迁来反映时代的变革，从十来个底层人物的命运来反映群体的命运，尤其是反映乡村民众的命运，这是非常了不起的。这部作品有大格局，如果放到整个长篇小说大环境里，它也是一部非常出色的作品，无论是语言，还是结构，还是叙事技巧，抑或是作家的文学观和社会洞察力，都是值得嘉许的。这部作品在以下多个方面值得特别肯定：

一是引人的小说语言和结构。语言通透，乡土气息浓郁，且有地域特色，这是《水云湾情歌》读起来特别够味的一点。里面有不少方言，不但没有损坏小说的阅读语感，还增强了作家对生活的理解度，以及本色的质地。"老子""崽崽""杂毛""烂卵""蠢婆""屋里没得肉呷也没得酒喝""还带东西搞什么啰""拐大场了！水云湾怕是有血光之灾"等等，这些湘南方言放到小说里，增加了小说场景的真实性，给人物情感和性格增加了表现力，也有助于读者理解乡村人物形象，并理解作家的生活经验。这部小说的结构也很紧凑，开头就以村长贵祥收电费与福旺发生冲突吸引了读者，就把读者带进了一个比较精密的语言空间和故事空间里。小说里，水云湾、张家村和黄婆镇之间发生的村民械斗，水云湾村人物之间的种种矛盾冲突，以及围绕采矿而产生的利益冲突，等等，爱恨情仇，此起彼伏，环环相扣，使小说的叙述变成了复调与多声部。谭剑说他很喜欢沈从文的《边城》，《水云湾情歌》里的语言有沈氏风格，但也不完全是的，因为湘西的边地语言和湘南方言是大有差异的，但看得出来，《水云湾情歌》里汲取了《边城》对人物心理和自然环境的描绘的从容与细腻。

二是精准的人物刻画与乡村结构的书写。《水云湾情歌》里有十来个主要人物，刻画得非常到位，给读者深刻印象。这十来个人物按照角色和社会位置，大体分为四组：一是水云湾村长贵祥、支书桃子、民兵营长国楚等，他们代表乡村底层势力。二是杨副书记（后来升官做了乡长、县委常委、政法委书记）、黄副书记、马副乡长，他们代表地方官方势力。三是福旺、宝财、铁牛、小青、忠忠、蠢子、清秀等，他们代表乡村底层民众。四是罗小强、砰老板、陈老板，还有发廊女老板等，他们代表地方或乡村商业阶层。这四组人物，恰恰构成了乡村的社会结构和权力结构，地方官方势力是顶层，他们虽然只是县乡级的干部，却组成了一个强大的权力阶层，可以牢牢掌控乡村所有人的命运。贵祥村长、桃子支书等乡村底层势力，虽然在村里是领头人，但他们的命运完全被乡村官方势力所调控，他们随时可以被撤换。其他几个阶层的人想进入到这个阶层是不可能的。福旺、宝财、铁牛、忠忠、小青、清秀等底层民众要想改变地位，要想阶层上升，要想发财，几乎是痴心妄想。即使要改变自己，有一个好工作，或发财致富，都要付出巨大的代价。如福旺被看中，做了乡里的联防队长，以为自己被重用，有可能被录用为吃官粮的人，但最终被撤掉。忠忠读了电大，是村里文化最高的，做了村里的代课教师，却没机会转正。清秀做了民办教师，因为马副乡长看中，才调到乡里，她后来吃了官粮，也嫁给了派出所所长，却婚姻不幸。而小青想发财，也只是罗小强这样的官二代的工具，最终落得失败。而且小说里，陈老板这样的民营老板，怎么努力，也斗不过罗小强这样的官商（官二代）。而发廊女老板不屈服于乡村官方势力和底层势力，只有撤摊走人。可以说，《水云湾情歌》里通过几组人物的描绘，不但展示了各层人物的特点和命运，也生动地诠释了乡村政治。这是小说的深度、人性的深度和社会的深度。因此，《水云湾情歌》的思想内涵之深不亚于同样以湘南乡村为背景的长篇巨著《芙蓉镇》。

三是小说的戏剧色彩和悲剧之美。《水云湾情歌》里有几根叙事线索非常清晰：一是福旺的个人奋斗。这条线索是与福旺与乡村基层势力角力同步的，他是乡村底层民众的代表，作为复员军人，他体格健壮，有一身侦察兵的武功，也有一些正义感，但他思想比较简单，对乡村权力结构并不熟悉，也不善于与复杂的人性纠缠，所以虽然他想为大家做事，最后只能以失败告终，不但儿子死了，开的武馆散了，自己也没当上村长，经济上也没发家致富。福旺的命运其实是注定了的,他是无法改变整个乡村的权力结构的,作为个人奋斗的代表,他只能是服从命运的安排,安心安逸地过老婆孩子热炕头的日子,凭着他的好力气,他就会平安大吉。如果他有过多的抱负和野心,无疑是鸡蛋碰石头。二是忠忠和清秀的爱情。忠忠是一个才子,人也善良,也不太善于表达,他和清秀是一对,彼此都心有灵犀,但他们的爱情是缺乏物质基础和社会基础的,因为忠忠只是一个贫寒家庭的电大毕业生。他既没有财富,也没有正式工作,想赢得一个好姑娘的芳心,几乎是很奢侈的,特别是在世俗的乡村,这种爱情诉求比城市还艰难。清秀最后离开村小,嫁给了官方阶层家庭,是符合乡村社会逻辑的。忠忠必然遭遇爱情的重大挫折,因为他想追求清秀,无疑"像癞蛤蟆想吃天鹅肉"。小说对忠忠这个形象的书写是最成功的,他憨厚、善良、勤劳、有才华,但无法实现爱情和事业的理想,他的言行举止里都饱含作家深深的感情。小说里的忠忠的内心和命运之所以刻画得特别有血有肉,特别深刻感人,也与作家自身的生活体验和生命经历有关。可以说,忠忠是作家含着泪水写出来的乡村青年的形象,小说里他逐渐由弱变强,也是作家赋予了生命自主性力量,以达到安慰读者的目的。三是宝财、陈老板和小青他们的发财梦。宝财是个体户,这在改革开放之初是有生存空间的,但随着社会经济秩序的变化,个体户的生存变得日益艰难,所以宝财是发不了财的。陈老板是民营经济的代表人物,他要成功靠的是个人资本力量,也要靠官方权力,因为他在水云湾缺乏官方势力支持,两次投资都血本无归。这三个人在小说里,小青是重要角色,着笔很多,性格鲜明,他是乡村流氓一类,有时也有点良心显露,但他的家庭、性格和角色决定了他要发家致富,一靠耍流氓,二靠依附官方势力。小青这样的人可以短时期内投机成功,但长久来看,不会成功。如此定位小青,这是小说价值观正确之处。小说对这三个人物发财梦的表现，也透视了改革开放所面临的问题，那就是如何对待个体户和民营资本？如果不打击官商勾结，不破除权力失控对改革开放道路的阻碍，那就意味着所有人都要付出巨大的代价，这也是当下现实所面临的紧迫问题。显然，这几根线索都和小说的主题是融为一体的，作家试图以水云湾的时代变迁而折射整个社会的变迁，从而达到以微观乡村叙事来展示家国叙事的目的。在以乡村历史和现实的书写来反映中国问题时，《水云湾情歌》无疑奏响了一曲悲壮的时代命运交响曲。

总而言之，谭剑兄的《水云湾情歌》是一部读起来荡气回肠的乡村小说巨著，它看似描绘的是一个矿区乡村的景象，叙述的是一群乡村底层人物的生活和命运，实则是对中国社会现实的关注，这是一部了不起的现实主义长篇，在湘南文艺发展史上，乃至湖南近几年的小说创作中都是翘楚。我愿向全国读者推荐这么一部用心之作！

2020 年 8 月 8 日于北京寓所

简介：谭旭东，湖南省安仁县人，上海大学文学院中文系创意写作学科教授，博士生导师。安徽大学讲席教授，广东财经大学客座教授。已出版诗歌、散文、童话、儿童小说、幻想小说和寓言集等 90 多部，译著 60 多部，文学理论批评著作 20 部，获得鲁迅文学奖、全国优秀畅销书奖和全国优秀版权图书等 20 多个奖项。

乡愁是唱不老的情歌

——关于我的长篇小说《水云湾情歌》

◇ 谭　剑

　　我出生于 20 世纪 60 年代末的湘南农村，我的童年和大部分的少年时代都在农村度过。20 世纪 80 年代末，因为高考落榜，我又回到了生我养我的小山村。虽说我是一名不折不扣的农家孩子，但那时对农村的印象其实还停留在书本上，停留在沈从文的《边城》里。这样一种印象单纯而美好，但其实是单一的，远非真实农村的全部。当明白了这些的时候，我快痛得哭不出来了。

　　只是很多年以后，我才明白，这叫历练，命运从来就不会亏待谁。那些日子，我的眼光被逼着跳出了书本，看到了更多的人性与兽性。我学会了笑着哭：无论处于何种境地，要单纯，要乐观，要坚强，要正直，要勇敢！

　　早在十几年前，我就有了一个想法：写一部小说，反映那个年代的乡村和那个年代乡村里的"我们"。一来，可以填补一些遗憾。我一直留意着改革开放以来农村题材的文艺作品，包括小说，也包括影视剧。但发现，这些文艺作品，表现北方农村的多，南方农村的少。我的家乡地处湘南，是个矿区，本身也是相关领域题材创作的"富矿"，却鲜有作家沉下心去挖掘，这未免让人惋惜；我与我的很多同龄人一样，见证了创富时代的开启，也见证了暴富时代的终结，作为亲历者，如果还能拿得动笔的话，倘若不去把这样的一段历史艺术地、真切地再现出来，可能会同样让人惋惜。二来，为那些年代的矿区农村留"影"。作为小说，作为文艺作品，人或故事，情节或细节，未必要求真实，因为"艺术来源于生活却又高于生活"。但通过作品，却可能让人看到那些年代乡村——尤其是矿区农村——的真实影像。三来，为实现自己的文学梦想做一次尝试，也可算作对那些年的青春做一次缅怀或者纪念。

这样的想法，让我在陡然间就有了紧迫感，尽管自知笔力不济，却仍是抓住可以利用的业余时间勉力为之。今年 4 月，近 30 万字的长篇小说《水云湾情歌》终于写完，无论写得怎样，我的长篇小说处女作总算是诞生了！

《水云湾情歌》讲述的是发生在湘南矿区农村的故事，时间跨度自 20 世纪 80 年代末至今，长达三十多年。在写作时，我注重故事性，尽量让情节及其叙述引人入胜。但更注重对人性的挖掘，让人性在细节中呈现。我最不擅长的也许就是给故事中的人贴标签，因为故事中的人应该是情景中的人、场景中的人、活生生的人，但绝不应该是被脸谱化了的人。故事情节的展开，其实也就是人性展现的过程，这样的过程却恰恰凸显着人间正道是沧桑的主旨。《水云湾情歌》让我们读得到人性美、人情美、风物美，却也可能让我们感知到人性的复杂与微妙。也正是因此，我们也许更能分辨出美与丑、善与恶，更能知晓心中的爱与恨。

之前，我总认为乡愁仅仅是一个空间概念，因为一个"乡"字赋予了它地域特性。我的家乡是美的，一如沈从文的《边城》，我也希望她变得更美。可伴随着时光的流逝，我越来越感觉到乡愁更是一个时间概念，譬如，诗人们感叹"此情可待成追忆，只是当时已惘然"，又何尝不是一种乡愁？而且，旧"地"可以重游，旧"时"又如何重游？我们说"时光流转"，这其实是不准确的，因为"时光"根本就不会"转"回来——也正是因为时间的不可逆性，让乡愁成了亘古不变的情结或者情怀，把乡愁谱成了一首唱不老的情歌，永远萦绕在人们的心头。

就拙作《水云湾情歌》而言，若能让读者触摸到那些年转型的阵痛，唤醒那些年关于青春、关于情感的记忆，已然足够了。

2019 年 5 月 8 日

目 录

一	二	三	四	五	六	七	八	九	十
▼	▼	▼	▼	▼	▼	▼	▼	▼	▼
001	004	010	014	019	025	033	038	043	048

十一	十二	十三	十四	十五	十六	十七	十八	十九	二十
▼	▼	▼	▼	▼	▼	▼	▼	▼	▼
052	057	061	065	069	072	078	087	093	098

二十一	二十二	二十三	二十四	二十五	二十六	二十七	二十八	二十九	三十
▼	▼	▼	▼	▼	▼	▼	▼	▼	▼
105	112	119	124	129	136	147	151	154	159

三十一	三十二	三十三	三十四	三十五	三十六	三十七	三十八	三十九	四十
▼	▼	▼	▼	▼	▼	▼	▼	▼	▼
164	169	173	177	182	187	194	199	204	207

四十一	四十二	四十三	四十四	四十五	四十六	四十七	四十八	四十九	五十
▼	▼	▼	▼	▼	▼	▼	▼	▼	▼
208	213	218	224	227	234	239	245	249	254

五十一	五十二	五十三	五十四	五十五	五十六	五十七	五十八	五十九	六十
▼	▼	▼	▼	▼	▼	▼	▼	▼	▼
256	261	265	269	272	274	280	284	289	292

六十一	六十二	六十三	六十四	六十五	六十六	六十七	六十八	六十九	七十
▼	▼	▼	▼	▼	▼	▼	▼	▼	▼
296	298	303	311	318	323	330	334	338	341

七十一	七十二	尾声
▼	▼	▼
347	352	354

一

      ▼

村长贵祥带人上门收电费的时候果真与福旺发生了冲突。

村长说："电站是乡里建的，用电交费，天经地义。福旺，你是复员军人，要带个好头。"

福旺恶声恶气地说："电站是乡里建的，可水是我们水云湾村的。靠山吃山，靠水吃水，才真的是天经地义。贵祥，你这么霸道地逼我们乡亲交电费，还不就是想多往自个儿腰包里塞几个钱。我福旺今天明着告诉你，你一根毛也扯我的不去。"说完，福旺毫不客气地一抬手，轻轻一掌就将贵祥推出门外。

村长贵祥像棉絮一般轻飘飘地倒在了福旺家门外的石板地上。他当了二十几年的村干部，权威早已是说一不二，今儿个可是头一遭挨村民的打。他狼狈地爬起来，愤怒地指着福旺对同来的村民兵营长说："还不快把他抓起来！"

村民兵营长四十来岁，他比村长了解福旺，福旺十年前在他手下当的兵，当的是侦察兵——特种兵呢。

听到村长的吆喝，民兵营长抬头睃了睃虎背熊腰的福旺，竟像老鼠见了猫似的，一身不自觉地抖了起来。

"窝囊废！"村长白了民兵营长一眼，然后很绅士地拍了拍身上的灰尘，瞬间恢复了往日的神气。他盯着年轻自己近二十岁的福旺，恶狠狠地说："我不信今日搞不定你！"

福旺发出一声冷笑，一点儿都不买账，反倒不阴不阳地回了句："你还不够格哩！"

村长给气得够呛。福旺这小子也太不知天高地厚了！水云湾是莲荷乡最大的村，全村七八百户人家，三千来口人，村长房头上的人就有近一千口，差不多占三分之一呢，贵祥的名字别说在水云湾就是在全乡都是响当当的。这个福旺真以为自己是景阳冈上的武松，要把老虎当猴耍不成！福旺一家在村里是弱门小户，父母是连个响屁都放不出的人，怎么就生出个这样张狂的小子来了呢？

就在村长寻思怎么教训福旺的当儿，村长的三儿两女听说父亲挨了打，带着房头上二三十号人操锄头拿棍棒杀将来了。此时正是晌午，福旺家门前的空坪上围了好些看热闹的村民。福旺的老婆美英见状忙关了屋门，死死地拴了，然后将一双儿女和福旺拖进里屋。她和福旺坐在里屋的条凳上，一双手死死地拖住福旺的衣襟，生怕他此刻冲出去送死。

"咚咚咚"，外屋传来了急促的踢门声和尖刻的叫骂声。福旺的一双手慢慢地攥紧了，他看了看偎依在自己胸前的美英，美英那一张流满泪的脸和那乞求的目光，还有不谙世事的雏儿幼女受到惊吓的哭声，让他内心变得十分狂躁。

他努力克制着冲动。

"砰"！一声巨响，外屋一根粗大的木窗檩被锄头砸断了。福旺当过多年的侦察兵，他敏感地意识到一场恶战已是在所难免。

"是福不是祸，是祸躲不过。"犹如火山爆发，福旺挣脱开美英的拉扯，一个箭步冲到外屋。美英猝不及防，被带倒在地上，刚刚被她抓紧的福旺穿的旧军衣前襟顷刻间成了布条儿。

村长贵祥此刻站在福旺家门外。他悠闲地吸着纸烟，有着多年基层农村干部工作经验的他知道，在农村很多事就是靠拳头说话，多年来正是他的家族势力维系并巩固着他在水云湾的权威。看着如狼似虎的一群儿女闹腾，他不怒自威地站着，感觉非常良好，在福旺这里刚刚受的委屈似乎不曾发生过。他想，只要不出人命，就要多给福旺一些颜色看看——不，还要给水云湾其他有异心的人看看，让他们都掂量掂量自个儿的斤两。

贵祥沉浸在自个儿的思维中的时候，意想不到的事情发生了。只听见"砰""砰"两响，犹如晴空惊雷，福旺家的屋门从里向外轰然倒塌，紧接着福旺像一头野猪，更像一头突围的豹子似的从屋子里蹿出，眨眼间就奔到了贵祥跟前，他腾出一只拳头朝贵祥胸口猛力鼓捣了两下，年过半百的贵祥就直溜溜地瘫在了地上，夹着纸烟的手指头一下就没了血色。接着，福旺利落地退至门边，背倚屋墙，这样就不至于受到贵祥家人的四面围攻。

福旺动作之快之狠让贵祥的儿女们目瞪口呆，他们明白过来后操着家伙朝着福旺一拥而上。

此时的福旺已斗红了眼。他当兵的时候曾经有过几次与野兽搏斗的经历，复员回乡后，他已好久没有体验过那种血腥的快意了。面对贵祥愤怒如狼虎的儿女们，他忘了害怕。他从腰间一摸，"嗖"地拔出一把匕首。匕首在秋日晌午的阳光下，泛着炫目的寒光。

"贵祥家的杂种，有胆量就上来，老子杀一个保本儿，杀两个赚一个！"福旺猛地褪掉身上已被美英撕破的旧军衣，露出壮实的身子，鼓凸的肌肉一耸一耸地。他是整个儿进入攻击前的亢奋状态了。

困兽般的福旺，眼神空洞、幽冷，杀气森森，贵祥的家人一时被镇住了。

"不要打了，都不要打了！"围观的群众中有年长的指着瘫在地上的村长贵祥喊，"救人，救人要紧啊！"

贵祥的儿女们被一语惊醒，旋即向贵祥身边拥去，抚着他的身体"阿爸""阿爸"地叫唤。

贵祥像是睡着了，愣是没有反应。

众人的目光一下子从福旺身上转移开去，福旺还真有些感觉自个儿被冷落了。这冷落感犹如浇在发烫的身子上的冷水，让他陡然间清醒过来。福旺想：我是真的惹祸了，贵祥是不是真死在我手上了？他的心里在嗖嗖地冒冷气。

他把匕首塞进腰里，握紧拳头向贵祥走去。刚才还凶巴巴的贵祥家人不停地往后退着。

到了贵祥身边，福旺蹲下身子，突然伸出宽大的手掌，照着贵祥没有血色的脸就是两个耳刮子。在他的手掌扫过贵祥的鼻翼时，他感觉到了贵祥呼吸时微弱的气息。

贵祥还活着，但不马上抢救也许就真的没了。

"装死，老子把你拖出去埋了！"福旺边骂边蹲着转过身子，双手各拉了贵祥的一只腿将他倒扛在背上，然后大喊一声就站了起来，朝村里的卫生室走去。

贵祥的家人号啕着跟在后边。

二

福旺像扔麻袋一样将贵祥丢在村卫生室，走了。他知道只要抢救及时就算是乡村医生也能够救活贵祥。其实，福旺怕的是贵祥被抢救过来后，医生寻他要医药费，他没钱。再说打了人又乖乖地交上医药费，在他看来，面子上也不怎么过得去。管他呢，有贵祥的儿女们担着，走了干净。

村长贵祥被打在全乡引起了轰动，福旺以一敌十的事被愈传愈神，方圆几十里连小孩子都知道，水云湾有个武林高手，是个打死人不怕偿命的恶人。

一介草民福旺并不知道自己已经一夜成名。打了村长后他心里一直不安，他明白事情的严重性。他想着上边会来人处理这件事，在忐忑中，他挨了一天又一天。然而，一个礼拜过去了，并没有谁来找他的麻烦。

这一天全乡赶集。集市设在乡政府所在地，离水云湾村有将近十公里。福旺决定上集市转一趟，也顺带"侦察"一下政府的动向。刚进集市，却有三个十八九岁的年轻人蹦跳着从自己身边蹿过去，差点撞着了他。福旺没在意，自顾在集市转着，却见有一处闹哄哄的，围了不少人。走近一看，原来是一个老婆婆坐在地上大哭。

老婆婆身上的钱被人偷了。

"就三个十八九岁的短命鬼崽崽，从我身边挨了一下，我的钱就没了！"老婆婆边哭边拍打着自己的两条瘦腿，一副痛不欲生的样子。

福旺近来烦着，是没心思管这等事的，可他从小就见不得女人的眼泪，何况撕心裂肺哭喊的是一位老婆婆呢。听了老婆婆的哭诉，福旺似乎明白了什么，他掉转身子就朝来时的方向追去，一小会儿，就撵上了刚刚从自己身边蹿过去的三个年轻人。

"给老子站住！"福旺一下子挡在了三个年轻人前面，像一尊铁塔，"连老人家的钱都偷，良心哪儿去了？"

"你讨死来了吧？"三个愣头青挥拳就朝福旺打来。

福旺捞住逼近眼前的一只手，顺势往身侧一甩，一个漂亮的"四两拨千斤"，对方"咚"地一声就倒在地上，来了个"嘴啃泥"。几乎同时，福旺的另一只手张成了"霹雳掌"，对着另两个小子的后背一顿刀砍斧削，三个愣头青就龇牙裂嘴滚成了一堆。

"还不快起来，把钱还给老婆婆！"福旺对着三个人的屁股就是一顿乱踢。

莲荷乡分管政法的杨副书记接到报案后带了几个人来到集市

上。乡里的集市其实就是农贸市场，近来治安不是很好，偷摸扒窃，抢劫斗殴，这样的事时有发生，杨副书记为此很是发愁。他从地上扶起老婆婆，简要地问了情况后，安慰老婆婆不要着急："那几个小偷是跑不掉的。"

杨副书记这样说的时候，心里其实并无十分的把握，因此他有些不敢直视老婆婆那双盛满信任和期待的眼睛。他的目光掠过老婆婆的头顶，虚虚地望着前方。这时幻景出现了：一个汉子正押着三个鼻青脸肿的小青年向老婆婆走来。这三个小青年像是被驯服了的，也许刚才还是野兽呢！再看那汉子，与自己年纪相仿，三十岁的样子，身材出奇地敦实，一张脸轮廓分明，厚厚的嘴唇此刻紧紧地抿着，一副阴森森的表情。杨副书记心里想：这不就是电视剧《霍元甲》里面梁小龙饰演的胖子陈真吗？

汉子将三个小青年押到老婆婆跟前。老婆婆眼尖，一下就认出了他们，她指着小青年哭骂："就是这三个小鬼偷我的钱哩！"

"老老实实跪下，把偷来的钱交给老人家！"汉子仍旧阴着脸，抬腿朝着小青年就踢。

老婆婆接过失而复得的钱，眼泪巴拉地朝汉子和杨副书记就要跪下去，她颤抖着声音说："搭帮你们这些好人哪！"

汉子扶住老婆婆，眼睛却盯住小青年，一言不发。

"把这三个人带到乡政府去。"杨副书记对同来的人说。他尚不知道面前这汉子姓甚名谁，何方人氏，但他明显地感觉到这人有一股狠劲儿，可爱的狠劲儿。

杨副书记对汉子说："这位兄弟是哪里人哪？"

汉子说："水云湾村的。"

"你是——"

"福旺。"

杨副书记一时喜形于色，像相交了多年的老朋友一般拍了拍汉子的肩膀，说："兄弟，你的名气可比我这当书记的大哩。俗话说'百闻不如一见'，今儿个我可是眼见为实了。走，到我家喝两杯去。"

福旺以前听人说起过杨副书记，知道这人有"两爱"：爱酒和爱才，在群众中口碑还算过得去。但福旺毕竟没跟杨副书记打过交道，他想：杨副书记初次见面就请我去他的家里喝酒，摆的是不是鸿门宴呢？

单凭直觉，福旺又觉得杨副书记好像也是性情中人，不至于那么阴毒。再说，今天赶集，一个最重要的任务不就是侦察侦察政府这边的动向吗？

还是那句话：是福不是祸，是祸躲不过。福旺心一横，就跟着杨副书记到了他在乡政府的家里。

福旺喝酒根本就不是杨副书记的对手，但还是霸蛮喝了几大杯，脸涨得红彤彤的。杨副书记盯着福旺，很是亢奋，他说："福旺兄弟，不瞒你说，关于你的告状信在我的办公室有厚厚一大沓，我们乡政府政法组也做了一些调查，只是暂时还没找你而已。"

说到这儿，杨副书记将杯中酒干了，又自个儿添满，接着说："福旺哪，我觉得你是个人才，人才难得嘛。如果你拿我当兄弟看，就把那天的实情跟我说了，到时我也好跟你说上些话儿。"

杨副书记给福旺戴了高帽子，福旺觉得心里暖洋洋的。但他警惕性高，心想这杨副书记是要套我的话了呢，便明知故问："哪回事儿？"

对福旺心里的小心思，杨副书记看得透彻。他抿了口酒，笑了笑说："真人面前不说假话，我就直说了吧，你为什么要打你们的村长？"

"那是个什么村长！"福旺一下子来了气，"他在村里逞强逞恶，称霸称王，把持村政这么多年，村里的财务从来就没有公开过。就说这电费吧，据说乡里因为电站用的是水云湾的水，给水云湾优惠，一度电收三毛，可他一度电向村民收八毛，收了这么多年，他早赚肿了。别说老百姓对他有意见，就是村干部怨言也大着呢。就凭这一点，我打他，也是替天行道。"说到这儿，福旺看了看杨副书记，见他依旧满脸笑容、风平浪静地听着，便接着说："其实当时我也没打他，是他的几个儿女带几十个人杀到我家去，砸了我家的窗户，踢倒了我的屋门，我万不得已，才自卫还击。"

"哈哈！"杨副书记突然朗声笑起来，"你说自卫还击？据我们掌握的情况，屋门是你自己从里向外踢倒的。你——"杨副书记用手指了指福旺，意味深长地笑笑，"哈哈……"

杨副书记的笑声让福旺的心里一颤一颤的，因为自己在这个细节上确实讲了假话。但他一下就镇静了，脸上露出的是真诚的狡猾："杨副书记，你要是信不过我，这话就没法儿谈了。你是管政法的，你想想，我要是把自家的门踢坏，我不成精神病了吗？你这么大的领导，不要偏听偏信哪！"

"算哒。"杨副书记摆摆手，"乡里把这事交给我来处理。我还是先听听你自个儿觉得应该怎么处理吧。"

福旺一时也不知怎么处理。论损失吧，自家的门窗直到现在还没修好呢，倒不是不想修，家里穷，就是这么点小钱现在也拿不出来。

看着默不作声的福旺，杨副书记心里像明镜似的。水云湾是全乡最穷的村，不少人连煤都烧不起，还在烧柴火呢。杨副书记来乡里工作多年，熟悉各村的情况，在全乡，水云湾人历来是最刁蛮的，他们天不怕地不怕，就怕穷。然而比穷更可怕的就是在外人面前露他们的底儿，丢他们的面子，本地人说"穷又穷，雄又雄"指的就是水云湾人哪！因此做基层工作，一定要掌握好火候，捏准对象的"七寸"，否则就会功败垂成，甚至适得其反。

杨副书记心想，今日是在特定的场合碰上福旺的，也算是有缘吧。撇开一身功夫不说，单从他见义勇为的举动看，这人还有股子打抱不平的男儿血性，本质上应该不会坏到哪里去，在农村这已经很难得——不，准确地说应该是很难求了。杨副书记爱才，同时，他又分明感觉到，福旺这个家伙有勇有谋，鬼得很，做他的工作千万不可麻痹大意。

"福旺，"杨副书记不露声色，"你的事情'放下去四两轻，提起来千斤重'，要说严重还真严重着呢。不过还好，乡里交由我来处理，辖区派出所那边我可以帮你去通融通融，贵祥村长那里我多去做做工作。但你必须得有自己的诚意，得拿出个姿态来。贵祥村长已经转到乡卫生院来了，听说马上就要出院了，等下我和你一块儿去看看他，你向他道个歉。"杨副书记边说边拿出十块钱，硬往福旺手里塞，"等会儿买两包糖去看贵祥。"

福旺脸上有了感动之色，他本能地推开杨副书记递过来的钱，说："我有钱，有钱。"

杨副书记把钱硬塞进福旺手里，说："你真啰嗦，不把我当兄弟是不?"他顿了顿，似乎不经意地带出半截话，"至于贵祥村长的医药费——"

福旺不蠢，他旋即接口说："给我一个礼拜时间，我借齐了交上。"

杨副书记大悦，连拍着他的肩膀说："福旺呀福旺，还真是个爽快人哩!"

两人举起杯，把最后一杯酒干了。

三

水云湾村坐落在群山环抱之中，树高林密，草木葱郁，一年四季满目青翠。俗话说"好山有好水"，造化似乎特别钟情这里。单就水来说，村里有名的泉水一是"打喊泉"，你只要对着泉眼打一声喊，水就"突突"冒出，喊声一停，水就回落。另一眼泉水就是远近闻名的"潮泉"，一日之内，泉水会不定时地三涨三落，晴天涨潮，水浊则雨；雨天涨潮，水浊则晴。因其神秘莫测，"潮泉"被列为"湘南八景"之一。

水云湾村有十八个自然村，村民一律姓谭。在写这篇小说之前，作为谭姓后裔，我曾经查过百家姓，谭姓在全国排第六十七位。而在莲荷乡共三万多在籍人口中，谭姓占了三分之二，在当地是绝对的大姓。老辈人讲，莲荷其他的谭姓叔侄都是从水云湾村开出去的，是水云湾这棵大树的分枝。

如果说水云湾村是莲荷乡谭姓的大本营，那么水云湾自然村无疑就是周围谭姓的发源地和营中之营了，无论人口还是辖地规模，水云湾自然村在水云湾村都是绝对的老大，其他十七个自然村就像拱月的星星一般散落在她的周围。在水云湾自然村的村口，有一方开阔的池塘，塘水是天然泉水，澄碧透澈，水波微漾，游鱼嬉戏，或活泼，或憨拙，情态清晰可见。池塘的前方，是一片竹林，恰似一道四季常青的篱笆卫护着满池的碧绿。茂林修竹，倩影婆娑，置身其中，静听"沙沙沙"的愉悦声响，恍若天籁。"食有鱼，居有竹"，想必先人们在这里选址立村，对风水是很做了一番研究的，对未来后人的生活也是很有一番构想的。

"行到水穷处，坐看云起时"——水云湾啊，是一个养眼养心的天然的好地方呢。

然而，水云湾的秀色对水云湾人来说并无实质上的意义，也没人去琢磨"水云湾"三字的妙处，柴米油盐才是每天让他们牵肠挂肚的头等大事情。好在没人告诉水云湾人中国有个成语叫"秀色可餐"，要是谁告诉了，一定会遭到他们一顿痛骂："饱汉不知饿汉饥哩，要是可餐的话早就'餐'了！"

福旺复员回水云湾后，就一直为家里吃饭的几张嘴巴发愁，近几天他更是透心地烦。

那天杨副书记带他去卫生院看贵祥，贵祥一见他进去脸就黑了下来。倒是杨副书记神情自若，一脸春风。他提起嗓子就冲贵祥打招呼："贵祥村长，恢复得怎么样啦？福旺今天可是专门看你来了。"

杨副书记边说边使眼神，示意福旺到贵祥身边去。

福旺走过去，把买来的糖果放在病床前的柜子上，顿了顿神，让自己尽量平静下来，但声音还是有些生硬，他对贵祥说："村长，对不住了。"

村长一张黑脸立马就别了开去。

"贵祥村长哪——"杨副书记显然试图打破这瞬间的尴尬和沉默，"俗话说得好哇，五十年的亲戚，千百年的叔侄，万事和为贵啊！"

贵祥没有答话。杨副书记看了看福旺，福旺的脸色也在一点一点地往下阴着，像暴风雨的前夕，乌云就快要笼罩上来了。

"贵祥村长，"杨副书记只有长话短说了，"福旺刚刚跟我说了，你的医药费用一个礼拜之内他全部交齐，你尽管安安心心把身体养好就是了。今天呢，我们就不影响你休息了，走啦。"临出门，他又回过头朝着贵祥说："哪天再过来看你！"

回水云湾的路上，福旺心里气鼓鼓的，血气还在往上涌。他心里一遍一遍地咒着村长：你真是给脸不要脸。"村长，对不住了!"——这是我说的话吗?是我想说的话吗?这是我硬逼着自己说的!我福旺长到三十岁,在哪个面前赔过好话做过矮子?你还真个神气得不得了呢,把一张打皱起皮的脸别过去,你以为我真想看你哪?我恨不得两拳扣过去,把你一肚子的狼心狗肺给震出来!

骂骂咧咧完了,一个更实际的问题又逼住了他:得赶快去找医药费呢。他打听过了,医药费要四百多块。四百多哪,一块五角钱一斤的猪肉我还舍不得买着吃哩,我怎么会答应出这样多的冤枉钱呢?还是主动答应的呢,是不是犯蠢了?想到这儿,他又叽叽咕咕地怨恨起杨副书记来。这个杨副书记,青天白日的请我呷什么鬼酒啰,简直比鸿门宴还鸿门宴!你塞给我十块钱,可那十块钱叼走了我整整一头猪呀!

福旺心疼得要死。但说出去的话,就像泼出去的水,收是收不回来了,更何况后路早给狡猾的杨副书记不动声色地封死了。他琢磨着杨副书记这个人,似乎看得清,却又看不透,但不管怎么说,人家还是为自己好,要是不把医药费凑齐,人家的脸往哪里搁呢?

福旺回到家里,就让美英出面找父母、兄弟和堂兄弟借钱。他自己拉不下这个脸。但远亲近戚一个个都寡穷寡穷的,想尽了办法,两天时间总算是凑齐了两百多块。

还差一半呢。福旺感到山穷水尽了,他心里一个劲儿地骂自己:忍一时之气,免百日之忧,当初为什么就会那么躁呢!

这天晚上,福旺的一双儿女刚睡着,村里的首富宝财来串门了,还带了他十七八岁的儿子铁牛过来。宝财搞集体的时候在大队开东方红大型拖拉机,分田到户后出外面跟人开汽车,后来自己买了辆东风牌大货车,据说给人拉货一天可净赚好几百块呢。

但村里人并不把宝财放眼里面。都穷,就他富,他的汽车喇

— 12 —

叭一响，一些人的眼睛就显红，车轮胎经常在深更半夜让人把气给放了。

村里人敢这么做，一是嫉恨他，再就是欺他房头弱，惹了也不会有事儿。福旺本来也想过寻他借钱，但平常两人并无来往，况且贫富悬殊，距离在那儿摆着，福旺丢不起这个人。

宝财一进屋就左瞧右瞧。屋子里很阴暗，一盏低瓦白炽灯有气无声地亮着，一摞碗胡乱地在桌子上堆着，连个碗柜都没有。

"福旺，你的门窗好像还没修好哪？"

"嗯。"福旺不冷不热地应了一声。他眼下确实急需钱，但他对宝财不知怎的就是没得好感。

美英半是玩笑半是认真地答话说："没得钱呗，你又不借两个给我。"

"就怕送你，你还不会要哩。"宝财边说边自个找了张条凳和儿子一块坐下。他送了根烟给福旺，福旺摆摆手，淡淡地说："我不会抽。"

"福旺，不是我说你，你是捏着金碗受穷呢！"

"什么话！"福旺像受了奚落一样，有些火。

"福旺老弟，你还真别生气，我慢慢跟你说。"宝财走南闯北，是见过世面的人，他点燃烟抽了一口，接着说，"现在可不比以前了，社会变了。前几年《霍元甲》《少林寺》播了以后，农村里想学打（练武）的年轻人好多。有一次我送煤到一个村子，那里的年轻人说，要是找得到好师傅，我们都要去练练。我就说，我们湾里就有一个'陈真'呢，武功好得很。他们说，'是福旺吧，没听说他要收徒弟呀！'"宝财说到这里笑了笑，看了看福旺。

福旺脸色开朗多了。

宝财趁热打铁，指着自己的儿子铁牛说："我这小鬼总说村里人太欺负人了，一定要跟你学两手呢。"

福旺这才正眼看了看铁牛，小子看起来挺害羞，脸红红的，但生得虎头虎脑壮壮实实，说不准真是学打的料呢。

一旁听着的美英也来了兴致，她说："就怕到时没人来学呢！"

"有，绝对有！"宝财高兴地站起来。他对福旺说："老弟，你的功夫是现成的，如果不肯教出来，那不是捏着金碗受穷吗？"

福旺想：这个宝财就是宝财，点石成金呢，我怎么就没想到呢？

"这样吧，"宝财摸出一沓钱，全是十元的，数了数，送到美英手里，"收下吧，一共四百块，算是我家小鬼铁牛的拜师钱。"

美英客气地推辞了一下，就代福旺收了。

"福旺，我家铁牛就是你的开门弟子了，哪天选个好日子再行拜师礼。这以后还要多劳烦你调教调教这小子，下手狠点儿。"宝财说完，高兴地带着儿子回去了。

宝财走后，美英把手上的钱来来回回地数了两遍。四百块钱，一头猪哪，就像是从天上掉下来的！福旺很少见到这么多钱，何况是在要急钱的节骨眼儿上。他抑制不住兴奋，腾出手一把就捞住了美英的后腰，抱着她进了里屋。

四
▼

又是一个艳阳天。杨副书记开着黄色的吉普车颠簸在上水云湾的山路上。这是一条简易的山村公路，七弯八拐的，山里人赶集走这条路，运送货物更得走这条路，这是水云湾与外界连结的纽带呢。

时令已是深秋，秋高气爽，公路两旁一片接一片的杉树在阳光的浓情沐浴下更显得笔直挺拔，意气风发。杨副书记把车开得很慢，他要好好地呼吸一把山区自然清新的空气，好好地感受一路的林海涛声，好好地听听树林子里生灵的歌唱。人说秋风送爽，爽的也就是个心情呗。

他这番来，就是来落实村长贵祥的医药费的。来的时候，乡党委书记让他多带几个人来，福旺那小子凶着呢。杨副书记想，福旺这小子一定是被传闻妖魔化了，其实也不全是那么回事。他满有把握地对书记说："这已经是水到渠成的事情，我一个人应该能够搞定。"书记和杨副书记共事多年，对杨副书记的为人和办事能力是信任的，但他还是特意叮嘱："处理事情还是小心点儿好，万一出现意外，千万不要蛮来。另外——"书记的脸色陡地变得严肃，口气也平添了几分严厉，"酒，你就给我少喝点儿！"

杨副书记脸红了一下，他不好意思地点了点头，心里却有股子说不出的感动，感动于书记向来对自己的了解与关切。

十公里山路，车子荡悠悠地跑了将近一个钟头，终于泊在了水云湾自然村村口的池塘边上。"好开阔的池塘好清澈的水啊！"杨副书记下得车来，一眼就瞅见了自己在潭中的倒影，倒影旁边有一群鱼儿正在来回嬉戏，他顿时感觉自己像一个诗人，不由发出一声感叹。

他寻一个村民问明路径便直奔福旺家。福旺这小子给了他特深刻的印象，几天没见还真有一点儿挂念呢，也不知那医药费鼓捣得怎么样了。到得福旺家门口，果见外屋门窗都还烂破着，一个俊俏媳妇正在屋子里洗衣服，旁边一双儿女围在木盆边弄水。

"这是福旺屋里吧？"杨副书记问。

"是呀。"俏媳妇闻声抬起头，见是一个干部模样的人，忙停下手中的活儿，屁股像弹簧一样跳离了坐着的小木凳，直直地站了起来。

"那你就是屋里的女主人了？"

"是是是。"俏媳妇有些羞赧地笑了笑，三下两下甩干净了沾在手上的水珠，热情地招呼，"这位客人，请屋里坐。"

杨副书记站在门口没动，脸上却露出了春天般暖和的笑容，算是回应了女主人的热情。他接着问："福旺在屋里不？"

"在地里做事还没回呢，要不我马上去喊他回来？"

"那不必了。等下他回来了，你告诉他，乡政府一个姓杨的来看他了。"

"那你真的就是杨副书记了？"女主人显得很惊喜。

"嗯。"杨副书记点点头。

女主人忙自我介绍："我叫美英，美国的'美'，英国的'英'。"

杨副书记又点一下头，算是与美英认识了。

"福旺前几天跟我说起过你。我心里刚刚还在想，站在面前的客人莫非就是杨副书记？没想到真的是呢！杨副书记，你今天是第一回来我屋里，中饭就在我屋里吃了，快进屋来。"美英爽声爽语，嘴巴像打机关枪一样。

杨副书记想，这婆娘见人不打生疏，一看就是个能干的"麻利婆"。说实话，他确实想在福旺家里吃一餐饭，主要还是从工作的角度考虑。他此番独自担纲处理的"医药费问题"，主要矛盾无疑在出钱人福旺这边，与福旺吃餐饭，两人在情感上加加温，福旺的钱会出得爽快些。更何况乡干部能在一个普通村民家里吃饭，对于福旺来说也是够有面子的事。

然而让杨副书记倍感遗憾的是，眼下福旺不在家，独自面对一个女人，一是自个儿难为情，二是不知道旁人包括村里的干部会怎么看，说不准唾沫真会把人淹死。杨副书记自觉多有不便，于是对福旺女人潇洒地摆摆手，果决地说："我还要到其他村民屋里坐坐，饭就不在你屋里吃了，等下福旺回来你记得告诉他我来了就是了。"

杨副书记抬脚就离开了福旺门儿破窗儿破的老屋，心里想：福旺这傻小子，艳福还不浅呢，讨了个这么漂亮的老婆，难怪他以一敌十那么生猛，原来是"英雄护美"呢！杨副书记这么想着，在村子里转悠了一阵，就到了村长贵祥的屋前。

村长贵祥前两天出的院，身子恢复得挺好。他眼尖，一下就看见了杨副书记，急忙招呼："杨书记，来得早不如来得巧啊！这不，村委一班人正一块来看我，今日的晌午饭大伙儿就凑合着一块儿吃啦——也该是托杨书记的福哩，昨天我的几个孩子到山上捕了头百把斤的野猪回来，正好下酒哪！"

坐在里屋说笑的村干部们闻声，纷纷迎将出来，簇拥着杨副书记坐了上席。

福旺做完地里的活回屋的时候，村里大部分人家都已吃过晌午饭了。一进屋，美英就告诉他，杨副书记来了。福旺责怪美英没留住杨副书记在自家吃饭，然后扔下手中的锄头就找杨副书记去了。他经过贵祥屋外边的时候，里边吆五喝六，酒战正酣，猜拳声、碰杯声，此起彼伏。

福旺在心里骂了一句贵祥，抬脚就要离开这让他觉得恶心的地方。

这时，一个醉醺醺的声音飘了出来：

"你们……水云湾……什么东西……最……最多呀？"

福旺听出来，这是杨副书记的声音，是他在问屋子里的人。福旺赶紧贴着墙根，屏息静气地听着。

"当然是杉树呗。"屋子里的人回答。

"杉树哪里最……最硬……最难收拾？"

"杉树蔸。"

"嗯。那水云湾最硬……最……最难啃的骨头是哪个？"

"福旺。"屋子里的人异口同声地回答。

"好！"杨副书记陡然间进入了亢奋状态，舌头不再僵硬，他声音琅琅地说，"同志们，我今天就是来砍杉树蔸的，福旺死横烂恶，我姓杨的一个人就要收拾他。"

"好！"屋子里顿时群情激奋，纷纷碰杯，似乎在为瞬间即可到来的胜利喝彩。

贴着墙根的福旺肺简直要气炸了。他想不到杨副书记竟然这样不地道。在他看来，在屋子里陪杨副书记喝酒的都是一群小人，跳梁小丑，这些人关起门来还真的张狂着呢。依得福旺的脾气，他真想冲进去把酒桌一家伙给掀了。

可福旺这次没有放肆。他在心里对杨副书记说，我是鬼摸昏了头才答应你出医药费的呢，不吃不喝出那么一大笔钱鬼才愿意呢。今日正好，你无情我也就无义了，我就回屋等着你砍杉树蔸好了。

杨副书记的酒局直到下午两三点钟才罢场。他的精神状态挺好，几乎是刚放下碗筷就带着村委一班人奔福旺屋里来了。

福旺慵懒地靠在门框上，一条腿横伸着挡住了杨副书记的脚步。

"福旺，怎么了？不欢迎我们？"杨副书记问，声音混合着浓浓的酒味和惯有的威严。

"你是哪个？来我屋里做什么——我屋里没得肉呷也没得酒喝。"福旺一张冷脸，似乎正眼看一下杨副书记的兴趣都没有。

杨副书记被弄得很是尴尬，他似乎被激怒了，冲着福旺说："你给我放客气点，我今日来就是寻你要药费，为贵祥村长讨公道的，你不要敬酒不喝喝罚酒。"

"你怕是喝昏了头，还讲什么公道！"这时站在一旁的冷美人美英说话了，"村长以强欺弱以多欺少以大欺小杀到我屋里来，这是哪儿来的'公'？你——杨副书记，酒醉昏天，官官相护，又是哪门子'道'？你这个下村来就晓得'饱肚子'的酒肉干部，睁开眼睛看一看我屋里的门窗，想一想水云湾我们这些善老百姓，今后还要不要活啦？"

美英的机关枪嘴巴一顿乱扫，惊得杨副书记瞠目结舌，心想这娘们歪理正说，简直比美、英帝国主义还厉害，她跟福旺在水云湾也算是"好锣配好鼓"了。

美英的话极富煽动性，福旺像是火上浇了油，一身抖擞起来。他反转身，顺手捞起门背角的一把锄头，双手平握着锄头柄，朝着杨副书记的胸口使劲逼过去，口中狂吼浪叫："寻我要药费？告诉你，要钱没有，要命一条，现在给你，要，还是不要?!"杨副书记哪儿见过这般架势，酒顿时吓醒了一半，心想今日的事情怕是要拐场（出岔子）了。他想不到福旺这小子翻手云覆手雨，喊变就变，更摸不准这小子还会怎么耍横，心里的阵脚一时大乱。他本能地往后退着，用余光睃了一眼跟着来的贵祥和民兵营长一干人，他们一个个早已浑身上下打起了摆子。

我今日喝高了，喝高了。贵祥在水云湾的气数尽了，尽了。杨副书记在心里头连声叹息，他恼恨地甩甩手，头也不回地朝停在村口的吉普车走去。

五
▼

"水云湾村长被打事件"发生在 20 世纪 80 年代末 90 年代初，最后的处理结果是不了了之，个中原因无论是水云湾的普通百姓还是当事双方都无从知晓。但这似乎还不是最后的结局，事后不久，村长贵祥刚满二十岁的儿子卫兵突然离开了水云湾，背起简单的包裹投奔一名山习武去了。

在我们乡下，秋收以后基本上就没有什么重要的活计了，村里的年轻小伙儿便手脚痒痒起来。照往年的情形他们会三五成群去集市或外村找些是非惹些动静出来，运气好的话趁机诈诈盘子，赚几包烟钱。可今年似乎不太一样，一窝一窝的年轻人往福旺屋里钻，他们知道福旺脾气太躁，不太好进场，便不直接找他，只找美英。这些个青年先是嘴巴甜甜地叫上几声"嫂子"，然后委婉地说自己想多锻炼锻炼身体，趁着农闲要向福旺哥"学两手"，最后或五十或一百地交上拜师钱。其实青年们内心真实的想法是，学了功夫在身，日后"显身手"的机会就多多啦。看着青年们蜂一样地在屋子里进出，福旺不动声色，心里却一阵阵暗喜，他想不到学打的人这么多，真的让宝财说准了——这个宝财眼光大大的厉害呢。福旺一般不直接出面跟青年们说事，更不亲手接钱，在他看来，接了钱一切的一切就都成了交易，这会让他在心里看不起自己，也难保日后的师道尊严。他知道村里的年轻人口袋里没几个钱，因此，对拜师钱的数目心里并没设定个标准，只要年轻人自己觉得"够意思"就成，但在收徒的数量上却是"多多益善"。福旺想，就权当是跟年轻人在一起耍一耍兴致，反正蚀不了本，再怎么样也比一年到头辛辛苦苦养几头猪强多了。更何况，当这个"教头"是业余的，耽误不了农活。

几天下来，美英一合计，报名学打的竟有一百二十几人，就是村长房头上也有好几个伢仔交了拜师钱。美英笑嘻嘻的，拧着一沓一沓的钞票，都是五块十块的。她对福旺说："我总数不过来呢，怎么会有八千多？"福旺一听，委实给吓了一跳，这确是一笔巨款哪！好像前几年邻村一个"万元户"还上了省里的报纸呢，我怎么会在一夜之间就差不多赶上人家了呢？福旺觉得像是在做梦，而在耳边疯疯癫癫讲着梦话的正是美英。但福旺还是相信美英说的是真实的，这是渴望了多少年的一个真实的梦啊。他淘气地挤了挤一双浓眉大眼，想看真切些，继而两手扪住胸口，又摸摸脑门儿，生怕自己突然之间患上了高血压又会在这突然之间爆发似的。然后，他高声大气故作严肃地"呵斥"美英："蠢婆，没见过世面一样的。快把钱拿过来，我来数数。"

一百二十几号人，就是将福旺逼仄的老屋挤破了也容纳不下来，福旺想到了村里的公祠。公祠是村里举行重大活动的地方，从大门向里边一溜儿排着五六个大厅，一个大厅与另一个大厅的连接处都有见得着日光的天井，搞集体的时候，成百上千人的大会都在那儿开，分田到户以后，没什么大会开了，公祠基本上就闲置了。如此宽敞而又透气的公祠确是演武的好地方，在福旺看来，这简直就是先人预备着庇佑他的。晚上睡觉的时候，福旺向美英说了自己的想法，美英也觉得蛮好，但她担心公祠毕竟是公屋，用作私人授武场地村里会出面干涉。福旺倒是不很在乎，他蛮横地说："教这么多年轻人学打，强身健体，怎么说也是好了我们水云湾人。村里哪个敢多嘴多舌，我就掌烂哪个的嘴巴！"

第二天，福旺让铁牛叫上报了名的年轻人将公祠里里外外打扫了，并在各个大厅挂上沙袋，摆上木刀木枪木棍，然后由福旺亲自点燃了一挂长鞭，"水云湾精武馆"就在"噼噼叭叭"的爆竹声中开业了。

水云湾的年轻人平素的浪荡和懒散是出了名的，真要正儿八经地学打就怪相百出了。身子站不直，列队不成形，坐桩像蹲厕所，更让福旺恼火的是，百把人闹闹嚷嚷的，像是正在一块儿吃酒席，福旺喝住了这边，另一边的声浪立马又淹了过来。村里的"惹事大王"小青高瘦高瘦的，像只烘干的"麻拐（青蛙）"，这会儿正扎着马步作蹲厕所状，口里念念有词。突然，他高喊一声："兄弟们，看我的气功！"紧接着"叭"的一声，一记响屁奔涌而出，四周立时腾起阵阵欢笑。福旺的裤带差点给气脱了，他想，这一屋子的野人不给他们来点下马威看来是不行了。他冷着个脸

— 21 —

走到小青身边，像老鹰抓小鸡一样将小青拎出来，没想到这小青确是刁蛮，像没被打死的毒蛇一样，埋下头狠狠一口就咬住了福旺的手腕，一股殷红的血顺着福旺的手腕流了下来。福旺像是没看见，冷冷一笑，真像扔一条蛇一样将小青扔到了天井里，小青被摔得龇牙咧嘴的一时开不了声。

一屋子"野人"终于安静了下来。这时，细心的铁牛寻了块抹布来到福旺身边，小心地捉住福旺的手，毕恭毕敬地抹干了福旺手腕上的血迹。福旺依旧冷着个脸，对着众徒弟发话了："大家听着，平素我跟大家抬头不见低头见的，都是一个湾里的叔侄，但进了这个馆，我们就是师徒。大家交了钱是来学真家伙的，不是来闹着玩的。以后哪个敢在这馆里面闹着玩，我就陪他玩到底，小青'干麻拐'现在就是榜样。希望大家都自觉点，否则，不要怪我翻脸无情。"

自从这次"下马威"之后，学徒们都不敢在福旺面前放肆了，小青也乖顺了许多，福旺的授徒事宜慢慢地步入了正轨。在这一批学徒中，福旺最喜欢铁牛。这孩子体格健壮，颇有些天生的蛮力，悟性也挺好，一些基本动作福旺简单地示范一遍之后，铁牛就能够做个八九不离十，让福旺微微感到遗憾的是，这孩子有时过于本分，因此常受到其他学徒的欺负。还有一个学徒福旺在心里比较欣赏，但这种欣赏他一直都没有表露出来。这个学徒就是"干麻拐"小青。小青人干干瘦瘦的，但有一股子狠劲儿，好像天不怕地不怕样的，打起架来什么阴招怪招绝招都使得出来，福旺还不小心让这家伙咬了一口呢。这家伙要是碰上打群架，就更有了用武之地，不搅个昏天黑地是不会罢休的。欣赏归欣赏，福旺对小青却总是黑着个脸，不想给他哪怕是一点点阳光，要不然他的屁股就会翘到天上去，天下就会大乱。

这一天，福旺正在武馆里示范动作，突然想起家里还有点子事要处理，便把铁牛叫出来，让他也当一回老师，带着大家学学。没想到福旺刚离开武馆，小青就发难了："嘿，铁牛出息了，当起我们的老师了。"他阴笑阴笑的，对着大伙儿喊，"弟兄们，揍他，上啊！"

……

等福旺返回的时候，武馆成了热闹非凡的花果山，一群"小猴子"嘻嘻哈哈地抬着铁牛在一下接一下地掷屁股，其他的"猴子"则围在旁边起劲吆喝。"猴子"们终于发现了"猴王"福旺，一下都怔住了。

"掷啊，怎么不掷了？"福旺边问边朝铁牛走去。不用说，这又是"干麻拐"小青弄的恶作剧。

铁牛的屁股给掷肿了，他挣扎着想爬起来，可是失败了。他不无歉意地朝师父福旺笑笑，似乎犯错的是他一样。

福旺并没有伸手去拉铁牛，反而用脚踢了铁牛的屁股好几下，口里骂骂咧咧："没有用的东西，给我爬起来，师父白教你了！"

铁牛挣扎着终于爬了起来。

"小青，跟我站到铁牛旁边来！"福旺喊了一声，然后对其他呆站着的徒弟们说，"你们不是喜欢看热闹吗？告诉你们，我也喜欢看热闹。今日就让小青跟铁牛单独练练，大家快点儿把场地腾开。"

铁牛一听，摸着肿痛的屁股，有些畏缩。

"铁牛、小青，今儿个有师父在，你们就放开手脚打，把心里的豪气还有不服气通通都给我打出来，听到没有？"

"听到了！"小青豪气十足。

铁牛听出来师父是在给自己打气，开始有了些胆儿。他回应师父："好！"

第一回合，小青攻势凌厉，铁牛腾挪躲闪，但身上还是被小青抓了几爪子，血印一条一条的。

"见红了，好。"福旺说着，眼睛却瞪着铁牛。铁牛似乎从师父的眼神中汲取到了勇气，他瞅住小青的一个空档，陡地出手，一招锁住了小青的喉咙，紧接着一个绊腿，小青就被放倒了。

"不算，再来！"小青还没被铁牛打倒过，心里觉得有些冤枉。

"好。有勇气。再来，再来。"看着两徒弟打架，福旺一不留神把自己当成了普通观众，急切地想过一把眼瘾。

第二回合，铁牛亦守亦攻，愣是没让小青占着一点便宜。最后，心烦意躁的小青被铁牛拦腰抱住，一会就被高高地举了起来。

"停。把人放下来。"福旺怕铁牛傻里傻气摔着了小青，连忙喝住。

"还要不要打？"福旺问被放下来的小青。小青已是气喘吁吁，而此刻的铁牛浑身冒着热气，像是刚热身过，又像是刚醒来的样子，刚刚进入状态呢。

"算哒。"福旺对铁牛和小青说。接着，福旺喝令众徒弟："都给我列队站好！"

徒弟们站好队后，福旺对小青和铁牛的表现进行了简要的点评。他说："小青勇气可嘉，铁牛平时训练扎实。各有所长，各有所短，没有输赢。大家给我记着，以后师兄师弟之间相互练练，谁都不准记仇。"

福旺今日特兴奋，脸红扑扑的，他扫视了众徒弟一眼，开始发表即兴演说："有人说，我福旺没什么本事，就是死横烂恶。这话对，也不对。不对在哪里呢？如果我福旺没两把刷子，就不敢开馆收徒弟，大家也不会交钱到我这里学什么'打'。对在哪里呢？就是打起架来，我福旺确实敢横敢恶。有句俗话讲'人善遭人欺，马善遭人骑'，你不恶，就只有让人欺负的份，铁牛小弟太老实了，今日不就给大伙儿共同欺负了？铁牛的屁股今日被掷肿了，我没有帮他说话，也没有批评大家，为什么？就是要给铁牛一个实实在在的教训，也让大家吸取铁牛被欺负的教训。大家不要以为自己受到欺负的时候，总会有人出来主持公道，总会有人出来打抱不平，这太天真了。你被打倒了，再给你踏上一只脚的倒是大有人在呢！任何时候，只有自己能够救自己。我说徒弟们哪，做人老实点好，但打架老实了就不好。打架凭力气，更要凭勇气——"说到这里，他把脸转向铁牛，"像铁牛，有力气没勇气还不照样挨了打？铁牛，你说是不是？"

"是。"铁牛红着脸回答。

"这就对了。"福旺接着说，"今天我就要抓住机会给铁牛同时也给大家上一课。铁牛哪，当别人硬是要欺负你，'是福不是祸，是祸躲不过'的时候，你就给我跟他干起来，怕他做什么哩！这架要么就不打，打就要横，往死里横；就要恶，嚼烂了良心恶。管他是天皇老子，我就要找他开涮，就要打出我们男人的阳气来。"

末了，福旺面朝众徒弟，吼出了一句振聋发聩的话："你们给我记住，我福旺的徒弟没有孬种！"

六

隆冬时节，老天爷总是阴着个脸，凄风苦雨的，没得停歇。公祠多年失修，到处漏水，再不天晴，徒弟们几无立足之地了。一等到天晴，也就非得抓紧时间抢修不可。美英粗略估算了一下，维修公祠需要两千多块钱。福旺心疼这一大笔钱，说："公家的公祠，凭什么要我私人出钱维修？打个报告给村里，看他们修不修。"美英说："我们在公祠里开武馆，已经有很多人在背后讲闲话了，再要村里出钱维修，别说贵祥就是整个村里人都不会同意的。再说了，就算村里同意修，也会拖着——反正你急他不急呢！"福旺想想，觉得美英讲得在理，但还是坚持："先让年轻人以他们需要活动场地的名义打份报告给村里，接下来就走一步看一步吧。"

几天后，一份署名为"水云湾全体热血青年"的报告送到了村长贵祥手里。别说是贵祥，也别说村里管事的干部，就是水云湾普通的村民也能看透报告里的司马昭之心。贵祥召集村干部开会，村妇女主任桃子是个直爽的"炮筒子"，看完报告后激愤地说："福旺占用了公屋，还要公家出钱维修，不等于是公家垫资，他私人只管赚钱吗？还正儿八经安排人打这么个报告上来，不明摆着是把我们这些人当木偶当蠢子吗？我的意见是不修，即使要修也不要现在就急着修。"桃子开了头，其他的村干部也都气愤愤的，表示公家无论如何也不能出这笔冤枉钱。村长贵祥耐心地听着，群情激愤是他预料之中同时也是他最想要的效果。挨个发言完了，贵祥说："我尊重大家的意见，这事就这么办。接下来呢，研究第二件事——"贵祥说的第二件事，就是村干部们一年到头的工资和补助问题，这些钱都由村里自筹，不属于县、乡财政的统管范畴。贵祥在心里琢磨这事已经有一段时日了，自从被福旺那小子打了之后，他在村里的权威一落千丈，乡里的干部似乎也在有意无意地疏远他了，他私下里估摸着乡里能不能让自己干到下次换届哩。可不管怎样，趁着现在还在位子上，先得把工资、补助和一些要报销的款项弄回来——自家田里的鸭崽崽总得看住吧！

贵祥似有无限感慨地对村干部们说："日子过得还真是快啊，不知不觉又是年关了，就是没功劳我们也有苦劳呀。可我们大家的工资和补助却还没有着落呢——我和大家一样，都在等米下锅呐。"他顿了顿，一双眼睛快捷地扫视着在座的每一张脸，在这一敏感问题上，大家都是一副专注而又有所期待的神情。贵祥推心置腹地接着说："大家都晓得，水云湾没有什么经济来源，每年都是靠卖一批杉树支撑年头到年尾的开支。我的想法是，等过几天天放晴了，照例砍一批杉树卖掉，把大家该得的待遇都落实了。"

"要得，要得。"事关切身的共同利益，村干部们都没提出异议。

天上有个太阳。连日的阴霾似乎也被这冬日难得的暖阳驱逐殆尽了，村前宽阔平直的晒谷坪上一群小孩儿正在无拘无束地嬉戏。福旺已好久没有这种闲散的兴致了，天一放晴，他就来到小时候经常与同伴一起嬉戏的晒谷坪上，随意地走走，让心情晒一晒，看着小把戏们在身旁蹦蹦跳跳，他自得其乐地品咂着当时未能来得及品咂的无拘无束的童年时光。

福旺心里清楚，这其实是一种自我麻醉，公祠巨额的维修费用就像鬼魂附身一样在他心头挥之不去。太阳出来了，抢修公祠的现实问题也从某个阴暗的角落跳出来逼他了，真要拿出那么一笔维修费用简直就是放他的血哪！再说，公祠也不是他一个人的公祠，要他一个人拿出偌大一笔钱维修，心里谁都会觉得亏哩。虽说公祠暂时由他占用着，但话说回来，就算是租了公家的房，给公家交房租也用不着这么多票票哪！公祠不修行吗？再不修真要下雨就成水库了，没有了场地，他的精武馆立马就得散伙，收了的拜师钱就得退给人家，那不更亏大了？指望公家出钱维修吧，别说贵祥不会答应，就算是其他的村干部都同意修，逼着贵祥答应了，贵祥也会在这节骨眼儿上拖着——船上的人急，岸上的人不急呢。

修也不是，不修也不是，福旺委实烦哪。他甚至有些后悔当初在公祠开馆没找村里的头头脑脑们商量，象征性地交些房租，反正那房子闲着也是闲着呢。要是当初商量成了，这房子的维修问题也就是村里的事了，要是实在商量不成，我福旺再"先礼后兵"也不迟呀！福旺呀福旺，真的是聪明一世糊涂一时呀，占了针眼儿大的便宜就要亏个窟窿哪！

此刻的福旺是一点闲情逸致都没有了，他怔怔地站在晒谷坪上瞪着天上那一轮太阳发愁，这恣意生长的忧愁似乎让他失聪了，周围的童声喧哗再也打动不了他，以致宝财找他来了也没有察觉。

"福旺，在这里呆站着，练气功？"宝财说。

福旺转过身，一见是宝财，立马板着脸。不知怎的，福旺见着有钱人，平素暗藏在心里的隔阂瞬时就显山露水——尽管这个宝财某种程度上还算得上是自己的"恩人"。好在福旺很快就意识到了这一点，想尽量活跃一下气氛以示弥补，便用调侃的口气问："地主老财，又有什么事？"

宝财卑恭地笑笑，说："我自己没什么事，就是有一件事想要告诉你——"说到这里，宝财换上了一副悲愤的表情，"村里这些只拿钱不做事的干部又在卖杉树了，水云湾的这么点子家底迟早要被这些败家子干部卖光，我们老百姓是敢怒不敢言呢！我寻思了很久，全村敢替百姓说话的就只有你了。"

福旺的脸上露出了一朵微妙莫测的笑容，对宝财的恭维话显出很受用的样子，连声说："好，好，好，好！你跟我把铁牛和小青叫来。"

一会，铁牛和小青被叫来了。福旺瞪着两位徒弟说："村里又在卖树了，你们知道不知道？"

"知道。那是村里当官的人管的，关我们屁事！"小青说话没老没少，总是直来直去的。

"你这个蠢子——"福旺在小青面前显出了少见的和颜悦色，开导着说，"干部们卖树卖的是他们自家的树吗？卖的是公家的

树！公家的树，人人有份，你小青也有一份，怎么会关你屁事呢？卖公家的树为公家办了事倒也罢了，可他们这些贪官把树卖了，事不会办一件，钱倒全揣进自己的腰包里了，你就没有意见？村里的父老乡亲就没有意见？你回去问问你爸你妈有意见不？"

"有意见又怎么样？"小青反问。

"怎么样？这个时候你们青年人就应该站出来维护正义，主持公道，不能让村里的贪官阴谋得逞！小青呀小青，你平时搞野里八怪的看起来蛮勇敢，怎么干正事了、关键时候了，就怕了？"

小青给福旺一激，顿时脸红脖子粗的，一时气盛起来："师父，你说怎么办？我听你的，怕什么！"

"哈哈。"福旺笑着说，"这才像个年轻人，才像是我福旺的徒弟啦。铁牛，你说是不是？"

"是！"铁牛爽声回答。

"我的意思是——"福旺接着说，"今年砍掉的这批杉树由你们青年人揽盘卖了，卖树的钱用来为村里办些正事，怎么着也比让贪官们吞进肚里强！小青、铁牛，还有宝财，你们去把兄弟们叫来，马上到正在卖树的后龙山上去，把账本抢了，把村委的人一个不剩地踹走。大家出手的时候到了！"

宝财、铁牛、小青一行人到达后龙山的时候，被砍倒的杉树正要开卖，卖场聚集了好多买树的村民。村长贵祥悠闲地吸着烟，带着几名村干部在卖场四周来回巡视。他眼见着一伙青年闹哄哄地拱进卖场，估摸着是福旺派人惹事来了，心想今年怎么这么背，是不是跟福旺之间的冤气还没斗出个头来？一想到福旺，他心里就急，就恨，就没戏。他定睛一看，福旺并没到场，带队的竟然是平日像夹尾巴狗一样的宝财，有好几次他的汽车轮胎让人扎了，他还一把鼻涕一把泪地找我贵祥哭诉呢——这样的人，就是借他十个胆子也干不出太出格的事来。贵祥不用多想就知道背后的主谋是谁，但这主谋此刻毕竟没来，对付宝财他心里还是有数的。贵祥扔掉手上的纸烟，对着宝财大喝一声："宝财，这么快就出息了，想造反不成？我告诉你，今日要是出了什么差池，村里就找你宝财。你宝财是富翁，有汽车，别说今日要卖的这么点儿树，就是整个后龙山的树，你家的汽车也可以抵得过了！"俗话说，牵牛牵牛鼻子，打蛇打七寸，贵祥这么说，等于是捏住了宝财的七寸，加上平日心里对贵祥的畏惧，宝财就不敢再作声了。倒是小青霸得来蛮，他有些语无伦次地大声嚷嚷着："你们这些贪官，败家子，年年卖树，事没办一件，钱都到哪里了？"小青没嚷嚷完，一个耳刮子就落到了他脸上，打他的是他的大嫂子——村妇女主任桃子。桃子边打边骂："你这个傻瓜，今儿个我不打你就没哪个敢打你了，给别人当枪使还逞英雄呢！你想坐牢了是不是？你说村里的干部都是贪官，你嫂子也是贪官？"在场的村民一听，顿时哄笑开来。干麻拐小青像猴子一样原地站着，抚着胀痛的脸颊，答不上话，又不好还手，显得很是尴尬。

就在这个时候，福旺带着两个徒弟来了。他一到场，就成为众多目光关注的中心。福旺把小青拉到身边，明知故问："哪个打你了？你嫂子？我是说呢，在水云湾敢打你小青的怕也就只有你嫂子了。自家人教训自家人，你嫂子为的是你好呢，你又生什么气来着？"福旺拍拍小青的肩膀，算是安抚了。然后，他的目光扫视着众人，露出了天生的一派王者风范。他声气琅琅地说："乡亲们，你们都是买树来了吧？这树是谁的树？大家的树。大家想过没有，每年都在卖树，卖树的钱用来干什么了，全用来供养村里的'活菩萨'了。乡亲们，大家愿意吗？"

"不愿意！"福旺的徒弟们还有一些村民的应答声即刻响起。

"乡亲们，"福旺朝着众村民摆摆手，稍稍把声浪平息下去后接着说，"我们一个这么大的水云湾，就让那么几个人操纵了，一片一片的杉山就成了他们的钱柜。我是刚刚才知道村里的头头脑脑们又在卖杉树了，他们又在想自个儿过个风光年了。我在这里只问大家一句，你们答不答应？"

"不答应。"这回回响的声音更多更大了，持续的时间也更长了，听得出大多数声音是群众压抑了很久自发爆发出来的。

福旺似乎也被村民们瞬间激发的情绪感染了，脸上露出了激动的红光，他两脚一蹦，跳上了村委抬来的用于记账的桌子，抬大了嗓门说："话不平有人讲，路不平有人铲，如果大家信得过我福旺，今天卖树的事我就替大家作主了。大家信不信得过我？"

"信得过！"是福旺的徒弟们的声音。

"好！宝财——"

宝财走了过来。

"今天这么安排，宝财你当临时会计，负责记账，我当出纳，临时代管卖树款，小青、铁牛你们带着兄弟们维持秩序。"安排妥当，福旺当着众人表明心态，"各位乡亲父老，感谢你们的信任，我保证代为保管的卖树款本人不会用一分钱。也奉劝村里那些吸惯了群众血汗的寄生虫收起你们的如意算盘，现在是人民的天下，人民当家做主人的天下。要损公肥私，得问问水云湾的乡亲父老答不答应，问问水云湾富有正义感的热血青年们答不答应，问问我福旺的拳脑骨答不答应！"

"对头，对头！"村民们听后欢欣鼓舞，感觉到压抑在心里很久的话都被福旺给说出来了，一个村民甚至平地惊雷般地喊出了口号："打倒吸血虫，打倒贵祥！"

村长贵祥自知多年来在村里积怨过多，此刻正是他们想要出出毒气的时候，便早早地离开了。村里的会计、出纳没了主心骨，也顺从地把位子让了出来。

七

福旺的举动让村委一班人难堪，也给我行我素惯了的贵祥再敲了一回警钟。福旺主要还是为了钱，为了那一笔让他急得险些就要吐血的公祠维修款。他成功了，树卖完后，他手上掌握了一万多块钱公款。他怕日久生变，卖完树的第二天，就把宝财找了来，着手解决他认为是当务之急的问题。他说："宝财，村里的年轻人给我打报告来了，强烈要求维修公祠。水云湾是我的，是你的，是大家的，但归根结底是年轻人的，今天你就找人去把公祠维修了。"宝财连连点头，说："早该修了，早该修了。"

望着领命而去的宝财，福旺心里想：确是我的好搭档呢，不，应该说是我福旺的福星呢。每次有了烦心事，每次烦心事到了节骨眼儿上，他就准时出现了，问题就出人意料地轻松化解了——也许这就是我们两个人之间的宿命吧。

树被福旺卖了，村委一干人一年的"辛苦"眼看就要泡汤了，村委成员们心急火燎，跑马灯似的在贵祥家进进出出，指望着一村之长在特别时刻能拿些招数出来。村长贵祥始终阴着个脸，一言不发。他不是不想说，而是有一肚子的苦水倒不出来。福旺说村里年年卖树，那是事实，可卖树不是为了村干部更不是为了我贵祥个人的日子过得滋润，是为了村里的运转。水云湾没有其他的集体经济，公共开支譬如上级来人来客的招待费用、村干部们的工资，七金刚八葫芦的一年算下来再节约也要万把块，不卖树怎么办？总不能上面来人了不给人家饭吃吧？总不能招待公家的人要由私人贴钱吧？总不能私人长年累月给公家管事不拿工钱吧？要不还不喝西北风去！真要这样这一村之长你福旺来当当试试？更何况村干部的工资和杂七杂八的所谓补贴加起来一个月还不到一百块呢。福旺说村干部只拿钱不办事，那是说昧良心话。这么些年村里是没办成什么事，可现在都什么世道了，有钱好办事，无钱空看事，村里穷得一裤裆都是风了，又办得成什么事呢？办不成事，可村干部还在管事哪，且不说乡里每年布置的各项任务要不折不扣地完成，就说这村里每年大大小小的纠纷还不都是村干部出面调停，没有村干部管事，水云湾成片成片的杉树也怕是早被村民偷砍得差不多了。福旺还说所有的村干部都是贪官，打死我也不会承认。我贪，贪什么了？按上面规定该得的也不能得？上面来人来客陪着吃吃喝喝，这事有，可不陪行吗？礼节上也过不去呀！再说了，就是我自己想陪吃陪喝，也是人之常情呀，民以食为天，当官也为解把馋呢！要说我多吃多报（账），天地良心，我这么多年垫出去的钱都还没"报"回来呢！村民交的电费里头有一笔管理费，都由村里管着，一笔钱一笔账一清二楚，都用到公家的事情上去了，我顶多就是在与上头协调关系的时候衣袋子里多兜了几包烟而已。想起这些，贵祥就感到委屈，就想哭，但就是不知道该向谁哭去。这最基层的干部难当哪，哪项不是得罪人的差事？我贵祥真是蠢哪，还每每都拿自个房头上的人开刀。这村长当了这么多年，水云湾的人差不多就都仇了，今儿个稍一落势，就墙倒众人推、人倒众人踩了，就没得几个人买我的账了。上次被福旺打了之后，乡里的表现换了谁不会感到心凉，不会感到透心地寒哪！我也是气不过了，才让儿子卫兵远离水云湾找名师学武去了呢。

远的就不说了，就说这次卖树的事。卖树当然是为了兑付村里必要的公共开支，并不像福旺煽动村民说的那样，是打个人的小主意。可贵祥作为一村之长，他清楚这事儿在操作上违了规。按规定，像水云湾这样子上了一定规模的砍伐得向乡里报告，并向林业主管部门备案，否则可作盗伐论处。贵祥当然不是不想报告，他担心的是报告上去了就得按砍伐比例上交一笔不小的费用，他是水云湾的当家人，他心疼村里白白地为上面贡献这么一大笔钱，因此每到年终砍树他都是毫不声张地做就做了。乡里当然知情，但鉴于水云湾村经济上的困难情况，便也是睁只眼闭只眼了。一来二去，年终卖树就成了贵祥主政水云湾近十年来的惯例。这事做了也就做了，但谁也没想到这一回会给福旺搅了局，一万多块钱卖树款轻轻松松就落到了这小子手里。贵祥心里隐隐地有些害怕事情闹大，真闹大了，有关部门立了案，当成大事追究起来，连上历年旧账一笔一笔算，作为一村之长的他麻烦可就大了，弄不好真有牢狱之灾呢。贵祥暗自庆幸的是，福旺暂时还不懂法，要不哪里臭他就会往哪里拱。

贵祥在心里已咒过福旺这个克星好多回了，但眼下只有打脱牙齿连血吞，无奈也好，明智也罢，只有示弱。他蔫头耷脑地坐在屋子里，不言不语，表情却明白无误地告诉来屋子里的每一个村干部：我没辙了，你们一年到头的辛苦钱自个儿要去吧！

最急的是村民兵营长，他上有老，下有小，一家人都眼巴巴地等着他那一点儿工资过年。如果工资领不到，他就真的没路了。在村上干了这么多年，村长一直是他的主心骨，这下主心骨塌了，他就更是觉得无助了。这天晚上，他买了两包糖偷偷地来到了福旺屋里。

"国楚叔，来坐就来坐呗，还带东西搞什么啰？"美英客客气气地把民兵营长迎进了屋。

福旺看着民兵营长手上的糖，陡地想起当年报名当兵和父亲一起去民兵营长家时也是这个样子的，那时他还是个不问世事的少年哪。他清楚地记得，那时的民兵营长一副意气风发的样子，可如今的国楚叔头发都已经见白了。他心里隐隐地涌上了一些酸楚，这三十年河东三十年河西，风水真是轮流转哪。

"国楚叔，难得您上一回门哪，有什么事就说吧。"福旺的口气显得特别地温和。

国楚小心地笑了一笑，真要他说领钱的事却又开不了口了，显得非常地扭捏。福旺心里其实清楚他想说什么，要不怎么会带了礼物隆隆重重地来串门呢？在整个村干部里面福旺对国楚的印象说不上好，也说不上坏，他是属于跟在别个后边跳几跳配配角子的一类人。但不管怎么说，当初自己当兵他还是没使坏心眼儿故意给自己设置障碍的。福旺想，国楚不就是喜欢贴着贵祥的屁股跳跳吗？我今儿个就要把你贵祥的统一战线破坏了。

福旺说："国楚叔，我也知道你不是那种随便就开口求人的人，一定是为钱的事来的吧？你知道的，这次卖树款就那么万把块钱，村里的年轻人又强烈要求维修公祠——这些个年轻人村委得罪得起，我福旺可得罪不起哟，实话跟你说，公祠再不维修，一场雨下来说不准真垮了，我福旺不就成了整个谭氏门宗的罪人了，你说是不？"

国楚连连点头称是。

"公祠正在抢修，需要好几千块钱呢，都记了账的。国楚叔，你放心，也请村委放心，在钱的问题上，我们绝对手脚干净。"

话题有些扯远了，国楚安静地听着，心里急得打起了鼓，要这么扯下去，他真正要办的正事就要岔过去了。

福旺看着国楚焦虑不安又尽量克制的样子，笑了笑，对老婆美英说："你去把宝财喊来。"

国楚连连摆手，想要制止，他对福旺说："不必了，不必了。我信，我信。"

福旺说："今天是一定要喊宝财过来的。"

不大一会儿，宝财来了，在福旺的下手坐着。

福旺说："国楚叔是个实在人，屋里孩子多，负担重，这个年过不下去了，他的工资补助还是先让他领了吧。"

宝财鸡啄米一样地点头，一笔一笔地审核了国楚报上来的数目。向宝财打了收据后，国楚领到了一年的工资和补助近1000元。他本来打算报账1800多元的，见宝财问得仔细，揣在口袋里的一叠票据便没敢拿出来。临走，国楚对着福旺、宝财弯了弯身子，连声说："谢了，谢了!"

福旺在心里盘算了一下，一万多块钱，除去公祠的维修款，除去已经付给国楚的工资，还要剩七八千块。七八千块钱捏在手上，福旺觉得怪烫手的。这十块一张的一扎扎钞票实在是诱惑死人哪，在手心里捏着，在眼睛里盛着，还真真切切的，可一朝全当作村干部的工资发出去，像撒纸钱一样地抛出去，这堆在一起小山丘一样的人民币连同心里那分温暖踏实的感觉眨眼间就成了泡影，福旺心里还真有点舍不得。福旺感觉有一种欲望像魔鬼一样在心里的某一个晦暗角落萌动，抬头，进而撩拨着他，噬咬着他。终于，理智和良心跳出来正告在心里面蠢蠢欲动的魔鬼。理智说：这么一大笔钱全村的人都鼓起眼睛瞪着，没有说得过去的理由，谁也别幻想像饿痨鬼一样的在这上面打非分主意。良心说：借着年轻人的名义维修公祠，你敢说自己没有私心吗？别人心不足蛇吞象啊！福旺翻来覆去折腾了自己好几个晚上，最后咬咬牙，用拳头猛击了一下大腿，总算把心里面龌龊的魔鬼镇压了。他想，不属于自己的钱兜在身上说不准哪天真会弄出鬼来，不如早把它们打发了——干脆好人做到底吧，把村干部们的工资发了，这样做等于是割了村干部们的肝花还让他们心上的痛呢！工资如何发放，福旺在心里定下了一个"八字原则"。前四个字是：来者有理——不论是谁，包括村长贵祥，只要两脚登上了我福旺的屋门，就说明眼里有我福旺，就无理有三分，原则上就应该给人家发钱。后四个字是：先到有"礼"——考虑到剩下的七八千块钱可能已经不够发村里那么多头头脑脑的工资了，只能先到的吃肉，后来的喝汤，要是连汤也喝不着，那就别怪我福旺了，要怪就怪自个儿觉悟得太慢吧！

年前两三天，村支书上门来了。支书跟村长和不来，这些年他也乐得做个老好人，村里的事情都任由村长贵祥去折腾。但这次不一样了，树给福旺卖了，等于是把村委每个人碗里的饭都抢了，他就不能再在家里窝着了。见老支书上门来了，福旺显得特别兴奋，话也说得豪爽："哟嗬，老支书亲自来了，我正预备着给您送钱过去呢！再怎么着，您的工资、补助一分不少，发！"

到了大年三十那天，公祠维修好了，维修款付了，其余的钱也差不多给村干部们领走了。福旺看了一下领款花名册，九个村委成员就两人没上门来，一个是贵祥，一个就是村里的妇女主任桃子。据说桃子还点着村支书的鼻子气愤地大骂："一点儿骨气都没有，没听说过干部到无赖那里领过年钱的。"

八

新年说来就来了，在福旺三十年的记忆里，这是让他感觉特殷实的一个新年。彩电买来了，14英寸的国产"牡丹"牌彩电，村里只有首富宝财家才有呢，村里的其他几台电视机也是14英寸的，但都是黑白的"韶峰"牌。在家里试机时，福旺按一下遥控开关，"叭"，屏幕一下就跳开了，斑斓七彩霓时犹如花朵一样绽放。再按一下开关，又是一声"叭"，刚刚还缤纷着的画面善解人意地消隐而去，却留下莫名的快乐和回味锁定在福旺的心里。家里还买来了录音机，"燕舞"牌的，双卡座，磁带插进去，便"咚咚咚"地唱将起来。福旺就喜欢热闹，故意把音量调到最大，铿锵的立体声顿时便将逼仄的小屋摇得生动起来。福旺的一双儿女哪里禁得起吓，立马哇哇大哭，卷入到了合唱阵容。正忙活着的美英不胜其烦，佯怒着骂福旺："你真的是越来越不懂事。关了，关了，吵聋个耳朵。"

福旺笑笑，指着"咚咚"得起劲的录音机说："人家唱得这么好，又不吃你的饭，你怎么还讨嫌人家，真是蠢到家了！"说完，他一手一个抱起一双儿女，哄着他们说："崽崽好，女女好，崽崽女女听歌好！听歌好，听歌好，听歌听歌就是好！"

除旧迎新在乡下人看来总是件隆重的大事儿。尤其是大年三十这天，在田地里忙碌了一年的大老爷们也得腾出手来，将染尘蒙垢的屋子收拾干净，在大门小门上贴上火红的对联，在祖先牌位上点起香火蜡烛，供上丰实的牛羊猪三牲，然后放上一挂长鞭，随着一阵噼噼叭叭的爆响，年味就开始冒出来了。到了下午四五点钟光景，一家人都轮个儿洗了把爽澡，穿上合身的新衣服，便早早地围坐一桌儿吃团年饭。吃团年饭是小孩子们最高兴的时候，菜肴比往日丰实许多不说，吃着吃着大人就会把一个小小的壮实的红包塞过来。大人们平日严厉的嘴巴子此时尽说着让小孩子开心的祝福话：过年了，我的宝宝又大一岁了，我要我屋里的宝宝长得高，长得壮，长得白白胖胖就像猪一样。半大不小的孩子听着心里就乐，小嘴儿就笑，笑着笑着，脸庞就圆了，就真个儿胖了似的。吃完了年夜饭，小孩子们多半还会出门找伴儿去放一会儿爆竹，然后回家早早睡个香甜觉。大人们还不行，还得忙活着炒瓜子，炒花生，摆放糖果，以备第二天串门的客人享用。

这一年的三十夜，福旺过得舒坦，一任事务都丢给了美英，他只管守着电视看中央电视台的春节晚会。好在美英手脚麻利，活儿忙完了，又将桌椅板凳擦了一遍，才有些困意地对福旺说："早点睡，别揽着个电视像新鲜宝一样的——明儿个还有你累的。"福旺憨憨地笑着，一脸的满足，他故意恶着声音说："你快到床上睡去，别吵着我了，电视上的姑娘就是好看哩。"美英不恼，笑笑说："我才懒得管你呢！"

春节晚会结束的时候，已是深夜一点多钟了，福旺也感觉有些困了，想小睡一会儿。这时村里已有人家开门迎春放长长的鞭炮了，嘣咚嘣咚的，爆豆子一样，在这深夜里显得特别的响亮、清脆。福旺这时才惊觉，现在已经是新年的正月初一了，新的春天真的到来了！"开门迎春接鸿福啰！"福旺喜滋滋地依次打开里屋门、厅屋门，找出早已备好的一盘万响鞭，小心地点燃了。万响鞭提在手上，欢快地吐着火舌，接着便是一阵接一阵的脆脆的嘣响，火舌跳动着，脆响轰动着，震落在地上的散炮也时不时"打冷枪"，发出不甘寂寞的清响，害得福旺一惊一乍的，脚步不停地挪动。动着动着，福旺索性像个癫子一样提着鞭炮在屋子里欢快地奔跑。年年过年，在福旺三十年的成长岁月里，他还没有像今年这样感到幸福和知足过。

小山村的除夕之夜，是一个不眠的夜晚。先声夺人的迎春礼炮响过之后，水云湾的几百户人家像有了默契似的，一户接一户地放起鞭炮来，爆竹声声，此起彼伏，有如江河决堤，一直闹到天亮时分才暂得停歇。早早地吃过新年的第一顿饭，初一的拜年便真正地开始了。村里的小孩子倾巢出动，挨家挨户讨喜糖。这些"小八路"天生灵泛，一进门就双手作揖，甜甜地叫："拜年拜年，天天进钱——进一万块钱！"叫得主人乐癫癫的，立马就赏几粒糖。遇到特乖也特实在的小孩子，接着前一句还会奶声奶气地补上一声："发财发财，红包拿来！"豪爽的主人便会将一个早备好的红包"叭"地塞进这个小调皮鬼手里。山里人的新年永远是那么张扬，张扬的底色是热情和纯朴；永远是那么闹热，闹热烘托的是山民们的向往和希望。山里人闹新春，村村寨寨奔跑着的一群群小孩，是最为灵动的一道风景。

这一年的春节，福旺屋里人气特旺。多年没有走动过的远亲来了，往年没有串过门的乡邻来了，昔日的同乡战友来了，甚至远近有些名气的江湖人士也慕名求见"陈真"来了。这些以前从未谋面的江湖中人最是难缠，仗着有些拳脚，和福旺客套之时，却突出奇招，要探一探福旺的功力。不过，这也是江湖人的规矩，"不打不相识"嘛。福旺对这些人的举动始终保持着当侦察兵时的警觉，嘴巴上招呼得客气，拳脚上招呼起来却狠辣，往往一招制"敌"。好在来的这些江湖汉子，都是在风浪里滚过的洞庭湖的麻雀，一个个历练得坦荡、爽直，当赢不让，输了认账；赢了豪气，输了服气。每每过完招，都会和福旺搂着，相互拍拍肩膀，接着双方都神会地发出朗声大笑。当中有个叫黄坤的，是个二十来岁的小伙子，牛高马大，功夫确也了得，险些赢了福旺。黄坤自我介绍在深圳给人当保镖，他折服地对福旺说："谭师父，你是一条蛟龙，困在浅浅的水云湾真的可惜了。要不一起去深圳给我当老大如何？"这话福旺听着心里熨帖，可自从复员回乡后他的一双脚还没跨出过县城哩。深圳，他只在报纸上见过这个名字，据说那是一个美丽的新生城市，是一个每天都有精彩故事发生的地方，离咱们的水云湾太遥远了，甚至离福旺的想象都太遥远了，黄坤能在那里给人当保镖，想必还真是个人物。福旺这样想着，再看黄坤时，眼睛里便有了向往的神色。他客气地对黄坤说："牛角不尖不过岭，我哪有老弟你那样的能耐啰。我早请人算过了，一生就只有守着一亩三分地的命，能在水云湾混个草头王当当就算不错了，你说的那个地方，哪是我这个泥腿杆子能够待的？"

福旺的徒弟们是在初一上午来拜年的，由铁牛、小青带着，敲锣打鼓舞龙狮，放了数不清的鞭炮。徒弟们闹闹嚷嚷的，吵得福旺、美英两口子心花怒放。人活一张脸哪，福旺这一家族还从没有这么荣光过。美英赶紧递茶送水，福旺发烟赏糖，两口子麻利地招呼着，手脚忙得邪乎。因为屋子太小，大多数徒弟就在屋外的空坪里站着，他们并不计较连个落座的地方都没有，只顾没完没了地从身上掏花炮，朝着天空猛放。小青嫌不够显摆，买来好几对干电池装进福旺的双卡座录音机里，然后抱着录音机冲着弟兄们说："上车，上车，都兜风去！"大伙儿便争先恐后地朝停在村口的东风牌大货车上挤，挤不上去的便舞着龙狮跟在车后边。挤站在车厢上的徒弟们一挂一挂地放着鞭炮，开车的铁牛鸣着悠长的喇叭应和，一干人便沿着环村马路"兜风"了。大年初一虽说已是正月，实际上还是寒冬天气，冷风"兜"在脸上，刀子一样。可水云湾的这班年轻人并不觉得，他们的心里委实快活着呢。扎着马步稳站在车厢上的小青将双卡座录音机抱在胸前，拧大了音响放歌，放的是那会流行的歌：

跟着感觉走

紧抓住梦的手

蓝天越来越近越来越温柔

心情就像风一样自由

突然发现一个完全不同的我

跟着感觉走

让它带着我

梦想的事情哪里都会有

激越的旋律激情的歌声在冷风中悠扬飘荡，悠着悠着就真切地飘进了福旺的耳膜。我的乖乖！福旺心里叫了一声。他笑眯眯地想：这歌实在写绝了，写歌的人怕是我肚子里的蛔虫不成？复员回屋这么多年我福旺都是忍着个性子，结果日子紧巴巴的，心情紧巴巴的。就那一次"跟着感觉走"，跟村长"横"了一下，想不到真的就"突然发现一个完全不同的我"了。我现在的心情何止是"像风一样自由"呢？我现在是翻身农奴得解放——扬眉吐气哩！明天呢？明天的明天呢？好日子才开了个头呢，我梦想过的，做梦也还没想到的，都会有哩！

九

正月十五闹完元宵，就算是出节了，年味伴随着爆竹的最后一缕硝烟渐行渐远，直至散去，一年的春耕大忙时节就又到来了。闲了大半年，野惯了的年轻人慢慢地收拢了一分耍心，开始为一年的衣食劳作，翻土，犁田，施肥，回归了农家弟子的本色。在水云湾，只有宝财一户特别，两年前他就把自家的几亩田租给别人耕了，公粮由租种的人交，在村里人的想象中，他只管跷着二郎腿，一亩田坐收两百斤谷子。

宝财的"佃户"叫谭文龙，是1980届的高中毕业生，人勤快，确是做农活的一把好手。但就是不太爱与人说话，没事就捧着书独自看，村里人都叫他蠢子。两年前蠢子主动找宝财，张口就要租宝财家的田种。蠢子说："宝财叔，你是在外面闯的人，晓得种田也就是我们这些死门绝路的人做的事。我寻思了好久，今年想把你屋里的田租种了，一年一亩田交给你两百斤租子，公粮什么的都由我来交。"宝财虽早有把田租出去的想法，但没想到平素在村子里死声默气的蠢子竟然跟他想同路了，这让他多少有些不敢相信，心想这蠢子是不是真的发蠢气了。蠢子并不理会宝财的沉默，接着说："你把田租给我，你可以一门心思在外面跑生意，赚大钱；我呢，不就是个蠢子吗？多对付几亩田也好，多赚几斤谷子。"宝财见蠢子说得在理，加上平日见他做事还勤谨，便顺水推舟答应了。村里人知道宝财租田的事后，有不少人心里羡慕他，也忌妒他。羡慕，是因为人家有赚大钱的本事；忌妒，是因为自己没那本事，心里不由自主地就是感觉不对劲。那阵子，村里人都成了长舌妇，说蠢子其实不蠢，弄不准哪天又搞运动了，那宝财就成了"地主"，蠢子呢就是根正苗红的"佃农"。地主呢，自然就会被"咔嚓咔嚓"镇压，佃农呢，自然就翻身做主人啰——蠢子这小子硬是看得长远哩。议论之后，村里人碰见宝财就干脆叫他"地主老财"了。村里人这样叫，一来对他坐收谷租不劳而获的做法表示了心里的几分不屑，理论上先硬气起来了，心里也就慢慢地平和了；二来呢，趁运动还没到来之前叫上几声，也算是早早地跟他清了界限。宝财是经历过运动也经历过世面的人，外面的世界比小小的水云湾要精彩百倍千倍呢——要说运动要来打死他也不会相信。所以，村里人叫他"地主老财"，他不怕，也不气，想想看，偌大的水云湾能当上地主老财的也就他一个，自豪还来不及呢！

宝财已是五十多岁的人了，脑子还灵光得转得起圈圈。他早在心里划算过，村民们种上袁隆平的杂交稻后，年年丰收，够捂饱嘴巴的了，可粮多谷贱，稻谷的市价才十多块钱一百斤，除去作田的成本，还有个鬼的赚头。说实话，在田间辛辛苦苦忙活一年，还抵不上他那几个轮子的宝贝在外头滚几趟呢！宝财扎起裤脚离开了农活，却还在算计着农事。每年的春耕播种季节，他都不跑长途，而是上县城拉些农药化肥来乡间兜售，赚运费，也赚差价。他很会做生意，货是真货，价格也比别的商贩实在，遇上一时钱紧的乡亲，他会豪爽地把货赊给人家，免得人家误了农时。碰上个别只赊不还的，宝财也不强逼，总在心里想：就当是扶了一回贫吧，人家嘴上赖皮心里总还记得我宝财的好哩。今年，宝财把生意做得更贴心了，直接把货送到了田间地头。这天，他把车停在了村妇女主任桃子家田头的空地上，一下车，他就招呼桃子的男人大青："老弟，做事霸蛮点啦，一亩田弄两千斤出来。"说着，他就将一根烟抛给了大青。桃子虽说在"水云湾后龙山事

"件"上有些记恨宝财，确切地说是有些记恨宝财甘当跳梁小丑，为虎作伥，但平素对宝财的印象并不坏。

三人正在玩笑，蠢子的老娘满翠嫂打起飞马脚找宝财来了。满翠嫂喘着气说："宝财、宝财，我那短命崽发蠢气了，要在租你的上好的水田里种西瓜。他阿爸气得要吐血了，你快过去劝劝吧！"

宝财一听着了急，这蠢子又在搞什么鬼名堂，要不就真是哪根神经出毛病了。他奔跑着赶到田里的时候，田里的水几天前就给蠢子放干净了，春阳暖暖地洒在已有些干硬的泥土上，散发着柔柔的芬芳的气息。蠢子的阿爸德庆叔跪在田中心高声喊着皇天，见了宝财，眼神一亮："宝财，快去劝劝我那死崽啦，我做了一辈子农民还没听说过在上好的水田里种瓜的。糟蹋田土，要天打雷劈哩！"

宝财伸手去扯德庆叔。德庆叔不肯起来，却伸出一只青筋毕露的干枯的手，指着在田的另一头整土的蠢子说："宝财，你快去要那死崽把水灌进田里来，再不犁田播种阳春就要被耽误了。"

宝财抬腿就向蠢子走去。蠢子不客气地朝宝财吼："你吃多了？我往田里种什么关你什么事，又不少你的租子？"吼毕，又激动地骂自己的老子。

宝财心想，这蠢子还真的是个傻脾气，便上去拍拍他的肩膀，温和地说："小老弟，先不忙，我们坐一边抽根烟去。"两人便找了个僻静处坐下来。

蠢子吸了会儿烟，情绪慢慢稳了下来。他说："宝财叔，我在这水云湾还就跟你讲得上几句话。"

宝财说："嗯。"

蠢子又猛吸了一口烟，接着说："父母让我读了这么多年书，我也干了这么多年农活，算是琢磨透了，像我老子那样苦做苦吃，做到死，也就一个样，能混个肚皮饱就不错了。村里就你能发财，为什么？吃的还不就是脑瓜子饭。我一直在想，谁说田里只能种稻，就不能种别的？不是有句'瓜田李下'的古话吗？说明田里也是可以种瓜的嘛！种稻年成好，亩产也就一千来斤，按现在十多块钱一百斤的市价，也就是百来块钱。种西瓜呢，亩产三千来斤是最保守的估算，按现在一斤西瓜八分钱的行情算，有两百多块钱，翻个番呢，何况种瓜的成本比种稻要少得多呢！宝财叔，我决定今年先拿一亩田出来种瓜，并不是头脑发热，做了好多的准备工作哩。实话跟你说吧，当初租种你的田我就有这样的打算了，种瓜不成功，不就是亏两百来斤谷子吗？但我觉得各方面的准备还不是很充分，两年来我便一直没动。两年时间里，我上县里查了关于我们这里土质方面的资料，也是老天爷有眼，结果很适合种西瓜。我又做了市场调查，我们莲荷乡只有极少数人家在地里零星地种了些西瓜，大部分瓜都是通过小商小贩从外地调进。种瓜的风险我也考虑过，主要的就是它是季节性瓜果，保质期短。但我就是不信，三万多人的莲荷乡竟然会连我的三千多斤瓜也卖不出去！"说着，蠢子又往宽宽大大的裤子口袋里挠了挠，挠出一本皱皱巴巴的书来，宝财一看，是一本《西瓜种植技术》。蠢子翻开了其中一页，信心十足地对宝财说："要是今年种植成功，我明年还要开发种植无籽西瓜呢！"

无籽西瓜？纵然是宝财见多识广也还没听说过这新鲜玩艺儿呢，看来这蠢子真的就与村里的其他人不一样，鬼名堂蛮多。宝财不由得认真地看了蠢子一眼，蠢子先前的怒气没有了，被一种向往和期待所替代。

"宝财叔，"蠢子说，"诸事宜快不宜迟，要是大家都种西瓜了，我蠢子就是蠢到了家也不会去种什么瓜呢！可我那老子横说直说就是不通，还威胁我说要死到这田里。我说，就算是你老人家死到这田里了，只要你的蠢子崽没死，这瓜还得种!"

蠢子停下口，一脸的坚毅神情。

宝财说："哦，是这回事，我去对你阿爸说说看。"话落音，宝财才意识到自己来劝说蠢子这下反被蠢子给"招安"了，这蔫头夺脑的鬼家伙还真的是厉害哩，他心里决定要帮蠢子一把。

德庆叔依旧在田中心跪着，皇天喊过了，老泪流干了，心灰了，意冷了，知子莫若父啊，这蠢子崽是九头牛也拉不回了。老人目光呆滞，一张脸抽搐着，涌动着岁月的沧桑和雨雪风霜。突然，老人身子扑地，脸紧紧地贴着酥松的泥土，就像一个孩子依偎在大地母亲温暖厚实的怀抱里。老人一张干瘪的嘴亲吻着泥土，鼻子耸动着，吮吸着泥土纯净醉人的芬芳。老人用嘴巴啃了一小块泥，泥块酥软，还有些潮湿，散发着恒久不变的温馨气息。老人的嘴轻轻地颤动着，细细地咀嚼着泥块，仿佛咀嚼着成熟稻穗上金黄的谷粒。老人将磨碎的濡湿的小土粒慢慢地吐了出来，在干枯的手掌心小心地捧着，虔诚地捧着，然后蠕动着枯瘦的身子，终于将上身直了起来。老人依旧跪着，以一颗感恩的心捧着手中的泥土，生我者父母，养我者父母，而每个人脚板底下无言的厚土却是万物的父母啊，眼前这块土地就要被自己的不孝子糟蹋了，我谭德庆愧对皇天啊!春天的田野阳光普照，老人却感觉这阳光像冰雹正从四周围击着他，更像无形的鞭子一下一下地抽着他的心。阳光是明媚的，春风是和煦的，大自然是宽容的，可这一切只能让老人感受到一种温柔的残酷，就像犯错的孩子面对仁慈的娘亲，孩子的内心该会是多么地愧疚难当啊!老人听见了阳光的声响，那是接受鞭刑的一种声响，猛烈些吧，再猛烈些吧，在撕心裂肺的痛楚中也许会得到瞬时的快乐和安宁。老人的身子抖动着，脸上的皱纹扭动着，他突然号啕大哭，干枯的眼角有几滴老泪在阳光下闪烁着晶莹的光芒。

宝财小步跑过来抱住老人。老人已经浑身瘫软了，任由宝财抱着。宝财说："德庆叔，别急，别急。我刚刚跟蠢子说好了，今年的瓜由蠢子帮我种，我出田，这亩田今年的谷租当然就不用你们家交了。另外，本钱、劳力钱都由我出，我是请蠢子帮我种试验田呢。如果试种成功了，瓜是你们家的，德庆叔，您到时记得发两个瓜给我尝尝鲜就是了。"一直在旁边陪着老人抹泪的满翠嫂听了宝财的话，心里满是欢喜，她和宝财一道总算将自己的老伴扶了起来。满翠嫂对德庆叔说："宝财对我们家蠢子就是好哩!"

十

种子播下去，秧苗长出来，布谷鸟声声叫唤的时候，田野里便满是抢插秧苗的农人，这是山间最闹热的时候。"春天春天，时时发癫。"——我们江南的春天，就是多变，本来天气还好好的，太阳挂在天上还亮亮的，倏忽间，老天爷哪根神经就不对头了，要是心情还不算太坏就淅淅沥沥飘一阵细雨或者就着晴朗的天空飘一阵太阳雨，要是心情太糟抑或太好就立马变脸，干干脆脆哗哗啦啦地落一场豪雨，把在水田里劳作的人们打成落汤鸡。在这个多事又多雨的季节，农家的小孩子也变得特别地晓事，天晴了，提个茶壶给大人送水去；眼见天色要变了，就忙着给大人送斗篷蓑衣。麻风细雨的天气，看着大人们忙不过来，半大不小的孩子也会斜戴着斗笠，待大人把完田就把牛儿牵上岸来，让牛儿沿着田埂吃草，把肚儿吃得溜圆。农家人这样忙过十天半月，腰也酸了，背也痛了，田野里就一片绿油油了，只要再挨上一阵子，秧苗儿越长越苗壮，农家人一年的希望就又看得见了。

插完田，水云湾的年轻人就又可以歇上一口气了，他们重新回到了"水云湾精武馆"。精武馆刚维修过，显得更加地宽敞明亮，小伙子们在馆子里舞拳弄腿，单打独斗，有一句无一句地高声唱着当年电视剧《霍元甲》里的主题歌："昏睡百年，国人渐已醒……"唱着唱着，就会吼上几句和声："哈！哈哈！"然后发力挥拳提腿朝着对手出击。铁牛入了精武馆后，人变了很多，似乎不再那么腼腆了，还学会了讲粗话，学会了玩牌。

　　每到农忙的时候，铁牛看起来是悠闲的，而到了农闲的时候，铁牛就比村里的其他年轻人显得忙多了。他和父亲常年在外跑车，本无所谓忙与闲的，春夏秋冬，天晴下雨，生意一样的做。但在村里人的意识里，他们父子都是不务正业，春耕大忙人家连上厕所的时间都没有，这俩父子倒好，成天开着个车逍遥。这下农闲了，村里的年轻人什么事都没有，铁牛呢，还得和父亲一起开车在外面跑，不跑不行哩，如果不跑的话，赚不到钱不说，每天还要倒贴不少的费用，这钱真的有村里那些闲操心的人认为的那么好赚？铁牛虽是个玩心重的小伙子，其实也分得清个轻重，没事的时候，就开心地放纵一把，有了生意，他就会果断地收起那分耍心。

　　这天上午，宝财父子开车来到了黄婆镇。黄婆镇属另一个县管辖，但与莲荷乡相邻，两乡镇有好几个村子相互交错插花，边界纠纷时有发生。虽说鸡犬之声相闻，可一旦村子与村子之间起事就是县际纠纷，就要惊动两县的头头脑脑，甚至需要更上级的有关部门出面调停。黄婆镇盛产煤炭也盛产混混，近年来不少混混就专干寻衅滋事、敲诈勒索的营生，该镇第一大村——张家村就以恶出名。过往的司机们流传着一句口头禅：鬼门关好过，黄婆镇难过。宝财开了这么多年车，对这话也只是听着，并没有真正上心过。一来自己是莲荷乡人，是水云湾人，也就是本地人，胆儿壮着呢；二来自己也还确实没碰到类似的麻烦过，当心那些混混在他看来纯属多余。可这天就在他把车停靠在一家商铺门前想买包烟的时候，麻烦说来就来了。他一下车，一个年轻伢仔就拖住他的后衣领，嚷嚷着："你这老鬼，你看看，你的车把我的狗压死了。"

宝财一惊，心想鬼摸昏头了，他转过身朝车底下一瞧，果然有一只死狗在前轮胎下面躺着，但车轮胎上并无血迹。宝财明白，他今儿个是遭遇上传说中的敲诈了。

"小兄弟，你要诈盘子也长点眼珠啰，我是本地人哩。"宝财说。

"你老鬼嘴还挺硬，讨打！"年轻伢仔抬手就打了宝财一个耳刮子。

坐在车上的铁牛开始还以为是一些小事来着，便忍着，见父亲遭了打，血气就上来了。他打开车门，蹬腿就蹦了下来，一拳就将年轻伢仔打了个趔趄。

"弟兄们，上！"这时六七个人操着家伙从商铺里窜了出来，朝着宝财父子铺天盖地就是一顿乱棒。铁牛死死地护着父亲，奋力撂倒了对方三个人，他自己也被打得一身是伤，最终被那些扎实的棍棒打趴下了。

年轻伢仔用脚踏住铁牛的后背，他自己的几颗牙齿也被铁牛打脱落了，一嘴巴的血。年轻伢仔说："看你是个孝子，今日就不再教训你了。给老子记着，回去摸三千块钱到张家村赎车。"年轻伢仔说完，抹了抹嘴上的血，招呼同伙上了宝财的车，"嘟嘟嘟"，车子很快发动，一溜烟开走了。铁牛忍痛从地上爬起来，扶起被自己护在身子底下的父亲。

"痛不痛？"铁牛焦急地问父亲。

宝财看着满身是伤的儿子，眼泪一下就流了出来。他顾不得自己身上的痛，轻抚着儿子的头，说："崽呀，你阿爸没事哩，你一身是血，阿爸扶你上医院看看去。"

铁牛用手往脸上一抹，汗水血水粘得眼睛都有些睁不开来了。铁牛说："阿爸，我没事。这一架打得爽，实战演习哩。"说着，铁牛活动活动了身子，一身的骨骼还在精神地叭嗒叭嗒响，他大笑着说："阿爸，没事，确实没事。"

宝财被儿子年轻爽朗的笑声感染了，也笑了起来，又笑出了一把眼泪。他赞赏地对儿子说："我活了这么一把年纪实在没硬气过，真的想不到我宝财还能生一个这样勇敢的崽，一个人打倒三个哩。"

铁牛又笑笑，看了看父亲，父亲的脸上已经有不少的皱纹了，长这么大，他是第一次发现父亲确实有些老了。父亲的眼睛本来就不大，一笑就眯缝着，脸上的皱纹便细细地荡漾开来，显得特别地慈祥和亲切。铁牛终于发现父亲的头发上沁出了暗红的血迹，这血迹让他的心颤颤的，他走到父亲跟前，背朝父亲将身子蹲了下去。铁牛说："阿爸，儿子没用，没保护好您，让您受伤了，我这就背您上镇里的医院去。"

这天下午，宝财父子满身挂彩回到了水云湾村。福旺知晓了事情的真相后雷霆震怒。张家村人平日嚣张得很，扰得四围乡邻鸡犬不宁，福旺早就想站出来平一下他们了。但张家村人再骄横，以往眼睛还是长了的，他们从来不惹水云湾人，两村之间一向都是井水不犯河水。就这次那几个黄毛小子真的瞎了眼了，把麻烦找到水云湾人头上来了，也把福旺心里的炸药包给点燃了。看着一身是伤的宝财父子，福旺在心里把主意定了。但他留了个心眼儿，他让铁牛赶快去找贵祥。铁牛向贵祥反映情况时，贵祥一直默不作声，他猜得到这是福旺的安排，一来探探他作为一村之长对这事的态度，二来看看他会有什么招数为自己的村民讨回公道，如果公道讨不回来，就让他在整个水云湾人面前露丑，福旺的心计不可谓不阴险。可贵祥这么多年的村长也不是白当的，面对铁牛的诉说他只管张着耳朵听，铁牛临走，他才阴阴地吐出一句似乎是述评整个事件的话："在家不打人，出门无人打。"话一会就转到了福旺耳朵里，福旺仔细地琢磨出了贵祥的意思。一层意思是说，这个事情是有前因后果的，出门被打，是因为在家打过人；另一层意思就是，既然在家打人都有那么大的能耐，出门被人家打了怎么就会没有能耐了呢？你们自个儿看着办吧！贵祥的话虽然是对铁牛说的，意思却是冲着福旺来的。"这个贵祥，做事没见着长能耐，却是个老滑头，把皮球又给我踢回来了！"福旺在心里狠狠地骂了一句，想，你贵祥不就是要在黄鹤楼上看翻船吗？我就要让你也让张家村人看看这方圆八十里地究竟谁是阎王！

福旺觉得对张家村人采取行动已是箭在弦上不得不发了。

十一

福旺决定就在当晚采取行动：奔袭张家村！

这个决定看起来有些唐突。他知道劳军远行奔袭别人营地在地利上占不到优势，这是一不智；事发当晚就采取行动，常理上讲此时人家的防范意识最强，从对天时的选择上看，这似乎更是一着臭棋，是二不智。可福旺偏就不是一个按常理行事的人，他有他的"理"，他觉得此时发起攻击正是时候。其一，堂堂的水云湾村民竟然被张家村的几个小子给欺负了，水云湾人复仇的士气正是高涨的时候，不是说天时不如地利，地利不如人和吗？此时正是抓住"人和"这一优势的最佳时机。其二，依福旺对张家村人的了解，他们骄横惯了，开罪那么多乡邻也从没人敢公开报复过，诈一诈盘子对他们而言是小事一桩，根本不会太放在心上，这一次十之八九不会有实质性的防范。其三，张家村人已成为周边乡邻的公敌，讨伐他们在福旺看来这是一场正义的战争，师出有名，如果立马就行讨伐，旗开得胜的话，产生的社会效果要比其他时候好十倍百倍。这么思量着，仗没打，福旺已在心里跃跃欲试了。每一次内心酝酿的风暴要演变成现实之前，福旺心里便会陡生赌徒的兴奋，心里默念的就是四个字：搏它一搏！

福旺是个冲动型的人，但他的冲动只在实际行动的时候才即兴表现出来，行动之前他一定会细密策划的。他细问了铁牛的伤情，确认铁牛并无大碍尚能开车才答应让他参加当晚的行动。他又把小青找来，打架凭的是狠，是勇，只要有小青这样敢玩命的人在，水云湾这一百多号年轻人的狠劲勇气自然都会带上来。他拍拍小青的肩膀，当场任命他为奔袭张家村的现场总指挥。小青一听，一根烟歪歪叼起，笑得眼睛眯合眯合的。

这天晚上，"水云湾精武馆"灯火通明，福旺召集一百二十多号弟子训话。

福旺指着铁牛问众徒弟："铁牛兄弟身上的伤是谁打的？"

"张家村人。"众徒弟答。

"这口气大家能不能够忍？"

"坚决不能忍！"

"怎么办？"

"报仇！"

"敢不敢报仇？"

"敢！"

"怎么报仇？"

"血债血还！"

"什么时候还？"

"今天晚上还！"

"有信心没有？"

"水云湾必胜！"

"好!"福旺朝着众徒弟满意地摆一摆手,说,"大家都这么骄雄,也算是我平时没有白调教你们。俗话说'佛争一炷香,人争一口气',为我们水云湾人争气的仗值得打,一定要打,而且一定要打赢。徒弟们,依我看,打打架不算本事,打赢了算本事,打赢了还不赔钱算真本事。是骡子是马,今天就让大家出去遛遛看看,我在家坐等你们的好消息!"

水云湾离张家村大概三十里,福旺的徒弟们是分乘从别的村租来的四辆大货车过去的。在距张家村一两里的地方,车子停下来,小青让师兄师弟们下车待命。这小青天生就是个干架的料,他把一百二十几号人分成六个小组,即东西南北中五个小组再加一个机动组,并确定了六名小组长,小组长负责指挥各小组的战斗和适时清点人数,以免把人打丢了成为敌人的俘虏。凌晨三点多钟的时候,一百多人的队伍摸黑步行进入张家村。此时的张家村正在沉睡中,只有一两户人家还有灯光,想必正在赌博呢。可能由于声势过大,狗吓缩了胆,队伍进村时,硬是没有一只狗敢叫出声音来。进了村,东西南北中五个小组迅即各就各位,机动组也找好了位置准备随时出击。铁牛在村子中央的一处空坪里找到了他的汽车,他用脚踢了踢车轮胎,轮胎硬鼓鼓的,没有被放气。他掏出备用钥匙打开了车门,一下就将车子发动了。

这时车子旁边的屋主发现了异常。

"谁?"一个中年男人的声音。

"公安局的。"小青想都没想,顺口就答。

屋主跳下床,打开门探出一只头来看究竟,小青二话不说,抬手一棒,就将屋主打趴下了。屋里的女主人听见响声,情知不妙,穿着内衣内裤站在屋子里大声叫喊:"来强盗了,杀人了!快来人啦!"喊声一落,不少人家的灯就齐刷刷地亮了起来。

小青大怒,大叫:"弟兄们,把家伙抄好,谁敢作声打哑他,谁敢出门打趴他，今儿个就要踩平张家村！"叫毕，他亮了手电朝天上晃了三晃，顿时各路人马也掏出手电朝天空晃着应和，张家村立时成了白昼。见这阵势，张家村人一时摸不着有多少"鬼子"进村，不少人心里先自怯了。小青带领的东西南北中各组人马在自个的辖区警备着，发现敌情便扑将过去，刀棒齐下，见人打人，见物砸物，毫不手软。机动组往来奔走，哪里出现险情就往哪儿镇压，直至平息。可怜张家村人骄横一世，此时都被堵在各自的屋子里，连大门都迈不出一步，也有不怕死硬着头往外冲的，但都被小青的人打得半死。

战斗进行了快一个小时，张家村人自觉碰上真正的玩命鬼了，一家一户困在屋子里怎么着都形不成合力，再行抵抗只是白白流血。如果把水云湾这伙"强盗土匪"彻底激怒，说不准他们真会把张家村一把火给烧了。

强敌压阵，放弃抵抗是唯一的明智选择，张家村人只能乖乖地窝在屋子里，有的人家索性将电灯也熄了。

此时小青正在兴头上，他嚷嚷着："张家村人，还有不有不服气的？有种的就出来！"

没有人回应他，只有他那干号般的声音在夜空回荡。

"铁牛，你先把车开出村去。"小青见张家村人被收拾得差不多了，也想尽快鸣锣收兵。

这时，车子旁边屋里的女主人再也顾不得死，顾不得羞，趁小青不备，只穿着内衣内裤蹿了出来，一下就躺在前轮胎底赖死，想阻止铁牛把车开出去。

车灯亮闪闪的，照着了女人白花花的肉身。水云湾的年轻人大都未婚，大都未见过女人的身子，一时不知所措。小青也未接触过女人，但他打起架来了，眼里只有敌人，似乎并无男女之分。他向女人走去，躬下身子，一把就将女人抛进了车子另一侧的猪栏里。猪栏里有三头猪，猛地见一团肉光飞进来，惊得嗷嗷乱叫。

"你这短命鬼，做这样的短命事，要天打雷劈！"女人躺在猪们中间，边爬起身子边骂。

"就你这婆娘，还打坏我的手呢！呸！"小青晦气地骂着，还"呸"了口口水在自己的手上，接着双手便使劲地来回搓着。少顷，猪们的惊叫声又让他兴奋起来，他对身边的弟兄们说："肥猪，三头肥猪，全给我捆上车去！"

身边的弟兄跃进猪栏开始捆猪，猪栏里的女人几乎赤裸的身子此时早弄脏了，拼命地撕咬捆猪的人。

小青恶狠狠地瞪着猪栏里的女人说："你要再敢拦着，把你连同猪一起捆了！"

车灯光隐约映照着小青的一张魔怪般的脸，女人有些发怯地看了一眼，不敢乱动了，一屁股坐在地上恸哭。

三头猪一会就被捆绑在了车上，铁牛鸣了声喇叭，稳稳地将车开出了张家村。

小青让各小组清点了人数，然后把右手的两只手指头塞进嘴巴，吹了声悠长的口哨，一百多号人便迅速撤离了张家村。

这天晚上，福旺连个小盹儿都不敢打，一直在家焦急地等消息，毕竟弟子们是第一次出征，临场表现如何，他心里不是特别有底，要是打败了，那后果就真是不堪设想。想到这一层，他心里就隐隐地有点怕，有些后悔当时做出的决定。快天亮的时候，他终于听见了从村口传来的汽车喇叭声，一声接一声的，像唱凯歌一样。福旺小跑着赶到村口，正碰上铁牛从车上跳下来。

铁牛兴奋地对福旺说："师父，胜了，我们全胜了，没一个人受伤哩！"接下来，他就对师父说了行动的全部经过，并一个劲地夸小青，"这小子，行，真的行！"

福旺自然高兴，他还是有些担心地问："你们没打出人命来吧？”

“哪会呢？顶多就是打个半死哩！”

福旺找到小青，小青正指挥着人把车上的猪弄下来。

“干麻拐，今儿晚上干得不错，师父没白看中你。”福旺对小青说。

小青说：“还没打过瘾来呢。对了——”小青指了指那些惊叫着的浑圆壮胖的猪，接着说，“师父说了，打架不算本事，打赢了算本事，打赢了还不赔钱算真本事——我今晚不但打赢了，还赚三头猪，这要算什么本事？”

这小子一给表扬尾巴就翘。福旺在心里暗骂了一句。他怕小青扫兴，便拍拍他的肩膀，索性夸张地说：“这要算天大的本事！”

小青一听，嘴巴又笑得歪歪的，露出了孩子般的天真神色。

三头猪，小青孝敬了师父一头，另两头便赶进了自家的猪栏里。

十二

杨副书记是在这一年当的乡长。官当得越发出息了，管的事自然也多了起来，但在莲荷乡，他最担心的还是社会治安问题。一想到社会治安，他就想到边界纠纷，就想到让乡里历届领导都感到头痛的邻县的张家村。张家村村子大，根本不把坐落在它周边的莲荷乡所属的小村小寨放在眼里，一些多事之徒四处骚扰，惹得四邻鸡犬不宁。杨副书记自参加工作起就在莲荷乡，管了快十年的政法，近十年的时光，大部分就耗在这大大小小的纠纷里。近两年来，张家村人更为嚣张，就是莲荷乡政府的干部他们也不放在眼皮里了，似乎老子天下第一，可以爱怎么着就怎么着了——这当然与其所属的黄婆镇政府一向的纵容有关。每有纠纷发生，主管政法的杨副书记都会带着人去黄婆镇协调，黄婆镇对此一直取"非暴力不合作"态度，客客气气接待，明明朗朗表态，措辞强硬，行动上却是敷衍。黄婆镇的用心明眼人一看便知，却又奈何不得。去年为调解一起边界纠纷，杨副书记在黄婆镇政法组干部的陪同下来到了张家村，结果杨副书记遭到围攻，一名泼妇从人群中跳出来，当众甩了杨副书记两个耳刮子，直到现在，这两个耳刮子金属般的声响还时不时在耳膜回荡，每想起这事，杨副书记都感觉到脸上火辣辣的。让杨副书记感到极为愤怒的是，事发当时黄婆镇政法组的几名干部竟然没事一般闪到了旁边，这哪里还像是国家干部？杨副书记当时想，基层干部哪儿是人当的？就是下海或者当民工干苦力，这乡镇干部也不要当了。可想归想，回来睡上一觉工作还得做。他每年都要以莲荷乡政府的名义邀请周边几个乡镇的头头脑脑及村组干部来乡里举行联谊活动，意图共建睦邻友好，莲荷乡这一做法曾作为经验在全地区十多个县推广。然而，这被当作经验推广的做法实际效果却不妙，尤其是黄婆镇张家村那边的人，吃也吃了，拿也拿了，哪天哪根筋不对劲了，照样打将过来，一点情面都不留。这样一来，杨副书记倒成了众矢之的，连有的乡干部也认为此举纯是劳民伤财，长的是别人的志气，灭的是自己的威风，效果适得其反。民间的口舌就更不客气，直骂杨副书记是莲荷乡里只会屈膝示好的"李鸿章"。还好，杨副书记忍辱负重霸蛮工作上面是认可的，莲荷乡周边环境如此复杂，但这么多年并未发生一起重大的治安案件，这已经是非常难得了。杨副书记的工作老百姓在心里面是认账的，大都认为他是一个难得的实干干部，今年年初乡里换届，他被县里提名为乡长候选人，并在乡人代会上顺利当选。

如今，杨副书记成为杨乡长已有好几个月了，虽说不再分管政法，但他脑子里一直在思索怎么制衡张家村这一现实问题，这也许是多年的工作惯性使然吧。他想，如果没有一种力量来制衡张家村，由对方挑起的县际纠纷就永远是一个尾大不掉的难题。当然，从理论上讲，法治的力量是完全可以制约一个小小的张家村的，可是，当对方的执法者举起的不是法治的大棒而是地方保护主义的山头旗帜呢？法治的力量又该是多么地苍白啊！美国佬为什么不敢明目张胆欺负苏联和我们中国人？因为只有核大棒能对付核大棒啊！所以，民间的事情用民间的力量来制衡，也许比纸上的条规要有效果得多。张家村这么嚣张还不就是因为没有吃过大亏相反还尝到了甜头吗?！黄婆镇的干部比周边几个乡镇的干部神气不就是因为他们多年的纵容炮制出了张家村这根"核大棒"吗？弱国无外交啊，周边乡镇遇有纠纷去黄婆镇协调，在心理上先就得矮别个三截。杨乡长也思量过，周边几个乡镇能有实力跟张家村叫板的就只有莲荷乡的水云湾村。可是，两村相隔有二三十里地，距离太远，很难因鸡毛蒜皮的小事情较上劲儿；再则，张家村再逞雄，却也有一条不成文的规矩，那就是千惹万惹不惹水云湾人，惹了的话，风险太大了，成本与收益实在不成正比。但水云湾跳出个恶人福旺来以后，杨乡长一直有一种预感，这方圆几十里地的一场龙虎斗就要开始了。杨乡长自己心里也不明白，他对这种预感是期待还是担忧，是希望它早些来还是迟些来，或者不来。福旺这小子去年逼得他下不了台，但不知怎的，他对这小子就是恨不起来，也下不了狠心去收拾他，他总感觉，福旺这种人在莲荷乡还有更大的用场。

这天清晨，杨乡长单身宿舍的电话铃声急促地响了起来（20世纪80年代末90年代初，电话尚未普及，一个乡也就邮电所和乡政府有一两台电话机）。杨乡长刚起床，伸手接了电话。电话是黄婆镇打过来的，通报了该镇张家村昨晚被莲荷乡一伙儿暴徒打、砸、抢的案情，称有十余名村民被打成重伤，一名妇女被猥亵，三头肥猪被抢走，同时无数家物被砸毁。这是杨乡长在莲荷乡工作近十年来第一次接到黄婆镇主动打过来的通报案情的电话，以往都是这边打过去的，对方接电话时也总是那种居高临下悲天怜人的口吻，但能感觉得到，对方心里其实乐呵着呢！这次，杨乡长接电话的手激动地颤抖着，有种扬眉吐气的感觉。但他一丝一毫也不能表现出来，案情通报完后，杨乡长"气愤"却又不失严肃地向对方表态："真是和尚打伞——无法（发）无天！我们一定从快查处，对那些胆大妄为之徒一定严惩不贷！"放下电话，杨乡长再也控制不住自己，多年的压抑瞬时爆发出来，他放肆地笑着，开怀地笑着，笑得气也出不匀了。笑声像欢快的小鸟，在宿舍里打着旋儿，在耳畔回荡。他伸出双手抚了一把脸，手上竟然沾满了泪水。爽啊，今日就是爽啊，我们莲荷乡出大侠了，平民愤了，福旺你这小子，终于跳出来了，这么快就跳出来了，响响当当痛痛快快地跳出来了，英雄了！依得杨乡长的心情，他巴不得给这小子颁个"见义勇为奖"呢！杨乡长终于在宿舍的镜子里发觉了自己的失态，他进卫生间洗了把脸，怔怔地站了好一会，心情总算平静了下来。

不一会儿，接手杨乡长分管政法的黄副书记被叫了过来，杨乡长想听听他的意见。黄副书记是个直性子，听完案情通报，他一脸兴奋，急不可耐地谈了自己的看法："从法律层面上说，这一事件双方都有错，都违法，只是程度相对来说不同而已。张家村错在先，而且敲诈勒索对他们来说早就不是什么偶尔为之的事情了，这是事件之因；水云湾错在后，他们的初衷也就是去要回被抢走的属于自己的汽车，虽说临时冲动产生了严重后果，但这后果终归属于前因之果。从社会效果上看，民间一定会认为张家村是'恶有恶报'，甚至会因为他们终于受到了这种报应而拍手称快；水云湾呢，老百姓会认可他们的大侠风范，认为他们此举是

— 60 —

'除暴安良'。因此，在对事件的处理上，如果还像以前一样只是我们单方面单纯地依法办事，严惩自己的人，而对方的法律责任却得不到追究，产生的效果不一定就好，相反，对方固有的嚣张气焰还会被助长——我们以前在这方面的亏也吃得太多了。我的想法是，参照黄婆镇的一贯作法，也来个'非暴力不合作'，处理事情时内外有别，外紧内松，多打雷，逼不得已才下一些毛毛雨。这样，场面上能应付过去，实际上也占得着便宜。"说到这，黄副书记笑笑，朗声说，"杨乡长，我马上就带人去水云湾调查——这在思想上够重视、行动上够迅速了吧？"

黄副书记的意见暗合了杨乡长的想法，杨乡长会意地笑笑，算是认可。末了，杨乡长对黄副书记补充一句："注意防范噢！"

谁注意防范？防范什么？杨乡长没说，黄副书记心里明白。他急着去水云湾调查，很大程度上就是过去提个醒呢。

十三

水云湾名声大震，福旺再一次名声大震。这天天一亮，张家村被掏了鸟巢的消息就在周边各村传开了，不少村落的老百姓像过节一样燃放起了鞭炮，庆祝张家村的气焰这一次被水云湾人狠狠地打压了下去，水云湾人奔袭张家村的经过也被越来越多的版本流传，传话者在讲述完事情的大致经过后，大多会感慨一声：真的是恶人自有恶人磨，遇到恶人莫奈何呀！传话者都没说福旺直接参加了奔袭行动，但无论是说的还是听的心里都清楚，水云湾真正的镇山老虎就是福旺，谭福旺在传说中甚至成了谭大侠，名震江湖。这一事件给张家村人造成的心理恐惧是深远的，即使过了多年以后，碰上有小孩吵夜，大人实在哄不住了，往往会恶声恶气地说一句："你要再哭，福旺就来喽！"小孩一听，哭声便会戛然而止。周边各乡镇集市上的小贩遇到无赖敲诈，也会模仿水云湾人的口音说：兄弟，搞不得哩，我是水云湾的。

真实的福旺已经整宿没合眼，他在急急忙忙地安排处理善后事宜。说起来就两件大事，即两个"防范"。一是防范政府抓人，二是防范张家村依葫芦画瓢搞偷袭。福旺在村口的山头上二十四小时都安排了暗哨，并在公祠里安上了一口大钟，如果政府来了大队人马，暗哨便会跑到公祠撞钟一下，听到钟声后年轻人便会紧急往各处山头疏散；若是发现张家村来人偷袭，暗哨便会撞钟两下，年轻人随即紧急集合，准备痛击来犯之敌。如果政府来人调查，福旺的策略是合作不对抗，合作的主要演员就是张家村人的敲诈对象宝财。福旺担心宝财胆小，又没经历过争斗的大场面，会把好戏演砸，政府调查时他会设法站在他身边，给他的心里打气。为防意外，他已安排铁牛带着小青连夜开着大货车去广东方向跑货兼躲难去了。

这天上午，黄副书记坐着黄色的吉普车带着政法组的一行人来水云湾调查了。黄副书记是在老支书的陪同下找福旺协助调查的，十分自然地，福旺把受害人宝财找了来。宝财头、手都缠满了纱带，一张脸只露着两个眼睛，显出了一些活着的气息。其实这身打扮是福旺精心设计的。宝财还算是个实在人，一撒谎就脸红，用纱布把他的一张脸包装起来，他的表情就没人能看出来了，还透出了伤情重受害深的讯息。宝财一步三瘸，像受伤的老鸭一样隆重登场了。他的表演比福旺预想的要好得多，他一见着黄副书记就"扑嗵"一声跪了下去，直呼："请政府为我这个老鬼作主哇！"弄得黄副书记再也坐不住了，站起身来小心地将宝财拉起，口里说："老人家，别激动，别激动，有话好好说，慢慢说。"说起昨天遭敲诈遭毒打的血泪史，宝财更是声泪俱下，哀哭连天，惹得政法组作记录的年轻妹子眼眶湿了又湿。这一段正是黄副书

— 62 —

记所要调查的重点，后来的事情宝财说那是年轻人自发去的，具体情况就不怎么清楚了。黄副书记也不深问，轻描淡写地带过了。调查完了，黄副书记面无表情，口气却相当冷硬地说："整个事件政府一定会彻查清楚。你们水云湾别以为自个儿村子大，就可以胡来，要是所有的村子都像你们一样胡来怎么办？别以为真的天下大乱了，都可以当草头王了！"

说话听声，敲锣听音，福旺立马就反应了过来。他笑了笑，却是相当有底气地说："我们湾里的年轻人自发上张家村的事情我不很清楚，但是哪个要敢来偷袭我水云湾，我的口袋阵早等着他呢，他来就是送肉上锅，我正饿得慌哩！"

黄副书记心里落了实，嘴上却说："福旺，你以为你是土霸王了？告诉你，做什么事都给我放规矩点！"

接下来好几天，都有公安人员开着警车往水云湾跑，找了些无关紧要的人问话，抓了几个"嫌疑人"，但过不了一两天又因"证据不足"放了。

转眼，铁牛和小青这两小子在广东跑货已逾半月，雇主是一个广东人，三十来岁，是宝财以前的老客户。广东人是个喜来疯，乐观得很，爱穿花花绿绿的衣服，也爱说花花绿绿的笑话。三人一起上路跑货，时间不知不觉就被快活地打发了。

铁牛和小青在外面逍遥了两个多月，在一个秋高气爽的日子回到了水云湾。那时因为奔袭张家村引起的风波似乎已经平息下来，水云湾又呈现出一派安居乐业的景象。田野里到处是金黄的，到处是抢收稻谷的人们。在外面溜达了两个多月，小青跟铁牛学会了开车，车子就是由小青开着进村的。小青将车窗玻璃全摇了下来，见着熟人，就鸣一下悠长的喇叭，似乎在告诉对方，我回来了，我会开车了。车子到了村口，熟悉的竹林、池塘映现在眼前，小青心里竟有了股特别的亲切劲儿。那句话怎么说来着，"美不美，家乡水；亲不亲，故乡人"哪！小青再顽劣，可这毕竟是第一次出远门，第一次出这么久的远门啊，他心里难免激动。这一激动，小青就露出了猴子的本性儿，手舞足蹈的，整张脸笑得歪歪的，分不清鼻子分不清眼了，他竟然把方向打歪了，车子险些掉进了池塘里。

"干麻拐，你要是想死，就自个儿跳车，不要把我也搭进去！"待车子停稳，铁牛张嘴就骂小青，这是师父骂徒弟哩。

铁牛和小青跳下车来，前面已有好些师兄师弟在等着他们了。

"你们两个小子，在外面快活就不记得我们这些弟兄了，我们在这里站着等你们的好烟抽哩！"一位弟兄边说边走近他们，突然出拳朝他们的肚皮各各捣了一下。

"哎哟！"小青边夸张地叫着，边向弟兄们发烟。小青说："外面的日子不好过哩，我的肚皮到现在还饿得空空的，你捣我这么一下，怕是肠子肝花都捣没了呢。实话说吧，我和铁牛在外面就是想你们了。"

小青这天穿着燕尾服、牛仔裤、波鞋，带着墨镜，一身时髦打扮，在村人面前他还从来没有这么靓过。他的一头长发是这几个月刻意留的，快披到肩膀上了，他开口说话晃头晃脑的，头发也跟着他的情绪漫无边际地舞动。从广东回家之前，铁牛对小青说："兄弟，这几个月苦了你了。"小青说："我快活得还不想回去呢！"铁牛说："兄弟，你知道的，这几个月跑车剩的钱也不多了，但再怎么着，我们回家这一身行头还是要的，我们马上去商场买一身衣服吧，绝对要是名牌的！"到了商场，铁牛挑了一套西装，小青就要了现在这身装扮，总共花了快一千块钱。另外，小青还寻铁牛借了一千块钱，小青用这些钱买了一台放像机和十多盘录像带。

回到水云湾的这天晚上，小青才去师父福旺家里，刚好那天美英带着小孩子回娘家看望父母去了，家里就只有福旺一个人。

小青说："师父，我给你看一样新鲜东西。"他边说边从自己背来的旅行包里摸出一个长长扁扁的黑铁皮盒子来，又用线将这玩艺儿跟电视机连接上了，然后插上电源，红色的指示灯就亮了起来。小青告诉师父，这是放像机，等下录像带放进去，图像就跑出来了。

看了一会儿，小青说："师父，外面的录像厅放这个好赚钱呢，看一场五块钱，好大的屋子人都坐得满满的。我想在我们村子里搞个录像厅，你出电视，我出放像机，都乡里乡亲的，一场一个人就收两块钱，一天每人赚几十百把块钱那是洒洒水一样容易的事情。"

福旺在心里迅速地盘算了一下，觉得确实有些赚头，便说："搞不搞录像厅是你干麻拐的事，电视机我可以借给你，别的就你自己看着办吧！"

十四

这天赶集，铁牛、小青带着几个人到集市显摆，小青戴着墨镜神气歪歪的，眼睛却在墨镜片后边睃来睃去。在集市出口处，突然有几个壮汉围了过来，黑森森的枪口瞬间就逼住了小青和铁牛，只一会儿，两人的双手便被手铐铐住了。

"我们是派出所的，谭小青，谭铁牛，你们老老实实跟我们走一趟！"一名壮汉说。

小青、铁牛果然是撞上公安局的便衣了。

宝财得知铁牛被抓之后，急得丢了魂，眼泪一把一把的。福旺倒是沉静，他用轻松的口气对宝财说："是福不是祸，是祸躲不过，铁牛是被政府抓了，又不是被张家村的人抓了，你老鬼着什么急？急又有什么用？"福旺估摸着铁牛被抓，肯定是与张家村那档子事有关，他让宝财备车，自己要亲自去一趟县城，县公安局有他的战友呢。福旺找到战友后，战友是个热心人，马上就打电话向派出所了解情况。所长说："领导，这事我早该向您汇报了。'张家村事件'虽说过去好几个月了，可毕竟是县际纠纷，地区有关部门三天两头还在过问呢，总责怪我们这边的打击力度不够，不真抓两个人我这个所长怕真的是交差不脱了。不过，这事既然领导您过问了——"所长说到这里，有意停了停，朗声大笑了一会，才接着说，"我一定会严格依法办事的，请领导相信我的觉悟，但可能还是要捱上一段时间！"战友放下电话，看了看福旺，又看了看宝财，似乎觉得有些话不好明说，便和颜悦色地告知他俩："你们多去派出所跑跑吧！"

小青和铁牛都被关押在了县看守所。小青因为在办案人员面前态度恶劣，被关进了恶人成堆的头号监仓。

"什么事进来的?"一进监仓，便有幽冷的声音从某个角落飘了过来。

"杀人！"小青没好气地回答。

小青的声音让整个监仓都震了一下，一时安静得很。

"杀什么人?"还是那个幽冷的声音，显得不急不躁定力十足。

小青被问得烦不胜烦，突然歇斯底里咆哮起来，他已经确定声音是谁发出来的了，就是进监仓门边第一张铺位的胖子，直觉告诉他，这个满脸横肉的人可能就是人们常说的监头。

监仓里的恶人们知道又一个恶人进来了，从这人的言行举止判断，他可能还是头一次进"宫"。

"有种！"那个声音不再幽冷，变得强硬起来，"弟兄们，先跟他上一课，教他些规矩。"

可是迟了，小青像一颗饱满的子弹早朝着确定的目标射了过去。胖子团着一双腿安坐在铺位上，块头看起来有些肥硕，他怎么也没想到刚跨进铁门的这个猴子一样的人身手腻快，一下就蹿了过来，一头就将他掀翻了。这会儿，送小青进来的两名看守民警刚要离开，突然听到监仓有了异常声响，忙返转身重新打开监仓门，小青这才松了手。

小青当天被关进了禁闭室。在看守民警面前，他也是一副赖皮相，说："既然进来了，关哪儿都一样，无所谓。"

坐了三天禁闭，小青重新回到了头号监仓，他啐了口口水在手上，然后用这口水抹了一把脸，眼睛却瞪着第一张铺位上的胖子。小青凶狠的眼神让胖子在心里打了个寒战。胖子哆嗦着主动把铺位让给了小青。

晚上睡觉的时候，胖子小心地问小青："兄弟，你是哪里人哪？"

小青说："莲荷乡水云湾的。"

"就是敢掏张家村鸟窝的那个水云湾？"

"没错，我就是因为这事进来的。"

"那你就是福旺的徒弟啰？难怪身手那么好呢，又准，又狠，就是招数有些阴。"

后半句胖子说的是玩笑话，但小青听着就不高兴了，脸色便有些发青。他恶声说："怎么着，你还想单挑？那天没废你，今天就废了你！"

胖子连连摆手，说："我讲错了话，兄弟你千万别往心里去。我在江湖上也混了好些年了，你这样心横胆大的人还是头一次见着。"

小青说："我算什么，我师父福旺才真的是厉害哩！"

胖子便很羡慕地望着小青，说："以后有机会，我真想拜会拜会你师父。兄弟，我们真的是不打不相识哪，我们都还这么年轻，今后需要互相关照的事情说不准还很多呢！"胖子自我介绍叫罗小强，就是张家村那个县的，父母都在那个县当不大不小的官儿。他自小就不喜欢读书，就喜欢打打杀杀的，这次就是因为斗殴伤人进来的，是"三进宫"了。

几乎是很自然地，小青成了头号监仓的监头。可有些人就是刁蛮，只服罗小强，不服小青。小青的脾气也怪，就喜欢有人跟自己斗，那样正好"打"发心里的寂寞。对这些不服气的人，小青学着师父福旺，一律用拳头说话。他口气大得很："不服气是吧？你们喜欢单挑还是一起上？"监仓里的这些刁蛮之徒最爱逞的就是匹夫之勇，以多对一在他们看来是一种耻辱，因此总是选择独斗，这样倒成全了小青。小青的武功在福旺看来顶多就是"半桶水"，可他毕竟被福旺严格训练过，加上一身的野蛮劲和丰富的实战经验，他竟然将监仓里不服他的人逐个打败了。小青置身的是一个弱肉强食的世界，他甚至有些喜欢里边的血腥和残忍，看着一个个"野人"最后被他调教成温驯的羔羊，他就有一种征服的快感。蹲监的人大都是聪明人，亲人来探监了，好吃的总要先孝敬给小青，小青从当上监头那天起，好烟就没断过。

如果头号监仓是个另类王国，此时的小青看起来就像是"国王"了。那天嫂子桃子带着父母来探监时，他才知道自己心里需要的并不是这些，他渴求的是一种逍遥自在的生活，是在水云湾像风一样自由的生活。看着嫂子和父母离去，他干渴的眼眶有了湿意。对着铁窗，对着亲人的背影，他突然吼出一句："我要出去！"而后真像一个孩子一样号啕大哭起来。

十五

半年之后，派出所才放出话来，铁牛、小青都可以回家了，但每人得交五千块钱，叫什么"取保候审抵押金"。管它什么金呢，对于家属来说无非就是出钱吧。可五千块钱实在不是小数，就算是村里的首富宝财也感觉有些吃力，要知道那时的"万元户"都还很少呢。想想看，当时才十多块钱一百斤的稻谷，五千块钱差不多可以买四万斤稻谷，够一个农人种一辈子田了。这笔钱对于小青的家人来说就更是一个天大的窟窿，张着大嘴要"吃"人哩。小青的父母孩子生得多，大青、二青、三青、四青、五青、小青，男丁六个，小青下面还有一个妹妹叫清秀，眼下正在读高中。小青的父母把这么多的孩子拉扯大，他们认定这就是一辈子生就的劳碌命，躲不脱的。还好，苦日子总算是慢慢挨过来了，除小青和正在读书的妹妹外，其他的五个"青"都已经成家。五个大崽成家后，日子都过得有些紧巴，但总算是安安泰泰的。父母担心的就是小青，这孩子生就的天杀的命，眼睛鼓鼓，不认父母，成天像飞天的蜈蚣一样惹是生非，扰得村邻不得安宁，家人也不得安宁。可恼归恼，手掌手背还不都是肉啊，这一关就是半年多了，眼看着可以出来了，可偏偏又冒出这么一个大窟窿来，他们到哪拿这么多钱去填这个窟窿呀！小青的父母比热锅上的蚂蚁还要急，最后想，小青还不就是因为宝财父子俩的事坐的牢，这钱得寻宝财要去。此时的宝财正为"赎"自己的宝贝儿子要白白扔掉五千块钱痛心不已，又哪里得肯，两家子便把事情闹到了福旺那里。

小青的父亲说："我家小青坐这么久的牢，不因萝卜不因菜，都是你地主老财惹的害，你就要负责任。"

宝财说："一人犯法一人当，我又没拿枪杆子逼你们家小青去打架！要说真是为我们家里的事，那当初小青捉别人几头猪回来，又怎么不分给我们家一头？有便宜占没我的份儿，有祸害了倒要我来背，天脚下哪有这样的事？"

小青的父亲被噎得说不出话来。小青赶回来的那两头猪早卖了，卖了不到八百块钱。宝财这话福旺也不愿意听，因为小青曾孝敬给他一头猪，这头猪后来卖了三百来块钱。宝财当着福旺的面说猪的事，谁知道是不是冲他福旺来的？是不是想叫他福旺也来分一些责任？这个地主老财，算盘就是精哩，关键时候就露出本性来了。福旺自知站在屋里听这两个人理论，迟早会把是非惹到自个儿身上来，他便愤愤然瞪了宝财一眼，甩了甩衣袖，走出屋去。

"理论"没有结果，到底是宝财家底硬些，他提了钱就去派出所"赎"人，留下小青的父亲待在屋里干着急。宝财跟着派出所的人到看守所见铁牛的时候，铁牛看着老父亲瘦削的脸，眼泪一下就掉了下来。铁牛高兴地抹了抹眼泪，问父亲："小青怎么样了，出去了吗？"宝财便把与小青的父亲理论的事说了。铁牛怔了，说："阿爸，你怎么能这样呢？小青确实是为我们家的事进来的呢。他家那么穷，我们又不管他的话，他会被判刑的。别的不说，就算他是跟我要好的兄弟，阿爸，你也要帮他！"说着，铁牛又哭了。

宝财的心被儿子的眼泪泡得有些软了，便松了口："先把你放出去，阿爸回去再筹钱'赎'小青。"

在这件事上，铁牛还是有些不放心父亲。他用干脆的口气对父亲说："还是先让小青回去吧，这一次就算是我不孝，没有听阿爸的话。我已经铁定了心，小青不出去，我绝对不会出去，他要坐大牢，我陪他坐大牢！"

这天下午，宝财从县城回来了，带回的不是自己的儿子铁牛，而是干麻拐小青。蹲了半年多的监，小青有些胖了，不熟悉的人已经看不出他以前的精瘦来。小青的父亲这天一直在村口等着，他就是把自己连同老伴儿的命卖了，也拿不出那么多钱来，在村口等着，是这位无助老人的无望之望。他先是看见了精瘦的宝财，然后看见了宝财身后的那个人，那个人还真有些像自己的儿子小青。在寒风中守候的老人用衣袖擦了擦自己昏花的眼睛，觉得那人还是不像自己的儿子，那是宝财的儿子铁牛呢，只是没有先前壮实。这么看着，宝财就到了跟前。宝财对老人说："你家小青我给领回来了。"

　　老人真见着儿子，眼泪就"吧嗒吧嗒"落下来了。他哽咽着说："小青，你怎么就这么胖了呢?"

　　小青面无表情，显得很冷淡。他对父亲说："你一向恨我，就是我死了也不会管我的，这不，我从大牢里出来还是人家铁牛的父亲去接的呢!"说到这，小青突然对着灰蒙蒙的天空大叫，"我家的亲人怎么会这样?"

　　老人不善言语，一张脸在寒风中抽搐着，让人看不出他的心里是欢喜还是忧伤。闷了好一会，老人又是感激又是愧疚地看了宝财一眼，问："你家铁牛呢?"

　　宝财愤怒地说："还在里面呢，这两天我还得筹钱去'赎'他呢!"

　　直到这时，小青才确认他的兄弟铁牛真的还在监子里。

　　两天之后，铁牛出来了。铁牛和小青这半年多来虽说关在同一个看守所，但两人见面的机会实在是少之又少，这下两人都出来了，就像两只山兔脱离了囚禁他们的铁笼子，他们奔向山野，撒着欢儿。小青说："铁牛，你是真正够兄弟的兄弟，你以前借我的一千块钱加上这次的五千块钱我先在心里记着，等有钱了我要加倍还你!"

铁牛玩笑说:"你还得起吗?我从没指望你还呢!"

小青说:"你别狗眼看人低,我倒觉得我是干大事的料呢!"

十六

奔袭张家村事件后,为防止政府抓人,水云湾的年轻人东躲西藏,惊惊乍乍了好一阵子,学武的热情大减。继而,学武的领头人物铁牛、小青出外躲难两个多月,甫一回来,他们就被派出所抓了,又蹲了大半年监。经过这么七八个月时间的折腾,水云湾的年轻人便没心思再去精武馆了。铁牛、小青被抓后,水云湾的长辈们谆谆告诫自己的后人:学武也好,习文也好,作为农人,总要捏好泥巴(耕田作地)才有饭吃,还是实在些吧。那时,全国各地学武的热潮似乎已经退了,电视上琼瑶的言情剧热播,这些年轻人便都学着电视剧里面的男主角,呢呢喃喃寻找心目中的女孩"婉君"去了,还真有不少人在这大半年时间里结了婚,有的甚至生了崽女,扛起了当家作主的重任。当然,年轻人习武是不去了,可他们仍然是水云湾的"兵",村里的人一旦遭遇上麻烦事,他们就会急着去撑场,手中的锄头立马就会变成作战的武器。

奔袭张家村大获全胜,最后却把一个好端端的精武馆打散了,这是福旺料未及的。精武馆解散于福旺而言,损失是多方面的。一是给他带来了负面的社会影响。精武馆解散,水云湾的年轻人没有了一个可以依托的平台,外面的人会认为福旺触霉头了,没有以前声势足了,这是很栽面子的事情。二是经济上的损失。这是显而易见的,没有了徒弟他就再也收不到"拜师钱"了。三是精神上的损失。他是好武之人,每天去精武馆教徒弟们耍耍拳脚,

— 72 —

对他而言，不仅仅是身为人师的责任，更是自己精神上的一分寄托。如今，精武馆没了，他感觉到自己的心田陡然间被抛荒了，从今往后，他与曾经的弟子们就是名义上的师徒，实际上的村邻关系了！短短的大半年时间发生的这一切，留给福旺的是了无心事却又心事重重的茫然。

这一年的春天将要过去的时候，福旺收到了在深圳当保镖的黄坤的来信。黄坤说，与师兄一别已是一年，非常想念师兄。去年从水云湾返回深圳后，我便向老板极力推荐您，我们的老板因此一直想见上您一面。本来我是想陪老板去一趟水云湾的，但终因老板事务繁忙，便未成行。福旺兄，我们的老板让我代他诚邀您来深圳共同发展。您的本事远在我之上，来深圳正好可以让您大展拳脚，不知肯赏脸不？如肯赏脸过来，我们老板说了，往返路费及一任开销均由公司负责。来了深圳，是去是留也全凭您，就当是过来玩吧，我们的老板就喜欢跟您这样的人中豪杰交朋友。

福旺把信拿给老婆美英看了，美英说："这黄坤人看起来粗粗爽爽的，还真是个讲感情的人哩。"

福旺认同地笑笑，说："我是去还是不去呢？"

美英说："手、脚都生在你身上，我可不是绳子要捆着你，你自个儿定吧！"

福旺便开玩笑说："我要是过去就不回来了呢？"

美英说："那更好，我趁早还可以嫁个有钱的。"

福旺还是决定去，就当是过去玩吧，反正不用自己花钱呢。真要出门，他才知道自己连一身像样的衣服都没有，便又穿上了一身还算干净的旧军装（当然是没有领章的），肩膀上挎个黄书包，像当年的兵哥哥似的。临出门，福旺问美英这身打扮怎么样，美英不细看则已，一细看就怔住了，恍恍惚惚回到了当年初相识的时光，看到了当年回乡探亲就要返回部队的福旺站在村口向她招手呢，她当时就在想这福旺哥一去又要什么时候才回呢，会不会想我呢？美英脸上不觉涌起了羞涩的潮红，对丈夫福旺说："这身打扮太好了，天姿国色，美男子呢！"

到了深圳，黄坤盛情接待了福旺。第二天的下午，福旺休息好了，黄坤才带他去野外的一个游猎场见他们的老板。老板五十来岁，西装革履，手上拿了个砖头样的黑匣子，整个人看起来不但精神十足，而且天生一股霸气。福旺看了看老板身边的人，男的都穿着西服，都打着领带，都是像黄坤一样的彪形大汉。老板身边还有两个二十岁左右的女子，短衣短裙，连肚脐眼都暴露出来了，不过模样儿还真的是俊俏，跟当年福旺的老婆美英差不到哪里去。两名女子带着太阳镜，双手环胸，像瞪怪物似的看着福旺，竟凭空生出一分娇气和莫名的尊贵来。福旺并没有感觉自己在穿着上的另类，他总认为再费劲的打扮都是虚的，拿得出手的本事才是硬家伙。黄坤的老板是很器重黄坤的，黄坤多次向他提起过福旺这个乡间奇人，他早就想一睹真颜了。他有意在偏僻的游猎场会见福旺，就是想让黄坤所说的这个奇人好好亮亮身手。

当然，大老板毕竟是大老板，他的脸上水波不兴的，外人什么也别想看出来。

"你就是谭福旺吧？"老板发话了，"真是幸会呀。听阿坤说你的功夫顶尖顶尖的，今日能不能让我们开开眼界呀？"

福旺没有这么多的客套话，他指着黄坤说："那我们就开始吧。你尽管放开手脚打，把我打败了，我正好早点回家！"

黄坤也没那么多的客气，挥拳就上。福旺这次并不指望一定打赢，人在外地，输了，脸面上也没什么挂不住的，哪像在水云湾那小地盘上，人一输，头就怕是要抬不起来了。这样想着，福旺与黄坤对打起来心情就放松了，心情一放松，手脚自然就放开了。福旺以前跟人练擒拿格斗，要么对手根本就不是一个等级的，三下两下就将其放倒了，打不出真正的味道来；偶尔碰上黄坤这样上了水平的对手却又总是担心失手，都是靠寻住别人破绽一招制敌。这其实都是水平的非正常发挥，胜了也是险胜。这次不一样，福旺心不慌，意不乱，该取守势取守势，该出击时出击，指哪打哪，随心所欲，出神入化。最后，福旺又瞅准黄坤的一个破绽，在黄坤扑过来时，突然躬下身子，一张厚实的脊背竟将虎背熊腰的黄坤轻轻地托了起来，而后两手反扣着黄坤宽大的头颅，使劲往前一掼，黄坤像一头牛一样倒在了福旺的前面，一时"吭哧"着动弹不得。此招名为"老虎背猪"，是福旺的绝招之一，他一般不告诉别人，当然，没有一身虎力的人也是学不来的。

"精彩啊精彩！"坐在太阳伞下椅子上的老板鼓起掌来，旁边的两个美女也跟着喝彩。黄坤被老板身边的人扶起来，他豪爽地对福旺躬身抱拳："师兄，小弟甘拜下风，甘拜下风！"

这时，老板拿起了黑匣子，"嘟嘟嘟嘟"拨了一通，兴奋地叫："阿虎，阿虎，你快过来，有你练的了！"

阿虎是老板的贴身保镖，一会儿就小跑着过来了，也是一个壮实汉子。

老板指了指福旺，对阿虎说："你们练练吧。"

阿虎跟福旺差不多的年纪，差不多的身坯子，这种硬扎的身坯子最适合干架。两人四目相对的刹那，心里立时电光石火，都预感今日要碰上真正的对手了。福旺的旧军装此时已被汗水浸湿，他索性将上身的衣服脱了下来，跟阿虎搞光膀子格斗。阿虎也不客气，把西装褪了，两人各向对方发了一个眼神，然后开打。那情形才是真正的龙争虎斗，只见两条白花花的肉身子在宽敞的空坪里扑闪腾挪，老板手拿黑匣子兴奋地站起身来，观看了好一会儿，见两人都寻不着对方的一丝儿破绽，招招都有惊无险，心里便有了底。他不很了解福旺，却是了解阿虎的，阿虎多次在全国性的比武中拿过前几名呢，他们两人在一起过招儿，也算是"英雄会"了。阿虎见的场面多，相对而言，这福旺还是初生牛犊呢。初生牛犊打得这么天衣无缝，要再这样一直下去，也难保初生的牛犊子真把"虎"给吃了。

"停！停！"老板兴奋地发了话，接着从腰间一摸，竟然摸出一把真手枪来。

这把福旺吓了一跳，他想：我是不是撞上真的黑社会了？

老板若无其事地往枪上安了消声器，然后把枪扔给阿虎，说："你们比比枪法吧！"

远处隐约有个啤酒瓶，阿虎扬手一枪，啤酒瓶被打个粉碎。然后，阿虎把枪扔给了福旺。

福旺接过枪，朝天空望了望，有一只鸟儿飞过来了，他也是扬手一枪，鸟儿就跌落下来了。

福旺把枪送还给老板。老板仔细地打量着面前这个土冒儿的乡巴佬，连声说："真是野有遗贤、野有遗贤哪！"

老板把福旺、阿虎、黄坤叫到一起，每人赏了一瓶汽水，然后对福旺说："老弟能不能屈身做我的贴身保镖啰，月薪跟阿虎、黄坤一样，三万！另外，每做成一笔买卖都按规矩提成。"

一个月拿这么多的钱，对于福旺来说无疑是天大的数字，是想都不敢想的。但他还是不敢贸然答应，便说："容我想一想吧。"

"强人所难非君子所为，你就好好考虑考虑吧。"老板宽厚地笑笑，对黄坤说，"你小子平时大大咧咧的，看人倒是一看一个准呢。这两天你就好好陪着福旺老弟玩玩吧，记得到财务室多领些钱，给福旺老弟添置两身行头。"

当天晚上，黄坤带着福旺转了几个大商场，跟他买了两身名贵的西服。试衣时，穿着西服的福旺看起来更有精气神了，就跟黄坤、阿虎一样。黄坤说："师兄真是帅呢！要是有美女相伴就更像是我们的老大了。"说着，他也掏出一个黑匣子，"嘟嘟嘟嘟"拨起来，然后对着黑匣子讲了一通广话。福旺听不懂黄坤讲个什么，更弄不懂这黄坤发的什么神经，竟然会对着一个黑黑的砖头一样的玩艺说话。黄坤看出了福旺眼神里的好奇，告诉他，这东西叫大哥大，也就是手提电话，有事找起人来可方便着呢，如果您决定留在公司，到时也会配发一个。福旺似懂非懂地点点头，他把换下的旧军装放进从商场拿的一个纸皮袋子里。黄坤说："这衣服，可以不要了。"福旺像抱住宝物似的抱住纸皮袋，说："这军装跟我贴身贴肉十几年了，我得留着!"这么说着，有两个时髦女郎过来了。黄坤指着两女郎对福旺说："她们是公司公关部的，等下她们带您去宾馆休息，我呢，还有些事要急着处理，今晚就不陪您了。"

这是近十年来福旺第一次出远门，他躺在高级宾馆的房间里，又哪里睡得着。金窝银窝不如自家的狗窝啊，在家里，人只要往"狗窝"里一钻，眼一合就是一个踏实的安稳觉。如今身在异乡，举目无亲，真要走出这宾馆的房间，往街边一站，他就会成为一个无助的迷路的孩子。福旺翻来覆去的，把席梦思床也压出了些许响声来，在这百无聊赖的时刻下午比武的情景便在脑子里清晰地显现出来，老板若无其事地掏枪的一霎再一次让他惊醒。一个老板怎么会有枪呢? 他身边怎么会有哪么多的保镖呢? 这究竟是一个什么样的公司呢? 福旺弄不清楚，但他总有一种不祥的预感，自己说不定正置身黑社会的龙潭虎穴呢! 老板给他表态的月薪是三万，如此高薪对福旺来说确实具有无比的吸引力，可产生无比吸引力的前提是，干的必须是合法营生! 如果是非法营生，就是收入再高几倍几十倍他也不会以命相搏。福旺这么想着，一宿就差不多煎熬过来了，他认定，如果还待在这里，是非就真的会惹上身来了，三十六计，走为上计，我福旺这一辈子就只有守住一亩三分地的命。天快亮的时候，福旺从床上一骨碌爬起来，写了一张留言条：

"黄坤：谢谢你的好意。人各有志，我走了。见谅!"

登上火车的刹那，福旺留恋地望了一眼这座陌生的城市，城市在晨曦中渐渐苏醒。福旺呼吸了一口城市清晨的空气，这空气似乎也有一股海腥味，没有老家水云湾的空气来得清新。福旺想，我天生就是农民，城市的匆匆过客而已。

十七

我曾经问过不休
你何时跟我走
可你却总是笑我
一无所有

我要给你我的追求
还有我的自由
可你却总是笑我
一无所有

脚下的地在走
身边的水在流
可你却总是笑我
一无所有

为何你总笑个没够
为何我总要追求
难道在你面前
我永远是一无所有
告诉你我等了很久

告诉你我最后的要求

我要抓起你的双手

你这就跟我走

这时你的手在颤抖

这时你的泪在流

莫非你是正在告诉我

你爱我一无所有

这一年夏季过去秋季来临的时候，电大生谭忠忠高声哼着国产的第一首摇滚歌曲《一无所有》回到了家乡水云湾，是年二十岁。对这首歌的内涵他不甚了了，只是懵懵懂懂觉得歌词写得好，旋律也好。忠忠天生一副奔放的嗓子，也就这样的摇滚歌曲最适合他吼上几声了。"我要给你我的追求/还有我的自由"——"你"指的谁？恋人抑或其他的什么？也许有所指也许无所指，全凭歌者当时的感受吧！歌者忠忠此刻感受的"你"正是冥冥中就要到来的未知的生活，我要给生活我的追求，我的自由，我要生活得有追求，生活自由！不管这样理解是对还是不对，他就是这么想着吼，吼着想的。把想的都吼出来，他就感觉浑身淋漓畅快了。这是一个啃了十多年书本的二十岁年轻小伙不加雕饰的原生态声音，唱到"这时你的手在颤抖/这时你的泪在流"时，歌声是透明的，忧伤是透明的，喜悦是透明的，对生活的热切渴望和向往同样是透明的。他是歌者，也是回乡路上自己唯一的听众和知音，他觉得自己真是一个天才歌手，自己的歌声一不小心就感动了自己，竟至于热泪盈眶了。

忠忠是个聪明的孩子，喜欢读书，读小学时各科成绩都好，到了初中就有些偏科，后来总算考入了县里的重点高中，书读多了便有了自己的志向——当一个作家。志向一确立，他便发奋地啃名著，语文成绩最突出，其他科目却日显窘迫。高二文理分科的时候，他理所当然地选择了文科。记得读上文科班的第一篇作文便被新来的老师当成了范文，在全班诵读。那篇作文班上的同学普遍得分是70多分，老师读完他的习作把本子发给他的时候，他才知道老师独独没有在自己的这篇作文上评分，只在作文后面写上了一句话：自强，奋斗，可成大器。老师的鼓励带来了好的结果也为他今后偏科到底推波助澜。好的结果是，他的作文越写越好了，全校的老师和同学都知道某某班有这样一名学生才子。可是因为偏科太厉害，1988年高考，他只差强人意地上了一所不包分配的自费电大。忠忠家里世代务农，并无后台背景，他的农民身份似乎被一次考试命中注定了。往后生活的磨难让他一次次深切地体悟到，对生活中的大多数人而言，命运既然把你抛进了一个圈子，你其实已经被注定无法也无力再挤进另外一个圈子了，无论你表现得多么优秀多么努力，实质上都是在不自量力地与命运耗着，在圈子与圈子的边缘玩着猫捉老鼠的游戏而已。命运是猫，人是老鼠，猫捉老鼠是天定铁律；命是大局，是全部，运是细节，是过程，人一生的扑腾凸显的也仅仅是细节的生动和过程的精彩而已。

　　行将毕业，电大的同学们都在四处托人寻求饭碗的时候，忠忠却哼着崔健的《一无所有》潇洒地回到了生养他的家乡同时也是他步入真实人生的第一站——水云湾。在外人眼里，他是一个落魄的书生，可他自己并不这样认为。当初鼓励他的语文老师多年来还在一如既往地鼓励他，毕业前几天，这位语文老师给他写了一封信，信中有一段话让他印象最为深刻。老师写道：对于有志于文学创作的人来说，经历就是一笔宝贵的财富。你还年轻，正是积累财富的时候。于你而言，所要积累的财富主要包括三个方面：一是语言的积累，二是情感的积累，三是生活经验的积累。往后的生活精彩着呢，老师送你的还是那句话——自强，奋斗，可成大器。老师对你不会失望，相信你也不会让老师失望！

读罢老师的来信，忠忠一时热泪盈眶。站在电大教学楼的顶层，他突然张开双臂，做出拥抱未来的模样。他想：就让生活的暴风雨来得猛烈些吧，我是"少年心事当拿云"呢！

水云湾人杰地灵，恢复高考以来已走出了不少的大学生，而忠忠却是第一个读完大学回到村里的，忠忠认为这是自己的资本，心里自豪着呢。而在村人们看来，读这么多书照样回来挑大粪，可悲复可惜。刚回村那阵儿，忠忠自己制定了一套完美的学习和创作计划，他的目标是十年之内成为一名响当当的作家，来个不鸣则已，一鸣惊人。他有时觉得自己有好多东西要写，但真正下笔，却又发现心里其实空洞洞的，发出的也只是"天凉好个秋"的无聊感叹。诚如他的语文老师所说，他需要经历，需要体验，需要积累。要真切地体验生活，就得做生活中的人，就得走出不食人间烟火的象牙塔，就当前所处的环境来说，他就得学会担大粪。忠忠是一个本色的农家孩子，当他第一次放下书本，从父亲身上抢过一担粪桶的时候，他并不因为粪臭而倍感恶心，反倒觉得自己此时才算是真正的劳动人民中的一员了，他为此狂喜不已。可当满满的一担大粪真实地压在肩膀上，他才感受到什么是肩膀不能承受之重了。他硬挺着走了几步路，先是感觉扁担咬得肩膀疼，继而扁担就不由自主地往肩膀外侧滑，要不是跟在后边的父亲眼尖手快抢上前来扶住，一担大粪立马就要"哗啦哗啦"倒掉了。父亲扶住忠忠，慢慢地让他把担子卸下来，而后很有些心疼却又无可奈何地说："崽呀崽呀，读这么多的书硬是把人给读废了呢！"这一幕被路过的桃子撞见了，一时笑得差点闭了气。桃子与忠忠家邻居，她从小就喜欢这孩子，是看着他一天天长大的，她一直感觉这小子与村里的别的孩子就是不同，可她怎么也不会想到，忠忠读完了大学竟然照样得回家来学着父辈们受苦。

忠忠见桃子嫂在笑自己，便一脸天真地"解释"说："这是什么鬼扁担，好像老虎钳子样的，怕是欺生呢！"

桃子看着面前这个嘴唇刚长出茸毛的小伙子，有些爱怜地说："忠崽崽呀，做什么事都得慢慢来，急不得哩。"

可忠忠偏有股天生的倔劲，他憨厚地朝桃子笑笑，从父亲手中一把抢过扁担，挑着粪桶"咣当咣当"就又走起来了。

"今天跟着父亲第一次参加体力劳动，挑大粪五担。我第一次感受到劳动着是快乐的……"吃完晚饭，忠忠回到自己的房间写起了日记。写完日记，他又拿起毛笔在旧报纸上练起了自己向来喜爱的书法。也许是这天心情特别舒畅的缘故，一沓旧报纸竟然让他涂鸦完了，全是海碗大的字。几乎每一个大字写到最后一笔的时候，他都要手舞足蹈地跳将起来，然后口中发一声"嗨"，饱蘸浓墨落上神来之笔。坐在外屋的父亲听见房间里"嗨"声不断，便笑着对家人说："这小子又发神经了哩。"忠忠"发"了有半个多小时"神经"，便坐下来看书，他手头有一本梁晓声、张抗抗等人的知青文学作品合集。知青知青，不就是当年到农村的知识青年吗？想我忠忠就是当代的知青呢，只不过不叫下放，而应该叫回位，一种注定要将身份和磨难捆绑在土地上的回位。这么看着想着，他对知青作品便有了强烈的认同感，心思很快就沉了进去。三更灯火五更鸡，正是男儿读书时，待到忠忠有了困意的时候，天色已泛鱼肚白了。

忠忠醒来时，家人已劳作回来吃中午饭了。火暴性子的母亲边敲他的房间门边痛快地骂："还在躺着，是不是真睡着了呢?!"

忠忠打开房间门，狠狠地瞪了母亲一眼，然后抹抹眼皮，回敬一句："连觉也懒得睡的人，才真的是懒呢!"

这话母亲没怎么听懂，照旧骂："我和你阿爸都这么老了，养你一天是一天，你这么懒尸惰骨下去，看以后怎么办哩!"

忠忠这下真来气了，回骂母亲："大'清早'的，就你嘴巴子多。"

父亲边吃饭边听着这母子俩斗嘴，见两个都气盛起来了，才站直个身子充当和事佬："儿孙自有儿孙福，我们着什么急？都过来吃饭，吃饭！"

话正触在母亲的气头上，她怒斥父亲："这死小子就是你从小娇惯的，村里那么多跟他同年的都拖儿带女了，就他去读什么鬼书，把人都读成了废人。"

母亲的尖刻忠忠从小就领教了，妇娘家嘛，见识就是浅呢。这么想着，忠忠竟然说出了一句几乎令整个水云湾人都听不懂的话："燕雀安知鸿鹄之志哉！"

蠢子谭文龙是老牌高中毕业生，他和忠忠一样，在水云湾都属于高级知识分子。听说忠忠回村，并被一些尖刻的村民鄙薄为书读傻了的酸酸臭臭的"回笼包子"，心里竟然有了好一阵子的触动。他是过来人，知道一个书生初涉人生的那份孤独、无助，以及自身处境的尴尬，内心的迷惘，便在心里决定适时带他一把。当下正是地里秋播的时候，蠢子像往年一样要走村串巷去兜售他精心培育的蔬菜种子，他想带忠忠一起上路，忠忠卖的那份，他只要成本，赚的全归他。蠢子也拿不准忠忠究竟丢不丢得下在读书人看来最为要命的脸皮，便找他商量。哪知忠忠需要的正是实践的机会，一口就应承了下来。第二天，蠢子和忠忠每人头上顶着个麦秆凉帽，肩上搭着个装种子的布袋子开始走村串巷了。

"卖菜籽啰，白菜籽，调羹白哩！"蠢子开始高声吆喝，并用眼神示意忠忠也跟着喊来着。

忠忠清了清嗓子，学着喊："卖——"话一出口，他便自个儿觉得别扭，觉得实在太丢人，脸顿时红红的，怎么也不愿再叫了。

蠢子气得大骂："你不喊，人家怎么知道你是卖菜籽的？"

忠忠强词夺理："不是有你在叫着吗？"

蠢子说："要是你一个人出来卖呢？未必我还会带你一辈子？"说着，蠢子从衣袋子里掏出两包烟来，一包扔给了忠忠。

忠忠慌忙接了烟，又要回扔给蠢子，说："我不抽烟。"

蠢子瞪了忠忠一眼："哪个让你抽烟来着？这是让你发给别个的呢！"说着，蠢子自个儿点了一根烟，吸了一口，眼睛眯缝了好一会儿，才接着说，"这烟真的是和气草呢，你见着男人，只管把烟一根一根打过去，不管别个接不接你的烟，这话就都好讲了，话好讲了，生意就好做了。"

蠢子的"理论"是忠忠在书本里未曾看见过的，他有些似懂非懂地点点头。其实蠢子和蠢子的种子在方圆几个乡镇都是有名的了。一是蠢子其人，闷声闷气，却常有惊人之举。当年田里种西瓜，老父气得嘴啃泥，被乡邻传为笑谈，没想到，这瓜还真让蠢子试种成功了，收入竟比种田翻了好几倍，在乡邻口中，笑话立时就成了神话。后来他又种无籽西瓜，无籽西瓜在集市上一露脸，一个一个倍儿甜。二是"蠢子"牌系列种子，虽因无商标意识没有正式注册，却因其因地制宜实惠实在，成了乡邻心中的放心品牌。因此每到一个村庄，听说是蠢子卖种子来了，他的摊子旁边便围了不少的人，而在蠢子旁边摆着的忠忠的摊子却少有人问津。忠忠不急不气，在他看来，做什么事都是体验，"做"是重要的，"做得怎么样"根本就不重要。蠢子忙个不停，手中的一包烟差不多一根一根"打"完了，而他的那包烟硬是连开包的机会都还没有哩！忠忠这时才感觉脸面上确是有些挂不住，便索性掏出那本知青作品集看了起来。只顾自个儿忙着的蠢子终于想起今天不是单个来做菜籽生意的，便对来买菜籽的人招呼说："在旁边摆摊子的是我的伙计哩，我俩的种子都是一样的，都是'蠢子'牌。别看那位小兄弟不声不气的，人家是刚毕业的大学生哩！"一听说是大学生，大家便将目光直直地朝忠忠脸上打了过去，一些妇娘家便哄哄着挤到忠忠摊子上去了。

"抽烟，抽烟！"忠忠急急忙忙地放下书本，打开烟包，进入了状态。

"我们不抽烟哩！"妇娘家们忙不迭地摆手。

忠忠才明白这烟"打"错了对象，脸便有些红，一张年轻却天生黝黑的脸笑起来便有些尴尬。

"真的是读书人哩，就是比我们这些土包子懂礼节！"多亏一位大嫂爽爽朗朗地圆了场。

接下来女人们就要买菜籽。忠忠没带秤，他对数字一向不感兴趣，尤其是黑黑长长的秤杆上那白白的鸟屎一样的斑斑点点，他看着就烦，因此也不识秤。但他早准备好了自己的衡量方式。忠忠不急不慢地从口袋里摸出了一个小药瓶上的塑料盖盖，他在家里早测过了，舀满一盖盖菜籽，重量正好三钱。女人们盯着这在每个人家里都常见的药瓶盖盖，一时觉得稀奇。

忠忠站直身子，捏着药瓶盖盖，突然双手抱拳，像一个跑码头的江湖拳师一样开口说话了："各位大姐大嫂，'蠢子'牌菜籽，就像蠢子做人一样实在，一盖盖菜籽重量三钱，钱足秤够，老少不欺！"

忠忠的做派一时让女人们訇然大笑，大家便急着买菜籽，然后跑到蠢子那边去测秤，看看这个嘴上没毛的大学生究竟欺人不欺人。测秤的结果反倒让女人们更开心了：秤足得很呢！

第一天卖菜籽除去还蠢子的本钱，忠忠竟然赚了有十多块。忠忠内心狂喜不已，一到家就将钱交给了父亲。这是自己有生以来赚的第一笔钱啊！

可是好景不长，因为在山村游走的做菜籽生意的人远不止一两个，卖了几天，忠忠赚了总共不到五十块钱，村邻们秋播的菜籽就差不多备齐了。歇业那天，忠忠把药瓶盖盖放在手中把玩了好一会，然后狠心地一闭眼，就将它抛进了某个未知的角落里。待到眼睛睁开时，年轻的笑容像是美丽的花朵，又在他的脸庞生发开来，他在期待着，新的生活，新的体验。

十八

小青、铁牛回到水云湾才慢慢感觉到了村里的变化，年轻人似乎不再好武了，昔日的精武馆如今空荡荡的，角落里到处是蜘蛛网，他俩心里也被"网"得空落落的。

"还记得在这里掷你的屁股吗？"小青问铁牛。

"记得。"铁牛不无得意地说，"我的屁股给掷肿了，还不照样打赢你？"

小青脸红了一下，旋即说："我们现在来单干如何？"

铁牛说："现在输赢都没意义了，我们已经是兄弟了。就是在当时，要不是师父给我打气，我也不会最后把你举起来呢！"

说到师父，两人都沉默了。他们都知晓了两人的父亲为交取保金"理论"时，福旺坐视不管的态度，师父的形象在两人心中已经大打折扣，他们从监子里回来后，福旺没有去看望他们一下，他们也就懒得去看师父了。

"别师父师父的了，关键时候就是靠不住。"小青说这话时，恨得有些咬牙。

在家休息了几天，铁牛照样干他的老本行：跟父亲一块儿跑车。经过这么大半年历练的小青对干农活已经没有了一丝儿的兴趣，他有了新的行当：昼伏夜出提着放像机走村串巷放片子——当然是自个儿单干，到哪个村，都租用一户人家的电视机，放一场给机主十元钱租金。

特立独行的小青成了山村夜间的游魂。

大学生兼文学青年忠忠刚回水云湾这一阵似乎对什么都充满了好奇，心里充盈着热乎乎的新鲜感。在他看来，生活是水，他就是鱼，水有多活泼，鱼就会有多活泼。当生活真的平静如水的时候，他这条生活中的鱼才在某一瞬间发现了自己的无助和孤独。校园的钟声日渐远去，终将在记忆的某个角落安息，大学的同学天各一方，音信杳无，只留下他这个昔日的校园才子在遥远的水云湾茫然守望。那天黄昏，忠忠站在村口，有些木然地看着夕阳下山去，当那一轮血红在视线里全然沉没的时候，一股落寞的感伤在他年轻的胸口陡地升腾开来。这人生的第一缕忧伤就像是一杯酒，慢慢地浸淫着忠忠那一颗年轻的心，他想呼喊，张开嘴巴时才发现，这忧伤其实是莫名的，呼喊失却了对象。他只能让心中这没有对象的呐喊沉默，最终，沉默的呐喊化作了滔滔的泪水，在他的眼角恣意横流，就像天空的惊雷最终化作了酣畅淋漓的暴雨一样。

"忠忠，大学生，你一个寡人站在这里等哪个妹子?"昼伏夜出的小青经过村口时看见了忠忠清瘦的背影。

小青的一声叫，让忠忠从自个的感伤中惊醒。他俩邻居，也是儿时最好的玩伴。

忠忠张皇失措地抹干净了脸上的泪水，返转身子，问："干麻拐，天就要黑了，你还要到哪里去搞鬼?"

小青指了指背着的放像机说："我今晚带你玩耍去，看你能不能'水'（泡）个把妹子回来。"

忠忠并不知道那是放像机，更不清楚儿时玩伴小青此时干的是"特行"，便好奇地说："去就去啦!"

秋老虎真是厉害，热得人喘不过气来。忠忠似乎从这闷热中发现了商机，他决定卖冰棒去。他寻父母要了一百块本钱，便上了乡里的冰棒厂。这趟生意忠忠是单干的，他似乎不再像刚跟着蠢子卖菜籽时那么生涩了，"卖冰棒啰，卖冰棒啰！"挑着一担冰棒箱在邻近山寨走村串巷的忠忠吆喝起来一声比一声圆润，一声比一声来得高亢而又奔放。忠忠好听的吆喝逗来了一群一群的小孩子，然而跟在后边的大人却没有几个肯掏钱为自己的小孩子买冰棒的，有个妇娘家对口袋里的钱抠得要命还鼓着个眼睛骂忠忠："你这么个大男人来卖冰棒？惹得小孩子不安心大人也不得安心。"忠忠听着气得要死，却又无可奈何。有认得忠忠的便说："你别小看人家，人家是大学生呢。"妇娘家竟回答说："大学生又顶个屁用？还不照样回屋卖冰棒！"这一刻，忠忠心里的五味瓶都给气翻了，他此时才真正地觉得，在水云湾这样偏僻的村寨里，大学生头衔并不是什么荣耀，相反却是奇耻大辱！到了下午三四点钟的时候，忠忠颠来颠去跑了快一天，一担冰棒卖了还不到三分之一。他心想，这趟生意肯定是赔定了。就在这当儿，闷热的天突然变脸，黑云一下子就在上空聚集起来，只一会，铺天盖地的暴雨就落了下来。欲哭无泪的忠忠回到家时浑身淋得就像落汤鸡一样，在家里迎候他的是满脸怒容的母亲和十一二岁的小妹、小弟。

忠忠和母亲吵闹了起来，隔壁的桃子听到了声响，赶忙跑了过来。她笑着"骂"忠忠："你是读书人，知书达礼的，怎么能和自己的亲娘吵架呢？还说是大学生呢！"

一听"大学生"三个字，忠忠又火冒三丈了。他一脚将塑料做的冰棒箱子踢得老高，然后闭了一双眼睛吼："谁再说我是大学生，我一脚踢死他！"

桃子不气不恼，笑微微地走近忠忠，一双手揽过忠忠的头，抚摸着忠忠那一头乱蓬蓬的头发，说："真是个孩子哩，未必你连我也敢踢？忠伢子，受得苦，受得气，为得人，凡事莫急莫躁，好日子总在后面哩。"

在桃子的怀抱里，忠忠真像一个小孩子似的哇哇大哭起来。

近一年来，桃子的观念发生了一些变化。以前她在骨子里总认为，像宝财他们那样的生意人干的实际上是投机倒把的勾当，赚的是劳动人民的血汗钱，是剥削行为。后来见四邻八庄做生意的人竟是越来越多，政府似乎还在倡导这种行为，她便也跟着做些贩卖瓜果之类的鸡零狗碎的小生意。自己亲自参与"投机倒把"了她才体会到，这年头要赚几个钱实在太不容易，生意人实际上也是劳动人民在赚血汗钱。近段时间集市上豆腐皮销得快，桃子便三天两头挤客车上县城进些豆腐皮来卖，算起来一斤也有三四角钱的差价可赚。桃子见忠忠在家里待得慌，这些天便带着他一起上路了。

县城的豆腐皮厂在郊区的一间简易民房里，也就一两台压豆腐皮的机器。金黄金黄的豆子倒进机器里，少顷便有黄彩带一样的豆腐皮从机器里吐出来，热气腾腾的，豆腐皮的水汽自然挺重。忠忠到了这里才知道，做豆腐皮生意的人还很多，大伙儿都排着队，轮到自己上了，便摊开带来的大麻袋，将热气腾腾水汽重重的豆腐皮往袋子里装，装满两麻袋就是一担，一担有一百七八十斤哩。豆腐皮厂离搭客车的地方有四五里路，桃子和忠忠都舍不得出钱叫三轮车将货送到客车站去，就只能用肩膀挑着这百多两百斤担子，一步一步量完这四五里路程。桃子虽是个女人，但劳动惯了，挑着偌重的担子，竟然脸不红，气不喘，显得轻车熟路。倒是忠忠终究少了锻炼，担子一压上来，先是凭着年轻的爆发力撑着，还能雄赳赳地走上一段，可撑不了多久便一步三喘了。明晃晃的阳光打在脸上，毒辣辣的，肩上的担子压着，把他的眼泪也给挤了出来。忠忠总还算是个坚强的孩子，他记住了桃子嫂说的话：受得苦，受得气，为得人。他咬牙硬挺着，一会儿气都没歇就走到了车站，等挤上回乡里的客车，他一头倒在座位上，就呼呼地睡着了。

要卖豆腐皮，可忠忠还是认不得秤。刚好，家里有一管废秤，一斤要短二两的，忠忠便带了来。忠忠想，谁来买我的豆腐皮这秤就拿给谁称，就算这人真的贪便宜小利，买一斤豆腐皮也"贪"不到二两去，我终归还是有得赚哩。这阵儿，莲荷乡新集贸市场刚建成，正试营业哩，五金行、水果行、服装行，分门别类的，显得很是规范。忠忠跟着桃子早早地占了摊位，一个小摊位一个圩日要交五块钱管理费。这一年，桃子的男家妹妹清秀高考落榜，便也跟着桃子赶集帮忙来了。

山村的圩日要到上午八九点钟的时候，才真正闹热起来，卖菜的，卖服装的，才真正开始忙活，到了十点钟的时候，要赶集的山里人基本上就到齐了，小小的山村集市立马就人声鼎沸，像炸开了锅。忠忠做的第一笔生意，买主是一位三十岁左右的妇娘家，妇娘家到摊位前的时候，忠忠手上正抱了本书在看。妇娘家说买两斤豆腐皮，忠忠便报了价钱，然后又抱着书，做出爱不释手的样子，大大咧咧对妇娘家说，你自个儿称吧！妇娘家倒不客气，拖过秤就称了起来，称的时候秤砣抛得老高。忠忠装作突然发现的样子，惊呼："大嫂，你哪能这样子称秤呢，秤砣砣打到脚了我可不负责哩！"说得妇娘家一张粉脸便有些红红的。妇娘家交了钱，临走又趁忠忠不注意从摊位上扯了很长一截豆腐皮去。忠忠心知肚明，望着妇娘家离去的背影突然发起笑来。这一切被站在旁边给嫂子帮忙的清秀看得真切，她见嫂子能够把自己这边的活儿应付开来，便走到忠忠的摊位上去，对忠忠说："你怎么能这样子做生意呢？还不如把豆腐皮直接送给人家得了。"清秀话说得直，却并不敢正眼看忠忠。忠忠也一样，他也不敢正眼看一下这个邻家妹子。这邻家妹子长得越来越俊俏了，一双眼睛明亮亮的，水灵灵的，淹得死人哩！听见清秀说自己，他的眼睛没有离开书本，心想：女人就是女人，妇人之见呢，我忠忠才真的是大智若愚。清秀见忠忠没声，便也不再理他，拖过秤就替忠忠当起了掌柜。桃子在旁边看着，嘴上便乐呵着笑。就在这时，邻近的一位摊主却遭遇上了麻烦事，一位小青年从摊主那儿拖了一把豆腐皮就走，摊主拖住小青年想理论，后边又冒出几个小青年朝着摊主就抢耳光。忠忠看不下去了，扔下书本就要跳将过去，却被桃子死劲拉住了。桃子说："忠伢子，现在市场上的溜子多呢，乱着呢，他们不敢惹我们，是因为知道我们是水云湾的。你这下要是跳出去管他们，肯定要吃亏的！"忠忠便瞪了那伙人一眼，忍了。忠忠想，这社会哪就这么乱了呢？光天化日之下抢东西也没人敢管了？我要是一个侠士那该多好啊，那我就一定得替天底下的弱者打抱不平！多年以后忠忠才知道，无论走到哪里，无论做哪一行，关键时刻让他拿出超人的勇气和作为来的，就是潜藏在心底的这一份侠士情结。

到了吃中饭的时候，清秀才把生意交给了忠忠，自己去饮食行买了三碗点心过来，都是放了些肉沫的面条。清秀端给嫂子一碗，自己端了一碗，剩下的一碗就给了忠忠。桃子因为顾着做生意，三两下就将一碗面条吃完了，清秀吃得斯文些，只捞面吃，不一会儿碗里也只剩下些汤了。忠忠因为书中的情节太吸引人，便推迟了一会儿吃。等到他也快将面条吃完的时候，却发现了奇迹——碗底下居然多了一个煎炒的荷包蛋。忠忠有些发愣，怔怔地望了清秀一眼，心想，这邻家妹子心眼儿倒是蛮多哩。那会儿，清秀也在看他，两双目光一对接，竟将两张青春的脸烧出一片彩霞来。是清秀先将目光抽回去的，她开始若无其事地整理忠忠的豆腐皮摊子。

豆腐皮生意不能说不好，可买的人多，卖的摊贩也多，这天集市散场时，桃子的豆腐皮差不多卖完了，忠忠的还剩好大半。好大半的豆腐皮挑回屋里，只能留给第二天到别的集市上去卖。可等第二天打开麻袋时，忠忠一家人都惊了，本来金黄金黄的豆腐皮竟然在一夜间呈现出了好多好多的白点点，发霉了。

忠忠的母亲见状，又开始骂。父亲一听，又怕忠忠娘儿俩交战，便笑着说："想不到这豆腐皮就跟七八十岁的老人家一样，冷也冷不得，热也热不得。冷了，发霉；热了，水分一下就挥发干了，要失好多的秤。这鬼豆腐皮也不要去卖了，放开肚皮吃掉算了。"末了，父亲自言自语："吃光吃光，身体健康！"

十九

福旺那天从深圳赶回来，西装革履，风急火燎的，崭新的面貌让村人感觉到更加的神气逼人。就是在美英眼里，她也从来没有见过福旺穿西装的，想不到福旺跑了趟深圳，竟真的弄了这身行头回来，这身行头加在福旺身上，就像是加在了一头野猪身上，要多精神就有多精神。

可福旺并不觉得。从西服加身的那一刻起，他就感觉自己成了一个假洋鬼子。逃离深圳回到水云湾，进村的时候一接触到村人那倍显诧异的目光，他更感觉自己此刻成了现摆的"洋相客"，便浑身的不自在。进得屋来，他扔下挎包，便开始脱西服。他将上衣揉成一团，往墙角猛摔，愤愤地说："这是什么鬼西服啰，千把块钱一套，跟破麻袋一个样，套得人一身紧巴巴的，再穿下去，不把人套死才怪呢！"接下来，他就松脖子上的领带，边解边骂："这是什么鬼领带，就是捆猪的绳子嘛，捆得气也出不匀！"三下两下将西服脱了，福旺走到里间屋里，换了短裤背心出来，他轻松地冲着美英做出坐桩出拳招式，吓得美英直往后退。

"真的像头野猪。"美英骂福旺。

"我这头野猪差点回不来了呢!"福旺接下来就把在深圳的见闻跟美英说了。

"我就知道你会回来，你还知道什么是天高地厚呢!"美英说。

正如美英所说，深圳之行，让他知晓了什么是天高地厚。一个人本领再大，总有些事情是他做不来或者不愿做的。外面的天有多高，福旺三十老几的人了，他不想去探究了。可水云湾的地有多厚，他心里还是有底的，他自认自己只有这个命，守住眼皮底下一亩三分地的命。

这么想着，福旺的心就安静了许多，人一安静，思路就清晰起来。就从这一刻起，福旺萌生了名正言顺主政水云湾的想法。自从两年前村长贵祥的权威受到福旺的两只拳头挑战并被打得一蹶不振之后，村支两委在村里的大事上就丧失了决策权。那年"水云湾后龙山事件"后，村里就再也没有砍过树卖了，村干部们自然就没有领到过工资了，村支两委成员连自身的合理利益都顾及不了了，在群众眼中的地位自然也就日落千丈，一个个都变得懒心懒意的。村里的妇女头子桃子看着这个局面心里气愤愤的却又无可奈何，她也是当过多年村干部的人了，水云湾陡然间陷入无政府状态这是以前从来没有过的，但她作为一个女人而且又不是村里的重要主政者，她又能有什么办法收拾这样一个局面呢?妇女头子桃子百思不得其解，最后总算是想通了，水云湾这个大家的事她其实是管不了什么了，不如让自个儿小家的日子过得舒服些、滋润些吧。也算是人穷思变吧，往后她也小打小敲地做起在她以前看来属于投机倒把行为的生意来。

福旺成了村支两委成员的众矢之的，在村支两委成员看来，福旺是水云湾混乱局面的最大受益者。山中无老虎，猴子称霸王，群龙无首他反倒成了"首"。这小子以前人不人鬼不鬼的，现在倒成了村人家中的座上客，村邻之间有什么矛盾，村人受了什么冤屈，甚至四邻八庄出现大一点的纠纷，都找他出面调停。在福旺看来，这是很有面子的事情，他似乎乐此不疲，而且十之八九是站在弱者的一边。福旺平息争端的方式直截简单，效率特高。往往是先发一句强硬的话表述自己的观点，对方接受了便立马收场，若是碰到强硬的对手，大庭广众之下胆敢不买他的账，他全身的情绪便会调动起来，便会毫不留情地用拳头贯彻自己的意志，三下两下就将对方放倒。自从村长贵祥被打没要到医药费以后，被他"教训"过的人还真没人敢寻他索要医药费的，因为谁都明白：寻他要钱等于讨打！福旺打遍村邻无敌手，打完之后总要嚣张地感慨一句：人强理就顺，拳头就是硬道理！就在前不久，因为天旱用水紧张，干麻拐小青竟然将邻近的别人稻田里的水盗放进自家的田里。邻近稻田的主人知道后找小青理论，小青二话不讲就将人家一顿暴打。因为小青屋里兄弟多，又是福旺的头号徒弟，加上还在监子里"进修"过，村人们对这事便都敢怒不敢言。福旺得知这事后，大怒，当即赶到田头"清理门户"，一拳就将小青打翻在水田里。接着，又是一拳，小青被打得鼻血直流。福旺不解恨，飞起一脚将小青踹翻，另一只脚旋即踩住小青的胸口，口里说："我福旺的拳头不打小的，不打老的，不打女的，就打你这样的恶人！"围观的村民怕出人命，有几个便下田去扯架，扯了好大一会儿，终于将福旺劝上岸来。被小青欺负的田主当即感动地说："我们水云湾要是你来当村长就好了，我们这些弱门小户就不会受人欺负了！"看热闹的一些村民便附和："听说乡里面马上就要选村长了呢，我们投你的票！"这话听着，福旺心里受用，他说："我福旺这一双拳头巴不得把天底下的恶人都打干净了呢！"福旺家的责任田其实也在水渠的尾巴上，但村民们分配用水时都学乖了，都先把福旺的责任田放满了水，再轮流着将水放进自家的稻田里。

福旺在处理小青盗水一事上似乎看到了自己的群众基础，这为他主政水云湾的梦想注入了一剂强心针。他接下来又做了两件事。一是推行清洁运动。水云湾村子大，村巷多，有不少的村民便将一些杂物摆放在巷子里，有的人家甚至将猪栏肥、牛栏肥也堆放在巷道上，这就不仅仅是雅不雅观的问题了，简直是要多恶心有多恶心呢！本来，福旺也是个邋遢鬼，但人的心中一旦有了目标，对自个儿的要求便自动提升了。他此刻认为，村容也不是个小问题，它反映的可是全村人的精神风貌，村容脏乱差实实在在丢人现眼。他叫来宝财、国楚，一起研究制定了一个在全村推行清洁运动的方案，要求村民限期清理各户所在巷道的垃圾，逾期不清理的每户每天罚款 20 元。方案拿出来后，福旺叫国楚以水云湾村民自治委员会的名义向全村公示。福旺心里清楚，村民对现时的村委实际上是不会怎么买账的，便叫国楚在要公示的方案末尾补上一句话："经民主推选，谭福旺为此次清洁运动的群众执行代表。"农村里有句俗话叫"三句好话当不得一棒棒"，清洁运动的意义讲得再多，村委的大红印章再醒目，在不少村民看来，都不如"谭福旺"这根横在头顶上的大棒棒具有直接的威慑力，因此，方案一公布，村民们便自觉地行动起来。接下来，针对村里管理混乱、盗案频发的现状，"村民自治委员会"又发布了"禁盗令"，"民主推选"的群众执行代表自然又是"谭福旺"。"禁盗令"发布的那一段时间里，偷盗现象果然鲜有发生。

清洁运动和禁盗行动都是得民心的事情，受到了村民的普遍支持。村民们都知道，这两件事都是福旺在背后"主谋"的，福旺不再只是一个单纯的"恶人"了，他的声誉得到了空前的提升。甚至乡里的驻村干部也在有意识地向群众放言：眼下的水云湾正是需要能人的时候呢。

上上下下的认可让福旺得意着呢。就算自己只有管好一亩三分地的命，但是金子在哪里都会闪光，我在这一亩三分地上同样能大展拳脚！

村民兵营长国楚对福旺言听计从，其实也有自己的想法。作为村干部，他又有一年多没拿到工资了，心里时时刻刻犯愁呢。他似乎摸到了福旺的一些脾性，这人做事一根筋，只要顺着他的筋来，再适时地提出自己的要求，蛮多事情其实还是好办的。国楚见福旺这阵子高兴，便说："福旺老弟，这水云湾迟早会由你作主呢。有一个事想同你商量一下，村干部已经一年多没发工资了，弄得谁都没心思管事情，这段时间是不是卖些树将大家的工资发了。"福旺当即瞪了国楚一眼，把国楚吓得畏畏缩缩。其实这事儿福旺近段时间已在考虑了，此刻国楚把这事从心里面端出来，他一下子就开了窍，心想：卖树发工资一来可借此修复自己与村委成员的关系，二来可为自己日后真的主政水云湾提供依葫芦画瓢的依据，三来也给了国楚天大的面子，日后他就更会听自己的。何况，水云湾那么多的杉树又不是我福旺一个人的，我又何苦那么舍不得呢？

看着畏畏缩缩的国楚，福旺的脸立马来了个阴转晴，哈哈笑着说："我就知道你国楚叔心里想法多，看在我俩的情分上，今日我就给你个面子，也好让你在村委日后说起话来响亮些。你怎么想就怎么办吧，我福旺不干涉就是了。"

福旺其实早就是莲荷乡的社会名流了，只是以前不与正道沾边儿而已。但这次不一样，乡里也开始拿正眼儿看他了。这不，乡里新建的集贸市场就要正式开业，特地在全乡范围内搞了一次征联活动，准备筛选两副对联作为市场南北大门的永久性门联，福旺因为平时还喜欢跟人写状子便也被作为乡里的"秀才"给请来当评审了。这次评审的权威是县文化馆的馆长，在评审快结束的时候，馆长突然拿起一副特别的征联朗声朗气地读了起来：

挑两箩酸甜苦辣敢问何方海口

揽一方春夏秋冬且看此地钱塘

馆长说："这副征联虽说不够成熟，更不适合做永久性的门联，但颇有文采，作者想必是一个有才气的人。"接下来馆长就报了作者的地址和姓名，"莲荷乡水云湾村谭忠忠。"

福旺也仔细琢磨了，这副对联确实别具匠心，所述情状也适合农贸市场，作者的才气似乎是在一眼之间就被看出来了。作者是我们水云湾的谭忠忠，就是那个读完大学又回家挑大粪差点挑出笑话来的谭忠忠，这个小子，弄不准真的是个人才哩。

二十

水云湾村前的空坪里聚拢了很多的人，他们都在看一头大肚子黄牛。黄牛的肚子够大，滚筒样的，明眼人一看就知道，这是一头有些岁数的老黄牛了。一个四十多岁的男人在老黄牛身边吆喝："卖牛噢，黄牛婆哩，就要下崽的黄牛婆哩。买我的这头牛，等于是买一送一呢。都乡里乡亲的，一口价，八百块！"

被绳子牵着的老黄牛似乎听懂了男人的吆喝，眼神混浊，偶尔还打一个喷嚏出来。

"这么老的牛又不能耕田犁地了，买起有个鬼用，还卖这么贵！"村人们不住地对老黄牛品头论足。

忠忠的父亲挤近牛身边，用手摸摸牛的眉心，又用手扫扫牛的脊背，脊背上有一层细毛，柔顺顺的。忠忠的父亲对卖牛的男人说："这头牛我买了，少五十块钱怎么样？"

卖牛的男人说："你是个直人，我也爽快，成交！"

忠忠家以前耕田都是与人共用一头牛，出了七百五十块钱终于实现耕者有其牛了，全家人都高兴。尤其是忠忠，见着牛就像见着老朋友似的，经常用手轻轻地扫这个老朋友的脸。牛也很友善，总会伸出温热的舌头来亲忠忠的手，弄得忠忠的手心痒痒的，特熨帖。每天看牛的任务自然就落在了忠忠的头上，忠忠也乐意。在山野牧牛有很多的人，男的女的老的少的，人欢牛叫，心情爽着呢。忠忠想不到，读完大学二十岁的人了，突然就成了一个年轻的牧童，这种感觉好啊！忠忠一天要放两次牛，清晨和黄昏。看牛的时候，忠忠总要带些书，在宁静的山野，牛吃牛的草，人看人的书，清风拂面，也翻动书页，忠忠总觉着这是神仙过的日子。书看困了，忠忠喜欢站直身子，唱流行歌曲，粗门大嗓的，却也能唱出柔情万种来。那会儿，邻家小妹清秀也没跟嫂子桃子卖豆腐皮了，也成了牧牛女。清秀放牛，总喜欢跟在忠忠的后边，有时见忠忠书看得入迷，便替他看管着那一头老黄牛，免得去吃人家的庄稼了。清秀特喜欢听忠忠吼歌，忠忠的歌声有一种青春的特质，有磁性，又狂傲，把人的情绪唱得一颤一颤的。其实清秀也是喜欢读书的，尤其是文学书籍，但这时候她却把邻家男孩忠忠当成画来品读了，觉得忠忠有些癫狂，却癫狂出一股让人沉迷的味道来。

　　忠忠对这一切浑然不觉，放牛，看书，唱歌，他把自己的青春尽情地裸露在水云湾的原野上。

　　这种神仙般的日子过了有两个多月，老黄牛的肚皮照旧滚圆滚圆的，并无分娩的迹象。这时有村人对忠忠父亲说："老实人总是上当吃亏呢，这头牛好些年前肚子就是圆鼓鼓的了，卖牛的还骗你说买一送一呢！这牛这么老了，耕田肯定是不麻利的了，你还不如趁早杀了牛卖些肉钱！"

　　忠忠的父亲不急不气，快乐地说："我才不亏呢，买了这头牛等于跟我的崽买了一份工作哩！"

村里的换届选举是在秋收完了后进行的。乡里向水云湾派出了一个工作组，指导监督选举工作。乡里给每一个满十八岁的村民都发了一张选票，选票上明明白白地写着若干的候选人，并注明选民可以另行填写自己要选的村民的名字，选票上所列的若干候选人名单似乎只是作为参考而已。乡政府所列的水云湾村委换届候选人名单中并没有谭福旺的名字，这是福旺预料中的事情。他在潜意识里不喜跟政府官员打交道，现在的杨乡长是他唯一打过交道的人，当初却被他"打"仇了。好在选举是民选，在他的理解里，老百姓一定会把自己要选的人的名字填写上去，选票上那么多的候选人又能顶个屁用？福旺对自己在水云湾的群众基础很有信心，这几天他往村子里随随便便转一圈，碰着的都是巴结他都嫌不够快的笑脸呢！更何况现今提倡任人唯贤唯才是举，就算乡里面对他有看法，也不至于把民意给推翻了吧？福旺手上有两张选票，一张是自己的，一张是老婆的，他把选票上的候选人名字划去了好几个，然后躲进里屋添写上了自己的名字。公布选举结果那天，村小学放了一天的假，水云湾村数千选民都集结在了学校宽敞的操场上。分田到户后，村人已难有这么大规模的集会了，为保证绝大多数选民到会，村里给每位到会选民都发了两个糯米糍粑，一部分村民对选举不选举的本来就没有多大的兴趣，在他们看来，谁进村委都一样，只要是条蛇就会张开嘴巴咬人，就知道砍村里的树卖钱，他们之所以在这天准时赶到学校参会，很大程度上就是被要发的两个糯米糍粑"粘"来的。而在主事人看来，人多了就像那么回事了，程序上就更加合法了。经过好几个小时的公开唱票，结果出来了——福旺落选！只有很少的一部分村民在选票上添上了谭福旺的名字，而选票上所列的候选人几乎全部当选。选举大会快结束时，来水云湾指导选举工作的一位乡领导大声大气地说："今天的选举结果是公平公正的，体现了我们水云湾广大群众的意志。我宣布，水云湾换届选举成功！"

乡领导的话一落音，福旺便阴沉着脸往回走，他把手中的糍粑狠狠地抛向了空中，还忘不了骂上一句。一进自己的屋，福旺便气鼓鼓地往凳板上一坐，结实的凳板立时就发出了痛苦的呻吟声。美英知道他心里不好受，便说："你哪里还像个男人？用得着为这样的事发气？这村干部有什么好当的，尽得罪人。我们自耕田，自吃饭，日子还不照样过下去？"福旺回骂美英："你一个妇娘家懂个屁！"福旺在心里恨恨地想，这人心隔肚皮呀，村民们见着我点头哈腰的，说什么要投我的票，真的上正场了呢？就那么可怜的一些票呢！看就是的，票不投我的，沾上什么扯不清的麻烦事了，就都上我福旺的屋门来了，我就成了他们的祖公老子了，这等费力不讨好的事以后我才懒得去管了呢。乡里也一样的，整天讲任人唯贤任人唯贤，"贤"个球呢！想我福旺在深圳，人家那么大的的老板都连称我"野有遗贤野有遗贤"，开口给我月薪三万，是我福旺不干呢，老子回到了水云湾这一亩三分地上，竟然连狗屁都不是了，真是龙游浅滩被虾戏，虎落平阳遭犬欺哪！想到这里，福旺的恨心就又加重了一层，他在心里对自己说：选贤用能，选贤用能，我看村里这次选上的"贤能"如何绕过我这一关，一定要让他们再尝尝我的厉害！

过了没多久，乡里就根据选举的结果对村支两委班子进行了调整。老支书和老村长贵祥都下野了，桃子任村支书，国楚当村长。国楚都能当上村长，这让福旺气得直咬牙，在福旺看来，这实在是太荒唐了，我福旺就是再无能，随便伸个指头也比他国楚强！可乡里对这样的安排还是经过慎重斟酌的。桃子任村支书，看重的就是她作风泼辣，原则性强，在大事情上会把好关。至于让国楚当村长，乡里确实在方方面面作了考虑。单从工作能力看，国楚确是难以胜任，但这人好支使，不会跟支书闹矛盾，有利于两委班子的团结；另外，班子成员里面还就算他跟福旺合得来些，有些政策上未加禁止而在民意上又难以绕得过去的事情，由国楚出面与福旺沟通也许就会好办得多，从这个角度说，重用国楚也就等于启用了半个福旺。从福旺选举前做的收拢民心的动作来看，他确是有问鼎村政的意思了。但他之所以落选，在杨乡长看来，原因就是四个"太"：本领太高，谁都担心难以驾驭；私心太重，尤其是在利益问题上；房头太小，还得罪了水云湾的大房头——贵祥家族，在得票数量上失去潜在优势；背景太浅，乡里面几乎没有干部为他讲话。杨乡长认定他是一个人才，但这次在换届人选问题上，杨乡长没说福旺的坏话也没说好话，杨乡长想，我如果要用他，就决不会把他放在小小的水云湾。

新一届村支两委名单公布后，福旺一度萌生的名正言顺主政水云湾的念头便像火星一样，闪了那么几闪就彻底地熄了。日出而作，日入而息，福旺又过起了当恶人之前的良民生活。可在心里面，他还是有些跟自己过不去。每天扛把锄头出门，碰到村里的人，他们一个个都对他敬畏地笑着，可他偏感觉，这笑实在山高水深，葫芦里卖的都是老鼠药呢，自个儿要是再不小心，给这药毒倒了都不晓得信。在他看来，村人们一张张笑脸写着的无非就是两个字：嘲讽。福旺便将自个儿的眼神变成生硬的石块，见着笑脸便毫不客气地打将过去，直打得对方一脸尴尬。也有村人对福旺不声不笑的，福旺心里就更感觉不是滋味了：这些个人都是势利眼，我今日跌板了，就不拿正眼看我了，哼！

这天早上，福旺上自家的责任地挖红薯，远远地就看见一头大肚子老黄牛在偷吃地里的红薯藤。福旺这些日子早窝了一肚子的火，见状立时大怒，一双腿像踩着了哪吒的风火轮，他高举着锄头就朝老黄牛奔去。正在美食的老黄牛陡然惊觉，没命地朝责任地附近的山上逃去。福旺猛追到山上，却听见有歌声随着晨风传过来：

　　我是一匹来自北方的狼

　　走在无垠的旷野中

　　凄厉的北风吹过

　　漫漫的黄沙掠过

　　我只有咬着冷冷的牙

　　报以两声长啸

　　不为别的

　　只为那传说中美丽的草原

福旺听得出，歌者是一位年轻人，但歌声却有一股子苍凉况味。歌声里透出的英雄无用武之地的伤感以及无用武之地英雄的狂傲，暗合了福旺此时的心境，让他听起来有几分心疼、心颤和震撼。福旺停下了脚步，他看到的是朝阳沐浴下的一个清瘦的背影，背影身旁零乱地放着几本书，一阵清风吹起，竟有一页稿纸吹到了福旺眼前。福旺扔下锄头，小心地将稿纸捡起来，稿纸上写的是一首诗：

追　求

谭忠忠

　　是云　就泻一抹亮丽于蓝天

　　是风　就歌一路激情于羁旅

　　即便是一株小草

　　生命的原色　也终将

　　拱破石缝

更多时候

我愿是一匹骆驼

倔强的头颅高昂起

我九死未悔的期待

蹄印坚实依旧

铃声串串回响

选择了荒漠

凄风苦雨

我不在乎

走吧 坚信明天

踏响的是一条

属于自己的

丝绸之路

福旺不怎么懂诗，但看完这首诗，他的眼前不觉一亮。"即便是一株小草/生命的原色/也终将/拱破石缝"——这是一种什么力量？草根的力量，追求的力量！看看这首好诗，看看这手好字，忠忠果真是一个人才，一个有追求的人才，大学生呢！

背影动了，转过了身来，先是发现了他的牛。他用手抚了抚牛的脸，牛温顺地伸出舌头舔了舔他的手。他顾自对牛说："别个是人看着牛，我是牛看着人呢。我就知道，你伙计不见了我，就会到处找我，还一定能够找着我呢！"

听着这话，福旺有些哭笑不得，好在他的火气此刻已跑得无影无踪了。忠忠此刻终于发现了福旺，这是村里的恶人，乡里的名人。看着福旺斜扔在地上的锄头，他估摸着一定是他的"伙计"惹祸了，忠忠的眼神便有些畏缩。福旺脸带微笑注视着忠忠，这是一张有着山里孩子本色的黝黑的脸，却又是一张书生的脸，一张朝气的脸，一张有着青春锐气的脸，更是一张让他欣赏和心生爱怜的脸。

福旺瞪着忠忠，没有说牛偷吃红薯藤的事。他扬了扬手中的稿纸，说："忠忠，你真的是我们水云湾的人才呢，这次选举，村里面乡里面都瞎了眼，要不，你在村里面当个团支书是绰绰有余呢。"

忠忠憨憨地笑了笑，摆摆手。

福旺明白忠忠摆手的意思，他没有指责忠忠，毕竟是读书人嘛，生活的酸甜苦辣还尝得少呢！他以过来人的口吻传递着兄长般的关怀："忠忠老弟，纵是人才也还需要施展本领的舞台呢。水云湾这个鬼地方，庙小妖风大，池浅王八多，你要设法赶快走出去，不然就算是有一身的本事也真会像沤大粪一样干净彻底地沤掉呢！"

忠忠似懂非懂，仍然是憨憨地笑笑，还踩着节奏似地晃着头。末了，忠忠咬咬嘴唇，镇静地对福旺说："我一定要走出一条属于自己的路！"

二十一

水云湾山高林密，沿着出村口的山间小道上行十余公里，就是一座更高更险峻的山。不过，那已是邻县的地盘，而这条蛇行小道却是上山的唯一通道。山上还真的坐落着一个小村庄，叫高湾，二三十户人家。不用说，这高湾自然属邻县管辖，但邻县的干部要进村或者村民要下山都不得不经过水云湾。水云湾的人很少去高湾，用水云湾人的话说，高湾那地方穷兮兮的，是适合野人住的地方，上山寻鬼去？大凡水云湾人这样说话时，口气都有几分不屑，表情却特神气。

高湾深藏闺中，却还是有人发现了她的妙处。

那是一个常年做砷生意的外地老板。那天他和几个朋友背了鸟铳上山寻野猪，寻着寻着不觉就在荒山野林间见着了人间炊烟。再寻过去，就见一个美丽的村落坐落在半山腰上，云遮雾罩的，一阵清新的山风吹过，山岚在瞬间散开，这村落便像神秘的少女掀开了纱巾的一角，露出了亭亭玉立的模样。

"好地方啊好地方，在这里住上一天都要赛过神仙。"砷老板发出一声喟叹，举起鸟铳朝天就是一响，响声清脆，但随即就被呼啸的山风淹没。

正是这一响吹响了砷老板欲望的号角，他是一见钟情，从此要染指高湾了。砷老板一行背着鸟铳进了村，找到了村里的头人。头人四十来岁，黑黑壮壮的，一脸纯朴的笑容，他用山里人的热情和山里的好茶接待了这一行山外来客。当砷老板了解到高湾地盘属于邻县而进出口的道路却必过水云湾时，心里一阵狂喜。

砷老板直截了当地对头人说："要想富，先修路，我打算来你们这里投点资，第一件事就是将你们这里下山的路拉宽拉直，一直拉到水云湾接口，要让这一段路也能跑大货车，到时你们出去就方便了，再不用肩挑手提了。"

头人一听，脸上一阵狂喜，能修一条出山的公路正是村子里一代代人的梦想。可是，天上不会自动掉馅饼，这老板就算有钱，总不至于会单纯地来我们这个偏僻小庄投资修路学雷锋吧？想到这里，头人脸上的狂喜旋即被疑惑替代。

砷老板抿了一口茶，口气轻松了许多，说："你们这里这么多山闲着，我来投资就是想在你们的山上架几口土灶炼一些砷。当然，我每年都要向你们村里交一定的'山租费'。"

"炼砷？"头人还是有些不明白。

"对。你们这里的土话就叫作烧砒灰。"

这下头人明白了。砒灰是剧毒物质，烧过砒灰的山岭草木不生，裸露的石头寡白寡白像被扔过原子弹一样，那情形只能用惨不忍睹来形容。来高湾炼砷，村里人是不会答应的，作为头人更不能答应，谁答应谁就要遭到子孙后代的唾骂。

头人面露愧色，说："老板，这不行，绝对不行。"

砷老板直起身，拍拍自己的屁股，再拍拍头人的肩膀，亲切地说："先说到这里吧。兄弟，后会有期！"

砷老板摸起鸟铳，吹了吹枪口，然后又吹起了响亮的口哨，带着一行人走了。

是砷老板带人找到小青的。砷老板说，只要你小青能把高湾的地盘搞掂，我投资上那里炼砷，给你干股，这比你走村串寨放录像要强千倍万倍。小青二话不说，一支烟歪叼在嘴上，叫："就高湾那几户也能经得起我搞？我明天就上山去！"

第二天，水云湾二三十号年轻人拿着刀棒来到了高湾。自从那年奔袭张家村后，水云湾的年轻人早已是恶名远扬了，小青的心狠手辣比之福旺更是有过之而无不及，很多人心里面更怕他。福旺坏，还有个底线；小青坏，却是没得个边儿。干麻拐小青来到高湾，往山头一站，对高湾村人说："今天我要来这里烧砒灰，挡我者死！"

小青眼红红的，声音干硬干硬，满是杀气，吓得没见过世面的高湾村人战战兢兢的。头人也不敢作声，面无表情，他用目光搜寻着那天进山的人，终于发现了站在场子外边曾跟他说要来高湾投资的那个人，那人抽着烟，自得地笑着。头人想，如果说今天水云湾来的这些人是狼，那人就是虎，一只歹毒的笑面老虎。

狼头小青见高湾人没有反应，便拿来一挂长长的鞭炮，用烟头点燃了，然后高声下令："架灶！"

小青带来的人便迅速地行动起来。笑面虎砷老板很高兴，从场外走近小青，递一支烟给他，像那天拍头人的肩膀一样拍小青的肩膀："兄弟，有气魄，是块做大事的料。"

小青面无表情地接过砷老板的烟，学着福旺的口吻说："恶人我见多了。人对付人没别的窍，人强理顺，拳脑骨硬才是硬道理！"

有小青撑着，砷老板接下来要做的事情顺风顺水，不出十天半月，山路拓宽拉直了。小青让患难兄弟铁牛开车跑运输，虽是短途，却也有不小的赚头。小青和砷老板在山上架了十多口大灶，同时开火，宁静的高湾一时鸡飞狗跳，人声鼎沸。十多口大灶就像十多口大炮，喷出的是浓浓的烟雾和毒气，眼见着周边山上的花草树木一天天地枯萎，一大片一大片地死去，终至消失。

老实善良的高湾村人感到忍无可忍了，开始四处告状。为平息村人心头的怒火，砷老板主动向高湾村交纳"山租费"。头人开始不想接这要子孙后代命的"山租费"，但想想，就算是不收这钱，这帮虎狼之徒还不照样的架灶开火，高湾人又能奈他何！此时硬气不接钱，反倒不智，反倒是为这帮土匪强盗节约钱呢！想到这些，头人便硬着心肠代表村人将钱收了。

不出半年，砷灰灶周边的大部分山地就被摧残得不成样子了，头发（植被）脱落，白骨（石头）裸露，砷老板的利诱，小青的强暴，让高湾这个曾经养在深闺的少女现出了恐怖的狰狞。

这半年时间里，清秀的命运似乎出现了转机。乡里新调来了一位副乡长，姓马，分管文教卫，是由教师改行从政的。马副乡长曾是清秀在县城读高一时的班主任，冰雪聪明的清秀自然是他喜欢的学生之一。当马副乡长在走访中得知水云湾村需要一名代课老师时，便向学区力荐了他的学生清秀。新学期开学那天，马副乡长专程来到了水云湾村小学，他当着村支书桃子和村小学校长的面对清秀说："妹子，好好干哪，还有转正的机会呢！"此时

的清秀望着自己曾经的老师、现在的领导，眼神亮亮的，闪烁着感激和希望的光芒。她想，自己告别学生时代步入人生，真正美好的生活就要开始了！

而此时，生活对于忠忠来说却是涛声依旧，尚未显出丝毫改变的迹象。他依旧在晨昏间放牛，在草木葱茏春意盎然的山野守望日出日落。日出是他一天工作的开始，日落了，牛儿便屁颠屁颠殷殷勤勤地领着主人回归。这段日子忠忠像个忠实的情人，每天和他的牛准时来到山野共赴与太阳的约会。清晨，阳光从天际慷慨地浸过来，一缕一缕地缠绕着他，环抱着他，让他感到心清肺润，惬意至极；黄昏，燃烧了一天的太阳就要离去，依依不舍间却还在天边留下激情的红晕，那是太阳送给他的一夜好梦。这样的日子，山村男孩忠忠站在山野上，一任自己的思绪飞舞，他想自己就是一个扛着锄头写诗的人，一个站在田园里的诗人，可惜，自己的诗与田园无关，与乡土也无关。诗者，心声也，是自己此时此地感情的流露而已。

大肚子牛婆变得越来越富态，越来越温柔了，抬头举步都透出一种沉稳的风度和少妇般的风情来。忠忠在不经意间发现，牛的屁眼近段时间总在流一种黏稠的呈带状的液体。他把这一发现告诉了父亲，父亲高兴地一拍大腿，说："崽呐，我出钱给你买的这份工作你还真的干得好，这牛的肚子大了这么多年，这一回是真的要生崽了哩！"母亲也掩饰不住心里的兴奋，笑着骂："你这死崽干嘛嘛不行，这牛倒放得好，我怕是要抱'孙子'了哩！"

母亲谷箩大的字认不得几个，她不懂幽默，在忠忠的印象里，这却是母亲最经典的幽默了。

果然，不出半月，母亲想要抱的"孙子"就生了出来。在忠忠看来，大肚子牛婆生下来的不过是一团混沌的肉体，一团酥软的肉体，光光秃秃的，油光水滑的，一双小眼睛贼亮贼亮的，似是在惊奇地打量着这个陌生的世界。母亲蹲下身去抱这贼亮贼亮的家伙，不想平素温驯的老黄牛却逼直四腿一头朝母亲撞去，撞了母亲一个趔趄。脾性一向有些暴躁的母亲这回一点怒气都没有，反而说："鬼事了，鬼事了，硬是物物有灵呢，这懵懵懂懂的老黄牛婆也晓得像人一样护着自个的崽崽！"

大肚子黄牛婆生崽了，这在乡邻间又是一大新闻，不少村邻便都来牛栏里看。怪也怪，大肚子牛婆生了崽，依然吊着个大肚子，这娘们生就的福相呢，还真把人们的眼睛蒙瞎了这么多年。当初劝忠忠父亲杀了牛卖些肉钱的那位村民算是服了气，对着忠忠的父亲发出了平生最由衷的感悟："天不亏善人哪，天真的不会亏善人！"

石牛生了崽，给忠忠带来了无比的成就感，带来了无比的喜悦，他期待着找人倾诉，找人分享这分发自内心的欢喜，直到此时他才发现，那个可以倾诉的人已离他而去了，那个离他而去的人其实早盛在了他的心里。她的音容笑貌，她那梨花带雨的含羞表情，早已深深地烙印在了他的心里。逝去的点点滴滴，此刻有如花朵，在忠忠的心里轰然绽放，带给他的是绚烂，是幻想，是思念，是伤感。那时，她是那样的懂事，勤快，手脚麻利。牛儿吃饱了，她也早打好了满满的一担猪草。赶牛归屋时，忠忠不忍看她担着猪草香汗淋漓的样子，总会抢过担子扛在自个儿肩上，而此时，她也乐得当个甩手掌柜，温婉地一笑，就从他手中接过牧牛鞭。有时，她还会开口唱一首《外婆的澎湖湾》，在她清纯的歌声中，一对牧牛郎牧牛女便踏着薄暮走上了回家的小路上。她是邻家女孩，他是邻家男孩，他们是正处花季的少女少男，因为牛，他们朝夕相处，牵牛绳给了他们缘。直到现在忠忠才明白，牛是他们共赴心灵之约的红娘。

如今，牛郎依旧在，牛女不回来，留下忠忠孤单地在山野上挥舞着那根尚留有她手心温热的牧牛鞭，牧着一个山村男孩最初的念想。忠忠想，离去了，分开了，一切都不会再来了，他们，一个是人类灵魂的工程师，一个是落魄的山村牛仔，是两个层面上的人了，虽然近在咫尺，相隔却已是天涯。

忠忠好生懊恼。古人说得好："此情可待成追忆，只是当时已惘然。"人间的这一分悲情为何总是会重复着上演呢？

二十二

又一个夏季来临，小牛犊子已经能够走路，能够奔跑了。小牛犊子在山野撒脚狂奔的时候，老黄牛婆总显得焦灼不安，总要抬头四处张望，一等小牛犊子娇嫩的身影在视线里消失，老黄牛婆便会毫不犹豫地放弃到口的美味，顺着小牛犊子的去路狂奔，追寻她的宝贝崽的踪影。追到了宝贝崽，老牛便会伸出她那温热的舌头，轻柔地吻那顽皮的小家伙稚拙的脸庞，吻小家伙的眉心。此时，小家伙便会卖乖撒娇，一骨碌躺在地上，待老娘靠近，便一口咬住娘亲的乳房，恣意地吸吮。此刻的老牛处乱不惊，或低头吃草，或目视前方，神情雍容安详。这样的画面定格在忠忠的视线里，定格在他丢下牛鞭后多年的记忆里，依然是那么地清新，那么地宁静而又温馨。

回乡快一年了，忠忠的"牛龄"也快一年了，他的整个童年是在生养他的水云湾度过的，他的青春也许还真的会定格在水云湾的山野上。这一年，让他初识了人生的滋味，也让他知道了一个书生跌落在现实土地上的眼高手低。现时的身份，他就是一个农民，可他连一个农民最简单的生存技能都没学会，那么多年在外苦苦求学，除了收获到一肚子的不合时宜，他是连做农民的本钱都丢了。用锄头写诗，做一个年轻的牧童，这是无奈，也是寄托。现今是最现实的年代了，就算是偏僻的山村也已经物欲横流，可他却总与这现实格格不入。上不在官，下不在田，四脚悬空，他就像一条浮在山村上空的鱼，只能在自己的精神田园里呼吸生存的氧气。也许，这就是古往今来落魄书生逃避现实的高明之处吧！而这"高明"，实质上是无奈的选择，多半是被逼的。

牧牛郎忠忠被命运流放在山野，以一根牧牛鞭探寻着生命的真谛。终日与牛为伴，与书为伴，他发现自己似是在陡然间深沉了许多，也潇洒了许多。

在几近蛮荒的水云湾，在混沌初开的水云湾，书生忠忠并不觉得自己鹤立鸡群。金钱的光芒普照大地，他的清高已然窒息，留下的是无能入乡随俗的哀叹和却之不去的孤独。他的灵魂是孤独的，居无定所的灵魂在茫茫心海漂泊，流浪，寻找着可供安息的家园。孤独的时候，他就会想起一双眼睛，一双静如止水动若惊鸿的眼睛，一双澄澈纯净的眼睛，他感觉这双眼睛无处不在，还在一如既往地关注着他。有着这么一双美丽眼睛的人，就是他的邻家小妹清秀。清秀当上老师后，住校了。村办小学就在村后的山脚下，是由一所破庙改建的。住校的清秀每个礼拜都要回屋吃上几顿饭，看看父母，也顺带到忠忠家串串门。当了快半年的老师，清秀显得越发地温婉动人了，走起路来款款有型，真有了那么一股子知识分子味儿，全然不像当初帮嫂子卖豆腐皮时那样的风风火火了。在这个炎热的夏季，山村老师清秀一袭素裙，快乐地哼着小曲回到村子，身后总会摇落一路的目光，那是女人妒意的目光，男人不安分的目光。妒意的目光说，原来我们女人还可以这样活；不安分的目光说，是女人就应该这样活。

一袭素裙的清秀成为水云湾的一道风景。当清秀成为风景之后，灰头土脸的忠忠更感到了他们之间的距离。清秀来串门时，忠忠是既喜悦又胆怯，总也回复不到从前的自然和大大咧咧。倒是清秀，落落大方的，有时竟怔怔地看着忠忠。忠忠有意地回避着清秀纯纯的目光，这目光宜回味，不宜直视，直视了，这圣洁便会被某种欲望玷污了，忠忠想。那就在心里把这纯纯的目光珍藏吧，那就在孤独的时候享受这目光吧，那就留着用这目光去驱除心灵的阴霾吧，那就留着在回味这目光时去感受一把人生的沧海桑田吧！在清秀的感觉里，这么久没跟忠忠在一起放牛了，忠忠似乎变了，身上生发了一种令人着迷的魔力，一种从骨子里透出来的既深沉又潇洒的魔力。清秀自信是一个不会为外在形貌所迷惑的人，何况忠忠从外形看比先前还瘦了一些呢！这种魔力不是凭肉眼能够看到的，是化学反应产生出来的，是用心感觉出来的。这魔力是什么呢？清秀百思不得其解。

"气质，也许这就是气质吧——'腹有诗书气自华'呢！"清秀这样告诉自己。

那是一个星期天，一个艳阳天。清秀在魔力的牵引下，鬼使神差地来到了她和忠忠曾经放牧的地方。天还是那样蓝，草还是那样青，太阳还是那样亮，风还是那样爽朗，牛儿跑得还是那样欢，山村老师清秀重返大自然，心情立时像花儿一样怒放。她想放歌，薄薄的嘴唇轻轻地动了动，却终究没敢唱出来。她看见了那个曾经在山野放歌的人，好久没听见过他那粗犷的歌声了，可此刻那人已躺在山坡上睡着了，像一头猪一样幸福地香甜地睡着了，一本已然打开的书遮住了他那张黝黑的有棱有角的脸，也挡住了夏日有些恶毒的阳光。他的大肚子黄牛在不远处安详地吃草，一只小牛犊子躺在老黄牛的肚皮底下欢欢地吃奶。清秀轻轻地走近老黄牛身边，躺在地上的小牛犊子懒懒地返转身，鼓着一双小眼睛淘气地看着眼前的陌生人。"小鬼，认不得姐姐了？"清秀腾出一只手轻柔地抚了一把小牛犊子的一张鬼脸，小牛犊子眨巴了一下眼睛，似是懒得理她，回转身子又专心地吃妈妈的奶了。

"跟你家主人一样倔！"清秀嗔骂了一句，算是替自己解了围。

此时忠忠已经醒来，醒来后的第一反应就是用目光去搜寻他的牛。闲散的日子过惯了，他也觉得自己变成名副其实的懒鬼了，只要目光罩得到他的牛，他是不会动身去找牛的。自然，他看到了一道熟悉的身影，身影撑着一把小花伞，因此他看到的只是一截在阳光下让人引发无限遐想的美丽背影。他知道她是谁，她是为他也为他们一起放牧的过去而来的。忠忠在这一刻感到有些委屈，因为是她先离他而去的，是她先放弃了这一片曾经安置了两颗孤寂心灵的美丽草原。他知道这样的怨尤没来由，但他此刻就是要不理她，于是他又懒懒地躺下去，懒懒地把书覆盖在脸上，任由夏日阳光懒懒地打在身上。他闻到了一股香香的气息，那是她走过来了，轻柔的脚步声像细碎的小雨打得他心迷意乱。脚步声在耳边停住了。他希望这撩人的脚步能停久一些，再停久一些，让时空就此凝住。可是，只一会，轻柔的细碎的脚步声就远去了，就在耳边消失了。忠忠这下真的急了，懊恼地掀开覆在脸上的书本，一个鲤鱼打挺跳将起来，干瞪着眼望着那一顶小花伞消失在视线尽头。

忠忠心里有着无尽的伤感，却无法与人诉说，便折了一根竹枝，找了一块荒秃地写诗：

匆匆的一睇

像激光

烧熔了我那锈迹斑斑的心锁

于是

禁锢了一万年的思恋都蹦出来

放浪了她们的形骸

牵我在日后的每天

漫步那条小街

可命里早已注定
我是那守株待兔的农夫
日后的每一个日子
愚痴的期待里
再没有那飘逸的神采

噢 女孩
假设一个晴朗的日子
我们一起望天的时候
你可知道
悠悠白云
是我写在蓝天上的爱

这首诗名为《思念》，后来成为忠忠见诸铅字的处女作，正是这首处女作吹响了他初恋的号角。忠忠那天放牛回屋后，用稿纸将《思念》誊写好，然后将诗揣进口袋里。后来的日子，他有事没事就往村后的学校跑，希望能在不经意间撞见清秀，然后再"不经意"地将诗交与她。可每一次远远地望见清秀的身影，他就像一个心怀鬼胎的小偷似的自个儿先胆怯了，竟连碰一下面的勇气也拿不出来。有时见清秀跟学校里的男老师打招呼，他心里也感觉酸酸的，羡慕得不得了。

这一年水云湾的飞天蜈蚣小青在高湾的事业顺风顺水，如日中天，赚得了人生的第一桶金。他先还了欠铁牛的六千块钱，另外又霸蛮地塞给铁牛六千块，他以前所未有的豪爽说："兄弟，以前我们是有难同当，现在也应该有福一起享了。"铁牛憨憨地笑着，不肯要小青的还款和赏钱。小青便红了眼，说："你要是不接钱，信不信我今儿个就把你的车给掀翻了！"见小青当了真，铁牛便接了钱。

这一年小青碰上了真正的爱情。姑娘是乡里铁木社的售货员，姓贺，一双眼睛大大的。腰包硬扎的小青到铁木社商场买东西时，一下就跌进了贺姑娘眼睛的湖泊，那一刻，他在心里发誓一定要追到她，娶到她，并紧接着发起了凌厉的攻势。贺姑娘见小青流里流气的，根本就不拿正眼看他。小青心里急，那天骑着辆"雅马哈"摩托车找村里的秀才忠忠问计。忠忠心里害了相思，正烦得很，便随手掏出口袋里的诗稿，对小青说："你拿去送她吧！"小青接过忠忠递过来的一张纸，像是拿到了爱情妙方，看也不看就骑着摩托车向贺姑娘送"宝"去了。贺姑娘当时正处了一个男朋友，是乡中学的一名老师，她接到小青送来的宝物后，当天就向男朋友老师示"宝"。老师细细地读了，不无醋意地说："写得不错，写得好嘛！"而后把诗稿扔在地上，一脸的不悦。

第二天，小青喜滋滋地又去见贺姑娘，贺姑娘这回杏眼圆睁，将拿在手中的诗稿撕得粉碎，并当着商场里顾客的面怒骂小青："真是个神经病！"直骂得小青一脸尴尬。其时小青已将贺姑娘的外围情况弄清楚了，他想这一定是贺姑娘那位教书的男朋友搞的鬼，老子就不信斗不过那个戴眼镜的。当下小青就带了几个兄弟找到那位教书先生，要求两人决斗，来个快意了结。年轻的教书先生一脸不屑，大骂："弱智！一个吃农村粮的还想找个端铁饭碗的，也不想想，自己是几时坐牢出来的。真想不到世界上还有你这号人。"小青被骂得体无完肤，这次却没有用拳头说话，而是气急败坏地吼叫："你神气个什么？信不信，我用钱砸死你！"

说到钱，老师哑口无言了。

秋风渐起的时候，贺姑娘得了一场病，好不容易治好了，才回到家里休养。小青心里牵挂着贺姑娘，心里很着急，可去供销社看过几次都进不了姑娘的屋门。依得小青先前的脾性，他就想撞门而入，哪怕撞进去后再磕头认罪也在所不惜。可这回小青还是没有蛮来，他感到实在走投无路了，便又找到忠忠。上次送诗事件忠忠听说结果后，当场笑得差点噎了气，他没想到刁蛮的小青有时还真的这么"宝"，惹出这么个天大的笑话来。当然，忠忠不会告诉小青，那首诗是他打算送给小青的妹妹清秀的。小青又来问计了，恶作剧的忠忠还想"宝"他一回，便说："这次你给她送花吧，就跪在她家的门口送。她不开门不起来，她不答应让你进去不起来。记住，只要有诚心，好梦就成真！"

"对对对，只要有诚心，好梦就成真！"小青喜笑颜开，往自个胸口捶了一拳，非常自信地说，"我能成，一定能成。我成了，就一定请你当伴郎！"

说完，小青又骑上"雅马哈"，一溜烟走了。

望着小青的背影，忠忠想起了书上的一句话：人一旦变成情魔，女人的智商就是零，男人的智商就是二百五。确实。

秋风秋雨愁煞人。这一晚下了好大的雨，山村少年小青就跪在贺姑娘的家门口，手捧着一大束鲜花。雨哗哗啦啦地下，他无声无息地跪，衣服淋湿了，他便解开衣扣，将火红火红的鲜花紧紧地贴靠在炽热的胸膛上。鲜花被一层透明的薄膜裹着，根本不会被淋湿，可他还是用心地呵护着。在这个凄风冷雨夜，难得浪漫的小青用自己诗意的坚守，期待着一个诗意的明天，抑或，诗意的一生。

天终于亮了。早起的贺姑娘家人打开了家门，终于发现了门前跪了一夜的雨人和雨人胸前盛开的鲜花。家人让雨中人起来，雨中人执拗地就是不起来，他非要贺姑娘出来见他。不大一会儿，贺姑娘出来了，见到了小青，小青落汤鸡一样狼狈，却又像野狼一样坚挺，他兴奋地昂着头，对贺姑娘说："知道你病了，我就是想来看你。"

口笨舌拙的小青一句平淡的表白顿时让贺姑娘的防线崩溃，她那仍显病态的脸第一次对小青绽开了动人的笑容。姑娘依旧瞪着一对大眼睛，骂着小青："蠢包，还不快进屋来!"

此后小青成了贺姑娘家的常客，每次上门，他都是鲜花开道，红包礼品铺垫，弄得一屋人个个欢喜。贺姑娘的男朋友教书先生撞见过小青几次，见小青小人得志财大气粗的模样，心里气得想要吐血，又见贺姑娘还有贺姑娘的家人看小青的眼神一日日不同，便自觉气短三尺了。没挺一阵子，教书先生心里敲起了退堂鼓。那天，他文绉绉地对贺姑娘说了句"我祝福你"，然后无限留恋地望了贺姑娘一眼，便自觉地退出了这场爱情战争。

小青总算是赢得了贺姑娘的芳心，他感觉自己是一架动力十足的战车，可以一门心思打天下了。他用摩托车载着贺姑娘上过高湾，让她来检阅自己的辉煌业绩。看着喷着毒烟的土灶，望着被毒烟噬咬的山林和噬咬过后留下的片片疮痍，贺姑娘一阵阵地心疼惋惜，可想到这一切对于男朋友来说就是钱时，她又觉得无话可说了。近来这里的山民告状厉害，听说邻县的有关部门要采取联合行动摧毁这些非法炼砒土灶，为首分子还要被抓去坐牢，贺姑娘心里便隐隐地有些担心。小青歪叼着香烟，安慰贺姑娘说："这年头饿死胆小的，撑死胆大的，中规中矩哪能赚得到钱?"他拍拍贺姑娘的肩膀，大咧咧的口气顿时变得柔情似水起来，"有我在，你没事;有你在，我没事——我俩就一起放心吧!"

二十三

这一向水云湾的镇山老虎福旺可是郁闷得很。去年秋天村委换届福旺落选后，新上任的村支书桃子就成了他潜意识中的敌人，对桃子的怨恨竟凭空多了一层。福旺"恨屋及乌"，转而对桃子的家人一个个都看得不顺眼了。看看，那个忘恩负义的干麻拐小青——一个连街头小混混都算不上的人，此刻竟占山为王，人模鬼样了，仗着欺负人家高湾人放火烧山赚足了"黑"钱，还真的搂了个吃公家粮的漂亮妹子回来，真是天发混账人哪！小青那个妹妹，那个穿着白裙子在村人面前显摆的清秀，眨眼间就成了村小学的老师，她教的学生不妖里妖气才怪呢。每每想到这，福旺就为村里的那个落魄秀才忠忠抱屈，人家怎么着也是个大学生呢，大学生怎么着也比那个高中生强，可人家大学生到现在还在侍候牛呢。他好几次想找忠忠沟通，他感觉，在水云湾这一亩三分地上，真正能与他福旺谈得拢心的恐怕也只有忠忠了。可忠忠书呆子得很，骨子里清高着呢，他并不主动示好，并不主动走近福旺。福旺看得出，忠忠有自己的世界，那是水云湾的俗世烟火暂时还没能熏染到的世界。也正因为如此，福旺似乎看到了忠忠身上的某种特质，让他更加地惺惺相惜。

那天，福旺让宝财把村长国楚叫到屋里来。国楚当了村长，说话做事在村人面前都有了一些干部架子，但这架子在福旺面前却不敢端出来。他清楚，他在村委一班子人面前说得响话，福旺才是他的底牌。见了福旺，村长国楚仍旧一副唯唯诺诺噤若寒蝉的样子，这让福旺很满意，国楚村长终究没敢忘本哪！

"国楚村长，"福旺开话了，"你们那个女支书说话硬梆梆的，其实心里阴着呢。你看，官没当几天，就把自己的妹妹弄去教书了，这明摆着是以权谋私哪！"

国楚笑笑，解释说："那是乡里面马副乡长点名让去的呢！"

福旺一听，脸面上便有些尴尬，忙笑着自个圆场说："那个马副乡长，芝麻大一点的官儿。"说到这，福旺把话题绕到正事上，问国楚：

"你觉得忠忠这个人怎么样？"

"不是很了解，只觉得他一个大学生成天像一个小孩子样的跟着牛转，实在可惜了。"

"那村里应该把他用起来呀！"福旺迫不及待地激将。

"怎么用起来？"国楚抬起眼睛懵懵懂懂地看着福旺。

福旺不看国楚，却把一双眼睛瞪着正在地板上玩耍的自己的一双儿女，说："眼看秋天就要到了，新学年又要开始了，我这一双小鬼也该进学堂了——村里不是还没有幼儿园吗？"

"对头，对头！"国楚瞬间明白过来，说，"我这就找桃子支书商量去。"

"对头，对头！"国楚找桃子商量时，桃子兴奋地连拍了几下脑门，心想，我整日价为忠忠这孩子担心，怎么就没往这儿想呢？桃子对自己的搭档国楚说："百年大计，教育为本，教育就得从娃娃抓起，不能让我们村里的孩子输在起跑线上。开办幼儿园——这想法实在好呢，国楚村长是越当越出息了！"

新学年就要开学的时候，桃子代表村里正式找忠忠征求意见了。桃子怜爱地看着忠忠，说："村里今年要开办幼儿园，教室就设在村小学里面，课桌椅已经置办好了。老师人选村委反复筛选过了，还是觉得你最合适。我晓得，你作为村里唯一的大学生却要去带一群流鼻涕的小把戏，实在是大材小用了。我今日找你，就是想听听你的意见。"

忠忠一听，心欢喜得快要跳出来。他想，自己一直牧牛，接着就要牧人了，牧人是一项教化工程，是体面的事情！何况，自己的理想是当作家，老师跟作家一样，都是人类灵魂的工程师呢！

"干！"忠忠说，"我得谢谢嫂子支书了！"

其实，忠忠打算进村小教书还有一个最私下的想法，那就是能够天天见到邻家小妹清秀了。开学的前一天，忠忠来到村小布置教室和自己的办公室，清秀不请自到，帮着扫地擦桌椅。空旷的教室就他俩，两人都不讲话，只是偶尔眼神碰撞，撞得两人心跳跳的，脸红红的。在这目光柔柔的碰撞中，两人似乎都读懂了对方的心事，便复又低下头来，咀嚼着无言的一分甜蜜。

九月一日是新学年开学的日子，福旺带了一双儿女早早地来到了村办小学。在村人眼里，福旺依旧是打个喷嚏也能让水云湾甚至莲荷乡颤上几颤的人物，村小校长哪敢怠慢，忙领着他带着儿女上忠忠的办公室报名。忠忠所谓的办公室其实就是破庙的一间侧房，七八个平方米的面积，铺上一张床，安放上一张办公桌，就没有多少剩余的地面空间了。福旺进得屋来，第一眼看到的就是忠忠张贴在墙上的一条自书的横幅：

但愿二十二年前那一声赤裸裸的啼哭，能支撑、延续我的整个人生！

横幅笔力遒劲，字迹狂放，一眼见尽了书者的坦荡心性，引得福旺心里一阵狂喜。福旺目光炯炯，瞪着忠忠，连声赞叹："人才！人才！"

村小校长见状，也跟着说："人才，真的是人才！听国楚村长说，办幼儿园还是福旺师父提议的呢，他就是怕我们水云湾的大才子在荒山野岭里被埋没了！"

福旺说："忠忠小伙子，我的两个儿女今日就放心地交付给你了。"说着，他掏出钱交给忠忠，豪爽地说，"两个孩子的学费，一分不欠，我福旺全交了！"

忠忠接过钱，感激地望着福旺，说："福旺师父，谢了！"

这一年秋收完了以后，邻县组织政法、国土、环保部门上高湾搞了一次联合执法行动。

砰老板得知消息后，早早地溜了。在高湾做着山大王的小青倒是不怕，他不让砒灰土灶熄火，在他看来，停一天火，就要损失他一大把的钱呢！他派人把进高湾的唯一一条山路挖断了，就不信那些细皮嫩肉大腹便便的家伙能徒步爬上山来。那天，邻县浩浩荡荡的执法队伍开进水云湾，突然发现前方断了路，首尾相连的几十台越野吉普车是行不得半步了。联合执法行动的指挥长早听说过水云湾人刁蛮，但还没想到这些刁民胆敢公然对抗，一时来了狠劲，他手拿扩音喇叭下令："全体参战人员徒步上山，一定要把高湾上的非法土灶彻底摧毁！"并身先士卒，率部登山。十余公里山路哪是那么容易上的，两三百人的执法队伍在山路上走走停停，到了半路就大都饥肠辘辘了。最苦的是那些专业爆破人员，扛着炸药包爬上山顶身子骨差不多散架。山上的十多口大灶并没熄火，还在吐着浓烟，爆破人员不敢贸然靠近土灶，便把炸药包安放在土灶附近，胡乱放了几炮就走了人。

执法的大部队一撤，躲在深山里的小青一干人就闪了出来。土灶毁得远没有小青想象中的严重，有三分之一只受了些"皮肉伤"，稍事修补就又能正常炼砒了。

小青喜笑颜开，一边忙着给身边的弟兄散烟一边说："大伙儿今儿个辛苦点，把场子清理好，把损坏的地方修补好，我开双倍的工资！"

天断黑的时候，十多口大灶一一修复。

小青在山上的办公室是一间简易的竹棚，设在林中一个隐秘处，还从高湾村子里接上了电。他在办公室里放了一台黑白电视机，可以收得到几个台，晚上待在山上无聊，就靠着电视打发寂寞。偶尔，他也温习温习老本行，放放片子，喊着弟兄们一块看，但不再收钱，娱乐娱乐而已。这天晚上，他在山上的简易食堂用过餐，回到办公室一拧开电视，邻县的电视台正在播发一条重磅新闻，称该县今日组织了一次大规模的联合执法行动，彻底炸毁非法炼砒土灶若干，非法炼砒业主闻风而逃。报道称，此次行动规模之大、社会效果之好在该县都是空前的。看着电视画面上不时出现的联合行动指挥长正气凛然的特写镜头，小青朝地板上狠狠地吐着口水，心里骂着：吹吧，吹得越多越响越好，你指挥长得名气我可是得实惠呢。那个记者我还要请他吃饭呢！

小青恨恨地骂，开心地骂，感觉无话可骂了，就走出办公室，招呼他的弟兄们："我们今晚就上灶开火去！"

二十四

又听到久违的校园钟声了！忠忠的心激荡沸腾！他努力地镇定着自己，努力地让自己的步履从容些。当他迈进教室，站在黑板前，站在讲台上，面对四十多个幼童四十多双纯洁无邪的眼睛，他却无法端出在想象中预演过无数遍的为人师者的威严，无法掩饰的青春的笑意在他那张年轻的脸上一波一波地荡漾。

福旺的一双儿女坐在前排居中的位置。女儿小静始终用一双安静的眼睛看着忠忠，儿子小宇先前还安静，一会儿便不安分了，返转头去伸手就捏后座小朋友的鼻子，后座的小朋友立时就哇哇大哭起来，引得整个课堂闹哄哄的。忠忠不忍呵斥这些天真的孩子们，他不动声色地走下讲台，走到小宇身边，伸出两根手指轻轻地捏了捏小宇稚嫩的鼻子，这小家伙像牛被牵着了鼻子一样，立时就老实了，整个课堂复又安静了下来。忠忠知道，他看着的四十多个孩子都还是父母怀中的娇儿，突然之间进了学堂，一时是没得个定心的。教书育人，犹如春风化雨，得慢慢来，急不得的。

"我的可爱的小朋友们，你们喜欢唱歌吗？"

"喜欢！"

"今天老师教大家唱一首歌好不好？"

"好!"

"我们的祖国是花园,花园里花朵真鲜艳,和暖的春风吹拂着我们,每个人脸上都笑开颜……"那一天,响亮的童声一遍又一遍地在破旧的山村教室响起,山村教师忠忠的心也融入了这一片欢乐的海洋中,那是久违了的童心啊!下午的时候,清秀没课了,也被幼儿教室里传出的童声吸引,欢快地来到了忠忠的课堂里,并鸟儿一般随着旋律翩翩起舞。清秀的加盟,让忠忠兴致大增,他边打着节拍边故作笨拙地即兴舞蹈。清秀跳着舞,开心地笑着,眼神也像跃动着的音符,有些难以自禁地打在忠忠脸上,打进忠忠心里。在忠忠看来,清秀那一双梨花带雨春水含羞的眼睛从来没有这么妩媚过。他希望她就这样一直地舞下去,舞下去。

孩子们也跟着舞起来,舞着舞着,不少孩子就成了撒欢的牛儿,满教室地蹦跳着,奔跑着。

幼儿园,是孩子们的乐园,也是多年以后珍藏在忠忠和清秀心里的幸福花园。

水云湾小学,因为幼儿园的开办,因为忠忠老师的加入,空前地热闹起来,昔日的破庙变得不再沉寂了。清秀教的是小学三四年级的语文,一天两节课,没课的时候就喜欢往幼儿园跑,孩子们也渐渐地喜欢上了这个老师阿姨。

当上孩子王后,忠忠给自己制定了严格的作息时间。每天清晨六时起床,在学校操场跑半个小时步,然后在宿舍里照着从县城书店买来的书本学跳时下流行的一种舞蹈——霹雳舞。霹雳舞动作难度大,忠忠却自以为正是这种高难度的原始粗犷的舞蹈最适合他,给了他特别的悟性和练习的激情。他从最简单的太空滑步练起,从手臂关节波浪传递练起,一个简单的动作他每天都要练习上百次,在看似机械的重复练习中,他自得其乐地把握着舞蹈内在的律动。练习完舞蹈,稍事洗漱,再读半个小时的经典古文，然后到学校的简易食堂囫囵着吃些早餐，就到了上课的时间了。课间休息的一点点时间，他也见缝插针作了安排，那就是练字，硬笔临帖庞中华，毛笔临帖启功，他喜欢这两位书家的字，硬派，不拖泥带水。吃过中饭，他便抱着小说躺在床上看，躺在床上看书，这书便有了催眠的功效，不知不觉忠忠便午睡了。忠忠每日的备课都在晚间进行，大约用去一个小时左右的时间吧，余下的时间他便沉浸在书香中，读名家名著，或在方格稿纸上涂雅。一俟灵感勃发，他便笔走龙蛇，一篇千字文或一首诗在不觉间一气呵成，要是写作的冲动褪去，他便有些惋惜地摇摇头，然后颇感无奈地扔下笔，对着空壁"嗨"声连天，一身的疲惫便被"嗨"得一干二净了。

很多的夜晚，清秀都会不自觉地来到忠忠的房间，"笃笃笃"轻声地敲门。听着轻柔的敲门声，忠忠不用问就知道是谁，他便装作不经意地开门，对着清秀笑一笑，便又把心思沉到书本里去了。清秀倒也不很在意，有时便自个儿寻一本书看，有时就借用忠忠的办公桌一角备课。这是一个安静的两人世界，弥漫着一股清纯的气息，这气息在忠忠的感觉里便有了古时文人红袖添香的味道，他愿意享受这一份静谧，在他看来，此时此地此情此景任何的言语任何的表白都是多余。沉浸在书本里，看到精彩处，忠忠便有了收获的满足，有时便会像下蛋的鸡婆一样"咯咯咯"地独自笑起来。每每这时，清秀的一双晶莹透彻的眼睛便会安静地凝望着他，眼神半是欣赏，半是嗔怪，直逼得忠忠脸红红的，心里像有小鹿在撞。忠忠的眼睛有时慌不择路，不经意间与清秀对视，电光石火的刹那，空气中便腾满了既温馨又暧昧的尘雾。

好在此时的忠忠学着了书中的柳下惠，他没有让这暧昧继续下去，而是在闪念间非常自觉非常果断地捻灭了从心里滋生的某种隐隐而又赤裸的欲望，依旧顾自笑着，心思却回到了书本里。

忠忠的表现让清秀很生气，她恨这个书呆子，少女的矜持和自尊终于让她无法忍受忠忠刻意的冷漠。很长一段时间，她没再去幼儿园，没再找忠忠，有时两人面对面碰着了，她也不说一句话。忠忠其实是个明白人，他知道问题的症结在哪里，他也不只一次地问过自己，答案是自己确实喜欢她。可他清楚，自己至今是一个连生活都成问题的人，一个没有下场的人，作为雄性动物处于如此尴尬境地，他能有什么资格去说喜欢一个人去牵喜欢的那个人的手呢？

那段时间，白天和孩子们一起倒是热热闹闹快快乐乐地把时光打发了，到了晚上，忠忠便陷入前所未有的孤寂，陷入疯狂生长的思念的泥淖。清秀的办公室就在操场边上，就在他的办公室对面，黑夜降临，忠忠索性不开灯，一个人静静地坐在自个办公室的窗前，看对面办公室洁白的灯光如花朵一般开放，看灯光映出的如花儿一般的剪影。他想她了，想她，便写诗了——

当你温热的目光
折落于我的冰
我不知伤心的泪水
是否
打湿你今夜的梦幻

当你所有的歌声
喑哑于我的沉默
我不知你纯真的爱
是否依然

我只知道
我是真心爱你

我的冰

是另一形式的温暖

我的沉默

是另一形式的吟唱

如果你能了解

你会知道

我双眸的暗色

也是另一形式的阳光

这首诗名为《本质》，后来入选南方大型诗集《红尘》。红尘有爱，红尘有诗，当青春的诗行历经了人生的沧桑，爱人啊，你能否抚摸诗人烙在心口的滚烫和年轻的哀伤？

在村里，福旺很少请人吃饭，但这次他跟老婆美英打了商量，决定隆重地请忠忠吃一餐饭，就算是一双儿女的拜师宴。一双儿女进学堂才一个多月，变化却不小，变得晓事了，懂理了，会跷着指头做简单的加减法了，字也识得好些个了，看着家里养的几只鹅，张口就会喊"鹅鹅鹅，曲项向天歌，白毛浮绿水，红掌拨清波"了。一双儿女背古诗时，儿子小宇喜欢闭上两只眼睛，扯开喉咙对着天空狂吼，声音叽哩呱啦的就像扫机关枪一样，震得一起背诗的妹妹小静哑然失声，只顾着腾出一双小手捂住自个儿的耳朵，也震得一旁的福旺和美英心花怒放。

"养崽不读书，等于养头猪。"吃饭时，福旺不停地劝酒，话也说得真诚，豪爽，"我福旺从小没读什么书，生就一副天不怕地不怕的鬼见愁性格。可是话又说回来，我可以不敬天，不敬地，却不能不敬读书人，尤其是你这样有真才实学又有个性的读书人。人生也就是短短的几十上百年，好多东西活到老学到老也不一定学得来呢，社会才是一所真正的大学堂呢——小伙子，希望你在社会这所大学堂里好好地磨炼自己，相信金子在哪里都是会闪光的。我比你大十多岁，算是你的兄长吧，我们今天就以这句话共勉吧！"

福旺——水云湾人眼里一头凶猛的镇山老虎——见心见肺的一席话让忠忠立时有了想流泪的感觉。在此之前，忠忠还跟所有的村人一样，认为福旺只是个敢拿板斧逞匹夫之勇的粗人，没想到他内心的世界也同样地山高水深。在忠忠看来，福旺这一席话不但有水平，而且有思想，有见地，想必这都是在社会这所大学堂里学的吧。想起听校长说的福旺如何处心积虑终于让自己当上"孩子王"，忠忠荣幸地感悟和承领了一个乡村恶人质朴纯净的特别关爱。忠忠不喝酒，也几乎没喝过酒，但这一次他把一大杯酒干了。他结巴着舌头说："福旺师父，你对我的好我一辈子都会记在心里。是金子在哪里都会闪光——未来的日子我们就以此共勉吧！"

一只文弱的手，一只粗糙的手，紧紧地握在了一起。

二十五

"哞——哞！"几声悠长却又显得有些沉闷的牛叫声打破了校园的宁静。其时是孩子们早读后的第一节课，清秀正在教四年级学生的语文，她瞬间就被这熟悉的有如童谣般的声音吸引，放下教本就走出了教室，她看见了一老一少两只黄牛在幼儿园的教室外来回散步，老黄牛依旧腆着个大肚子，步履沉稳，气度雍容，小黄牛犊子却显得不很安静，刚刚还依偎在老黄牛身边，一下就成了离弦的箭，径直奔向远处。只要小牛犊子不脱离老黄牛的视线，老黄牛就不急，它似乎知道，小黄牛的圆圈圈画得再大，也终究离不了老娘这个圆心。老黄牛始终以一种欣赏的眼光看着小黄牛闹腾，似乎把这一切当成了它悠闲散步时的风景，有时忍不住了或者说太心旷神怡了，便引颈高歌，像一个行吟诗人一样，悠悠地鸣唤三两声。

是忠忠家的黄牛，是忠忠家的黄牛找忠忠来了，真的应了那句话：物物有灵啊！许是爱屋及乌吧，看到忠忠家的牛，清秀就有些忍不住地想忠忠。她喜欢那个书呆子，喜欢那个书呆子烈日下淌着晶莹汗珠的黝黑的脸，喜欢他在山野上与牛嬉戏时腾跃而起的身姿，喜欢他那浑厚不羁的歌声。看到老黄牛，就像见到了可以诉诸委屈和欣喜的老朋友，清秀心里有着说不尽道不明的亲切，只有这头老黄牛能够触及一个怀春少女最为温柔的内心，能够唤起她心窝窝里的泪花儿。清秀悄无声息地走到了老黄牛身边，静静地抚摸着这个老朋友饱经沧桑风雨不惊的脸，老黄牛不怯她，不看她，却伸出温润的舌头亲她的手，像是久违的老朋友初次问好一般。这一切被从幼儿园教室里走出来的忠忠看了个真切，忠忠立时就被这一分久违的温馨感动了，他静静地看着曾经朝夕相伴的牛，静静地看着连日来令自己朝思暮想的清秀，眼神像温驯的兔子期待着一箭穿心的猎人。清秀回头了，明媚的目光撞见忠忠立时就悭吝地收了回去。这一回眸，让忠忠在一瞬间看见了花开，看见了花落，他的内心里满满地盛着看不见的伤感。他走近清秀，掏出那首《本质》，说："我写的一首诗，你看看。"清秀冷漠地接过诗稿，冷冷地静静地看了，看后冷冰冰地吐出恶俗的评语："狗屁！"

清秀看也不看忠忠，竟冷冷地把诗稿撕了。

刹那间，忠忠的心连同诗稿被残忍地撕成了碎片。年轻的心是玻璃心，都是易碎的啊！忠忠想，完了，一切还没有开始，一切就都已经结束了！

狗屁诗人忠忠身心俱焚，他发誓再也不理她，不理那个曾与自己一同长大的狐狸精了。"不理她，就是不理她！"那个不眠之

夜，忠忠一遍又一遍地向自己的心保证，他要从心里面告别清秀，告别那个昨日的我了。第二天，他振作了精神来到教室里指导孩子们早读，没想到英姿焕发的清秀像一只蝴蝶一下子就飘进幼儿教室来了。

"清秀老师早上好！清秀阿姨早上好！"孩子们好些时日没见清秀来幼儿园了，一时都成了小蜜蜂，闹闹哄哄的。

"小朋友们早上好！阿姨好久没跟大家在一起了，好想你们——你们想不想阿姨呀？"

"想，好想好想！"童声响亮。

清秀脸上露着得意的笑容，眼睛却瞪着忠忠，抬手就把自个儿手中的三四年级语文教本扔给了他。

两人目光对视的刹那，忠忠感到冰川消融了，他有些把持不住自己了。

"还呆着干嘛？孩子们今天交给我了，你给我到三四年级代课去。"清秀用不容商量的命令式口吻说。

忠忠接过清秀扔过来的教本，乖乖地点了点头。

许是兴奋所致，虽是第一次上高年级学生的课，忠忠那天却愣是讲得神采飞扬，一个生字连带一个故事让学生们听得痴痴迷迷，嘴角的口水流得生动，直到下课铃声响了，好多学生还是没有回过神来。等到第二天清秀重返高年级课堂，一些调皮的学生竟然喝起了倒彩：叫忠忠老师跟我们来上课！清秀自个儿也觉得奇怪，她并不为学生们的直率感到难为情，相反，她因此找到了更好的跟忠忠调课的口实，此后，他们在讲台上的友情客串便经常性地开展起来了。校长知道此事后，专门到高年级听过忠忠讲课，忠忠漂亮的板书，生动风趣的讲述，一扫往昔课堂的刻板死套，让校长在心里赞许不已。听完课，坐在后排的校长朝忠忠翘起大拇指，什么也没说，清秀与忠忠自行调课的事便被默认了下来。校长是个慎重的人，他相信好的课堂效果一定会带来好的教学效果。果然，在这个学期期末的全学区高年级科目统考中，水云湾村小三四年级的语文成绩名列前茅，其中四年级的语文成绩竟在全学区同年级的二十多个班级中夺了第一名。对于一个全乡最偏僻的村级完小来说，这是自建校以来未曾有过的莫大荣耀。接下来召开的全乡教育表彰会，马副乡长亲自主持，水云湾村小校长第一次露了风头。表彰会开完，马副乡长把校长叫到办公室，非常自信地问："你们那里三四年级的语文都是清秀教的，我点名要的这孩子不错吧？"

"搭帮领导慧眼识珠，让我这当校长的也挣足了面子。"校长诚惶诚恐，一脸谦卑的笑容。

"哪里哪里，这孩子还得要你这当校长的多培养培养哩——好了，没你的事了。"马副乡长笑笑，扔了一支烟给校长，谦和地下了逐客令。

干麻拐小青人模鬼样地发了，在水云湾建起了第一栋三层楼的水泥洋房。年底的时候，他与贺姑娘举行了隆重的婚礼，果然邀请忠忠作了伴郎。婚礼上，小青咬着贺姑娘的耳根指着忠忠说："当初送诗送花就是这个鬼家伙出的主意。"贺姑娘便淘气地瞪着一双大眼睛看忠忠，说："还是当老师的厉害呢！什么时候轮到老师自己送诗呀？"这话忠忠和站在一旁的清秀都听清了，两人的脸一下子就透红起来。

小青给水云湾的绝大多数人家都派发了请柬，独独有意抛开了曾经的师父福旺，自从那次福旺把他打趴在稻田里之后，他心里就再没有师父了，福旺成了他潜意识中的对手、仇人，他在心里暗暗地与福旺较着劲，他要与福旺比一比，在水云湾，在莲荷乡，究竟谁的脸面大，看看人们心目中的英雄究竟是拳脑骨打出来的还是钞票铺出来的!

小青婚礼这天,美英想与福旺商量着去庆贺一番,便说:"你俩师徒一场,他有好事不请师父是他忘恩负义,我们又何必跟他一般见识呢?"

福旺坐在家里像一匹孤独的狼,听着外边一阵接一阵的爆竹声,他变得异常烦躁,冲着美英就是一声猛吼:

"他算什么!"

这一年的雪是在年前两三天下的,好大好大,一小半夜,整个的山野、村庄便银装素裹了。孩子们早放假了,可忠忠还住在学校的宿舍里。宿舍里生了一盆火,他就围住火炉看书,他喜欢这分安静,人一坐下来就懒得出门。书看累了,他想唱歌,或听听音乐,只觉得心里面有数不清的音乐虫子在爬,在鼓噪。他一直想买一台录音机,可村里给他开的工资每月才70元,拥有一台录音机对他来说只能是储蓄在心中的一个奢望。他天生就不会理财,每月领了工资,就一分不少地把钱交给父母,身上没有钱,倒给他省了许多凡俗的烦恼,与书为伴,与歌为伴,与舞为伴,他娱乐在自己的世界里。这是个清冷的世界,清静的世界,单纯的世界,有声有色的世界,不为人知也不容他人瞎嚷嚷的世界,而清秀应该算是撞进这个世界的第一人。

"洁白的雪花飞满天/白雪覆盖着我的校园/漫步在这小路上/留下脚印一串串/有的直啊有的弯/有的深啊有的浅/朋友啊想想看/道路该怎样走/该怎样留下/留下脚印一串串……"一阵歌声在校园响起,是女声,悠扬纯净快乐无比的女声。纯美的女声犹如白色的鸟儿飞进了忠忠逼仄的宿舍,栖落在忠忠的心坎上。忠忠还在侧耳倾听,敲门声响了起来,他懒洋洋地直起身子,开了门。

不用说,是清秀,清秀穿着大红棉袄,大红棉袄把她的一张脸也映得分外的鲜艳。她楚楚动人地站立在门口，像一幅静止却又生动无比的画，背景是白茫茫的雪地和雪地上梦一般伸向远方的瓣瓣脚印。

"嗬，好大的雪。"雪和雪中人让忠忠一时睁不开眼睛。他有些按捺不住诗兴，脱口而出的却是古人的一首打油诗："天上一笼统，地上一窟窿，黑狗身上白，白狗身上肿。"

清秀看了一眼自己身上的棉袄，立时就不高兴了，说："天寒地冻的天气，人家跑来看你，你怎么张口就骂人？"

看着清秀一身的厚衣服，忠忠放肆地笑起来，却不肯认错："我没骂你，是我们的古人骂你呢！"

碰到这样的赖皮，清秀也没了法子，只得回骂了一句："你才是小狗呢！"顿了顿，清秀说，"死蠢子，看你长了聪明没有——猜猜，我给你带什么来了？"

忠忠这才发现，清秀的一双手一直是藏在背后的。

"我猜不出来。"忠忠说。

"蠢猪，闭上眼睛，没有我的命令不得睁开！"清秀杏目圆睁。

"好！"忠忠顺从地闭上眼睛，想，真是长不大的小女孩子，尽想着玩弱智的小儿游戏，我还真不如合上眼睛省事呢！

好一会儿，有歌声从屋子的某一个角落弥漫开来：

有人说/高山上的湖水/是淌在地球表面上的一颗眼泪/那么说/我脸庞的眼泪/就是挂在你心田的一面湖水/一面湖水……

是齐秦的歌声，是齐秦忧伤凄美的歌声，是从录音机里真真切切传出来的齐秦的歌声。忠忠闭上眼睛倾听着，心立时就被温暖的湖水浸润了。

"蠢子，睁开眼看看这录音机怎么样？"

忠忠睁开眼，一台崭新的座式录音机摆放在简易的办公桌上，黑黝黝的机身泛着动人的光亮。

"多少钱？"忠忠按捺住内心的惊喜。

"这是本姑娘送你的新年礼物，无价！"

"真的！"忠忠跳将起来，夸张地伸开双手就要送清秀一个拥抱。

清秀俏皮地躲开了。

二十六

这是一个浪漫的春节，年味飘香，雪花飞舞，整个水云湾村沉浸在祥和却又热烈的喜庆氛围中，一派吉瑞景象。

小青水泥洋房的前边是一块宽敞的空坪，空坪上结了厚厚的一层冰，人走在上边稍不留神便会打滑。可村子里的年轻人并不在乎这天寒地冻，一茬一茬地聚集在这一块空地上。小青天生就是个不喜安静的人，他把自家的高档音响搬到空坪上，音量调到了最大，强劲的摇滚音乐像无数的猛兽从两个硕大的音箱里跑了出来，嘶吼着，蹦跳着，搅得冰天雪地里的寒风也像是患了内分泌失调，给人的感觉竟然是热烘烘的。

大年初一这天吃过早饭，忠忠和清秀结伴到小青家拜年，一眼就瞥见了一团红，火一样地在小青家的空坪上翻滚。那是一个穿着红色太空服的小伙子在热舞，新奇古怪的动作引爆了围观人群的一阵阵喝彩。

"霹雳舞，有人在跳霹雳舞！"忠忠有些止不住兴奋，牵着清秀的手挤进了空坪。

"忠忠！"跳舞的年轻人突然停下了动作，惊喜地叫。

"卫兵！"忠忠认出来，跳舞的是老村长贵祥的小儿子卫兵，他们差不多同龄，小学到初中都是玩得好的同学呢。忠忠上高中以后，他俩就很少见面了，及到忠忠重回水云湾，卫兵已经负气

— 136 —

外出习武，一别家乡竟已三年。

忠忠眼里的卫兵变化大了，壮实多了，穿着打扮洋气多了，特意蓄着的一头披肩长发晃来晃去的，让人一看就知道是在外面见过世面的人。唯一没变的是那一双眼睛，眼神还是那样地敦厚，看着就让人觉着亲切、踏实。

"一起来跳吧，村里的小鬼崽崽们讲你的舞跳得好呢！"卫兵说。

忠忠向四周看了一眼，果然有不少小孩子把小手藏进了袖子里等着精彩表演。

"就怕丢不起这个丑呢！"忠忠没有推却，也不想推却。一听到强劲的霹雳舞舞曲，他的心就在痒了，骨骼就在响了，蛰伏在身子里的无数的音乐虫子伴随着明快的节奏早就在心里面舞了起来。他的霹雳舞都是照着书本学的，在学校的单身宿舍里他已经对着一块大镜子演练过无数次了，他的舞技对于大多数村人而言只是养在深闺人未识而已，他自认是个有艺术细胞的人，他有足够的自我欣赏能力和足够的自信。

霹雳舞是一种粗犷热烈的舞蹈，起初由美国黑人歌星詹姆斯·布劳德为配合歌曲表演而编创，其神奇美妙立时焕发出强大的艺术魅力，使得千千万万的青少年为之倾倒。霹雳舞，真如雷霆霹雳般跨越国界，风靡全球，成为群众性的现代舞蹈。

音响里放的是流行的《荷东》舞曲，2/4拍节，音乐速率每分钟慢则116拍，快至130拍，忠忠踩着节奏滑步进入了空坪中心。老实说，他还没有听着完整的舞曲正儿八经跳过霹雳，更没有与人对练过，因而身心都处于一种极度的亢奋状态，他那略显单瘦的身子一入场就成了一条战栗的蛇，随着音乐的韵律舞动。滑步，太空步，机械步；身体前后波浪，双臂关节全程传递，双臂飞鸟波浪，身体前后波浪，甩臂……他感觉自己在这音乐的瞬间触电了，关节在颤抖，失重的身子正飘行在遥远的太空，飘行在自己向往的自由天国。

卫兵显然是个老霹雳了，却只是憨憨大度地应对着忠忠的每一个动作。忠忠的舞跳得随意，奔放，昂扬着青春的朝气和灵性，肢体语言诠释着年轻的自信和了无羁绊的情感。相比之下，卫兵的舞技却显得圆熟有余而感性不足了。

卫兵似乎从围观人群偏爱的掌声中醒悟了过来，他陡地亮出了"刹手锏"：单臂手撑旋转。这是一个高难度高技巧的霹雳舞动作，没有足够的体力支撑玩不转，霹雳舞爱好者中鲜有女生，这或许就是一个重要原因。卫兵挑衅地看了忠忠一眼，凝神静气，他突然躬下身子，一手撑地，脚跟旋即脱离了地面，身子被单手撑在了空中，飞速地旋转了起来！

围观的人群立时爆发出了尖锐的喝彩声。

清秀也情不自禁地加入了喝彩的行列，眼睛却不无担忧地瞪着忠忠，心想，人家卫兵毕竟是习过武之人，你这个书呆子要是比不赢就千万别硬撑啊！

忠忠自然捕捉到了清秀的目光，但他会错了意，以为这目光是在怂恿他鼓励他呢。这一高难度动作他在暗地里长时间地练过，真的要玩转它不仅仅需要体力，还需要四两拨千斤的技巧。他毕竟年轻，毕竟是农家孩子，体力天生蛮不错的，此刻清秀的目光更给了他前所未有的力量，他踩着旋律躬下身子，一手撑地，单薄的身子脱离地面竟然也像一片树叶子一样在音乐的旋风中疯狂地转了起来。

在众人一阵接一阵的掌声和吆喝声中，忠忠和卫兵像两个精灵在雪地上狂舞。

"好！"村支书桃子到弟弟小青家串门时正好撞见了高潮迭起的斗舞现场，两个生龙活虎的年轻人精彩的舞技还真的让她看呆了。斗舞间歇，她把两个年轻人都叫到身边，面对着众人说："年轻人多搞一些健康有益的活动就是好，村里可以成立一个舞蹈队，到时乡里开个晚会什么的，大伙儿就可以把队伍拉出去亮亮，让全乡的人都看看，我们水云湾人可不再热乎打架斗狠，我们的舞也是跳得顶呱呱的！"

桃子的话把在场的年轻人鼓捣得心痒痒的，小青更是迫不及待，竟然拉着新婚的妻子贺姑娘双双滑进了雪地中心。强劲的舞曲重新响起，铁牛还有一批十八九岁的年轻小伙儿都在铿锵声中跟着忠忠和卫兵笨拙地舞了起来，清秀也不由自主地卷进了狂舞的热浪中……

忠忠是年初一下午去福旺家拜年的，福旺两口子好高兴，特意留忠忠吃了晚饭。酒席上，福旺关切地问忠忠：

"过完这个年，你虚岁该有二十三了吧？"

"你怎么知道？"忠忠有些惊奇，他好像没有亲口告诉过福旺自己的年龄。

"还记得你去年张贴在办公室的那条横幅吗？'但愿二十二年前那一声赤裸裸的啼哭，能支撑、延续我的整个人生'——这不明摆着告诉了人家自己的年龄吗？我蛮欣赏小弟你的坦诚呢！"

"师父真的好记性！"

"谈恋爱了吧？听说你跟清秀老师好上了？"

"没有的事，没有的事。"忠忠一下子涨红了脸。谈到这些私密的事情，他本能地有些害羞，再则他也真的弄不清楚，就目前他与清秀两人的黏糊状态是不是就真是人们传说中的谈恋爱了，如果还算不上，在感觉上他就有些"冤"。

看着忠忠可爱的羞样，福旺哈哈大笑："怕什么咯，好上了就好上了呗。说实话，清秀人漂亮，单纯，又有这么高的文化，确实是棵好麦子。你要真喜欢她，真想跟她在一起，你就跟我——"

说到这里，福旺故意停了停，有些狡黠地笑起来。

"把话说完嘛！"忠忠说。

"行——你就跟我来个先下手为强。女人嘛，生米做成熟饭了，这心就定下来了。"说完，福旺的一张脸笑成了大西瓜。

忠忠笑了笑，一张脸红彤彤的。

"卫兵回来了？"福旺问忠忠。

"回来了，还跟我一起跳过霹雳舞呢！"

"这小子离家三年了，这次回来是想着替他老子报仇呢，我等着这一天哩！"

正月初八，村口的晒谷坪上早结了一层厚厚的冰，村民们顾不得寒冷里三层外三层地站在坪里看热闹儿。

这里将要上演的是福旺与霹雳小子卫兵的比武大戏。比武是由血气方刚的卫兵挑起的，说实话，福旺真有些欣赏这毛头小子的勇气。福旺当着卫兵甩出一句话："是福不是祸，是祸躲不过，谁打输了就由谁家拖走，以前的过节由此两清！"

福旺和贵祥的两家子人面对面地站在晒谷坪中央，中间隔着一片宽阔的空地，空地上的坚冰反着白光，格外寒气森森。霹雳小子卫兵竟然赤着上身，一会儿扎马步，一会儿腾挪吐气，顾自练着热身的活儿。外行看味道，内行看门道，福旺暗自有些吃惊，这小子三年不见，果真混了些真功夫，只是不知道他是否学到了绝活儿。

福旺看了一会，便故意拿话激卫兵："花拳绣腿的就不要在这里卖弄了，就你这功夫还不配跟我玩，先让我三弟给你点拨点拨！"

福旺的三弟差不多跟卫兵同龄，有一身的蛮力，听到大哥发出指令，他立马像狼狗一样朝卫兵撞了过去。正闭目吐气的卫兵猝不及防，刹那间就被撞翻在地。福旺的三弟哪肯罢休，腾出两只铁钳般的大手一下子就锁住了卫兵的喉咙，卫兵纵有天大的本事此刻也只有挣扎的份儿，口中不停地往外吐着白沫。

"放手，放手，要出人命了！"围观的村人急了，大声喊。

福旺的三弟像是没听见，劲儿还在往手头上使。福旺也有些急了，对着三弟大喝一声："给我松手！"

三弟松开手，缓缓地站起，返转身来，冲着福旺，冲着卫兵的家人吐了吐舌头，然后又是一脸憨憨的笑。

贵祥恨恨地瞪了一眼福旺，然后冲过去抱住儿子卫兵。卫兵脸色铁青，终于缓过了气来，对着父亲说的第一句话就是："他不讲规矩！"然后就顾自虚弱地喘气。

这话福旺听到了，福旺对着天"哈哈"狂笑，说："规矩？这社会谁规矩来着？乡里的蠢话——打师怕傻师，打赢了才是硬道理。今天算是免费给你上了一课，小子，回屋好好地练一辈子吧！"

卫兵的牙巴气得咯咯响。

这次比武之后，卫兵又一次离开了水云湾。

在忠忠的记忆里，他那时的生活比起同龄人卫兵和小青来要少了血腥味，感觉自己总会被一些莫名的诗情画意浸润着，偶尔感伤，偶尔失落，都只能算作小点缀，青春的主题永远是一路豪歌。这个寒假，他见证了卫兵与福旺的"比武"，印象里这两个人都不是那种坏得彻底的人，甚至都算得上是好人，但他们终究要拳脚相见，竟至于不共戴天，这让实际上还躲在象牙塔里的忠忠感受到了生活的一分苦涩与残酷。但这个寒假毕竟是快乐的，洁白的雪花，疯狂的霹雳，陪着自己在雪地里打滚的竹马青梅，还有青涩的思念与牵挂……一切的一切，将忠忠以前读过的所有的唐诗宋词演绎得分外地绚烂、鲜活。

新的学期开始了。开学总有三天乱，沉寂多时的校园仿佛江河解冻，一片喧哗，一派生气。说实话，忠忠到底是个男孩子，性格又有些大大咧咧的，让他来管教四十多个屁事不懂的幼儿，就真如猛张飞给摊上了穿绣花针的活儿，还真的有些难为他了。那天，小宇把妹妹小静惹哭了，忠忠便生气地鼓着一双铜壳眼瞪小宇，小宇立时也被这古怪的眼神吓得哇哇大哭。听着这不休不止的双响炮，忠忠便有些心烦，心急，心躁，恨不得一个耳刮子扫将过去，让这一对稚男稚女闭上恼人的小嘴。还好，在他心里毛躁的时候，清秀忙完自个儿的事儿适时地过来了。奇怪的是，清秀有如孩子们心中的定神剂，她一来，大家便都安静了，便都变得懂礼貌了，一个一个地从座位上站起来，叫："阿姨，新年好！"此时的清秀也是一副自得的神情，她从从容容地走上讲台，对着四十多双眼睛甜蜜蜜地回应一声："孩子们，乖！""乖"得孩子们一个个笑眯眯的。

马副乡长和学区的领导就是在这一天下到水云湾村小检查开学工作的，在校长的陪同下，马副乡长来到了村小一侧的幼儿园，撞见了清秀和站在清秀旁边的青涩男孩忠忠。马副乡长四十来岁，黑着个脸却又有些似笑非笑的样子。忠忠本能地厌恶在他人面前端出此等架势的人，碰面的第一眼就让忠忠预感，他们会是仇人。有人一见钟情，有人一见生恨，冥冥生命透出的信息有时就这么神秘，这么精准。忠忠顶多只能算是初出茅庐的读书伢子，哪见过什么官？最大的官也就算村小的校长了，这马副乡长管着全乡文教卫这一大摊子，也难怪他架子偌大！想到这，忠忠到底有些畏缩，便朝着马副乡长憨憨地笑。哪知马副乡长根本就不看他，只生硬地甩给清秀一声笑，一言不发就走了。

马副乡长一行在学校吃的中饭，村支书桃子亲自赶来作陪。

一来，马副乡长驾临水云湾，实在辛苦，在这个山头背角的地方，作为村支书、作为下属，桃子尽尽地主之谊，理所当然；二来，也趁机好好答谢马副乡长对妹子清秀的关照。桃子生性泼辣，酒喝得直爽，马副乡长三下两下就给弄得云里雾里了。马副乡长说："我有个儿子跟清秀是同班同学，我们干脆就认亲戚算了。"

桃子说："就怕我那妹子高攀不上呢——行，行，行，先把这瓶酒喝干了再说！"

马副乡长也算是"酒精"考验过的人了，但以往喝酒都是细来慢来的，这下还真的被桃子的一顿猛酒给灌惨了，他又强逼着自己喝了一大碗酒，然后用纸巾抹了一把嘴，说："'女人不端杯，端杯倒一堆'——我算是服了。桃子支书，我还有一件正事要跟你说，跟清秀一块儿上课那个男生坐没坐相，站没站相，哪儿像个老师？我看像个二流子，你得把他给辞了！"

桃子心里悚地一惊，说："我的好领导呃，您是说忠伢子？我看着他从小长大的，人家还是大学生呢！这孩子真的不错，让他教书还真的是屈才了呢！——不能辞，绝对不能辞！"

校长也马上答话："忠伢子真的是不错，家长们的反映都蛮好呢，孩子们也都喜欢他。我开始还不信，后来专门去听他上课，心里才算是服了。说实话——"校长差点就要把上学期四年级语文单科成绩在全乡夺魁的实情说出来，但又怕桃子和马副乡长的脸上会挂不住，便止了话头。

"不要说了。"马副乡长不耐烦地挥挥手，气烘烘地说，"辞，一定得给我辞！"

这信息一会就传到了忠忠耳朵里。忠忠懵了，连吃中饭的心思也没有了，他把自己闷在小房子里，拧开录音机，听着强劲的《荷东》舞曲野兽一般狂舞。

信息不知怎么很快就给福旺知道了，福旺心里说我最厌烦以权势压人，这事儿我管定了！他转身就叫上忠忠的母亲，趁着学校的酒席还没散，两人打起飞马脚就去找马副乡长论理。当两人一块儿出现在饭场上的时候，桃子懵了，她明白这两人都是村里出了名的火爆鬼，都是不好招惹的主儿，弄不好会有一场大戏看了。

果然，福旺指着马副乡长先发话："你是马副乡长？多大的官呢？不过就是副科级吧？哼，你要赶忠忠老师走，你们这一屋人有几个是大学生，哪个能跟忠忠比？"

马副乡长来莲荷乡还不久，对福旺是只闻其名未见其人，望着眼前这个满脸横肉的蛮汉，一时有些晕。校长小声地告诉马副乡长，眼前这个人就是当年攻打张家村的谭福旺。马副乡长一听，酒顿时醒了一半，但他仍扯着架势说："整个莲荷乡的教育都归我管，不经我同意，别说大学生，就是博士生也得走人！"

福旺哪儿理会这一套，说："人民教育人民办，人民教师人民选，我们老百姓自己出钱请信得过的老师干你什么事！你这个官有本事就自个儿掏钱为我们水云湾的孩子们请一两个好教师来，那就真的是造福人民了。否则，你把好老师赶走再把杂七杂八的关系安排进来，来一个我打走一个！"

马副乡长的一张脸给气得波涛汹涌。

闻着马副乡长一身的酒气，忠忠的母亲忍无可忍了，她指着马副乡长的鼻子横竖开骂："你是哪儿来的，敢侮辱我的崽是二流子？你才是猪头猪脑的酒鬼哩！"

马副乡长没想到一个妇人家也会这么凶，气得"咚"地擂了一下桌子。

"你以为我怕你？活这么大我还没怕过哪个呢！"马副乡长怎么也不会想到这么"咚"地一擂倒像是给闹钟上紧了发条，忠忠的母亲变本加厉地率性耍泼了，"你拍桌打椅你以为你真的敢打人？"骂到这里，她竟然像一只母老虎一样跳起来，两只手一使劲就将酒桌掀了个底朝天，她还憋足气，一颗头颅像是核弹头一样朝着马副乡长就要冲撞过去。好在桃子手快，赶紧抱住了她。

忠忠母亲恨恨地瞪着桃子，说："桃子，我们邻居多年，没想到一当官你就出息了，就晓得官官相护了！"

桃子心里觉得委屈，但她还是温言软语地劝着忠忠母亲。

马副乡长拍干净身上沾着的菜屑饭粒，一甩门，领着同来的一行人悻悻地回乡里去了。

就要从学校返回家的时候，福旺和忠忠的母亲敲开了忠忠的宿舍门。当时宿舍里的音响还在鬼哭狼嚎，忠忠恹恹地打开门便顾自躺在床上，两眼翻白的样子。狂舞过后，他内心里的愤怒稍稍平息了，却又显得如此无奈，如此疲惫。

福旺一走进门，就看见了忠忠刚用粉笔抄写上的醒目的墙头诗：

物是人非陋室在

斯人知唱不知愁

欲问斯人何处去

远到天边撼地球

真个是铁画银钩，恣肆狂野。很显然，忠忠在短时间里已做好了离开学校离开孩子们的心理准备。福旺自然感知了忠忠的无奈心情，他大声地对忠忠吼："天塌不下来——天塌下来我福旺给你撑着！"

忠忠的母亲看着自己的儿子，说："别人都说福旺坏、坏、坏，其实水云湾就福旺是个好人，是抱打不平的包拯包青天。崽呀，给老娘争口气，哪天也弄个官当当，就没人敢欺负我们一家了！"

每一句话忠忠都听着，他弄不明白，世界如此之大，为什么就有人硬是不让自己有立足之地呢？

二十七

这一年是 1993 年。忠忠、清秀，还有福旺，在这一年里人生都似乎步入了一个拐点，本该平静的命运之河竟溅起了激荡的浪花。于清秀、福旺而言，这浪花多少令人欣喜；于书生忠忠而言，这浪花是泪水，是无奈、愤慨与决绝，从此，他别无选择地开始了生命中晃荡的日子。

"掀酒桌事件"发生后，忠忠知道自己的教书生涯被判了有期徒刑。虽说眼下乡里边没有多少的动静，但这只不过是暴风雨之前的暂时平静而已。可敬的校长为这事上学区作了多次检讨，他也怄气，他也不平，他也同样地深感无可奈何。没什么事的时候，校长便往幼儿园这边走走，听听忠忠上课，看看他手下的四十多个孩子。面对涉世未深的忠忠，校长真不知该说什么好，只能回以作为长者的敦厚仁慈却又爱莫能助的微笑。

说实话，忠忠心里怨恨马副乡长，他弄不明白自己是不是前世真的跟他结了仇。许是恨屋及乌吧，他竟觉得自己与清秀也有了一层隔膜，真的懒得理她了，说不准就是这"妖精"惹的祸呢。说来也怪，清秀竟也好些天没来幼儿园了，在忠忠看来，这一定是她心里自个儿感觉内疚了。

怨恨归怨恨，但还是有一些美好的东西温暖着他，譬如校长的关切，福旺的关爱。福旺的一双儿女还在自己的班上呢，我不好好地调教这些孩子们又怎么对得住人呢？福旺的儿子小宇真的是可爱，前番日子掉了一颗门牙，忠忠让他念课文的时候嘴巴便有些管不住风，发出的声音混混的不太清晰。看着小宇一嘴嫩生生的乳牙，忠忠开玩笑地问："宇宇，你那颗'葡萄牙'掉哪里去啦？"小宇张口就答："掉'西班牙'了！"童声童趣直逗得忠忠开怀大笑。

这一天下午课上完了，忠忠看看天色还早，便将小宇、小静还有几个"捣蛋鬼"一块儿留下来背课文。就在这时一位教师过来，叫他去校长房子里玩"双升级"，放松放松脑壳。在那时的乡村小学，没有什么休闲娱乐，玩纸牌便成了唯一的消遣项目。以前在大学读书时，忠忠就喜爱上了"双升级"这种扑克玩法，一起玩的自然都是学生伢子，单纯得很，输了也就拱拱课桌而已。出了社会，他倍加地明晰了自己的追求定位，就算是娱乐也不愿把时光耗费在牌桌上，玩牌这项业余爱好就差不多忘了。可这次忠忠还是跟着那位教师到了校长房子里，才知道他们玩"双升级"是要"过水"（赌钱）的，五毛钱一级。一听说要"打钱"，忠忠便有些体虚，村里聘请他教书一个月才 70 块钱，哪经得起赌？校长见他有些扭捏，便故意激他："男子汉，爽快点，不就是输点'米米'（钱）吗——又不是要你的命！"忠忠哪受得住这样的话，便硬着心肠找个位子坐下了。他跟另一个教师一边，对手就是校长和叫他来玩牌的那位教师。意想不到的是，忠忠赌牌的悟性极好，判断精准，出牌果决，像是个老到的杀手，校长只一小会儿就被打得荷包稀松了。望着赢来的堆在眼皮子底下的一小堆角票，忠忠有些惊喜，又有些负疚。惊喜的是，他在不经意间发觉自己沉睡已久的赌技竟是一门特长，负疚的是，跟老师们玩牌"米米"来得太容易，自己简直就是抢劫犯。忠忠不忍再玩下去，牌便打得有些三心二意了。跟校长一边的那位教师牌技臭、牌瘾粗，见忠忠已不在状态中，便大嚷："你给我作神点，赢了钱就不要总默着走人！"

忠忠的脸便有些红，狠了狠心说："行，你今天不把短裤输掉，就不会知道自己是扳本太郎（难）！"

真上了赌桌，忠忠贪玩好斗的本性就显了出来，直杀得校长和那位教师脸色阴沉得似要滴出水来。就在这时学校的操场上有了动静，是几个妇人家呼儿唤女的声音。忠忠听出了美英焦急的呼唤声，这才想起小宇、小静等几个孩子还给留在教室里呢。他下意识地问一声校长："几点钟了？"校长看一下手表，一拍大腿："快晚上八点了！"忠忠一急，扔下牌，边将桌子上的一堆零零碎碎的票子胡乱地塞进裤子口袋里，边对校长说："麻烦了，我班上还留了人呢，一定是孩子的家长找人来了！"忠忠急闪闪地走出校长房子，便领着家长去教室领人。可教室里瞎灯瞎火的，连鬼影子也没得了一个。不见了孩子，几个妇人家哇啦啦地哭成了一片。校长一见事态有些严重，便一边劝慰女家长们别急，一边动员所有的老师带上手电去学校附近寻孩子，重点是村里的山塘水库。俗话说"远地方怕鬼，近地方怕水"，大意是说在人生地不熟的地方就怕碰见活鬼，在熟悉的地方就怕掉进深水，人掉进了深水里就成了"水浸鬼"，这对小孩子来说是致命的。妇人们一听说山塘水库，恐惧得身子颤了起来，但也似乎在瞬间明确了找寻的方向，便提了马灯不约而同争先恐后地朝村里的山塘水库奔去。晚上快九点的时候，各路人马重又会集到学校操场里，除男家长们都到场了之外，一无所获。校长一眼就看到了福旺，福旺唬着张脸，目光刀一样的像随时要插进校长的胸膛里。校长有些害怕，一时不敢再作声了。此时的忠忠站在福旺正对面，心里塞满了内疚和恐惧，他没做一字辩解，但却像待宰的羔羊一样手足无措。

沉默。火山爆发前的沉默！果然，美英似是再也无法隐忍了，撕扯着自己的头发朝着漆黑的天空嘶吼了一声："小宇、小静，你们要是有个三长两短，可要妈妈怎么活呀?!"美英的身子颤抖着，一下就瘫坐在操场上，在场的女家长们也跟着嘶嚎起来。

汪洋恣肆的哭声反而让福旺冷静了下来。他想，这些妇人家就是头发长见识短，我可不能像她们一样凡事不动脑筋。福旺不愧曾经是优秀的侦察兵，既然村里所有的山塘水库边上都没有发现这些崽崽（孩子们）去过的迹象，无论崽崽们此刻躲在哪里，至少表明他们是没有被水淹死的生命危险了。要说藏躲，孩子们也不可能就会走多远，说不定就躲藏在校园里，最危险的地方最安全哩（当然孩子们未必就明白这道理儿）！

福旺看了一眼忠忠，忠忠不敢与他的目光对视，便埋下了头去。福旺不忍责怪这小伙子，便对校长说："忠忠老师把小鬼崽崽们留下来，肯定是为了小鬼崽崽们好，让他们多学点知识。我猜，这些小鬼崽崽就躲在学校里。校长，大家一起去找找吧！"

校长受宠若惊地看了一眼福旺，顷刻脑子变灵光了，说："还是福旺兄弟通情理，孩子们说不定就在学校的厨房里呢！"

忠忠最先跑到厨房，门没锁，他进门后拉亮灯，果然，四五个孩子正小老鼠一样抱成一团烤火呢。大概是饿急了，下午玩牌的几个老师没吃的饭菜都被顽皮的孩子们啃动过了。忠忠瞪了一眼小宇，小宇低着头，一双无邪的眼睛极力地躲闪着忠忠。不用说，所有的恶作剧都是这小家伙干的。这小家伙简直就是天才，一丁点的小聪明就差不多把校内校外的"部队"都给调动起来了！

就在这一年，莲荷乡党委书记荣升，杨乡长顺利地成为接班人。多年的媳妇熬成婆，他终于可以在乡里说一不二了，终于可以在莲荷这个舞台上施展手脚实现抱负了。说来杨书记也是个"老莲荷"了，干政法起家，直至当了主要领导，他最担心的其实就是乡里的社会治安综合治理工作。近一两年，乡里的小煤窑遍地开花，经济发展起来了，可纠纷也日渐增多，街头混混也多了起来，一有纠纷，混混们就起哄。一些煤窑老板的思想观念也比以前激进了许多，遇到纠纷不再全心全意依靠政府解决，而是利用混混摆平混混。邻县的张家村当年被水云湾人教训了一回后，见近年来水云湾人已经默风息气雄风不再，便有些蠢蠢欲动了，放言要染指莲荷的矿业。

煤是黑的，可杨书记却从一车车黑煤身上闻到了浓浓的血腥味。非常时期必用非常之人，以暴制暴也罢，以毒攻毒也罢，如果这个过程是必需的，如果效果是立竿见影的，是非对错就任由人们去评说吧！

很自然地，杨书记想到了福旺。在他看来，所有的街头混混都是小鬼，福旺才是真的阎王。

二十八

阳春三月，冰消雪融。这是忠忠读中学写作文时最喜用的开场白，在忠忠整个青少年时代的印象里，冰雪消融之后就化成了可爱的春天。春风和煦，阳光明媚，村里的姑娘小伙儿褪去了厚厚的包装，看起来格外地爽心爽眼。早几天，忠忠去乡里的集市买了一条牛仔裤，一件乳白色的燕尾服，总共花了二十来块钱。太阳出来了，穿着新衣裳的忠忠身轻如燕，神清气爽，走在学校的操场上，阳光被他踩得叭哒响，他像终于脱壳的金蝉情不自禁地甩起了霹雳舞，身子似飘行在太空中，满操场的阳光被他摇得晃晃的。其时正是课间休息，师生们都被这新奇的舞蹈吸引了，满操场的目光也都被摇得晃晃的。忠忠俯下身子表演单臂手撑旋转时，目光瞥见了清秀，清秀扎着马尾辫站在老师们中间，一枝独秀的样子。她的目光如水，打湿了年轻却又略带感伤的记忆，漫过了雪地上曾有的温馨的摇滚时光，也许一切只有一次，一切不可重来，往后的日子彼此都只能够孤独地举杯向月了。

都说年轻的心是相通的，对于水云湾的大多数年轻人来说，相通是因为孤独，是因为心内的寂寞需要以一种灵动的或者血性的方式发泄，是因为青春的旗帜需要在肆意的挥洒中张扬。教书先生忠忠自然成了姑娘小伙儿心目中的"霹雳王子"，有月光的晚上，姑娘小伙儿便三五成团聚集到操场上，跟着忠忠吼歌、甩霹雳，小青、铁牛，还有一个绰号叫"烟筒"的小兄弟成了忠忠的铁杆舞迷。

这是一个月光洒满小屋的夜晚，小青、铁牛拉着一伙儿年轻人上高湾开灶烧砒灰还没回来，忠忠便闹中取静，早早地躲在学校的宿舍里备课、读小说。年轻的心狂野，其实也极易于沉迷、沉醉。此刻的忠忠物我两忘，就沉浸在小说的情节中。忠忠处子般的宁静引得窗外的月光不住地流连。就在这时，忠忠听见了久违的熟悉的敲门声，他起身开门，果然是清秀。清秀甩给忠忠一口笑，就闪身进了屋。在忠忠看来，清秀的笑不乏熟悉的温婉，却又夹杂着陌生的腼腆，撒娇的嗔怪，甚至还有一反常态的汹涌着的暧昧。清秀也不说话，横着身子仰躺在忠忠的床铺上。清秀的一袭长发显然刚梳洗过，散发着润湿的温馨气息，这气息显然渗进了忠忠的心里，缠得他一时竟有些慌乱乱的。忠忠不说话，大气也不敢出，只顾瞪着书本。他分明感受到了清秀那火辣辣的目光，他感觉自己的心已然是火药桶，四目相对，稍稍擦出一星点火花，定然大火燎原。

那一夜，忠忠硬逼着自己将一本厚厚的小说读完了。他起身的时候，才发现清秀已在他的床铺上睡着了。清秀的睡恣安详、凄美。他轻轻地给清秀盖上被子，他看见了清秀脸上珠圆玉润的两行清泪。

忠忠眼看天色就要大亮了，心一狠，便带上门走出了破庙小屋，顾自在学校的操场跑起步来，边跑边骂自己是蠢猪、蠢驴，是虚伪的柳下惠。骂完便又哈哈地狂笑，在不羁的狂笑声中人格似被自个儿提拔了一般，竟感到莫名的透心地清爽。他想，喜马拉雅山的雪峰是圣洁的，只能朝拜，不能亵渎。也许，每个人的心中都有一座喜马拉雅山，那是每个人心中至真至纯的领地，也注定会成为一生不能触及的巅峰。

忠忠甚至弄不清楚清秀是什么时候走的，回到宿舍时他没有看见清秀，那一刻他陡地感到自己的心有些冷清，有些空落。此后一连几天，他都没见到清秀。忠忠在心里默念着她，这个鬼妹子去哪了呢，惹人心疼惹人恼的邻家小妹漂亮妹妹哪！没见到清秀的这几天，忠忠的心就被这火焰煎熬着，那天实在是忍不住了，他才找了个借口去问校长。校长夸张地鼓着一对眼睛，说："清秀去哪了，你还不知道啊？她被乡政府招干了，到乡团委上班去了。"

忠忠霎时就懵了。开始是被惊喜击懵的，被招干了，就成了公家的人，就算是吃上国家粮永远地走出水云湾了。他想起了两人一起卖豆腐皮的那段日子，想起了豆腐皮摊子上小妹妹送上来的那碗暖心暖肺的面条，他的心依然滚烫滚烫的。清秀吃上了国家粮，从此可以过上安定而又体面的生活，不会再受农家孩子要受的苦，忠忠发自心底为她感到高兴，也为她的未来祝福。可惊喜过后，他的心里又有了一股莫名的酸。这酸多少夹杂着星星点点的忌妒，但更多的是因为他一直担心的距离。身份的距离，空间的距离。人心如水，水无定形，不同的环境会赋予人心新的方向，会有新的心仪目标和动心鼓点。书呆子忠忠骨子里是个唯情论者，他写情诗，也宁肯相信小说里天荒地老的永恒爱情，可事到临头才清醒地意识到，即便是琼瑶的小说里也没有几个有情人真会成为眷属的，一个人情路上的始发目标往往不会是最终归宿，这在现实中比比皆是。忠忠此刻极为敏感，在他看来，自己与邻家小妹清秀的距离将从此无可避免地越拉越长越拉越远了，这横亘着延伸着的距离意味着曾经拥有的那份随心牵挂的缺失，甚至意味着彻彻底底完完全全的失去！而让她心疼的小妹清秀，也许心里早就预见到了这些，她留给他的最后夜晚是义无反顾的飞蛾扑火，也是初开情窦的悲情终结。清秀到底是不辞而别了，心里盛满的是决绝？是留恋？还是有如乱絮般的叹息？忠忠不得而知。他想，如果一切还可以重来，他会以赤诚的处子之心对她，主动地呵护她，不让她受到一丁点的伤害。

可是一切似乎为期已晚，可人的小鸟儿已高飞，此时他再伸出橄榄枝，就显得矫情做作，伪善功利。在他看来，趋炎附势是小人行径，哪怕行为本身是因为发自真心的爱情。

从校长房里出来，忠忠有些伤感。清秀就这样走了，成为挂在他心灵里的一道风景。她不再是水云湾的邻家小妹，就要成为传说中的七仙女了。而穷书生董永呢，还住在寒窑里，而且不用多久，寒窑也会没有了。

二十九

春播完了，福旺开始有了一些闲情，趁着这天礼拜，他便叫上忠忠一起上山狩猎去。福旺背鸟铳，忠忠牵猎狗，两人行走在进山的小路上，还真有一些苏东坡词中"聊发少年狂"的味道。福旺说："现在正是野猪野兔们叫春的时候，我们一起上山，一来兄弟俩可以把心情闹一闹，二来顺便抓些野物件调调胃口，三来嘛，你是读书人，还真要多搞些户外活动呢——文武之道一张一弛是吧？"

忠忠知道福旺一直在关心自己，他嘴上说是上山抓野物件但更重要的是陪自己散心呢。可福旺偏偏不明说，更不细问忠忠近来显得心情沉闷的原因。或许福旺对小伙子心里闷着的心事早已明了，他不问，一是怕小伙子会更伤心，二来也表现了对他人隐私的的应有尊重。谁说福旺是个粗人呢，话说得有水平，事做得更是有水平呢。

果如福旺所说，两人进山没一会儿，猎狗就"汪汪"地叫了起来，紧接着就听见"呼"的一声，一只百多斤重的野猪从灌木丛中蹿了出来，皮毛像被阳光镀了一层金，油光水亮的。福旺端着鸟铳，朝着发着黪黑亮光的野物件鸣了一响，野猪发出一声急促的嗷叫，身子弹出老高，但落地后它并没倒下，而是继续往前蹿。福旺边快捷地往鸟铳里填充弹药，边说："一日练一日功，一日不练十日空，好久没使枪了，真的是技不如前了！"忠忠笑笑，跟着猎狗就朝野猪猛追过去，他看见了脚下树叶子上野猪落下的腥红血迹。追了好一会儿，野猪停下来了，这黪黑的家伙突然返转身，朝着忠忠和猎狗发起了凶猛的反攻。忠忠在这刻才明白自己只是个狐假虎威的文弱书生，而且手无寸铁，他看见一团黑色风暴正朝自己袭来，忙本能地闪躲在一棵大树背后。就在这时，猎狗勇敢地朝着黪黑的家伙扑了过去，两只动物便疯狂地撕咬起来。福旺急急地赶来了，看见眼前凶猛的悍物他顿时血性勃起，以前在部队他还真跟此等兽类单挑过呢，复员十多年，这种真正的野性的厮杀他是再没碰见过了，正好可以检验自己当下的体力呢！"旺旺！"他叫了一声自己的猎狗，狗通人性，一会儿便抽身到了主人身边。猎狗受了伤，背上有一块肉被野猪叼去了，鲜血淋淋的。再看那野猪，也一身的血，正立在对面喘息，积攒着最后的力量。毕竟是只壮年的野猪，一会，它两只前肢腾空朝着福旺就扑了过来。福旺悠悠地背转身子，蹲下去，在野猪就要越过他的头顶的刹那，有力的双手捞住了野猪的前肢，并顺势狠命地将野猪朝前面掼去。"咚！"野猪的身体撞在了一根齐腰粗的大树上，枝断叶落，刚刚还凶相毕露的野猪一下就瘫了。一直惊魂未定的忠忠看得目瞪口呆，想，要是一个人给福旺这么狠劲一摔，怕是九条命也没有了！这就是真正的"老虎背猪"，传说中福旺的绝招呢！

忠忠从闪躲的树后走出来，朝福旺伸出大拇指，说："师父，你真牛！"掏心的话儿福旺听着受用，他琢磨忠忠这书呆子在村里闷声不气的，可是很少夸人的！福旺玩笑说："不喝上二两五（酒），就不敢上景阳冈打老虎，我这拳脚功夫可比你那什么舞救急呢。你那个什么舞纯粹是水（骗）小妹妹的。"福旺见忠忠的脸真的有些红了，才点评起刚才发生的事情，说，"野猪被打晕了，你根本就不应该急着去追。你们读书人有句话叫'穷寇莫追'，讲的就是这个道理。要是今日真有个三长两短，我不晓得该怎么向你父母交差呢！忠忠哪，你是秀才，但经验方面还得慢慢学。不过，话又说回来，要是每个人都老奸巨猾了，这个世界就真的不那么可爱了！"末了，福旺似是感慨又似有所指地说，"人这一辈子哪，说长不长，说短不短，其实就是一个吃一堑长一智的过程，一个从不明白到马马虎虎明白的过程。人生什么样的大风大浪都会过去，但千万不能把这风浪搁在心窝子里跟自己过不去——哈哈！"福旺得意地笑了笑，而后爱怜地拍了拍忠忠的肩膀。

忠忠心里的穴位又被福旺漫不经心地点开了，也许人生真的是一个过程，一个吃一堑长一智而后又被新的一堑所吃的过程，芸芸众生就这样奔走在生命的轮回里，迷茫着，惊喜着，憧憬着。在忠忠心里，福旺是他初涉人生的启蒙老师，也是今日救了自己性命的大恩人哪！

福旺和忠忠抬着野猪下山的时候，才知道他们已来到了邻县高湾村的地盘。在福旺儿时的记忆里，高湾村是个美丽的地方，山清水秀，鸟语花香，像含苞欲放亭亭玉立的村姑！可此刻他分明看到了从山脚腾升上来的毒雾，毒雾寡白寡白的，老远就让人闻出了呛人的味儿。再一细看，山脚的石头都是裸露的，癞皮似的白。忠忠见不远处有一老人在打柴，便招呼福旺放下野猪，两人一块儿走了过去。

"老人家，这山脚下哪里来的这么多白雾？"忠忠装着漫不经心地问。

"白雾？那是有人在烧砒灰赚断子绝孙的钱呢！"老人抬起头，一脸的义愤和无可奈何。

"是些什么人在烧灰呢？"

"还不是水云湾福旺调教出来的一伙儿强盗！"

福旺一听，脸色立时就黑了。

"福旺也来烧灰干这缺德事？"忠忠使了个眼色给福旺，接着问老人。

"他当然不会亲自来，自己坐在家里只管分钱就是了！"

"谁说的？"福旺忍无可忍了，冷声问。

"反正高湾人都这么说。没人撑着，那一干短命崽崽也成不了事。"

福旺心里骂：小青你坏事做尽，恶名倒让我背了！他接着问老人："你认识福旺吗？"

老人望着福旺，摇摇头，说："那么一个大恶人，连小孩子听了他的名字都怕，谁还敢去招惹他！"

福旺无言，一脸的愤怒和尴尬。忠忠见此情形，指着福旺对老人说："福旺其实是个大好人呢，实话告诉您，这个人就是福旺！"

老人立时呆了，手中的柴刀咣当落地，一双膝颤颤的，就要跪下去。

忠忠忙伸手扶住老人，说："老人家，您不用怕，那伙人究竟做了什么坏事您尽管说，福旺师父会替您作主呢！"

老人这才稳了神，但还是不敢正眼看福旺。他抹了一把眼睛，眼眶已然湿了。老人哽咽着声音说："我们湾里的人日子本来过得安安宁宁的，烧砒灰的这一伙儿人进山后，就人心惶惶了。砒灰灶冒出的浓烟把大片的林木都熏死了，不少耕牛也被毒死，就是自家种的蔬菜也不大敢吃了，怕中毒呢。县里也来炸过一回灶，可那是耍给鬼看的，上午炸了，下午照样接着开火。这伙人的头叫小青，坏透了，村里谁敢多一句嘴，他就打谁，还砸别人的家物呢！这伙人神气得很，说我们是福旺的徒弟，张家村那么恶都让打服了，还会怕你小小的高湾？"

"真的是无法无天了！"福旺不忍再看老人卑怯的眼神，不忍再听老人无助的诉说，他再也按捺不住怒火，丢下忠忠和打来的野猪，顾自背着鸟铳朝山脚奔去。

那会儿，小青正在工地上神气地指手画脚，陡见福旺疯牛一样朝他冲来，心里顿时有了几分怵。铁牛、烟筒等一伙儿年轻人也看见了福旺，福旺扯出的恶人气势立时让他们的魂魄都躲进了茶树山。福旺朝着天空鸣了一响，这伙刚才还神气歪歪的年轻人纷纷躲进了身旁的林子里，顷刻化作鸟兽散。

头儿小青站在原地一动不动，他抽着烟，靠着串串烟圈化解着心头的恐惧。他感到胸前有硬物逼着他，那是曾经的师父福旺的鸟铳。

福旺说："小青，你跟我赶紧把砒灰灶通通拆了，不然我就把你扔灶里面去！"

小青嘴巴子硬："我在别人的地盘烧灰干你什么事？你充什么英雄？有本事你也来烧啊！"

福旺气得够呛，一鸟铳杆子把小青扫翻在地，又走上去踢了两脚。小青的头磕在地上，顿时沁出鲜血来。

这时工地上还剩下十多个打短工的人，都是高湾本地人。他们都不说话，但脸上却有如春风拂过，一个个心里都解气呢！福旺把鸟铳背在身上，脚踩着小青，真像要替天行道的样子。他朝着大伙喊话："高湾的乡亲们，我就是水云湾的福旺。来这里烧灰的都是我们水云湾的败类，我今日来就是要把这祸害乡亲们的砒灰灶铲掉，大家一起动手吧！"

可是没有人响应，高湾人都怯怯地看着福旺脚底下的小青，小青的眼神毒蛇一样凶着呢。

福旺恼了，撒下小青，从工地上捞了一把锄头就去捣砒灰灶，砒灰灶正打旺火，温度太高，他哪儿近得了身！

福旺懊恼地扔下锄头，边往回水云湾的路上走边恨恨地骂小青："干麻拐，你出息了，看我哪天带人来把你这些砒灰灶捣个稀巴烂！"

小青已从地上爬起来，望着福旺的背影，他抹了抹脸上的血迹，回骂："你神气什么！"

三十

自从去年秋村支两委换届要名正言顺主政水云湾的梦想落空后，福旺对人情世故似乎参破了许多，村里的大小事情他似乎都不再热心了，管他天翻地覆呢，只要不招惹到我头上来就行。平静的表象之下一股抱负无法施展的怨气却在堆积，他怪老天瞎眼，怪乡政府失聪，怪村民势利，怪自己时运不济，龙游浅滩遭虾戏。要是当初抛下命里的这一亩三分地留在深圳，说不定今天真成了江湖老大，早就腰缠万贯威风八面了！在水云湾，他甚至混得还不如小青，这心里委实恼气得很。

这天乡政府来了好几个干部，由村长国楚带着挨家挨户收屠宰税。这是乡政府新开征的一个税项，村民的抵触情绪挺大。屠宰税其实就是"猪头税",乡政府怕收起来麻烦,便改成了"人头税",按人均五块钱摊收。宝财多年没养过猪了,政府干部来到他家时,他情绪便有些激动,连说带骂:"我屋里哪儿来的猪?猪是什么样我也弄不清了呢!要我交屠宰税——你们干脆找我抢明的算了!"领头的乡干部心里便老大不舒服,心想:这老鬼骂人骂得倒是有水平呢,我们刚进屋,就含沙射影地嚷嚷"我屋里哪儿来的猪"——看来,不给这老鬼"吃"一顿狠的,偌大一个水云湾的工作怕是难以开展了!他当下便对同来的人说:"给我把这老家伙捆起来,公开抗税这还了得!"不一会儿,宝财便被干部们捆了个结实,嘴巴上还给塞了稻草。宝财被干部们押着到村子里游街,路过福旺屋门口,村长国楚便远远地躲了。果然,福旺从屋子里走了出来,一见着宝财,他便再也沉不住气了。他像水浒好汉李逵一样黑着脸走过去拦住宝财,也拦住所有的乡干部。乡干部早就知晓福旺的恶名,杨书记当年就被他弄得下不了台呢,便一个个面面相觑。乡里新来的税管员是个刚出校门的小伙子,便走上前训斥福旺:"抗税违法呢!"福旺气不打一处来,骂:"哪条法规定了'猪头税'要按'人头税'收?别个没养猪也没当屠父却被你们强逼着交屠宰税,这也是法?"福旺说着就将宝财松了绑。宝财腾出手将口中的稻草扯了,便朝税管员吐口水。税管员早被福旺骂懵了,一时直翻白眼。围观的村民一窝蜂似的将乡干部围在中心,他们一个个扬眉吐气,不少村民附和说,"我们水云湾就需要福旺这样的人!"

好在福旺没有再煽动,他带着宝财进了自己的屋,起哄的村民一下便散了。宝财跟在福旺后面,习惯性地递烟给福旺,说:"福旺你话讲得硬是爽心呢!可那话只有你讲得,别的人都讲不得——这世道鬼都怕恶人哪!"话儿福旺听着蛮舒服,他不动声色地摆摆手,拍开宝财递来的烟,鼓着一双眼睛正告宝财:"你家铁牛整天跟坏人一起，坏事做多了，我的拳头同样不认人哩！"

宝财明白福旺说的"坏人"是谁，连说："是，是。我会好心调教我那不听话的鬼崽崽。"

过了几天，乡里黄副书记带着政法组的人找福旺来了。福旺心里一惊，想必又是因为宝财"抗税"的事儿。黄副书记进了屋，竟是一脸春风，见着福旺就爽爽地甩一句："好事怎么都让你给沾上了呢！"福旺心里又一"咯噔"，这笑面虎城府深着呢，我可没他那么多花花肠子，要杀要剐就挑明了说吧！

福旺冷着个脸，说："黄副书记大驾光临，未必会有我的好事？"

"还真给你说对了！"黄副书记进里屋落了座，他让同来的人去了外屋，然后说，"我要跟福旺兄弟好好交交心呢！"

福旺的心一直吊着，问："什么好事？直说了吧！"

"你老这么猴急干嘛？"黄副书记笑笑，进入正题，"当年的杨副乡长还记得吧？他现在是乡里的书记了呢！"

"当然记得。他现在是莲荷乡三万多人真正的头了，也该报仇雪恨捉我福旺上油锅了！"

"错！"黄副书记打断福旺，"杨书记爱才是出了名的，多年前就对我说水云湾的那个福旺是个人才，日后定有大用呢！只可惜他当时还用不上你——你应该比我更清楚，杨书记并不是一个记仇的人，但却是一个一直把你放在心上的人。"

这话福旺多少有些信，心里便隐隐地有些感动。但他想，黄副书记兴师动众上门绝不是来找自己单纯示好的，一定会有更深的目的，或者说图谋。他不喜欢阴谋诡计，那样不仅龌龊，而且费心，费神。此刻福旺脸上的表情虽放松了许多，但说话依然干脆："黄副书记，究竟什么好事沾我了，直说了吧！"

"好好好！"黄副书记也不想再多费口舌，便直说，"乡里从维护稳定的大局出发，研究决定组建治安联防大队，杨书记极力举荐你，要请你出任大队长。"

福旺一听，真的呆了。走出水云湾，统领一班人马在莲荷乡除暴安良，正暗合了他骨子里的纯朴愿望。能任大队长，他就真的算得上是莲荷乡有头脸的人了！

福旺喜形于色的样子，让黄副书记陡地觉出了几分可爱。杨书记看人看得准呢，福旺虽然恶名在外，心地依然单纯呀。黄副书记告诉福旺，本来早几天就要过来征求福旺的意见了，但不巧福旺又沾上了"公开抗税"的事儿，当时的带队干部强烈要求从严查处呢！是杨书记做了大家的工作才把这事儿搁了下来。杨书记还力排众议，在党政联席会上提名让你出任拟组建的乡治安联防大队大队长。

福旺听着，心里对已是多年没有见过面的杨书记有了一阵阵的内疚和感激，杨书记确是一直看得起自己的，此番又多了知遇之恩！福旺双手抱拳，对黄副书记表态："感谢政府和杨书记对我的关爱，为维护莲荷乡的社会治安，我福旺情愿肝脑涂地！"

黄副书记说："这样就好。急事急办，特事特办，我马上安排政法组的人到村子里对你进行例行考察。"

其实，对前几天在水云湾村发生的"抗税事件"，黄副书记也是主张严查的，后来杨书记跟他说了交心话："这事儿我认真琢磨过了，福旺那小子当时说的话也不是毫无道理，政府干部的工作方式方法也并非无懈可击，事儿要是真闹大了，上边知道了，其他村的群众真明白了，反而对整个收税工作不利。我的想法是先放一放，从长计议。倒是有件事商议大半年了，这几天当抓紧做了，那就是福旺出任联防大队大队长的事情。我们常说做工作要抓主要矛盾，要牵牛鼻子。依我看，水云湾村的牛鼻子就是谭福旺，稳住了谭福旺，就稳住了水云湾。何况这谭福旺还真是个鬼才，起码在我们莲荷乡挺管用。起用好了他，会对全乡的稳定发挥出特别的作用——你也是'老莲荷'了，我的意思想必明白。"

一把手看问题的角度和高度就是不一样，话说到这份儿上，黄副书记自然就心领神会抓紧落实了。

福旺担心考察的时候会出问题。他想，考察也许就是政审吧，虽说在部队的时候表现还行，可复员回乡后，历届村支两委班子都把他看成"眼中钉"呢，在村里的头儿们眼里，他更是一个典型的"刁民"。黄副书记似乎看穿了他的心思，说："一个崭新的舞台正在等着你，你就放心去做准备吧，我们等着你的精彩表现呢！"在黄副书记看来，这样的考察走的仅仅是程序，略表慎重而已。考察人员找村支书桃子了解情况时，桃子先是一惊。说实话，桃子对福旺的印象一直不好，但年初的时候马副乡长来村小学检查工作，福旺敢于为忠忠教书的事赤膊上阵，对这野蛮人的印象便在心里面改善了一层。前几天乡干部来村里收屠宰税，说是按人头摊，她是有意见的。后来福旺出面一闹，这蛮家伙就又在她的心里面闹出了一些好印象来。桃子想，如果自己不是村干部，说不准也会跟着闹，也说不定就会成为女宝财，嘴巴里给塞上一把稻草呢！事情发生后，她还在心里暗想，乡政府要是真给福旺"好果子"吃，他就真的亏了。黄副书记带着政法组的干部一踏进她家门槛，她就预感自己的担心真的要成为现实了。当黄副书记把福旺的考察表格摆在她的面前时，她的嘴巴立时就惊成了"O"形——想不到这小子居然因祸得福了！黄副书记显然误会了桃子的惊讶，暗示说："莲荷乡首任治安联防大队长能够从水云湾产生，是水云湾村的荣耀呀！"桃子自然会意，也更清楚，这福旺其实是一头任性野蛮的牛，难以调教，终归是远离了好呢！她便专挑福旺的好对考察人员说，评价福旺有能力，有魄力，有勇有谋，而且天生一副侠义心肠。这不是昧心话，但也不全是桃子真心想说的话。一番话说完，桃子觉着自己的脸有些红，便开导自己：说都说了，就当是送瘟神吧！村主任国楚自然不会也不敢对考察人员说福旺半个"不"字，当了多年的村干部，他学会耍滑头了，说："桃子支书的意见就代表水云湾整个村支两委的意见。"考察人员还顺便走访了老村委主任贵祥，贵祥瓮声瓮气的，只说一句："眼不见为净，走了好！"就再不肯多说。

又过了几日，乡政府的正式聘书下来了，福旺像捧着个宝，他第一个要告诉的人就是村里的大秀才忠忠。

三十一

"水云湾的池塘养不了我福旺这条鱼了！"福旺赶到学校把聘书递给忠忠看时，一脸兴奋，眼神里满是久困浅滩的鱼儿行将跃入大海的自豪和期冀。

"祝贺你，兄弟！"忠忠看过聘书，伸手就朝福旺的胸口捣了一拳，这一拳捣得扎实，却像捣在气囊上。忠忠几乎是潜意识地对照了一下自己的处境，瞬间又有了些失落。

福旺似是很明白忠忠的心境，说："小弟，你安心教好书，今后有什么事我给挡着。陈胜、吴广当初怎么说来着？"

"苟富贵，勿相忘！"

"不愧是秀才！实话说，我心里还真的是羡慕你呢，你与村里那些蓬头垢面的野鬼就是不同，日后的出息肯定要比我大呢——我顶多就是当个草头王，水云湾的草头王，莲荷乡的草头王。你呢，笔头说话可比拳头说话威力大多了，到时真的是不鸣则已，一鸣惊人呢！"

忠忠被福旺说得脸红红的，便假装来了脾气："我现在人不人鬼不鬼的，你还笑话我！"

福旺还真急了，说："我讲的都是真心话，我看中的人绝不会错！"

福旺伸出手。忠忠回应着把自己的一双手搭了上去。两双挚诚的手又一次紧紧地握在了一起。

福旺上班一个礼拜后回了一趟水云湾，是开着乡政府的白色边三轮摩托车回的，车身上喷着醒目的两个字：公安。车尾还竖了红色的警灯。福旺开着车，警灯大白日的也一路闪烁着，进了村，他索性把警笛也打开了，"呜呜呜"的，惊得村里人都伸长了脖子看。沿着环村公路转了一圈，身着黑色保安制服的福旺才下了车，到家里看了一眼老婆美英，就又"呜呜呜"地把车开到了学校里。得意忘形的福旺似乎忘了学校其实是一块净地，他兀自开着摩托车撒野，把校长和老师都引了出来，学生们也围在教室窗户旁屏息静气地朝福旺这边看。校长见是福旺，便走过去直拍他的肩膀，说："还是福旺兄弟有本事，越发出息了！"

福旺停下车，把警灯警笛熄了，说："我大老粗一个，哪儿有你们这些孔夫子有本事？这不，我今日来就是想请忠忠老师为我的办公室写几个字呢！"

这么说着的时候，拿着教本和教鞭的忠忠走过来了。他仔细地打量着福旺，这家伙套上黑不溜秋的制服竟是越发地威武英气了。忠忠调侃说："士别三日，当刮目相看——你是越来越精神了，警笛鬼喊鬼叫的，不知情的还以为我犯什么事了呢！"

忠忠说得有些放肆，这让福旺心里隐隐地有些不快。福旺半真半假地朝忠忠瞪眼睛："还不快点跟校长请个假，跟我去乡里一趟！"

半个小时后，边三轮摩托车到了乡政府的大门口。长这么大，忠忠还没来过乡政府，他想他的父母恐怕一辈子都无缘进这门吧。

这门里，除了福旺，他还有一个熟悉的人，那就是清秀。他想见她，可是又怕见她，他们不见面已有好一番日子了，可她却像小妖精一样仍然在折磨着他。忠忠真像犯了事的人一样，跟着福旺进了乡政府的大门，进了乡治安联防大队的办公室。办公室原来是乡政府扔放杂物的屋子，很宽敞，四壁显然刚刷过透明胶，亮白亮白的，却又让人感觉有一些空落。福旺的办公桌就摆在与屋子大门正对的地方，此刻他坐在木质靠背椅上，端出了主人的架势。他敲敲同样是木质的新办公桌桌面，满面红光地问忠忠："我的办公室怎么样？"

忠忠笑笑说："比起我住的破庙来要强多了。"

"嗯。"福旺对这样的回答很满意，他直起身，拍拍忠忠的肩膀，"我总相信，是金子总会闪光的，没错吧，老弟？"福旺说着，回头看了看身后白刷刷的墙壁，"电视上包公断案，公堂上总挂着'明镜高悬'四字大匾，我福旺办案，你也跟我写几个字来着。我可是琢磨几天了，就写'横扫一切污泥浊水'——八个字，比包公多上一倍呢！"

"行！"忠忠也被福旺的情绪感染了，爽快地说，"纸笔伺候！"

八个擘窠大字，忠忠是捏着粗毫一气呵成的。他落下最后一笔时，福旺连连说："好，好！有气势，有气势！"

福旺的夸奖让忠忠找回了自信，忠忠沉浸在美好的感觉里。突然，他听见一阵凄厉的尖叫声从隔壁的房子里传了过来，心里便陡地起了一个激灵。福旺闻若未闻，笑着说："别去管它，是我的兄弟们在隔壁的黑屋子里办案呢——对社会上的渣滓就是要狠着点，棍棒之下出孝子，棍棒之下出良民嘛！"末了，福旺轻叹了一口气，说，"治安队包括我在内有九个人，老实说其他八个人来路都不是很正呢。不过他们对我还算服帖，要是有谁敢在我面前耍鬼，我同样用拳脑骨收拾他！"

福旺留忠忠到乡政府食堂吃饭，忠忠怕碰见清秀，固执地推却了。福旺便安排一名队员开着边三轮送忠忠回水云湾，在就要离开乡政府大院时，忠忠滋味复杂地看了一眼乡治安联防大队白底黑字的醒目牌子和紧挨着办公室的几间并不醒目的矮矮的黑屋子。

联防大队归政法组管，乡里的分管领导就是黄副书记。那天黄副书记来到大队办公室，见着了张贴在福旺办公桌上方的横幅，一溜儿铺排的八个大字笔力遒劲，势若滔滔洪水，心里立时就有了一股子审美愉悦。黄副书记看看字，又看看福旺，说："这字张牙舞爪的，未必还是你福旺写的？"

福旺一张脸立时就红了，说："我哪会写字啰？是我们村里的秀才忠忠写的呢！"

"哦。"黄副书记沉吟了一会，像是在记忆里搜寻着什么，又像是把一个陌生的名字放记忆里去了，说，"这字愣是有性格，我就喜欢有性格的人！想不到你那个水云湾——一个生毛生草不生宝的地方可是什么人都出呢，哪天介绍给我见识见识！"

接下来黄副书记就谈起了工作上的事情，说："杨书记在党政联席会上表扬你们联防队了呢，说你们进入角色快，工作主动有成效，真正地为政府分了忧！作为分管领导，我听着也觉得脸面有光哪！"

福旺哪经得起表扬，脸又红了，说："这要归功于您的英明领导哪！"

"客套话就不要说了，你不是说那种话的人，免得我听着就起一身的鸡皮疙瘩。"黄副书记话说得直，通过一段时间的接触和观察，他算是摸准了福旺的脾气。几何学的观点是"两点之间直线距离最短"，在他看来，跟福旺这样的"直人"打交道，直来直去反倒会更容易把心拉近些。管人嘛，说到底就是管"心"呢。"杨书记让我代他向你福旺问好，并特别交代，联防队的同志们确实辛苦了，政府在待遇上决不能亏你们。今后的工作重点一是抓依法打击，二是抓合法创收。我请示过杨书记了，今后联防大队的罚没收入40%上缴乡财政，60%留下来用于改善队员同志们的待遇。"

福旺听着话，心里暖烘烘的。联防大队成立还不到半个月，却已"教训"和处罚了好些个有民愤的乡村恶人，牌子算是慢慢地打出来了。怎么说，福旺也算是在这政府大院里生活了十多天了，可他还没有跟杨书记真正地照过面，偶尔瞥见过杨书记几眼，留给他的也仅仅是匆忙的身影，真有点神龙见首不见尾的味道。模糊的印象里，杨书记胖了，更显富态。这印象落在心里面，却发酵一般变得神秘起来，让福旺对杨书记硬是平添了好几分以前没有过的敬畏。想起自己以前对杨书记的野蛮，福旺不觉有些内疚，有些懊悔。从黄副书记的谈话中，福旺隐约感觉到，杨书记是在心里面看重他福旺的，他也终于明白，这么多年杨书记关注的目光从来就未曾离开过他，这让福旺心里充盈着莫可名状的感动。福旺从办公座椅上站起来，对黄副书记说："士为知己者死，我福旺决不辜负领导的期望！"

黄副书记听着，对福旺的表态在心里面打了个一百分，但他却板起脸孔呵斥这个刚从水云湾跑出来的"山大王"："进了政府机关，你就跟我少来些江湖做派！"

三十二

这一年暑假快要结束的时候，上面突然下文要求各地规范教学秩序，坚决取缔非法办学。正是全民重教的时候，乡党委政府特别重视，由杨书记主持召开了党政联席会，对这一专项行动作了部署。那天黄副书记叫来福旺，说："你们水云湾有一个非法教学点，是个幼儿园是吧？据说请的老师就是村里的一个二流子，那人的老娘更是一个泼妇，竟然肆意辱骂前去检查的乡领导，影响实在是太恶劣了。下午我们就去拔掉这个钉子户，由乡党委杨书记亲自带队！"福旺一听当时就懵了，骂："你胡说！"话一出口才觉骂错了对象，又说，"这一定是有人告状了。那个老师就是给我的办公室写字的那个人，那字你也看了，比碗还大，看起来就是舒服！人家可是大学生，是我们水云湾响当当的人才哩。老实说，黄书记，我的两个崽女都放在他的班上，孩子交给他，作为家长我就是放心！再说，幼儿园也是村里办的，桌椅板凳都是村里买的，学费也由村小学统一收取，村里一个月才给人家开70块钱工钱——就算是非法办学，也不是人家个人非法办私塾呢！至于骂某某领导，不瞒黄书记说，当时我也参与了。某某领导酒气熏天，在老百姓面前端出的架子比皇帝老子还大——哼，仅仅骂他还算客气了！"

"不要说了！"黄副书记满脸不悦，"下午你去也得去，不去也得去！"

乡里的队伍是下午三点多钟的时候开拔进村的，这是杨书记在莲荷乡主政后第一次亲临水云湾，几年前在这里他曾被谭福旺逼得狼狈而逃，谭福旺端在手中的那一柄锄头一直是横亘在他心头的奇耻大辱，他在潜意识里期待着在水云湾人面前扬眉吐气重树威风的一天。多年的工作搭档黄副书记鬼灵得狠，对杨书记这次重返水云湾作了高规格的安排，前面由福旺驾着边三轮警车开道，紧随其后的是三辆吉普车，吉普车上坐着杨书记、黄副书记、马副乡长及乡政法组、乡学区、乡治安联防大队的十多个人。杨书记坐在第一辆吉普车上，透过挡风玻璃他看见了正驾车开道的福旺，心里喜滋滋的，天下英才尽入囊中为我所用，这就是权位的魔力和掌权的愉悦呀！

水云湾人是爱看热闹也会看热闹的，见着这么多车和这么多当官的进村便感觉到村里怕是要出大事了，再冷眼看一下福旺，一张黑沉沉的阎王脸，就知道村里真有人家要倒大霉了，但村民们怎么也想不到这次触霉头的竟是村里的老师忠忠一家人。乡干部到忠忠家的时候，忠忠的母亲正坐在屋子里的长条凳上靠着墙壁打瞌睡，一同坐在木条凳上打瞌睡的还有几只老母鸡。老母鸡比人要警觉些，见这么多生人进屋，便煽起翅膀"扑"地飞了，搅得一屋都是灰尘。忠忠的母亲总算被吵醒了，睁开眼看见了马副乡长，顿时气不打一处来，张嘴就骂。

马副乡长被骂得眼皮眨眨，他对杨书记说："这家伙就这么嚣张！"

杨书记想都没想，说："先把她的家抄了！"

其实这个家没什么好抄的，几只鸡值钱，却早飞走了，家里只有一担盛水的铝桶泛着崭新的光亮，那是忠忠前几天花十七块钱买的。几个联防队员听见了书记的指令，想动手，却见站在一旁的福旺正挨个瞪着他们，眼神极其毒辣，便都不敢动了。政法组的几个人可顾不了这么多，伸手就去抢铝桶。就在这时，忠忠的父亲、忠忠、忠忠的小妹、小弟都从外面赶了回来，一进屋就加入了抢桶大战。忠忠的小妹平素文文静静的，在这场保卫战中却是不要命地霸蛮，她的一双小手死死地抠紧一只桶的桶沿，见着陌生人伸过来的手张嘴就咬，政法组一个干部的手被她咬了，这名干部抬起另一只手狠狠地甩了小妹一巴掌，小妹的脸上便被生生地留下了一个五指印。书生忠忠再也沉不住气了，他像一头暴怒的野猪朝着这名干部拱了过去。黄副书记没有直接加入这场混战，他是现场指挥官，从忠忠进屋的那一刻起，他就不动声色地注视着这个被福旺看重的浑身透着书生气的年轻人。书生发怒了，血性之怒，野性之怒。黄副书记掏出随身携带的电警棍，身子一下就挡在了忠忠面前，他用电警棍敲击铝桶，警棍立时就吐出了令人恐怖的幽蓝色光亮。可就在这个时候，忠忠的母亲蹿到楼上去了，她掀开一块木楼板，一小桶脏水从楼上洋洋洒洒痛痛快快地泼了下来。

杨书记沾了一身的湿，骂："联防队的都是吃干饭的？还不跟我把这泼妇抓走！"

忠忠的母亲被联防队员架着拖进吉普车的时候，狠狠地瞪了一眼福旺，骂："你当官了，良心被狗吃了！"

一行人返回乡政府的时候，马副乡长鬼使神差地坐在了福旺的三轮警车上。马副乡长说："福旺兄弟，我心脏不好，劳驾你开慢点。"福旺不作声，发动车子便加油狂奔，心里一个劲地骂。

忠忠和父亲赶到乡政府的时候，天快黑了。忠忠在黑屋子里见到了母亲，母亲披头散发，脖子上有明显的血斑和爪痕。看着刚强的母亲落得这般模样，忠忠的鼻子陡地发酸，泪水一下就从眼眶里溢了出来——这一切都是因为自己不争气惹的呀！母亲把手伸过来，揩干了忠忠脸上的泪水，说："忠崽崽，男子汉大丈夫你哭个鬼呀？"母亲这样说的时候，双眼血红，斗志昂扬。

忠忠返转身就去联防大队办公室找福旺，说："你们打我老娘了？"福旺一听，很光火，立马就将打人的联防队员找了来，飞起一脚将那人踢到了墙根上，大声骂着。

福旺打歇了气，招呼忠忠坐下，说："忠忠，这事因为惹恼了杨书记，很难办哪。清秀这小妹子我当初还有些误会她，其实她真的不错，现在还在杨书记办公室求情呢。哦——"福旺似乎突然想起了什么，一副欲言又止的样子，但他还是忍不住说了，"这小妹子正谈恋爱呢，对象是县公安局局长的儿子。"

福旺的话忠忠像是听进去了又像是根本就没听进去，只在福旺对面呆坐着。福旺接着说："我估摸着清秀求情会起些作用，但活罪可免，'钱'罪难逃。杨书记吩咐黄副书记了，至少要罚五千块。"

忠忠一听，头都要炸了，他长这么大，一千块钱都还没见过呢。

忠忠和父亲在乡政府干待了一个晚上，第二天乡里松了口，说交两千块钱就放人。忠忠的母亲知道后，心疼得要死，她坐在黑屋子里大叫："要罚我的钱？有本事就把我抓去打靶算了！"

忠忠的父亲也急得没了魂儿，说："我身边只有几百块钱，我回屋卖牛去！"

就在这时，清秀赶过来了。白衣素裙的她依然朴素大方，依然文静美丽。清秀看了一眼忠忠，眼神清澈而又坚定，那分明是在鼓励他：你一定得挺住！清秀对办案人员说："先把人放了，要交的罚款从我的工资里扣！"

忠忠不敢看清秀，读过的小说里只有英雄救美，没想到今儿个反过来了。

和父亲一块扶着母亲回水云湾的路上，忠忠一言不发。心高气傲的他此刻第一次觉得自己像一根落魄的稻草，那么地无奈无助和一文不值。

三十三

　　一个月后，忠忠出现在高湾小青炼矸的工地上，成为一名搞搬运的苦工。儿时伙伴小青自是关照他，工钱也破例开得高些，晚上还让他住在自己的简易办公室里。小青晚上不回水云湾的时候，两人便困一张床，谈一些儿时的趣事。小青曾经问他："你那破诗是什么玩艺儿，还真让我把老婆搞到手了？"忠忠像是苍老了许多，苦涩地笑笑，说："闹着好玩呗！"小青说："我没读什么书，但我们是知根知底的兄弟，有些话还就只能跟你说。从牢房里被铁牛的父亲'捞'出来的那一刻起，我就彻彻底底地弄明白了，这个社会真是用钱说话的社会，很多看起来不可能的事情有了钱肯花钱就可以摆平。我的目标很简单，霸蛮赚钱，赚霸蛮钱，活出个滋味来！"忠忠默声听着，不说对，也不说不对，他自己也实在是困惑着呢！要说人生的目标，他给自己定得太高太远，眼下要紧的事就是挣钱还债，欠一个人的债决不可以太久太多。他放下书生架子来到高湾做苦活，还不单单是为了挣钱。学校开学了，熟悉的校园又开始喧哗了，而他却不能再回到讲台，这让他无法接受和面对，他选择高湾，其实就是选择了逃避。这些他不能跟人说，包括小青。

　　此时的高湾，成了水云湾这批外来入侵者挣钱和开心的乐园。到了小憩的时候，小青、铁牛还有烟筒等一干小兄弟总要邀请忠忠即兴甩一段霹雳舞，大伙看上一会儿，兴致就上来了，便齐齐地发一声吼，跟着忠忠光了膀子甩。在工地上做苦活的高湾本地人，哪儿见过这等场景，这等舞蹈，一个个眼睛睁得大大的。也只有在跳舞的时候，忠忠才总算找回些许失落了的自信，心情才真正地疏朗开来。小青、铁牛都有些好赌，玩牌的时候经常拉着忠忠一块儿上。忠忠扭捏着坐在牌桌前，一等开战，潜藏在骨子里的好赌的天性和天才就毫无顾忌地展现了出来，对手经常被他杀个落花流水。不几天，水云湾的小兄弟们便封了忠忠两个绰号：舞神、牌仙。小青和铁牛也只是赌瘾大而已，牌技其实臭得很，他们跟忠忠玩输多赢少。但他俩的心态出奇地好，输了便相互干瞪眼作总结：不怪天，不怪地，就怪自家手气背。忠忠赢的次数多了，便不好意思再跟他们玩，心想：我哪儿是在跟你们赌，我是在抢你们的钱呢！可外人眼中水云湾的这两大煞星算是撞着鬼了，偏偏喜欢跟忠忠"斗"。小青说："你赢的那点钱还不够我买卫生纸，你以为真是天大的钱了？"铁牛说："赢了点钱就想收手，真的是小家子气！"忠忠被激得不行，便又狠狠心跟他们赌上了。

这期间，小青的事业碰上了一些小动静。先是他的合伙人——外地的那位砷老板在一个月黑风高的夜晚被人用麻袋蒙了头死揍了一顿，过不了几日，小青的简易办公室也突然着火了，幸亏发现得及时，他的放像机、彩电还有属珍藏级别的一柜子片子才总算给抢救了出来。小青脸都气青了，便安排了眼线调查，最后查实果然是高湾的一伙小青年所为，小青立马叫铁牛、烟筒带上人端了猎枪进高湾村寻仇。忠忠找到小青，想劝阻两句，没想到嘴还没张开，小青倒是先发话了："忠忠，你是读书人，去不去随你！"这是激话，一下就把忠忠逼到了死角。忠忠想，小青对别人也许不怎样，待自己却如兄弟，兄弟有事，我又怎么能退避呢？他没再多想，心一横就跟着小青进了村。当时正是吃晌午饭的时候，高湾的几个小青年见着兴师问罪的小青，脸色大变，扔下碗筷就跑。小青想都没想，朝天"砰"地一枪，几个小青年霎时就被震住了，待宰的羔羊一般原地站着。小青说："跑呀！怎么就不跑了？"话音未落，铁牛、烟筒就像狼狗一般扑了过去，端着枪托朝着小青年的身体横扫，忠忠有些不忍看了，闭上眼睛，两耳顿时鼎沸着一声比一声惨烈的尖叫。一位小青年的母亲从家里跑来了，她不顾一切地奔向自己的儿子，抱着儿子鲜血直流的头颅，狠狠地指着小青骂："你们逞强作恶，皇天有眼看得到的，天老爷迟早会把你们收了去！"小青吩咐烟筒："押着这妇人在村子里游几圈，让全村的男女老少都看一看，跟我小青唱对台戏会有多风光！"

忠忠仔细地看了女人的眼睛，那是一双湖泊一样清澈的眼睛，眼睛里没有泪水，眼神里也没有耻辱和悲伤；那又是一双坚强而又镇静的眼睛，从眼神里读出的有无奈，有屈从，却绝无丝毫心灵上的屈服！忠忠刹那间被这一双眼睛震撼了，一位本色的村妇，一位善良的母亲，正用自己质朴的高尚烛照着周遭的肮脏和卑微。在这双眼睛面前，忠忠觉得自己和小青他们一样，都不过是动物，凶残的动物而已！

忠忠小声地对小青说："这样过火了，犯法呢！"

"'法'你个头！"小青骂，"这一辈子你还真只适合摇笔杆子写破诗！"

快到年底的时候，忠忠才从高湾下山来。三四个月没回家，忠忠似乎变了个人，脸更黑了，头发更长了，还长出了一大片的络腮胡。忠忠人更瘦了，眼睛却亮得精神，一进家门，他就将买来的一条七八斤重的草鱼扔进水缸里，然后将一沓钱交给父亲，说："阿爸，你去乡里面找清秀，把欠她的钱还了。"忠忠的母亲喜笑颜开，骂："出门这么久，屁（音信）都没一个，我还以为你真的死了呢！还好，你这短命崽硬是懂事了，晓得孝顺老子老娘了！"见着母亲的开心样，忠忠确信她老人家已从黑屋子的阴影里走了出来，便爽声说："我不会死，我会活得更好！"

听见忠忠的声音，隔壁邻居——村支书桃子三下两下就蹦了过来，见面的第一句话就是："忠崽崽呀，这么久没看到人，想死我了！我昨天还做梦，梦见你回来了呢！"桃子边说边打量忠忠，"瘦成这个样子了，在外面受苦了吧？"

忠忠笑笑，说："受得苦中苦，方为人上人——是嫂子你告诉我的呢！"

"真是个好崽！"桃子夸奖着忠忠，复又关切地问，"你那个什么霹雳舞还在跳吗？"

"跳，天天跳！"

"这就好，开心就好！"桃子很高兴，"马上就是1994年了，乡里面要搞个元旦晚会，由乡团委负责组织，我家清秀总向我打听你的情况，叫你务必把村里的一干年轻人带好，元旦那天把我们水云湾的霹雳舞队拉到台子上去好好地亮一把相！"

有了展示的机会，忠忠自然高兴，但他不想去乡政府。

桃子说："这次跟上次是两回事，怕什么呢？"

1994年元旦，天空洋洋洒洒地下了一场好大的雪，整个莲荷乡不一会就银装素裹了。瑞雪兆丰年，也给水云湾的年轻人带来了好兴致，一吃完晌午饭，湾里的少男少女就聚在了一起。小青、铁牛、烟筒舞技比起先前已是大有长进，他们凑在一块就开始斗舞，原始野性的霹雳就像奇异的花朵在雪地上竞先盛开，少男少女们的心随之欢呼雀跃，快乐如花绽放。忠忠似是不经意地走进雪地这天然的舞池中心的，雪白的波鞋，雪白的太空服，他的出现霎时就给这充满活力的空间带来了更为明晰的阳光气息，摆头、甩臂、滑步，忠忠像一条银蛇在雪地自由舞蹈，青春的律动闪亮飞扬。雪地上的这一群山村少年显然被忠忠身上散发的激情音符击中了，呐喊声此起彼伏。突然，忠忠的身子停止了摆动，整个人宛若一尊雕塑伫立在雪地上，刚才还动感无限的空间霎时陷入静止。

忠忠笑了。大伙儿的情绪全在他的掌控之中，他的心里感到无比地踏实。也就是在这一刻，在这样一个舞台上，他似是体会到了舍我其谁的王者心境。他像一个小孩子似的将两根手指头塞进口中，一声尖厉而又欢畅的呼哨迅即排空而上，拖着绵绵余韵消失在远方……

"弟兄们，出发！"忠忠一声令下，水云湾霹雳舞队和庞大的啦啦队沿着山路向乡政府快乐开拔。

三十四

乡政府礼堂。年轻人的海洋，欢乐的海洋。

这是莲荷乡多年以来举行的首次大型群众文艺晚会，全乡十五个村都有代表队参加，都有精心准备的节目亮相。忠忠是第一次出席这样的大场合，他感觉自己的心在怦怦地跳，表面上却不露声色地随着小青他们找了位子坐下来。与会的大都是同龄人，都多年未曾参与过如此大规模的聚会，一张张年轻的脸在炫目的灯光下都显得红扑扑的，满是挂不住的兴奋和期待。好些男女都穿着牛仔服，妆扮简练、利落却又生机勃勃，有的头上还箍了红丝巾，一看就是来甩霹雳舞的。与会的男男女女们谈笑风生，间或打情骂俏，声音脆生生的。忠忠扫视了一会，眼睛就被最前排的一道背影粘住了。背影轮廓清秀，还留着一条美丽的长长的麻花辫儿。麻花辫晃在眼前也晃在忠忠曾经的记忆里，感觉是那么地熟悉，那么地亲切和温馨。紧挨背影坐着的是一个男孩，男孩的一只手越过麻花辫似是挺随意地搭在了背影的一只肩膀上。也许这就是琼瑶的小说中描绘过的"小鸟依人"情景吧，这是多少青涩男女梦中向往的幻境呀！而此刻，现场版的幻境带给忠忠的却是无尽的伤感。忠忠的心在颤抖，闭上眼睛才终于没让眼泪流出来。他弄不清节目是什么时候开始的，直到主持人清脆地报幕：

"下一个节目，歌曲《山沟沟》。演唱者：乡团委谭清秀。"

忠忠睁开眼，看见前排的背影袅娜地动了，一会就楚楚动人地站在了梦幻般的舞台上。果然是她——邻家小妹清秀！

音乐响起，清秀清纯的声音似是从梦幻般的原野升起：

山上的花儿不再开

山下的水儿不再流

看一看灰色的天空

那蔚蓝能否挽留

天上的云儿不再飘

地上的牛儿不回头

挥一挥手中的长鞭

那故事是否依旧

噢

我走过山沟沟

那风儿总是吹不够

噢

我为你唱首歌

唱个大河奔流

唱着唱着，清纯的原野牧歌渐渐地有了苍凉的况味儿。忠忠的心跟着狠狠地颤了颤，仿佛历经了隔世的沧桑似的。他抬起头，鼓起勇气正眼看着清秀，清秀的眼里分明绽开了纯洁的泪花！

过去了，过去了！所有的所有，一切的一切！留恋也罢，执着也罢，唯愿那一份曾经的美好与纯真永远地种植在彼此的心田里！

水云湾村代表队的霹雳舞表演安排在最后一个节目。随着强

劲的《荷东》舞曲响起，小青、铁牛带着大伙儿踩着太空步依次
"飘"向舞台。在抖动关节热身过后，霹雳舞队旋即分成两大阵
营开始斗舞。一旦进入状态，小青就成了"喜来疯"，在他的感觉
里，舞曲像欢快的小河，流畅、连贯而又激情四溢，他那精干瘦
削的身姿左摇右摆有如响尾蛇一般机巧灵动；而铁牛，一招一式
都"咬"准了鼓点和节奏，敦实的身子触电一般蠕动，舞姿像大
熊猫一样机械笨拙却又稚趣横生！

　　水云湾的两大煞星相映成趣的斗舞霎时引来了阵阵雷鸣般的
掌声！

　　正是高潮处，灯光渐暗，音乐渐远，舞者依次退去，刚刚还
异彩纷呈的舞台一会就沉陷于空寂之中。

　　突然，一支更为强劲的舞曲有如空谷霹雳般急促响起，忠忠
的独舞时段开始了。忠忠一出场就踩着失重的机械步，一步三颤，
玉树临风欲立不立欲倒未倒的样子，他的双臂轻轻地舒展开了，
身子像小鸟一样飘行在虚幻的太空中。他看见了水云湾美丽的原
野，看见了甩着牛鞭的美丽姑娘，一声又一声熟悉的牧歌在耳边
回响；他的心分明又回到了沸腾的校园，扫地、擦玻璃、拉绳，
曾有的温馨在惟妙惟肖的情景模仿中重现。

　　坐在前排的清秀终于又一次真切地看到了忠忠的霹雳舞表演。
她也许是现场唯一能读懂忠忠的人，他的舞姿潇洒而又不乏凝重，
激情四射却又分明透着对逝去时光的无尽留恋！她的心随着舞蹈
钻入了记忆中的时光隧道，任由自己的思绪去抚摸那不为人知却
又依然生动依然滚烫的青涩秘密。

　　终于，他们的目光重逢了。两双目光都是欣喜的，它们平静
却又饥渴地交融着，一分无言的亲切在两人的心里腾升。可当忠
忠瞥见清秀旁边的男孩时，一颗心"哗啦"一响，霎时竟像玻璃
一样地碎了。忠忠仿佛真的醉了，一身的血在沸腾，一身的关节

在耸动。音乐是酒，他要一瓢一瓢地畅饮，畅饮这人世间的爱与哀愁；音乐是海洋，他就是一条鱼，只有这海洋能够愈合他那颗已然受伤的心，只有这海洋能够赋予他生命的鲜活！忠忠甩给清秀清爽的笑容，而后倔强地转身，醉汉一般在狂热的音乐海洋中摇滚。他像是趔趄着跌倒了，正在笨拙地蠕动着身子，少顷便独臂撑地，身子如暗夜的花朵在刹那间绽放，盛开，继而如风一般旋转……

　　魅力摇滚骤然间掀起了激情风暴，整个晚会现场都醉了，掌声、呐喊声浪潮一般涌起。烟筒带着水云湾的啦啦队骄傲地对着忠忠死吼浪喊：舞神，舞神，莲荷舞神！

　　音乐在狂潮声中戛然停止，山呼海啸的现场瞬间归于沉寂。忠忠仿佛醒了，抬起了惺忪的双眼，目光如风，掠过清秀的脸庞，抚摸到的竟是两行闪烁的泪光！忠忠拿过舞台上的话筒，单膝跪地，扯开嗓子吼起了一首歌：

　　噢

　　世界上所有爱我的姑娘

　　你不要为我默默地流泪

　　每当我想起你曾给我的温柔

　　我就不会流泪

　　我就不会低头

　　就不会低头

　　天下的路有九万九千九百九

　　天下的水有九万九千九百九

　　天下的歌有九万九千九百九

　　天下的姑娘有九万九千九百九

　　九万九千九百九十九个姑娘

　　咱们爱不够

咱们爱不够

是清唱。嗓音粗糙，苍凉，如山野奔行的风，率真写意，放荡无羁，却让心灵抖颤。

晚会散场时，秩序有些乱。忠忠像一个骄傲的王子被水云湾的少年簇拥着走出了礼堂，来到政府大院的空坪里。风大，雪大，人影幢幢，忠忠将脖子缩进竖起的衣领子里。他感觉到暗夜里有很多的目光正盯着自己，盯着今夜的"莲荷舞神"，这让他的心里充满定力。步入社会几年了，他一直都是压抑着性情，还从来没有像今晚这样意气风发过。可是，他此刻的心思并不在自个儿身上，他的目光始终盯着礼堂出口。终于，熟悉的麻花辫在拥挤的人群中出现了，他的心莫名地火热地狂跳起来。他看见了坐在最前排的那个男孩，男孩正被一伙同样是甩霹雳舞的陌生少年生生地堵在了后边。"噢—嗬"，陌生少年开始起哄，忠忠看见一只不安分的手直直地伸到了麻花辫胸前！忠忠的血性在那一刻上来了，身子像狂怒的野猪朝着陌生少年拱去！小青迅捷发现了险情，当确定被陌生少年侵犯的对象竟是自家亲妹妹时，立时狠着劲对水云湾的人大喊："弟兄们，给我打那一伙儿人！"

天下大乱。直到福旺带着联防队的人赶来，两边的人才都不敢动了。

"场子摆到乡政府来了，够胆大哪！怎么就都不动了？好好打呀！"福旺手里晃着一副手铐，一双铜壳眼鼓着，凶狠地瞪着众少年！他看见了小青、铁牛这些昔日的徒弟，一张脸似是嘉许又似是嫌恶地阴笑着。待他杀气森森地蹽步到陌生少年这一边，立时愤愤地甩出一句话："连我水云湾的人也敢欺负！"话未落音，一串脆亮的耳光便对着一张张年轻的脸横扫了过去。

雪还在下。福旺终于看见了不远处雪地上的一团影子，那是两个叠成一块儿还在扭打还在摇滚的人。福旺怒不可遏，晃着手铐走过去，将叠在上面的那个人拎了起来。

竟是忠忠，忠忠手上沾了好多的血。

"打人了？"福旺问。

"打人了！"

"见血了？"

"见血了！"

"你打的？"

"我打的！"

"哈哈！"福旺放下忠忠，腾出手掌抚去了忠忠脸上挂着的一缕血迹，大笑着说："兔子也会咬人了，你是一个男子汉了！"

三十五

▼

这一年的元旦之夜于霹雳小子忠忠而言是一个抖脱羁绊放肆疯狂的夜晚，也是一介文弱书生步入血性江湖的发端。当写诗的手握成拳头，当说经布道的嘴巴张成血盆大口，当整个躯壳成为攻击的锐器，他第一次体验到了暴力和血腥所带来的快感。

那一夜，忠忠其实伤得不轻，左手腕被对方生生地咬出了一个鸟蛋般大小的洞，血肉模糊，惨不忍睹。而对方的一张脸也差点被暴怒的他砸成了水果拼盘！

当忠忠攥紧的拳头小锤子一般狠命砸下，忠忠陡地看到了另一个自己，一个残暴甚至嗜血的魔鬼！水云湾臭名昭著的"迂夫子"总算是从象牙塔里爬出来了，曾经躲在象牙塔里的书生这一回是彻底地死了，是爬出来后摔死的，摔得七魂出窍，利落干净！曾经的十年寒窗竟抵不住一夜的血腥洗礼，忠忠在酣畅的笑声中彻悟：生为男儿，自信、自尊、自豪仅凭一双拳头就足以得到张扬，云遮雾罩的人生原本如此简单！

那夜之后，忠忠成了烟筒等一干小青年的偶像，在村子里碰着，小青年们再不敢以调侃的口吻叫他"大学生"了，但干麻拐小青却给他新起了一个外号：野猪！在忠忠看来，这外号字面不雅，可叫起来顺口，听起来也舒坦——起码，曾经的书呆子忠忠再也不是谁都可以拿捏的人了！要是哪天能听到清秀这么甜甜地唤上一声，那就真的是太幸福啦！

"进攻是最好的防卫，这就是生存的草莽法则！"忠忠玩味着自己的"雅号"，竟品咂出一些生存的妙趣。他想：我是有故事的人了！

让忠忠始料不及的是，那晚被他们打的不是莲荷本乡人，而是邻近黄婆镇的新生代街头混混，一伙乳臭未干的霹雳小子。这伙人混进晚会现场，一来要观摩观摩莲荷乡的霹雳舞水平，二来想起哄作乱趁机在漂亮姑娘身上揩油。清秀在舞台上一亮相，这伙人就怔了，一个个在心里摩拳擦掌。待到晚会散场，他们老到地隔开了清秀身边的男孩，而后开始浑水摸鱼。他们没有想到的是，在新年的头一天竟真的遭遇上了传说中的"水云湾煞星"。

福旺这次是以政府的名义惩罚这伙外来"烂崽"，因而显得比较克制，将他们暴打一顿之后就扔进了黑屋子里，关上若干天才通知其家人拿钱"赎"人。在福旺看来，这些小流氓实在是太不知天高地厚了，他们沾惹的不是一般人，而是堂堂的县公安局局长的准儿媳！这些人要是真的落到"野人"小青手里，不被收拾更狠才怪呢！

福旺个儿觉得，在乡政府待上这么一阵，心肠是变得越来越慈悲了。

可黄婆镇那边还是记下了福旺的仇。此时的黄婆镇已远非几年前能比，煤老板正如雨后春笋一般涌现。财大气粗，人有钱了，争的就是个气，撑的就是场面。当年的张家村已是黄婆镇新崛起的首屈一指的富村，听说这回镇上又有人给福旺和水云湾的人收拾了，村里的人不禁同病相怜同仇敌忾起来。黄婆镇的人四处串联，一场复仇风暴正在酝酿。

好在当时的忠忠在江湖上尚是无名小子，并未被列入复仇黑名单。黄婆镇的那帮霹雳小子在一起切磋舞艺时，竟都会不无艳羡地提起"莲荷舞神"来。意图偷摸清秀的那小子当时被忠忠揍得昏天黑地，一直弄不清楚自己是给哪个打的，听到小兄弟们聊起"莲荷舞神"，他就丧气地摇头，当众说："我们的舞比起那家伙来，真的是白练了！"

清明那天，淅淅沥沥地飘着细雨。烟筒正跟家人在山上扫墓，陡见进村的公路上开来了三台大卡车，每台大卡车上都站满了人，好多人手上都拿着亮晃晃的砍刀。头台卡车上还打着白布横幅："新账老账一起算，水云湾里捉福旺！"

好大的口气！好张狂的黄婆镇人！烟筒情知不妙，撇下家人就抄小路往村里跑，路上碰到几个一起甩霹雳舞的人，便急急地吩咐："你们快走近路去乡政府找福旺报信，黄婆镇人打到我们村子里来了！"

烟筒三蹦两跳进了"精武馆"大厅。精武馆闲置多年了，蛛网密布，好在当年的那口大钟还在。烟筒捞住绳子就开始摇钟，急促的钟声立时覆盖了整个村落。许是用力太猛，摇了一阵，粗麻绳断了，大钟"哐"然落地，溅起了一地的灰尘。

烟筒没想到的是，空谷钟声，竟先震慑住了黄婆镇的滚滚车轮。黄婆镇的人在心里嘀咕：这福旺是不是天生神算，又早布下口袋阵了？

水云湾村里已有不少的人知道要出事了，听到沉寂多年的钟声响起，青壮年男丁几乎是习惯性地捞起家伙就往公祠里赶。福旺当年的弟子已有不少人拖儿带女，他们赶到演武厅时似乎再找不到当年的感觉了，便不再把自己当主角儿，只胡乱地找个位置站着。

礼堂里乱哄哄的。福旺不在，昔日的精武馆便没了魂儿，水云湾人似乎找不到主心骨了。

福旺当年的大徒弟小青倒是摩拳擦掌，不嫌忙乱。他把烟筒叫到身边，此刻，烟筒及与他同龄的那一干子十八九岁的年轻人成了捍卫水云湾的主力。

小青似乎有些不自信，红着脸站到众人面前，问："大家愿意听我指挥吗？"

烟筒看了一眼小青，说："愿意！"

"愿意！"是年轻人齐整整的声音。

"好！"小青仿若被打了鸡血，声音飙高了八度，"老人、妇女、小孩站一边来！手上有鸟铳的兄弟站一边来！拿了其他家伙的兄弟站一边来！"

"唰"，人群立时各自归队。

小青走到老人、妇女和小孩这一边，把宝财叫了出来。小青说："宝财叔，我估摸黄婆镇的人再胆大也不敢大白天杀进我们村子里来，等下不管有事还是没事，你们的任务都是在家里安安心心地坐着，不要乱跑，不乱跑就是帮大忙！"

宝财眯缝着眼睛瞪着小青，点点头，领命。

小青来到有鸟铳的兄弟们这边，说："黄婆镇的人这次来是真的要动武，还是想吓唬我们，目前搞不清。今日就由我们这二三十条鸟铳组成敢死队，由我担任队长。如果黄婆镇的人真敢冲进村来，我们就要集中火力作死的打，如果敌人不敢进村，那就好好地与其他兄弟一道跟敌人慢慢玩。但要记得，不到万不得已不能开鸟铳伤人！"

小青来到拿着刀棒的兄弟们这边，对铁牛和在一边站着的烟筒说："主力部队就由你俩带着了，记住，可以把敌人打趴下，但是千万不能打出人命来！"

小青另挑了七八个人组成联络组，负责侦察敌情和联络其他庄寨的人员参战。在小青固有的印象里，忠忠终归是个书生，心不够狠，就被安排到了联络组。

不到二十分钟时间，天才般的小青就把一切布置妥当了。

不大一会儿，有消息来报，黄婆镇的人不敢进村，车子已开过水云湾往潮泉方向去了。

"好！"小青说，"断了他们的退路，关起门来打！"

几道鸿沟挖好后，水云湾人躲进路边的树林子里守株待兔。

可能是意识到了水云湾的地盘不宜久留，黄婆镇的人没多久就沿着弯弯山路返回了，小青远远地看见，头台卡车上的白布横幅被收起来了。

"不好，路给挖断了，真的钻进水云湾人的口袋阵了！"鸿沟惊现眼前，黄婆镇人惊慌失措。

可是一切都晚了，寂静的山林突然枪声大作，紧接着，铁牛、烟筒带着主力部队挥刀舞棒从山上冲了下来。

卡车上的人立马乱了阵脚，纷纷弃车四处散逃。

铁牛、烟筒没追着人，感到没过足瘾，便带着年轻人对着几台大卡车乱敲乱砸，只一会儿，三台崭新的卡车就变得体无完肤了。卡车轮胎硬扎，一时半会儿砸不烂，就先放掉气再一刀一刀割，割成了一堆堆的烂皮。

小青兴奋不已，边朝天放鸟铳边喊："我们胜了！水云湾胜了！"

可小青到底不解恨，忘了自己"不到万不得已不能开枪伤人"的训令，竟瞄准远处正在奔逃的一只屁股直直地放了一响。

还好，打歪了，那人像受惊的野兔一般继续狂奔。小青边追边往枪（鸟铳）膛里填弹药，对着前方跃动的屁股就要补枪，站在不远处的忠忠急了，奔了过去，一脚踹飞了小青手中的鸟铳。还没等小青反应过来，忠忠张开五指对着小青的脸颊狠扇了一巴掌，大骂："小青干麻拐，你是不是疯了，真的想吃花生米（被枪毙）了?!"

小青顷刻被打蒙了，却感觉脸颊脆生生地痛。要说在这水云湾，还真没几个敢打他的人。但今天，当众打他的竟然是他的发小，他心目中的书生，这简直是奇耻大辱！小青张牙舞爪，想要教训一番忠忠，但见忠忠在他对面站着，面无惧色，一双目光冷冷的，就像刀子一样。

曾经的书生什么时候开始染上匪气了？就在这样的一瞬间，小青的蛮胆竟生生地被忠忠眼睛里面的刀子给割了。

小青说："要不是认为你是为我好，我就要搡扁你！"

忠忠冷冷一笑，不再看小青。

烟筒、铁牛竟都放下手中的武器，安静了下来。众人清点战利品，缴获砍刀百余把，五连发猎枪一支，白布横幅一条。

小青拿起横幅掼在地上，用脚死劲地踩，嘴里骂："水云湾里捉福旺——福旺是你们能够捉得到的?"

三十六

"拐大场了！水云湾怕是有血光之灾！"福旺接到报信，心里大惊。他在记忆里筛选了一遍，在如此的大灾难面前，自己不在，水云湾硬是再找不出一个可以担当大任的人。村里的那些干部，做太平官还人模狗样的，大难临头了，就一个个都成了酒囊饭袋。村支书桃子是个婆娘且不说她，村长国楚那个软蛋怕是要吓得不轻呢！青年人里面就干麻拐小青和铁牛还算出息些，但他们都是勇猛有余，脑瓜子还是少了筋儿。忠忠呢，书生一个，要驾驭这场面还实在是太嫩了！

福旺恨不能插上翅膀立马飞到水云湾去，无奈一时远水难解近渴。他有些悲伤地闭上眼睛，想，这次就真要看水云湾的造化了。

每年的清明期间在政府看来都是敏感时期，听了联防队的汇报后，杨书记、黄副书记都感到事情已是非同小可，便紧急召集在家的所有乡干部、联防队员、民兵应急分队人员火速往水云湾村赶。杨书记一行到达村里时，战事已基本结束了，三台大卡车还垂头丧气地歪在马路上，车子四周站满了水云湾的村民，几个年轻人正神采飞扬地叙述着什么。

忠忠看见了杨书记、黄副书记、马副乡长，便拿着一本书走开了。

桃子、国楚带着村支两委干部一会儿就赶了过来。桃子简要地汇报了案情，末了，说："这一仗干得相当漂亮！"

杨书记、黄副书记了解了案情的大致经过后，详细地问了一些相关细节，当确认双方都无大的人员伤亡时，心里稍稍踏实了。临走的时候，杨书记表情严肃地对桃子说："干得漂亮？你代表村里下的结论为时尚早。"

果然，第二天黄婆镇便有大队人马上路拦扣从莲荷乡来的过境车辆，这激起了整个莲荷乡群众的公愤。小青、铁牛正愁昨日还没闹够，带着烟筒等一干年轻人就来到乡政府所在地的公路上拦扣从黄婆镇来的过境车辆。正好，黄婆镇派出所的一辆警用吉普车开过来了，激愤的人群顾不了许多，潮水一般涌去将警车扣了下来。铁牛跃上车，想体验一下当警察的感觉，便摇下车窗，"诘问"没上车的小兄弟："你们好大胆，警车也敢拦，是不是想吃'花生米'了?"问完,便鸣着警笛驾车朝前狂奔。又一会儿,黄婆镇的一辆白色面包车开了过来,人群仿佛磁铁一般瞬间被吸引了过去。车上几个中年男人都是腋间夹个小包的,见这阵势忙熄火下车,步行到了乡政府。一个领导模样的人找到杨书记,出示证件后笑盈盈地说:"那台车是我们的运钞车,车上有八十万现金,就拜托书记您保管了!"杨书记是个明白人,佯装很吃惊的样子说:"有这事?我马上派人过去处理!"一会儿,福旺赶到现场,将车放了。

矛盾在持续升级,两县的政法委书记、县公安局局长都赶到了莲荷乡,组织两地官员在莲荷乡政府会议室进行紧急磋商。

黄婆镇党委书记通报了案情,称该镇村民在莲荷乡水云湾村潮泉景点观光返回时遭到水云湾村的一伙暴徒枪击,受伤若干人,目前失踪若干人,三台东风牌大卡车被砸。黄婆镇党委、政府和广大人民群众强烈要求严厉追究凶手的刑事责任并赔偿全部经济损失。

听完黄婆镇的"案情通报",莲荷乡党委杨书记死劲沉住气才没有笑出声来。他连喝了几口矿泉水,才不紧不慢地代表莲荷乡作了发言:

"据我们调查,事发当天,黄婆镇近两百村民借清明期间联宗祭祖之机,携带砍刀、猎枪并打着挑衅性质的横幅于光天化日之下乘坐三辆大卡车浩浩荡荡'围剿'我乡水云湾村,这既有被我方村民缴获的砍刀、猎枪、横幅做铁证,沿途扫墓的目击群众包括黄婆镇的部分村民也有证言证实。另外,所谓的'枪击',其枪不过是普通的鸟铳而已,根本就比不上被水云湾群众缴获的五连发猎枪。我们调查认为,今年的'清明事件'是黄婆镇少数不法之徒蓄意挑起的暴力事件,我乡水云湾村民在面对外来暴力挑衅时采取了一些必要的行动,纵观整个行动具有两个明显的特点:

一、村民的行动是自卫式反击，是本能的，自发的，目的是保卫赖以安身立命的家园；二、村民的行动是惩戒式反击，而不是惩罚式反击。这种反击保持了尽量的克制，点到为止，不穷追死打，惩戒是目的，伤人不是目的，因而在如此大的暴力事件中并没有出现大的伤亡，这真是不幸之中的万幸！据我们了解，黄婆镇所说的受伤若干若干人、失踪若干若干人，纯粹是子虚乌有的事情！其实，大家完全可以反过来设想一下，如果我方水云湾村的群众面对一大窝外来暴徒不作任何反应，任其胡作非为，水云湾村将要遭受的也许就是被烧、杀、抢、掠的血光之灾，后果将真正地不堪设想！我们认为，既然是磋商，就应该实事求是，心态坦诚，而不是一味护己、护短。我们强烈呼吁，黄婆镇方面尽快澄清事实真相，严惩肇事暴徒，还我百姓安宁！"

杨书记已不是当年分管政法的杨副书记，在官场浸泡多年，果真水平高了，底气足了，口气硬了，嘴巴比刀子还要厉害了。

第一轮磋商进行了整整一个下午，一个针尖，一个麦芒，双方情绪对抗激烈，自然无果而终。

第二轮磋商连夜进行。在两地政法高层的引导下，围绕"共建友好睦邻"目标，双方的父母官们都打起了"谅解"牌，并心照不宣地在"大事化小、小事化了"一点上达成共识。共识分三个步骤实现：第一步，双方无条件放还后期被拦扣的无辜车辆；第二步，为避免给行将平息的事件火上浇油，双方达成相当默契，极力回避"追究当事人刑事责任"这一敏感话题；第三步，妥善处理尚停放在水云湾村的三台被砸车辆及其相关赔偿问题。

第一、二步容易实现，第三步却还有一些麻纱（麻烦）要扯，为避免问题复杂化，会议责成黄婆、莲荷两乡镇连夜自行协商解决。

两乡镇正式协商前，杨书记特意让黄副书记把福旺叫到自己的办公室。福旺来政府就快一年了，杨书记一直在有意识地疏远他，尚未面对面跟他交流过，因此，当福旺站到杨书记面前时竟显得有些拘谨。

杨书记让福旺坐下，并亲自给他筛了茶，然后微笑着面授机宜："福旺老弟，这阵子辛苦了！眼下你的身份最特殊哪，既是政府的治安联防大队长，又是水云湾村村民，还是此次事件对方的直接针对人。因此，等下和黄婆镇那边谈判我请你也参加，你什么话都可以说，放肆地说，反正他们奈何不了你，更何况事情处理的主动权捏在我们手里呢！等下的谈判是细节性谈判，比较具体，我想我们要把握好的一个原则就是：寸利必争，寸步不让！——这不是单纯的利益问题，而是事关脸面的大问题！"

福旺回答得硬朗："书记放心，等下会有他们好看的！"

谈判开始了，双方参与协商的各有四五个人。

黄婆一方提出，砸坏的车辆要按新车价钱由水云湾村全赔。

黄副书记摇了摇头，说："绝对不可能！"

对方可能自个儿也觉得全赔的希望不大，沉默了一会儿便松了口，说："那三台被砸卡车的修理费用无论如何都得由你方全部承担！"

黄副书记态度冷硬，说："同样不可能！"

对方有气了，声音陡地大了起来："你们根本就没诚意协商！"

杨书记一直闭目养神，这下像是被震醒过来了，他扫视了一眼会场，不慌不忙地喝了一口矿泉水，说话了："我认为这不是诚意不诚意的问题。对砸坏车辆的处理，我讲三点意见：第一，我方不予赔偿。整个事件是由你方挑衅引起，你方的车辆被砸纯属咎由自取，如今要让被侵犯方支付侵犯方的成本，天底下没有这样的好事！一分钱不予赔偿，这是不能变通的原则问题！第二，无法赔偿。按你方提供的数据，购买三台新卡车需30余万元，即便是简单维修三台被砸车辆的费用也要 10 万元左右，这是让人听起来就感到半边天都快黑了的天文数字！我们莲荷可比不上黄婆，黄婆人富得很，牛气得很，我们莲荷呢，还有好多的老百姓连子女读书的学费钱都交不齐呢！尤其是水云湾村，那是整个莲荷乡最大又最穷的一个村。俗话说'穷山恶水出刁民'，水云湾人的霸蛮和厉害想必在座的都知道了。他们穷啊，谁寻他们要钱，都比要他们的命还心疼——说句不好听的话，钱，就是他们的命！再说，你们就是真的能把他们全杀了，把他们身上的肉全剐光卖了，也不一定换得来多少多少万的钱！因此，退一万步说，就算是他们确实该赔钱，也赔偿不起，这是一个无法回避的现实问题！第三，设法把被砸车辆从水云湾村弄出来，才是今晚协商的要点和务实之举。事发当天，我们去现场看过了，三辆车受的其实都是'表皮伤'，动力系统并未损坏，如不趁早将车弄出来，说不定哪天真会被人化整为零拆了卖了，到时你方受的损失将会更大！"

杨书记的发言实在而又切中要害，瞬间崩溃了对方的天真幻想。黄婆镇党委书记也是个善于审时度势的人，他爽爽地笑了起来，用征询的口气问："那你们认为，该怎样才能把车子弄出来呢？"

杨书记与这只"笑面虎"交锋过多年了，知道他此刻貌似谦和大度，实际上是在以退为进套我方的底呢！就在这时，福旺像眼镜蛇一样"唬"的一声立了起来，他对着黄婆镇的人叫嚷开了："赔钱！你们赔了我的钱才能把车子放出来！"

半路杀出个程咬金，对方立时懵了。

"你们不大认识我是吧？我就是你们黄婆人的眼中钉谭福旺！你们黄婆的人那天比脚板底下的螃蟹还神气，打着个横幅'新账老账一起算，水云湾里捉福旺'，到我们水云湾村耀武扬威横冲直撞！我福旺今日就站在这里，量你们也没有谁敢捉我。倒是有一笔账，我要跟你们仔细算了——你们的人那天太张狂，将横幅举到了天上，杆子将村里的高压线撑在一起碰了头，好多村民屋里的彩电、洗衣机都给烧坏了，造成的经济损失有六千多块钱！"福旺说着，就掏出口袋里早已写好的清单，三步并着两步走到黄婆镇党委书记跟前。

黄婆镇党委书记对福旺的恶名早有所闻，今日一睹真颜感觉果然是杀气腾腾的，猛见那家伙竟"杀"到自己身边来了，他那一张招牌似的"笑"脸立时电击一般地痉挛了一下，但旋即又笑得更为殷勤。他看了一眼清单，清单上受损户姓名、受损家电名称、价格都列得相当详细，似乎这真是铁板钉钉的事情。

"笑面虎"不笑了，拉着自己的镇长走出会议室，并将杨书记叫了出来。

"你们水云湾的人这么霸蛮，我还是第一次碰到。我跟镇长商量过了，事情磋商到现在这一步已经很不容易，不能够关键时候让个别人搅了局。考虑到我们那边群众的工作也难做，清单上要赔偿的那六千多块钱就由我们黄婆镇政府出了，我们请你马上安排得力的人去把车放出来！""笑面虎"说着，满脸无奈。

"没问题！"看着对方灰头土脸的样子，杨书记动了恻隐之心。同是仕途中人，同是基层干部，都不容易呀，福旺那小子当初还不是给了自己好看？杨书记拍了拍对方的肩膀，叹息着说："往后呀，我们真的都要看好自己的门，管好自己的人呢！"

在黄婆、莲荷一带，处理民间纠纷由政府出钱买单的事儿自此开了先例。而当时，对于莲荷及其本县的官员来说，事情能够得到这般解决，实在是件极有脸面的事情。当晚，县公安局局长在杨书记办公室里亲切接见了福旺，公安局长还说，我未来的儿媳妇就是你们湾里的，从今往后我们就算是亲戚了！

福旺拿到了黄婆镇政府赔偿的六千多块钱，第二天就花几百块钱买了几大箱白炽灯泡让铁牛、小青他们上水云湾挨家挨户发放。铁牛、小青、忠忠、烟筒也一个个都喜气洋洋的，小青甚至问福旺："师父，你以前怎么说来着？打架不算本事，打赢了算本事，打赢了不赔钱算真本事，打赢了还赚钱呢，那要算——"

"天大的本事！"福旺很快就接上来了，并小孩子似的伸出手掌和小青互拍了一下。这对师徒多年的嫌隙似乎在喜悦的拍击声中烟消云散。

三十七

福旺再一次上演了人生传奇，美名恶名又一次鹊起。

硝烟浓浓的"清明事件"有如激荡清新的空气净化剂，让乱象纷呈的水云湾变得空前地和谐与团结。就是老人们的观念也发生了很大变化，他们不再用怪异的目光看村里那些游手好闲的年轻人，因为关键时候还真的靠这些鬼崽崽们雄起！

硝烟远去，水云湾回归平静。小青、铁牛都上高湾了，忠忠把自己留在了村子里。他想，当初要不是为了还债和躲避现实我是不会去赚那苦力钱和昧心钱的。烟筒、虾公等几个小青年也留了下来，说要跟着忠忠混。

"跟我混？等着饿死吧！"忠忠说。

回归无业状态的忠忠喜欢和烟筒、虾公躺在村后干燥的林荫地上晒太阳。烟筒、虾公心里边单纯得多，躺下没一会儿多半就惬意地睡着了，忠忠睡不着，一双眼瞪着山岭上一排接一排直立着的杉树百无聊赖地想：栋梁之材就是关键时刻起作用的人，放在平日还不跟我一样，统统都是废材！

八月的时候，听说清秀在县城结婚了。忠忠没敢去喝喜酒，却在村里的南杂店赊了一瓶二锅头，独自醉了个迷糊。

第二日醒来，他知道过往已成秘密，曾经的那个人不会再在他的心里边游荡了。

"清明事件"后，杨书记似乎对福旺厚爱一层了，好些棘手的事情都指名要福旺出面处理。但杨书记在福旺面前是吃过一堑才陡长一智的人，对孔老夫子"唯女子与小人为难养也，近之则不逊，远之则怨"的道理体会尤为深刻。他甚至固执地认为，人的本性都是生得贱的，你把对方当神，对方就决不会把你当人！他经常想，这世间原本没有圣人，更无神明。"圣人"也好，草民也罢，其实都是凡夫肉胎，差不多。是刻意营造的距离——身份的距离，还有人心之间的距离——产生了权威，也产生了对权威实实在在的敬畏！因此，置身官场万万不可随随便便交心，把心交给别人了，你自己就成了可以任人拿捏的虫子，要多可怜有多可怜。对乡野莽夫福旺如此，对所有的下属也该如此。他每一次指名，都是通过黄副书记转达的，这让黄副书记觉得不失面子，也让福旺一次又一次受宠若惊。

转眼之间，秋收接近尾声，乡里打响了财税工作攻坚战。动员大会上，杨书记意气风发，响亮地提出了"财税工作进度名列全县第一，财税超收幅度名列全县第一"的目标，要求乡里所有的工作都要服从和服务于当前的经济工作大局，政法工作更要为经济工作添砖加瓦，保驾护航。杨书记的要求落实到联防队就是两件事：一是"依法创收"，主要工作对象就是涉黄涉赌人员；二是"啃硬骨头"，拔"钉子户"。那段时间，福旺穿着皱皱巴巴的制服，腰里别着警棍，驾着边三轮跟着乡里的干部到各个村子里穿行。一有情况出现，像模像样的福旺便威风凛凛了。面对使泼耍赖的"钉子户"，福旺告知一句"我是福旺"便不作声，只用一双既凶狠又威严的目光瞪着对方。要是对方还不知趣，他就用警棍说话了，往对方的家什甚至肉身上一顿乱敲，对方立时就开了窍，乖乖地把税和粮交了。此时的福旺要是心软，就会教训上一句。要是心硬，或者见对方还不太服气，他便会喝令同来的联防队员："把这人的家当全部抄了！"一来二去，各村的"刁民"都知道这福旺是真正的魔王，跟他作斗实在落不来好处，便大都老实了。乡干部下村都喜欢叫上福旺，这样自身更感到安全不说，工作起来还事半功倍。

福旺有自己的原则，那就是去哪里都行，但决不上水云湾向百姓催收钱粮。主抓经济工作的王乡长还不到三十岁，在这一点上对福旺很窝火。他找到杨书记，说："全乡十五个村的屠宰税就水云湾还没有开征，一个全乡最大的村收不来屠宰税，这财税工作怎么抓？再说造成的影响也恶劣嘛！"

杨书记沉吟良久，说："要碰水云湾那马蜂窝，怕是会因小失大呢！我们都是老莲荷了，还不明白用莲荷人治莲荷的道理？我看，我们不妨把水云湾当作特区，那么一点子屠宰税实在收不上来就算了，反正影响不了大局。"

乡长考虑得没有书记那么长远，他恨恨地想：水云湾就是给你这书记惯的！王乡长转身就去找主管政法的黄副书记，让他下死命令让福旺配合乡干部上水云湾开征屠宰税。

"按人头摊征屠宰税我第一个反对！"福旺把黄副书记的办公桌拍得山响，口气出奇地干脆，"我是水云湾人，我得看好自己的一亩三分地，谁想把不合理负担摊到水云湾人身上去，我就要跟他斗一斗！"

话传到耳朵里，王乡长才意识到了问题的严重性。福旺这家伙要是真的急了，跟其他村的人串连，别说水云湾的屠宰税，全乡的屠宰税怕也会收不上来呢，那才真的叫因小失大！那一刻王乡长才明白自己比起杨书记来实在是太嫩了，杨书记才真的是洞庭湖里的老麻雀！

王乡长心里恼死了福旺，但接着发生的一件事让他彻底改变了看法。那天，王乡长带队上路征收车辆使用税，碰上了一个牛高马大蛮不讲理的司机。要说那司机也怪倒霉的，从农村合作基金会贷款买了台大卡车开没几天就翻沟里了，落下了一身的伤和一屁股的债。莲荷乡改革开放以来有句新民谚叫"有钱钱该死，无钱命该死"，司机相信自己命硬，挺着没让自己住医院，只把车子送进了修理厂。那天，他正好把车子从修理厂开出来，修车款还是欠着的呢。没想到车子刚上路，就撞到了王乡长的枪口上，一同上路收税的刘副乡长让司机先买一年的税，否则扣车。司机睁着布满血丝的双眼瞪着刘副乡长，恶狠狠地说："要钱没有，要命有一条！"刘副乡长立时来了火，伸手就去抢卡车钥匙。这比夺司机的命还重要，司机连捣两拳就将刘副乡长打昏了。王乡长上去救人，也被打翻在地上。

　　一会，杨书记、黄副书记带着福旺赶到了现场。

　　福旺让两名联防队员过去把司机铐起来，可两名联防队员一近身就被司机撂倒了。司机满嘴唾沫，眼神凶狠，正处于极度亢奋状态。

　　见此情形，在场的乡干部都愣了。他们都只听说过福旺的武艺，但谁也不敢肯定在这危急时刻能否真的派上用场。

　　福旺眼瞅着对面足足比自己高出一个头的亡命徒，抡着一双铁拳冲了过去。司机自恃高大，突然以泰山压顶之势扑了过来。福旺似乎早料到这一着，身子急转180度并稳稳地躬下去，而后反手捞住司机扑压过来的头颅，顺势将其庞大的身躯狠狠地朝前摔出了好几米远。"咔嚓"一声，司机似乎某个地方骨折了，身子蠕动着却一时爬不起来，先前的两名联防队员迅捷冲过去将司机铐起。

　　现场版的"老虎背猪"，让杨书记、黄副书记和所有在场的目击者目瞪口呆！

福旺回办公室没一会儿，司机的家人跟来了。一共来了四个人，一名六七十岁的老者，那是司机的父亲；一名三十来岁的妇人，那是司机的女人；还有两个和福旺的儿女年龄相仿的细伢子。老者白发苍苍，见着福旺就跪下了，女人和细伢子也跟着跪了下来。老者哽咽着声音说："我那崽脾气是坏了点，但也是苦做苦吃的本分人哪，这么一家子人都靠他养着。他自己平时有个什么病痛的，连医生都不舍得找哪！也怪他这几年命背，落下了一屁股的债，我这两个小孙子现在连学也没能上哪！"

福旺看了一眼那两个细伢子，两张小脸早被泪花泡湿了。

正在这时，中心派出所的人赶来了。一会儿，司机就被带上了警车。司机狠狠地剜了福旺一眼，骂："福旺，我死也不会放过你！"

声音阴森，空洞，仿佛从地狱里发出。

"叫我们怎么活哪！"司机的女人突然呼天抢地号哭起来。

此后的几天，福旺的心情特别地不好。夜里，那个像是从地狱里发出来的声音总会在不经意间响起。他相信自己仍然是个有着抱负的人，却不知道自己施展的抱负原来竟是这个样子，让自己不知不觉间陷入了不人不鬼的境地！

那天，杨书记、黄副书记带着福旺去医院看受伤的王乡长和刘副乡长。王乡长见着福旺，便兴奋地从病床上坐起来，说："兄弟，你是条汉子，年终我代表乡政府为你向县里请功！"

这一年是莲荷乡辉煌的一年，财税工作"两个第一"目标圆满实现，杨书记乘势而上，被破格提拔为县委常委、政法委书记，王乡长、黄副书记都被县里记功，就连福旺也还真的被县里评了个"突出贡献奖"。

美中不足的是，王乡长没能顺利接任乡党委书记。新任书记姓李，是由外乡调过来的。

杨书记赴县里高就那天找到福旺，拍着他的肩膀说："兄弟，好好干，转正还有机会哪！"

福旺看着满面红光的杨书记，想起当年在集贸市场两人的初次晤面，想起他那差点"叼"走自己"一头猪"的十块钱，想起自己横着锄头柄给他的难堪，也想起处理"清明事件"时两人上演的双簧，顿时百感交集。杨书记对自己有知遇之恩，但两人也是一对难缠的冤家哪！多年来，两人都在暗中较力，两人却都心存默契，在面对外来纠纷的时候，两人更像共赴患难的战友！

相识相处是缘，相知相惜是情，一朝分别，福旺心里还是有些难以割舍，他的眼眶竟有些红了。

道别的时候，杨书记说出了一句掏心肺的话："福旺，在心里我一直把你当兄弟，但你更是我的好老师，你给予我的经验，还有教训，都是书本上从来不曾有过的——可以这么说吧，我这些年的进步一点一滴都离不开你！"

三十八

天气陡然变暖了。1994年的冬天没有见到一粒雪花，1995年的春节也是暖融融的。没有雪花的冬天便少了内涵，少了情趣，和风舒畅的春节也少了围炉品酒的年味儿。

春天到了，春天还真的到了！在年轻人心里，明媚的春天眼下还属于春节，依然是可以疯玩疯睡尽情撒野的极乐时光；在老辈人眼里，春水贵如油，春早人更勤，眼下正是翻土备耕的绝佳时机。

在水云湾人看来，福旺这几年成了政府的人，比以前更加出息了，好些一辈子都没见过大世面的村民甚至把他当成了心里面的"神"，村民们对一向闷声不响的福旺的父亲来喜也学会礼让三分了。上了三四十岁年纪的村民碰见来喜，总会恭恭敬敬地叫上一声"来喜叔"，而来喜总是一副受宠若惊的样子，总会急不择言地"嗯嗯嗯"连答几声，回应得简洁，也含混，呆板却真挚，但端不出架子的来喜一张皱纹密布的脸上荡漾的生动笑容总能带给人莫名的快乐。

来喜终归是个闲不住的庄稼人，正月初三人们都还在串门拜年的时候，他匆匆地扒了几口早饭，而后知足地点燃一根"喇叭筒"，就哼着快乐的小调背着锄头上地里劳作了。

那天中午，忠忠、小青、铁牛、烟筒四人正在家里赌得昏天黑地，突然听见有人急切地喊："后山起火了，快去救火啊！"忠忠一听，条件反射一般地站起来，他摔了牌，捞起一只小桶就往外奔。小青手气背，输了有好几百块钱，见状大叫："是谁放的火，我的损失等会也叫他赔！"骂归骂，他丢了牌也捞了一只桶往外冲。忠忠他们赶到后山的时候，已有好多的村民在救火了，泼水的泼水，砍隔离带的砍隔离带，桃子、国楚在现场指挥。可此刻的老天爷似乎在跟人逗热闹，一阵接一阵的南风爽爽地吹来，忠忠、烟筒和虾公常去休闲的那块林荫地眨眼间就成了火焰山，那一片上好的林木看来是难逃此劫了！

火势威猛，烟雾升腾，村民们最终放弃了扑救，都躲在远处痛心疾首地望火兴叹。

一个多小时后，小山头的树木在浓烟烈火中化为灰烬！

村支书桃子的一张脸被弄得墨黑墨黑的，她张嘴就骂："是哪个放的火，等下抓出来要抄他的家！"

村长国楚咬着牙根恨恨地附和："岂止是抄家——要剐皮！"

这时有村民回过神来，想起来喜的自留地就在这片山林附近，想起来喜今儿个几多巴早就叼着烟上地里干活了呢！村民带着桃子和国楚走到来喜的自留地里，没看见来喜的人却看见了他歪扔在地上的锄头和锄头旁边散落的几颗烟头。这时最早发现火情的那位村民说，难怪他看见刚起火的时候有一位老人拿了树枝在扑火呢，等他上村子喊了人来救火，这人怎就不见了呢？

桃子和国楚似乎都明白了什么，刹那间沉默了。

村人议论纷纷的时候，在乡里值班的福旺赶现场来了。站在父亲的自留地里，望着悄然噤声的乡邻，望着表情有些尴尬的桃子和国楚，望着桃子和国楚眼皮底下歪摆着的熟悉的锄头和烟头，福旺似乎找到了某个答案，那是他不想要却又不能不面对的结果。福旺看着桃子和国楚，平静而又磊落地说："起火原因和肇事者还待细查。如果是我老子引起的火灾，我先交两百块钱给村里暂作处罚！"说着，他摸出两张百元大钞往桃子手上塞。桃子想，就拿两百块钱来抵满岭的树，也太离谱了吧？这钱我无论如何不能接，接了得罪你福旺不说，还会成为满村子人的罪人呢！这几年他对福旺的印象改变了许多，这人够狡猾，够狠，但在处理外事时还是很顾水云湾人的面子和利益的。再说，即使真的是来喜失的火，即使真的要让失火者来捡全部损失，偌大一个水云湾又有几人能捡得起？莫非真的让老得骨头打鼓的来喜去坐牢不成？这么想着，桃子的心便有些软了，但她终归是愤愤不平，便转过身去不再看福旺，留给福旺一个冷背。福旺见桃子不肯接钱，就把钱往国楚手上塞，国楚连连后退，一张墨黑的脸堆满了友好的笑容，他狠狠地摆着手说："别讲水云湾，就是整个莲荷乡也没人敢接你的钱呢！"福旺见众人都没胆子接钱，便谁也不再理会，转身就回屋找父亲去了。

父亲躺在老屋的破床上，身子让被盖裹得紧紧的，见了一个穿制服的人进来，浑身顿时哆嗦起来。福旺走过去掀开被子，见到的是一张未及洗净的污黑的脸。

"我没有放火！我不要坐牢！"来喜梦魇般地惊叫。

"你真的是老糊涂了！"福旺边拍父亲的肩膀边说，"我是福旺！有我在，村里没哪个敢多嘴饶舌！"

"我没有放火，我不要坐牢！"来喜不看儿子，仍在顾自言语，声音比先前明显低了，身子却哆嗦得更厉害了。

闷讷的来喜心里着了火魔，自此一病不起，一个多月后就仙逝了。

来喜的后事极尽哀荣，丧酒办了一百多桌。政府干部来了，好友亲朋来了，各村的头头和社会贤达都赶来了，莲荷地面上有些脸面的混混也不请自来了。

杨书记也开着醒目的警车从县上赶了过来。他很忙，照会了福旺，上灵堂吊唁了福旺的父亲，就又开着警车走了。

干麻拐小青这辈子就对带"警"的人和物敏感，因为妹妹的原因，他成了水云湾为数不多的有官场背景的人之一。望着绝尘而去的警车，他歪叼着烟，口气颇为不敬地问忠忠："这政法委书记是多大的官？"

忠忠数得清小青肚里的几根花花肠子，便有意做出爱理不理的样子，淡淡地答："比公安局长大！"

小青一听，自嘲似的扮了个鬼脸，舌头吐出好长。

忠忠打牌赢了钱，就喜欢带着烟筒、虾公去乡里的"飘逸发廊"洗头，用忠忠的话说，这就叫"取之于民，用之于民"。"飘逸"的消费不贵，理发洗头加一起才五块钱。那天给忠忠洗头的是一个外乡妹子，可能还不到十八岁，看起来挺清纯的，模样儿也秀气，看第一眼的时候，忠忠还以为是读高中那会儿的邻家小妹清秀呢！妹子洗头的时候，见忠忠的裤子口袋里塞着本书，聪明地猜出这个黑脸帅哥是个读书人。

"大哥，我问你，雨果是哪里人？"妹子说话了。

忠忠大惊——在乡下的这样一个说不清道不明暧暧昧昧的地方，竟会有个发廊妹谈雨果！忠忠的感觉立时就从心底上来了，他玩笑说："我不认得——他要不就是你的老板，要不就是你的男朋友？"

妹子差点笑岔了气，一双满是泡沫的玉手在忠忠眼前卖力而又温柔地晃了晃，正经地说："我是跟你说真的。我记得他的一句诗——'生活是花朵，爱情是蜂蜜'。"

忠忠陡地沉默了。他想，老天弄人，红颜薄命，又一朵莲花掉淤泥里了，染与不染其实一个样，都不过是与淤泥同腐朽而已。

一如当初的自己。

直到洗完头，忠忠一直黑着个脸，一副悲天怜人的熊样。临走，他像是为自个形象搞民意调查似地问："妹子，你看我是好人还是坏人？"

"你笑起来的时候像好人，不笑的时候像坏人！"

回答得乖巧，率真，真是个死丫头！忠忠给逗笑了，有些憨气地说："妹子，你不宜在这儿久呆，这场合不适合你！"

妹子眨巴着一双波光盈盈的眼睛看了忠忠好一会儿，似是有些感动，说："大哥，谢谢你。以后来，点我，我是一号。"

自此，忠忠便隔三岔五地带着水云湾的年轻人光顾"飘逸"，"飘逸"的生意空前地好了起来。"飘逸"的老板是个跟忠忠年龄相仿的女孩子，长得很漂亮，一张俊俏的脸终日鼓荡着笑容。听说是刚从深圳那边闯荡回来的，是见过大世面的人。

那天赶集，忠忠、烟筒、虾公都坐在"飘逸"一楼的客厅里拉天席地讲味道，突然听见有人喊："联防队的来了！"忠忠抬眼一看，果然有好几个穿制服的鱼贯而入，并朝二楼奔去，带队的正是那次在联防队打了母亲的外号叫"歪脑壳"的家伙。

不大一会儿，女老板、一号还有几个洗头妹都被从楼上带了下来。

联防队的说，有人举报这家店子干的是不正当营生。

三十九

女老板和一号等几个洗头妹被折腾到第二天下午才放了出来，据说女老板硬是被罚了一笔款。女老板一出来就大骂联防队无根无据抓人，要钱不要脸。

过了一阵子，女老板把店子处理了，而后长发甩甩，背上行囊再次出外寻找她的梦想。

一号转眼就失业了。本来她也打算跟着女老板出外闯荡的，征求忠忠他们的意见的时候，忠忠说，去不得去不得，要是去了再见的时候你就不是原来的你了。烟筒听不懂这话是什么意思，只顾跟着说，你要是去了，我们就真的会认不得你了。说着，烟筒还有些急红了脸。

"那怎么办呢？"一号说。

"不如自己开个发廊吧！"忠忠说。

"好主意！"烟筒看了看忠忠，"有我们水云湾的兄弟在，估摸这生意也不会差到哪里去！"

忠忠、烟筒、虾公每人设法凑了一百块钱，买了一面大镜子和一袋子的洗理发用品，租了一个便宜点的店面，几挂鞭炮一响，一间简易发廊就算开业了。

店名就叫"外来妹发廊"，忠忠取的名字，忠忠写的招牌，这名字叫起来听起来都亲切呢。

烟筒真的是个灵泛人，有一天竟骑着一台"南方"摩托车来到了店里，要是新车值四千多块钱呢。忠忠问哪里偷来的，烟筒说捡的。虾公说你再捡一台给我看看，一定是偷的。烟筒说关你屁事。他叫正闲着的一号："妹子，带你遛车去！"

没过多久，几个人便都学会了骑摩托车。那时候骑个摩托车也是很显身份的事儿，店里闲的时候，四个人便骑在一台摩托车上绕着乡里的公路转，一号看似文静，骑起车来却不让须眉，那飒爽的英姿引得路人的目光齐刷刷地打过来。自己开店以来，一号的气色好多了，脸整日红扑扑的，人也开朗多了，说话甜甜脆脆的，走路经常蹦蹦跳跳的，像一只活泼的小白兔。情绪是能感染人的，四个人在一起总吱吱喳喳地拌嘴，快乐得像开锅的粥。

高湾群众不停的上访终于引起了上级领导的高度重视，地区政法委召集两县有关部门和相关乡镇召开了联合整治行动动员大会，地区一位领导在会上发了狠话：高湾这个癞痢头不剃下来，相关的责任人就给我把帽子交上来！莲荷乡党委李书记在乡里传达会议精神的时候，放在桌子上的砖脑壳大哥大响了起来。这大哥大在当时是很显身份的宝贝，购机兼落户差不多要两万块钱一台。乡里总共买了两台，李书记一台，王乡长一台。李书记最喜欢在人多的地方接电话，声音琅琅、手舞足蹈的，一副大将风度，给人的感觉是，外面来的领导，做派就是不一样。

电话是县公安局局长打来的。这次李书记接得没像往常那般张扬，"唔唔唔"的，末了说一句"一定按领导指示办"，对方一会儿就把电话挂了。散会后，李书记对王乡长说："领导打招呼了，整治的事就走走过场吧！"王乡长说："那怎么行，我是行政一把手——第一责任人呢！"李书记笑笑，交心似地说："亏你在官场待了这么久，有些道道你还真的是没摸着。告诉你吧，领导公开场合讲的话不一定都要照办，私下交代的事就得不折不扣办好呢！"一语惊醒梦中人，王乡长想，外调来的人对这官场心里学还是钻研得透了，哪像自己这一步一步往上挪的土包子。王乡长似是开了窍，故作心悦诚服地说："整治那天我就不去了，就让联防队的人去算了。"李书记满意地点点头。其实，王乡长是卖了个关子，李书记过来还不久，对基层的情况不见得就熟，这基层的事就让基层的人去对付，效果立竿见影不说，主管的领导还不用担太大的责任。这回高湾的事说到底不就是要摆平水云湾的几个刁民吗？摆平水云湾的人有福旺不就够了吗？还开什么两县联合整治动员会啰！李书记此刻还不知道，让福旺这一个小小的联防队长去"走过场"，比乡干部正儿八经地不走过场效果还要好呢！

福旺得知两县联合整治行动就让自己去唱主角时，明白这得罪人的差事又落到自个儿头上了，而且得罪的就是水云湾村村民。去年"清明事件"后，自己与小青的隔阂才好不容易有向好的方面回复的迹象呢！那一刻他也想到过回避，但几年前上高湾打野猪时那个要向他下跪的老农的影子总在心里面晃，曾经山清水秀的高湾经过这么些年怕真的是满目疮痍了呢，干吗拐小青真的是在给高湾人造孽呀！再说自己当初不是还说过总有一天要将高湾的砒灰灶铲个干净吗？如今为高湾群众除害的机会来了，我怎么能临阵回避呢？想到这，福旺顿觉又是一身正气了，又有些义无反顾了。整治行动开始那天，福旺开着边三轮摩托车带着联防队的人打前锋，小青本来已雇了人像前次那样把上高湾的路断了，断路的人见福旺杀气腾腾地赶来了，瞬间望风而逃，躲在暗处的小青见此情景牙齿咬得咯咯响。一会整治的车队就过来了，车子顺顺当当地开到了高湾。小青早就得到了近段时间要来整治的消息，炼砒工地几天前就熄火停工了，此刻一个人影也没有。专业爆破队员清理现场后对所有的砒灰灶和厂房实施爆炸，彻底拆除。

"轰隆""轰隆"！爆炸声此起彼伏。只一会儿，小青苦心经营几年的事业就在一阵接一阵的巨响中灰飞烟灭了。

轰隆的爆炸声震得一直躲在山林里的小青肝肠俱断，他在心里狠狠地骂福旺：别以为披了一身虎皮就神气，看我怎么把你的一身虎皮剥了！

四十

小青失业了，铁牛失业了，一时间乡里的"外来妹"发廊门前聚集了好多游手好闲的水云湾青年。他们或坐或站，坐着的悠闲地晃着二郎腿，站着的神气地扭着被廉价牛仔裤裹着的肥屁股，一眼看过去，真没有几个坐得正站得稳的正经人，都像是刚从山上跑下来的没规没矩的野鬼。这伙人中稍有身份的就是小青，小青一身穿得亮鲜鲜的，喜欢将锃亮的摩托车停在发廊门口的公路边上，然后人骑在车上，顾自对着车上的反光镜镊胡子，扮鬼脸，或者大口大口地喷烟雾，有时他也打赤膊，故意将脖子上指头粗的金项链抖得响响亮亮的。

一看就知道，他是这伙人中的老大。

有三个长发披肩的青年也混迹其中，那就是忠忠、烟筒和小兄弟虾公。小青见了忠忠，立马从摩托车上下来，直起身子很是尊重地递烟，还会亲热地说："野猪兄弟，洗头不啰？我请客！"忠忠那时还不抽烟，见着小青脖子上闪亮的金项链就皱眉头，心里骂，狗改不了吃屎，这干麻拐天生就俗，天生就显摆呢！但忠忠表面上还是挺温和的，温和地说谢谢，温和地摆手拒绝。在这伙野鬼们中间，忠忠显得斯文儒雅，像教授一样。不明就里的人也许就因此小看了忠忠，可有些先知先觉的小青不这么看，经过上次的"清明事件"，他总觉得这小子身上有"鬼"，有一股旁人甚至连忠忠本人也弄不清楚的魔力，远不是当初跟着自己背着个放像机在乡村游游荡荡放片子的单纯的书呆子了！

那会子，烟筒竟跟一号同居了。看着这一对小夫妻，忠忠心里开始的时候很是愤愤不平，也有一些忌妒和难为情，他在心里一遍遍地骂：上好的鲜花又插到牛屎上去了。他本来为一号准备了好些他认为是精品的文学书籍的，其中就包括雨果的作品，可现在他认为完全没有必要再把这些书籍送给她了。心目中的一号死了，一个突然闯进他生活中的文学女子死了，淹死在又庸俗又高尚的爱情蜂蜜里。只是不知道，曾经的雨果和他的诗句是否依然在她的心里活着。忠忠将这些精品书籍打了包，挂在水云湾家里的小木楼顶梁上，也把一段来不及收拾的青春记忆挂了起来。

这一年，上头突然强调依法行政。福旺看了县公安局局长在全县依法行政动员大会上的讲话材料，有一段话是这样说的：个别乡镇的治安联防队披虎皮作大旗，私设公堂，刑讯逼供，权力比公安还大，简直就是公检法司的化身，严重影响了政府形象，严重恶化了党群干群关系，必须解散！一个小小的治安联防队有什么权力关人？谁给了你羁押权？这种行径实际上就是非法拘禁，群众可以打"110"向公安机关报警……福旺看完后陷入了沉思。

果然，半个月之后，莲荷乡治安联防大队就宣布解散了。王乡长、黄副书记客气地为福旺摆了一桌饯行酒，随后福旺有些悲壮地离开了工作将近三年的乡政府。

四十一

忠忠陪着福旺回的水云湾，两人一路上都没说话。福旺是无话可说，忠忠是怕说漏了嘴，又凭空惹得福旺不愉快。但福旺的心境忠忠是能体会到的，有些悲凉，有些无奈，还有太多用言语不能表达的感慨。两人一边走一边看天，天高云淡，和风轻送，忠忠不觉间哼起了一首歌，费翔的《故乡的云》：

天边飘过故乡的云

它不停地向我召唤

当身边的微风轻轻吹起

吹来故乡泥土的芬芳

归来吧 归来哟

浪迹天涯的游子

归来吧 归来哟

我已厌倦漂泊

我已是满怀疲惫

眼里是酸楚的泪

那故乡的风故乡的云

为我抹去伤痕

我曾经豪情万丈

归来却空空的行囊

那故乡的风和故乡的云

为我抚平创伤

如诉家常般的歌声让福旺心里熨帖了许多。他总算开了颜，笑笑说："还是读书人懂事些，你莫非真是我福旺肚子里的蛔虫？"

就在这时，小青骑着摩托车过来了，见着福旺，忙喊："师父，怎么没开警车回来呀？要不，搭我的车回去？"

福旺怒目圆睁，大骂："你敢挖苦我，我把你的摩托车砸了！"话未落音，抬脚就追。

小青赶紧加大油门，一溜烟跑了。福旺跟在后面大骂："你别以为赚了几个昧心钱就了不起了，你别以为妹郎当了派出所所长就真的老子天下第一了，告诉你小子，只要你还在水云湾，我照样可以拿捏你！"

回到家，美英早煮好了饭菜在等他。儿子小宇、女儿小静都考进乡里的中心完小读书了，小儿子小海还在村小学读二年级，此时还没放学呢！美英递了一块热毛巾过来，让福旺净了脸，而后有些嗔怪地说："你也老大不小了，还总喜欢去做那些抛头露脸的事儿，尽得罪人呢！这下回来了就好，我心里就踏实了！我这一辈子从没指望跟着你吃香的喝辣的，能够把这就着咸菜萝卜喝稀粥的日子平平安安地过下去就知足了！"

福旺大口大口地吃着妻子做的饭菜，憨憨地连笑带骂："天底下就你爱嚼舌头，就算你有见识！"

这么些年，福旺两口子其实积攒了一些钱。卸甲归田后，福旺要做的第一件事就是砌屋造厦，建一座水云湾最漂亮的房子。他请人估算了一下，一栋漂亮的三层楼房要花将近八万块钱。拱一个窝要这么多钱，他心里多少还是有些心痛，可此刻他考虑的不是舍不舍得的问题，而是值不值得的问题。树活一张皮，人活一张脸，砌屋造厦不单单是解决一家五口住的问题，更是一项面子工程哪！不是有句话说"不鸣则已，一鸣惊人"吗？要就不弄，要弄就弄张扬些，至少要盖过暴发了就不知天高地厚的干麻拐小青，要在脸面上给小青一记响亮的耳光。那天他在村口的池塘边描绘心中宏图的时候，突发奇想，我就要把房子建在池塘里，建在水中央，你看，绿水掩映，门对青山翠竹，那将是一栋何等漂亮的建筑，何等逍遥的所在，简直就跟水晶宫一样呢！不几日，池塘的水就给他放干了，他真的请来砌屋师傅在池塘中心打石脚（地基）。村民们见了，心里都有些激愤，这池塘是公家的，这风景是公家的，怎么能容你一家子这般糟蹋呢？但想归想，绝大多数的人都不敢说半个"不"字。村支书桃子也觉得这是大事情了，便带着国楚前来劝阻。福旺没给他们好脸色，对桃子说："你也信风水？我看你这婆娘别占着茅坑不拉屎，还是早点把支书的位子让出来，自己一心一意去当巫婆算了！"桃子气得不行，国楚更是不敢作声，只一会儿两人就都悻悻地走了。最后是村里的师公（风水先生）跳了出来，说："福旺，你这样做要不得，先人在这里立村，为什么要在村口挖一面塘，为什么塘边的岭上都要栽上竹子，这在风水上都是有讲究的，你这样做就坏了村里的风水，先人有知，一定会在地底下骂你呢！"福旺平素最恼师公，装神弄鬼的，专在白喜事上骗吃骗喝还拿别人的钱，沾着这样个鬼东西就晦气。我砌房子第一天打石脚就碰上你出来指手画脚了，今日就要揍扁了你，看你找谁告状去！想到这里，福旺冲上岸，抱起师公就朝烂泥塘里扔下去，骂："你要再多嘴多舌，我就把你埋石脚下面去。"师公沾了一身的黑泥浆，一张脸人不人鬼不鬼的，他起身跪在池塘中央，仰面大哭："我水云湾从今天起就要倒败了，福旺，你坏事做多了，总会遭天谴的！"福旺越听越火，冲过去一脚又将师公踢翻在地。

到年底，一座气派的洋房就建成了。进伙那天，村里村外却没得几个人去喝喜酒，比起年初来喜叔的丧事来，自是两番景象了。人们心里都明白，其中重要的原因是，福旺这次彻底地犯了众怒！而福旺却把这一切归结为八个字：人情冷暖，世态炎凉！

福旺回到了水云湾，这让小青出了一口气。小青想，虎皮剥掉了，看你这个巴着门框恶的"土霸王"怎么跟我竞争！一座洋房算什么？一个小小的水云湾算什么？世界大着呢，挣大钱的机会多着呢，我的眼界可没你这么浅，我就不信斗不赢你！小青的眼光就是利索，妹郎当上派出所所长后他开始大把地在外边投资。第一个项目就是重新启用已经关闭的"飘逸发廊"，改名为"新飘逸休闲娱乐中心"，拓展了门面，并重新进行装修，成为莲荷乡最气派的一家娱乐场所，当然业务范围也有了本质上的扩展，桑拿按摩，夹荤带素，不再局限于单纯的美容美发。小青在生意上是精明的，说话也似乎有水平了，一套一套的。他对水云湾的兄弟们说了一番话，大意是："新飘逸"赚钱不赚钱都不是很重要，重要的是，它是我们水云湾的父老乡亲们赶集歇脚的好地方，是兄弟们聚在一起联络感情的好场所，是水云湾人在外面叫得响的一个好牌子。小青说，以前因为无所事事而打打杀杀的时代过去了，现在已经是一个更开放的时代！已经在一定程度上完成了原始积累的小青思路上清晰的，那就是以堂而皇之的经济实体拉拢人心，凝聚人气，同时将现有的人脉资源充分开发和利用，尽可能地转化为经济优势，再依托经济拓展人脉，形成有利于自身发展的良性循环。用小青的话说，水清水浊关我屁事，能摸到鱼就是本事！

　　1996年元旦，"新飘逸"正式开业，进出的似乎都是乡里乡外的成功人士，生意一时火爆。而水云湾众多的年轻人似乎没有几个愿意去那儿，他们依然喜欢聚集在"外来妹"发廊周围。小青请忠忠去过几次，每一次都落得忠忠浑身不自在，他回来说，那地方太尊贵，消受不起，还是在"外来妹"和兄弟们玩在一起亲切。忠忠是个没有多少经济头脑的人，走出了水云湾，他基本上是整日玩牌，凭着两副扑克和烟筒、虾公一起闯荡江湖。他的牌风硬朗，不耍奸使巧，不赖皮倒账，入行不久就赢得了很好的口碑。就算赌技再好，赌博其实也是攒不到几个钱的，可忠忠倒也没真正饿着过。他头脑里对钱的概念比较淡薄，每次赢了钱，他都要说自己这一辈子也许就是生成的赌命，天不灭曹呢！赌桌上有些外村的青皮后生是无赖之徒，输了钱眼红，见人赢钱也眼红，有时就硬要忠忠赏几个钱，这时在一边看着的烟筒或虾公就会站起来，摊开手掌，火辣辣的耳光就直直地朝对方扇了去，口里还不住地骂："敢招惹我们，你怕是真的活够了！"无赖们被打清醒了，才想起这三个长发鬼都是水云湾的人。

忠忠很有侠义之风，赢了钱就请客，洗头，或者喝饭，他就信奉吃光用光，身体健康。每次回水云湾，他都要买上一条大草鱼，那是父母和弟妹们都喜欢吃的佳肴。

不多久，集市上的大多数人都知晓了水云湾有这样一个爽崽和活宝。忠忠依旧我行我素，带着烟筒、虾公玩牌。"外来妹"汤汤水水的生意每天都有，三人都不用担心一号会被饿着了。嘻嘻哈哈的忠忠行事心里其实是有原则的：人不犯我，我不犯人，该出手时果断出手。这么长日子了，忠忠一直甘心游荡，一为环境所迫，二是可以借此体验到真正的民生民情，三是期冀着能在游荡中抓到出手的机会。巴尔扎克怎么说来着，我不能上震天堂，便要下震地狱！我忠忠就是要做一把从地狱里杀出来的剑，不鸣则已，一鸣绝响！

在莲荷乡，在莲荷乡的集市上，乡村少年忠忠的心也许是孤独的。他像一匹狼，一匹在悠闲中游荡的狼，一匹正在磨砺着爪牙的狼。他的耳朵是竖着的，正在聆听着八面来风；他的眼睛也许是闭着的，但他却期待用闭着的眼睛去捕捉腾身一跃的壮丽瞬间。

四十二

春节的时候，卫兵回来了，他是开着黑色的乌龟壳小轿车回来的。离家又已三年的卫兵此番回来完全变了模样，头发梳得水光光的，苍蝇也巴不住。一身西服亮鲜鲜的，还打着醒目的猩红色领带，领带下摆的别针闪着金色的光芒。

卫兵将车摆在村口，跟他一同下车的还有一个胖嘟嘟的女孩。

出现在年轻人眼前的卫兵手里端着个砖脑壳大哥大，双目放光，一副少年发达的神态。他忙不迭地给忠忠、小青、铁牛递烟，竟是七十多块钱一包的中华烟。卫兵指着胖女孩介绍说："这是我的秘书兼老婆，县卫校的毕业生呢。"

小青惬意地抽着中华烟，说："你小子三年不见，真的是财色双收啊！"

卫兵说："你小子也不错啊，听说马上就要成为莲荷乡的首富了。"

小青有些文绉绉地说："多谢兄弟你的贵言。这次回来还比武不？"

"哈哈！"卫兵爽爽地笑了起来，"比什么鬼武啰，那都是年少时做的混账事了。现在都什么年代了？金钱万能的年代呢！再硬的拳脑骨也是肉和骨头做的，鬼用都没有！实话跟你说，要搞一个人，拿钱就可以放倒他！"

铁牛眼睛鼓得大大的，问："谁都想着挣大钱发大财呢，这钱还能放倒人？"

卫兵说："铁牛啊铁牛，早些年我们这批同龄人还就你见多识广些，这几年你只待在水云湾，脑袋瓜子真的生锈了——我要放倒你，我出钱请人不就行了！"

"请人？"铁牛眼睛鼓得更大了，"这世界上真还有做这种事的人？"

"没有天生的杀手，却有'地'生的杀手——到什么山唱什么歌，落到什么样的境地就做什么样的人，就这么回事儿。"卫兵说着，便把眼睛瞟开了，不再跟铁牛理论。

铁牛落了个没趣，似懂非懂地点点头。

卫兵问忠忠："老弟，过得怎么样？书还教吗？霹雳舞还跳吗？"

忠忠学着抽了几口烟，有些尴尬地说："我现在是无业游民一个，就快混不下去了。"

卫兵说："老弟，我们这批同龄人就你文化程度高些，我在外面还经常吃没文化的亏呢。你的天赋、素质都比大家要好，但就是缺乏闯劲。老实跟你说，我这老婆本来是有单位的，在一个乡里的卫生院上班，这次我让她把工作辞了，就回水云湾来开诊所，我相信随随便便做也比在单位每月拿那几百块钱强。"

末了，卫兵叹息一声，说："这年头八仙过海各显神通，赚钱就是硬道理，忠忠老弟，你一定要看准哪！"

忠忠点了点头，心里想，这卫兵在外边闯荡久了，眼界宽了，见解也真的是不一样了。要是自己也能离开水云湾去见识一番外边的精彩，那又会怎么样呢？

正月尾的时候，宝财出了事。自从小青在高湾的砒灰灶被政府炸毁后，宝财的那辆已显老态和破相的大货车就歇在了家里。这辆车曾经为宝财带来过太多的实惠和荣耀，可以说，宝财一生中最风光的日子都是这辆车给的。如今，车老了，人也显老了，宝财突然有了抚摸一把方向盘的冲动。他开着车上路的时候，车闸突然失灵，竟生生地将一对从外乡来走亲戚的父子撞死了，他的车滚翻在深沟里，自己也落得个半身瘫痪。曾经的水云湾首富转瞬间家财散尽，还惹来了无尽期的官司。曾经意气风发的乡村少年铁牛突遭变故，竟在一夜间生出了许多白发。那天，铁牛找到忠忠，悲戚地说我阿爸想见你。宝财见到忠忠的时候，脸色竟红润润的，他躺在里屋的床上，生动地眨巴着小眼睛，抖动着肩膀想坐起来，但只一会儿就又失望地摆摆头，说："我这一辈子是坐不起来了！"停了停，又说，"忠忠，我看得出你在村里的年轻人当中是个角色，人又厚道，实话说，我从心里面喜欢你。你不晓得，我最喜欢看你跳霹雳舞了，今日就跳一回给我看好吗？"忠忠说："现在不时兴这个舞了。"宝财说："我真的想看呢！"

忠忠便点了点头。悲戚的铁牛噙着眼泪把磁带插进了录音机里，熟悉的荷东舞曲在狭小的空间里激越地响起。生命的乐章奏起来了，青春的旋律响起来了，身体的活力抖起来了！忠忠看见了那个坐在乡间集市上看书的年轻小摊贩，看见了那个为他送来鸡蛋面的纯朴小姑娘，看见了山间原野上的牛，看见了一同甩着牛鞭的俏妹妹，看见了那个走在乡间小路上的教书郎……生命的背影就这样一道一道划过，带着尘世沧桑走上青春祭坛！在梦幻一般支离破碎的机械舞步中，忠忠醉了，醉得伤感，醉得狂放，醉得泪流满面！

曲终舞毕，忠忠的目光定格在宝财脸上，宝财的脸红润无比，鲜亮无比，放射着婴儿一般的光芒……

第二天，宝财去了。是小青拿出钱，让铁牛给了父亲最后一次体面的远行。饯行的师公口中念念有词，突然匍地大哭："水云湾真的就要倒败了哇！"

太阳每天升起，"新飘逸"的生意照样火爆。那天一个腰别大哥大的胖小伙走进了店里，跟小青一打照面两人都怔了。

"你是——罗小强！"小青大叫！

"你是谭小青，化成灰我都认得呢！"

一对牢友激情地拥抱在一起。

小青仔细地看了罗小强，高兴得眼泪花花都出来了："几个鬼崽崽（小孩子）了？"

罗小强激动起来，说："老婆一下子给我生了两个呢，才两三岁就贼坏贼坏的。"

小青说："我老婆也争气，生了一男一女两个鬼崽崽。"

说着，小青做东，拉着罗小强闪进了对面的"醉仙楼酒家"。

罗小强说："今年撤地建市了，我那老子刚刚走马上任当上县委书记，这次竟然走狗屎运，一不小心爬进市委班子里去了，常委呢!"

小青问:"常委多大的官儿?"

罗小强说:"你真是个土冒!县里的官他都管得着呢,包括县委书记,包括公安局长。"

小青一听,脑壳有点大了,说:"我还没见过这么大的官呢!以后还真得靠你罩着呢!"

罗小强喝干了杯中酒,说:"我们都是一个地方出来的患难兄弟,这个没得说的。在里面的时候我就说过,我们还有聚在一起的机会,还有相互靠得着的地方呢!"

小青说:"那是,那是。"

"老大,"罗小强有些醉意了,"我今日就是找你来的。我断定你在莲荷乡就不是孬种,集市上哪个店子气派我就往哪找,还真找着了。今日来还有一件赚钱的大好事要说呢!"

"真的?"小青喜出望外。

"我记得你家是水云湾的吧?"

"嗯。"

"鬼头岭是你湾里的地盘吧?"

"嗯。"

"我透露给你一个绝密情报:鬼头岭里面全是煤呢!你小青这么多年都是躺在宝山上面受苦受穷呢!"

"真的假的?"

"我认真地查阅了相关的地质资料,绝对可靠!就看这地方你拿不拿得下来了。"停了停,罗小强暗示说,"福旺也是你们湾里的吧,他可是大名在外啊,要不哪天引见引见?"

小青脸上有些不快,说:"不要提福旺,他现在是个疯子,尽跟我过不去呢!好多事情不惊动他反倒没事;惊动他了,没有鬼都会惹起鬼出来。小强,有钱不赚,天生命贱,我做事就喜欢干脆，图个痛快，如果你还信得过我这个以前的老大，鬼头岭我负责搞定就是了，相关的具体事宜我们喝完酒再细谈。"

罗小强就欣赏小青这股爽劲和霸气，他站起身来给两人的杯子都添满了酒，说："有酒同喝，有肉同吃，这就是兄弟，鬼头岭的事就这么定了。来，为我们的相逢和合作愉快干杯！"

四十三

村小校舍被上边定为危房，必须限期拆除重建。这是关系到几百学生安全的大事，乡里特别重视，乡党委李书记亲自带队来到水云湾主持召开现场办公会，敲定先拆除原村办幼儿园房子，再在旧址上重建一栋五层教学办公大楼。工程预算要三十多万元，资金来源一是上边在工程完工后以以奖代拨方式给十万元，二是向社会募捐一部分资金，剩下的近二十万元由村里自筹。乡里指定新提拔的何副乡长主抓这项民心工程。

何副乡长就是当年刚走出校门被福旺嘲讽过的那位嫩嫩的税管员，几年磨砺，他已经成熟多了。接受任务后，他跟村支书桃子商量，建校集资的事要不要开个群众大会，也请福旺参加一下？桃子深知水云湾情况复杂，加上对福旺占用公家池塘建私房一事心里一直窝火得很，便说："最好不要去招惹他，你把他当菩萨敬，一会儿他就真的以为自己是天神下凡了，尾巴就翘到天上去了，就不会把敬他的人当回事了。"何副乡长沉思良久，说，"我的意见，还是召集群众开个'诸葛亮'会，让福旺也参加一下吧。"

接到开会通知后，福旺心里果真神气起来，想，这水云湾的事情没了我还真的休想做起来呢！可我福旺也不是想用就用，不用的时候就被随便丢一边去的人！他在心里说：我倒要出个题目考一考乡里村里这些酒囊饭袋!

"诸葛亮"会上,关于村里自筹的近二十万资金问题提出了两条解决途径:一是由水云湾村民按人头集资,二是把村里岭上已成材的大部分杉树卖掉。第一条途径到会的人大部分不赞同,因为这条路就是要每个人都掏腰包出现钱呢!那就只有走第二条路。在大多数的村人眼里,水云湾的树名义上是公家的,实际上真正的主宰就是村里的"官人"。与其让村里当官的无声无息地"主宰"掉,倒不如一次性地砍掉卖掉,为村里做些福利事业。何副乡长很是尊敬地让福旺谈一下想法,福旺半闭着眼睛说:"第一条路肯定行不通,所谓的集资实际上就是摊派嘛,不符合上边的政策;第二条路也不行,怎么能靠卖祖宗的家产来办事业呢?那不是十足的败家子吗?"

何副乡长说:"那你还有什么高见呢?"

福旺说:"那是你们这些喝酒吃肉的人想的事情。"

桃子听着,心里怨恨起这个年轻的何副乡长,我叫你不要去招惹这个嚼不烂的人,你偏要招惹,这下好了啰,出难题了啰!桃子已将福旺的心思看得一清二楚,她隐忍着的泼辣劲一下就蹦出来了:"人民教育人民办嘛,卖了公家的树去建学堂有何不可?别以为这地球上少了谁就不行,我就不信死了屠夫,这肉就真的要连毛吃!这事儿不是我说了算,也不是某些人说了算,大伙都在这里,举手表决!"

福旺自知这会儿"民主"不在自个儿这边,甩甩手起身就走了。

过了几天,外边的施工队就来了,对原幼儿园的那栋破楼进行拆除。破楼其实是破庙,庙堂里有四根几人合抱不过来的丈多两丈高的顶梁柱不好拆,便择了个星期天师生放假的时候进行爆破拆除。那天施工人员刚在柱子根部填充好炸药就要点火的时候,师公带着村里的一群老人突然闯进庙堂护庙来了。这庙原来叫昭王庙，是老辈人眼中的神物。一群老人死死地抱着柱子，痛哭流涕的。师公对着已经裸露的天空哭喊："几百年的老庙啊，护佑我水云湾子孙后代的老庙啊，如今就要被不肖的子孙拆了，造孽呀！"桃子、国楚还有何副乡长都去做师公的工作，师公反倒越哭越厉害了。一会儿，乡里派出所张所长亲自带人来了，他晃着锃亮的手铐对师公吼："你再在这里造谣惑众，我把你扔监子里去！"老人们见派出所的都带了枪，便都噤了声，畏畏缩缩地退出了庙堂。

少顷，四声闷响，四根柱子轰然倒塌，溅起了漫天尘烟。

那天清秀也随着派出所的人来到了现场，她瞪着一双依然清澈的眼睛似乎在漫天的尘烟中搜寻一段鲜活的记忆。忠忠看见了清秀，他躲在远远地围观着的人群中，忐忑地期望着与这一双眼睛重逢。

尘埃落定，清秀又随着派出所的人走了。张所长开着警车，清秀就坐在副驾驶位上。忠忠看见清秀腾出手轻轻地拍了拍张所长身上沾着的尘埃，这细微的一幕竟长久地定格在忠忠的记忆里。

宁静的水云湾响起了一阵接一阵的伐木声，不到半个月时间，大大小小的山头上便都直挺挺地躺满了树，不用过多久，这些躺倒的树就都要变成建学堂的钱了。村里设了七八个卖树点，每个点上都有村干部在那儿看着。树卖了两天，由国楚负责的那个卖树点就出乱子了，一些村民不交钱背了树就走，国楚喊也喊不住。后来村人纷纷效仿，各个卖树点都出现了抢树的人，乡、村干部根本就控制不了局面。等张所长带了派出所的人赶来时，简直就是全民皆"匪"的村民暴动了。派出所的人拿着扩音喇叭喊破了嗓子，不顶用，便朝天鸣枪，清脆的枪声被耳边风一下就刮走了。派出所的人开始动手抓人，可人潮汹涌，警察们旋即被挤得歪歪咧咧的，谁也抓不住。张所长傻了眼，前来督战的李书记也傻了眼，他们谁也没有想到，在利益面前，这水云湾人会有这么不要命，这么坏。看着蚂蚁一样满山遍岭抢树的人，李书记只顾拿眼睛瞪桃子，桃子阴沉着脸，一言不发。这时，自个防线首先失守的国楚说话了："我们水云湾人就这样，平时还人模狗样的，有食抢了就都成饿鬼了！这恶人还须恶人磨，我看哪，这情形恐怕得请福旺出来才镇得住了。"

这正是桃子想说却碍于面子不能说的话，她瞪了国楚一眼，恼恨地骂："要请你去请吧！"

国楚果真就撒腿往福旺的"水晶宫"里跑。福旺正看电视，见着国楚爱理不理的。

国楚说："出事了呢，村民抢树了呢！"

福旺说："难怪我看到好多人背着树进进出出，走马灯似的，我还以为是上边来我们村里拍电视了呢。早知道是抢树，我何不也出去抢两棵！"

国楚说："你老弟哪是这样的人呢？你是村里的武状元呢！我对派出所的人都说了，这情况还非得请你出去才能收拾了！"

一听派出所的人都来了，福旺的劲头上来了，他想，我倒要让乡里面这些吃肉的人见识见识真正的福旺。他不动声色地对国楚说："我出山可以，但有一个条件村里必须得答应，那就是事情平息下去后，卖树的钱我来收，记账的会计由村里安排。"

"好说，好说！"国楚笑逐颜开。

福旺便关了电视，提了一把铁哨棍出门了。一出门就碰见一个赶着马车抢树的人，也是村里亲兄弟最多的一个人。福旺二话不说，对着那人的马车就是一顿横扫，顿时人仰马翻，马车上抢来的七八棵树全滚落在地上。福旺骂："你们真是无法无天了，光天化日哄抢公家财产，给我马上送回山上去，不然我把你们全扔到派出所去！"跟在马车后面的人见着福旺的凶神恶煞样，一个个软了胆子，掉头就将背着抬着的树往山头上送。一会儿福旺就威风凛凛地站到了卖树的一个山头上，国楚将派出所喊话用的扩音喇叭送给了他。福旺对着喇叭喊："抢树的人听着了，天黑之前跟我把抢走的树全部送回来，谁要是不听话，我敲碎他的脑袋！"

福旺的恶言恶语还真的有能量，天快断黑的时候，好多被抢走的树都送回来了。福旺经过桃子和乡干部们身边时，突然说了一段疯话："庸人当道，能人靠边，混太平日子可以，一出事就不行了！"

这话让乡干部们听着心里别扭。李书记一手叉腰，一手拿着大哥大，像个运筹帷幄的现场指挥官，此刻却只有干笑了，他悻悻地说："以前没看出来这福旺真有两把刷子（本事）！"

王乡长也把大哥大拿在手上说："水云湾的人简直就是野人，还真只有福旺管得着。难怪杨书记在莲荷时总说，稳住了福旺就稳住了水云湾呢！"

李书记立时就不笑了，板起个脸说："他福旺就是再有本事也用不着这么张狂啊！"

第二天，福旺便当起了村里卖树的临时出纳，桃子暗地交代会计每一笔进账都给小心地记着。树安安逸逸卖了两天，第三天的时候，福旺突然"失踪"了，国楚总找不见他的人，问美英，美英也说不清楚他去哪儿了。

过了两天，福旺从外边回来的时候，满山满岭的树又给村民们抢光了。

何副乡长带人来到福旺家里，让他先把那两天卖树时收到的钱交到村里去。福旺跳起来大骂："你们都是吃干饭的？树被抢光了不去追查，倒来逼我交钱了，欺负我老实是不是？告诉你们，我身上的钱都是死钱，一分一厘都在会计的账上计着，赖不脱也少不了的。但是被抢去的损失不追回来，我收的钱你们一个子儿也拿不去!"

何副乡长便又带着人走了。

"抢树事件"后,桃子成了风箱里的老鼠——两头受气。李书记要不看她是个女的,早骂她"饭桶"了,老百姓也说当初乡里瞎了眼,在恶人成堆的地方偏偏选出个"女人头"来。桃子心里也是有气的,她怪上头竟连几个刁民也拿捏不起,权威哪儿去了?可怨归怨,气归气,头人的担子还得担起来,尤其建校的事更是耽搁不得。她每天都去工地,让施工人员安心把事情做好,钱一个子儿都不会少他们的。这样哄着骗着,一年之后,水云湾村小办公大楼竟也建成了,几乎是由承包方全额垫资建成的。

剪彩那天,李书记、王乡长都来了,他们一个个神采奕奕意气风发的,县电视台的记者也被乡里请来了,镜头直对着乡里的领导晃。李书记在讲话中说,一个一穷二白几近蛮荒的地方奇迹般地建起了一栋现代化的教学办公大楼,这是全乡乃至全县全民重教的一个典范!桃子听着脸红耳热的,一颗心差点要跳出来。哼,领导说着倒是风光呢,这一屁股债还不知道怎么还呢!桃子用歉意的目光下意识地看了一下包工头,包工头坐在一个偏角里,果真是一张拉长了的苦瓜脸。

转眼间小青带着人在鬼头岭闹腾了一年,没碰着旺火矿,却时不时有未成气候的小惊喜冒出来。罗小强请了黄婆镇的几个矿老板过来了,老板们都不怎么作声,却一处处看得特仔细。碰头的时候,老板们说,鬼头岭有搞头(潜力),大伙先别声张,我们先筹钱把这一块儿地盘租下来,垄断了资源再说。

小青一回到湾里就找嫂子谈山租费的事情。桃子近段时间正为建校款的事儿伤愁,建校的那包工头因为长时间拿不到钱,前几天还去堵县委的大门上访了呢!包工头甚至威胁县委领导,这事儿不解决，他就回到水云湾把教学楼炸了，然后全家上吊自杀。县委领导便给乡里施加压力，乡里又把千钧压力加到了桃子身上。桃子也急得热锅上的蚂蚁似的，水云湾的树差不多砍光了，还有一些卖树款在福旺手里捏着，猴年马月拿不出来呢。乡里是知道这些情况的，村里也多次找乡里汇报过，但就是没有人愿意来摸一摸福旺的老虎屁股。看来，费神不讨好的事儿真的没有人愿意做了。这下好了，有人愿意为一座荒山野岭交租钱来了，以前听都没听说过呢！桃子心里高兴，可她想了想，还是说："小青，这事情不能嫂子我一个人说了算。一来你我都是一家人，我得避嫌，不便作主；二来公家的事情我一个人也不能擅自作主，得开村支两委会集体商量。"小青在年轻人当中是个做事业的角色了，已经不再是以前胡搅蛮缠闹着玩的毛头小子，他理解地点点头，说："行！"

不几日，山租费的事情就谈下来了。一年交付村里四万，暂租五年，五年租费二十万一次交清。二十万租金都是罗小强负责召集黄婆镇的老板筹集的，罗小强和小青实际上都是入的干股。

协议生效，皆大欢喜。还清了建校款，村干部们的心病总算是去掉了。

四十四

忠忠对水云湾发生的事情似乎总作壁上观，甚至连"观"的心思都没有，一年多时间了，他依旧凭着两副扑克牌在集市周围逍遥，而他的身后总会跟着好几个水云湾的浪荡仔。都是没得正经下场的人，凑一块儿也算是穷快乐吧。那会儿一号已经生产了，产下了一个贼眉贼眼的乖儿子，烟筒便成了"夫娘崽"，整日价在店子里围着母子两个瞎转。

在集市晃荡的这一年多时光，忠忠是潇洒的，是那种透彻身心的潇洒。他自认没做过一件恶事，可是集市上每有打架斗殴的事情发生，他一到场，就会甩给人不同的感觉。他往往会站在斗殴者中间，甭管认识不认识，一张脸立马就板成一块铁，说，你们还没打够是吧，尽管往我身上来！旁边水云湾的浪荡仔们便会鼓着一双双铜壳眼，狠狠地瞪着气焰嚣张的一方，直到将那气焰浇灭了。纠纷一平息，忠忠便会将齐肩的长发潇洒地甩一甩，扭扭脖子，做出极度紧张后放松的样子，而后朝身边的兄弟们挥手，就走人了，身后一串串的目光便会齐刷刷地洒落在他那神秘的长发上。

有人便说，那长头发是福旺的大徒弟呢，武功比福旺还好，要不哪有这气量？

接着就有人说，看不出来哦，我还跟他打过牌呢。

集市是莲荷乡及周边各路烂仔粉墨登场的绝佳舞台，近些年已有好些轻狂少年在此崭露头角，而忠忠在不觉间已成为人们街谈巷议中的非主流明星。忠忠也因此跟各路烂仔头混得溜熟，在非主流层面他也算是一个小有身份的人了。

这一年秋收的时候，听说县里送电影下乡，要在水云湾放一场露天电影，在集市上游荡的几个水云湾少年便约好一起回去一趟。走在熟悉的山路上，阳光很亮，照着忠忠多日未洗的脏衣裳，忠忠的目光竟被前方的一道风景定定地吸引住了。那是游走在山路上的一道背影，柳条般的身材，红彤彤的衬衫，袅娜地移动着，像火炬，也像一面旗帜。背影背了个白色的旅游包，一条黑亮的长辫子调皮地搭在包上面晃来晃去，让懵懂的忠忠咀嚼出几分温馨和优雅。就是这样一个生动的背影鬼使神差地把一个山村少年的青春顷刻间唤醒了，忠忠不由自主地放快了脚步。

只怪他们相距得远了些，一眨眼背影到了岔路口，突然间就不见了。忠忠听见自己的心发出了一声轻微的叹息。

湾里已经好多年没有放过露天电影了。露天电影，对于湾里上了年岁的人来说，那是一种童话般的记忆，朴实、温馨而又亲切；对于十七八岁的懵懂少年来说，那是一种新鲜，一种饱含着好奇和兴奋的期待；而对于小青、铁牛、忠忠这批二十六七岁半大不小的年轻人来说，是既熟悉又陌生的老朋友。儿时他们骑在父亲的肩头上看过《闪闪的红星》，稍长又跟着大人走村串寨看过《少林寺》《庐山恋》，后来电视普及，露天电影淡出视野，这老朋友就已是好久不见了。

　　其实，对于大多数年轻人来说，放什么样的电影并不重要，重要的是露天的场景和气氛。小青对露天电影是有感情的，就像突然之间见到老情人一样欢快兴奋。还是懵懂小伙的时候他最喜欢看电影了，电影还没开场，他的心就已发烫，身子像泥鳅一般地尽往姑娘堆里钻，吓得姑娘们大呼小叫的。

　　电影还没开场，小青便来到年轻人中间，慷慨地发烟，而后鼓动："等下电影开场了，你们就往姑娘们多的地方挤。"

　　说着说着，小青的口水也流出来了。

　　电影开场了，晒谷坪里全是黑压压的人头。

　　湾里的年轻人便四下散开了，一会就都变成了小泥鳅。虾公站在忠忠身边，有些手足无措蠢蠢欲动了。忠忠的前边站着好几个从附近庄寨赶来的姑娘，一个个背影袅娜，长发披肩，发尖的气息搅得忠忠的心有如撞鹿。虾公已经猴急了，但他不便赶在忠忠之前动手，便朝死人一样怔着的忠忠瞪眼睛，瞪得忠忠心里暧昧的渴望瞬间强烈起来。当他的一只手刚触碰到一个姑娘的腰际时，那姑娘警觉地转身，突然惊喜地大叫一声："忠忠老师！"忠忠这回就真的怔了，怔得无地自容！要不是有朦胧的夜色遮挡着，他不知道自己会有怎样的一张猪肝脸。他也认出这姑娘来了，是当年教书时清秀所在的四年级班上的一个学生。他有些尴尬地朝姑娘点头打招呼，然后果断地对虾公说："撤退！"

让忠忠意想不到的是，再次去集市那天，他的目光又逮着了前番日子看到的那一道火红的背影，他想这次无论如何不能放过了，便像扑火的飞蛾一样靠了过去。近了！近了！就在忠忠要跨越那道背影看个真切时，心儿竟有些狂乱地跳了起来，随之一双脚就很不争气地停住了。

只一会儿，那一道火一样的背影又无情地从忠忠的视线里逃走，真的像火一样闪灭了。

从此，这道让忠忠怦然心动的背影再也没有出现过，直到多年以后，忠忠还在问自己：那一道背影哪里去了呢？果真见过那样一道背影吗？那位定格在自己青春里的陌生女子如今是否也到了如牛负重的人生中年？

有时候忠忠是一个喜欢咀嚼的人，这道念想起来有些玄的背影还真的让忠忠咀嚼出一些味道来了。他想，也许那只是一道不能够当真的影子吧，一个人一生的理想是否就是这样一道影子呢？

他瞬间被自己问得目瞪口呆。

四十五

到年底的时候，小青带着人在鬼头岭已掘进了快两年，窿道挖得像地道一样长了，依然没有碰到有开采价值的富矿，小青骂罗小强："你提供的是什么鬼绝密情报，这前前后后投资四五十万了，凑拢一起还没出一车煤！"当初被罗小强叫来的黄婆镇的股东们也跟着骂罗小强是骗子，硬是骗得人水都没得喝。这样骂来骂去的，股东们的信心便被彻底地骂没了。

江湖闯荡多年，当年的牢头罗小强已磨炼出好性子来了，他依旧摆弄着手中的大哥大，一副气定神闲云淡风轻的样子。

罗小强懒得争辩，话却说得干脆："既然大伙都不想干了，我就骗子一路做到底，再找个大气的老板来把这矿买了，把大伙的血本给捞回来，我最看不得一起搞事赚不着钱反把和气伤了。不过我还是得把丑话讲到前面，到时别人打到旺火矿了，哪个都不能反悔！"

股东们都巴不得早点甩了这烫手山芋，众口一声地说："成！成！成！"

罗小强真的能耐过人，不几日就又带了一个外地老板过来。外地老板看了相关资料，又进"地道"里转了转，而后对着众股东说："我姓陈。这个矿一口价，一百万我买了！各位老板如果愿意成交，我立马叫人过来把协议签了！"

股东们喜出望外。小青也笑歪歪的，却在心里骂：又一个耍钱的来了！小青有自己的想法：这矿不管是谁开，只要是在水云湾的地盘上，都逃不过我这个如来佛的手掌心！

陈老板果真是个利落人，来水云湾没几天，就提着礼物将村里场面上的人物孝敬了一遍，包括桃子，也包括小青、福旺。被孝敬的人一个个都心情舒坦，笑盈盈地表示：欢迎老板来村里投资，作为地主予以支持那是责无旁贷的事情！

陈老板被一张张笑脸温暖着，心里感到特别地踏实。也该是他命好，买下矿一个礼拜没到，鬼头岭煤矿竟给他轰出惊天大矿来了，几米高十多米宽的铺砂煤呢！

陈老板狂喜不已，心里直叹自家祖宗的坟葬得好，灵呢！

小青得知消息后，肠子都悔断了。他打电话给罗小强，气哄哄地责骂："我在鬼头岭栽了两年的桃子树，桃子却给你叫来的人全摘了！"

罗小强说："那怪谁呢？"

小青赤裸裸地说："我不甘心！我要把矿给抢回来！"

罗小强沉默了好一会儿，他没有指责小青的冲动，口吻依旧平淡："我说谭老大哎，你是我兄弟，陈老板是我朋友，在这事上，我没什么好说的——中立怎么样？"

"这才算兄弟！"小青"叭"地挂了电话。

第二天就有水云湾的年轻人上矿闹事，他们冲着陈老板喊："地盘是水云湾的，是祖宗留给我们谭姓后人的，你这外地的给我们滚出去！"

陈老板依旧一张笑脸，一包一包地给年轻人发烟。年轻人接了烟却愈发凶狠，拿着钢钎便撬轨道，还有的年轻人开始"咣咣咣咣"地砸开矿设备。陈老板立时傻了眼，终于忍无可忍地骂开了："你们这些没人性的家伙，真的连土匪都不如，我打电话报警了！"

一个年轻人伸手给了陈老板一个耳刮子，吼："你不滚蛋就连命一起完蛋！"

陈老板果真就报了警，等派出所的人赶到时，一伙年轻人早作了鸟兽散。此时的工地一片狼藉，陈老板木木地站着，眼泪都快滴出来了。带队的一名副所长见陈老板实在可怜，便把他喊到一旁说："等事情调查清楚以后，我们会严惩肇事的人。你老板来水云湾投资，与当地的关系一定得处理好啊。你应该知道的，我们张所长就是水云湾人的女婿，张所长的父亲就是现任的县公安局局长，是水云湾人的亲家哪！水云湾这塘水真的要搅来搅去的话，浑啊！"

陈老板感激地点了点头，他似乎明白了什么，立刻闪到一旁给罗小强打电话："罗老板，鬼头岭煤矿今日无缘无故给人砸了，你们是不是在耍什么鬼名堂？"

罗小强回话："真的吗？我不清楚。"电话就断了。

第二天，肇事的那伙年轻人又来矿里了，这次他们没动手，却都骑在摩托车上在煤坪里转圈儿撒野，吓得做事的外地矿工们缩头缩脑的。

陈老板预感到了问题的严重性，也明白忍耐并不是个办法，他必须请能人出山了。他找到了福旺，开门见山地邀请他护矿，坐镇一天，给报酬两千块。

福旺心里明白，事情的幕后操纵者就是小青。现今的小青已非当年的混混，也算是要钱有钱要势有势的人了，但想想两千元一天的报酬，他顾不得那么多了。

福旺在煤矿一连坐镇三天，平安无事，肇事的那伙年轻人似乎在陡然间蒸发了。

第四天的时候，一辆大货车突然横摆在进矿的公路上，说是坏了，正等师傅来修，后边进矿拉煤的好几辆货车便被生生地堵着。可是一直等到天黑，也没见修车的师傅来，大货车司机反倒安然地在驾驶室里睡了。

福旺带着陈老板和矿工过来疏通道路的时候，进矿拉煤被堵的几辆车已经打道回屋了，只有那辆坏了的大货车还一动不动地横在公路上。福旺用手电朝驾驶室熟睡的那张脸晃了晃，觉着面熟，细细一想，竟是当年打了王乡长、刘副乡长的那名司机，这家伙已从监子里出来了！

"堂堂的治安联防大队长，今天怎么也到这个地方来啦？"熟睡的死尸说话了，声音阴森森的，仿佛来自冥间地府。话还未落音，车灯就亮了，车子一下就发动起来，好像一头刚被惊醒的狮子似的直直地朝福旺逼了过来。

福旺一惊，拉着陈矿长就往路边的沟里跳。

"福旺，这么久不见，我每时每刻每分每秒都在挂念你。今天正告你，不该管的事就别管，不要到时候连哭娘都来不及！"

惊魂未定的福旺狼狈地从深沟里爬上来的时候，大货车已消失在茫茫的夜色中。

经这一吓，美英无论如何也不让福旺上矿来了，她对陈老板说："别讲一天两千，就是一天两万、两百万又如何？钱都把命吞了，这钱还有个鬼用？"

陈老板没法，只得先把矿停了。

起黑心霸矿的始作俑者是小青，但后来事情发展的真正导演兼主角却是老江湖罗小强。陈老板被逼停矿后，这一对牢友又混在了一起。那一天两人在"新飘逸"泡脚时，罗小强说："这矿哪，埋在地底下是宝，挖出来卖了才是钱。见着的煤矿就这么停着不开不是办法，更不是目的，你说是不是？"

小青说："是呀，可又能有什么办法呢？"

罗小强说："你就不知道开动脑筋呀！我有一个办法不妨一试，保准让陈老板乖乖就范。但我有一个条件，事成之后，那煤矿的股份你我各占一半！"

小青说："你我兄弟，那当然！"

罗小强对着小青的耳朵就把心里边酝酿了好些天的想法端了出来。小青听完，拍腿大叫："妙计，妙计！"

过了几日，小青就又带了人上鬼头岭了。他这次不是明目张胆地去找陈老板的麻烦，而是在离陈老板矿口不远的地方重新开了一个口子，就是傻子也能看出来，这口子往里掘进的目标就是已经现了宝的铺砂煤。陈老板急了，去找村里，说我办的矿是交了山租费的呢，这鬼头岭都是我租下来的了，就我能够开口子呢。村长国楚告诉他："小青他们也愿意向村里交山租费，他们现在开的口子还向上面备了案，用不了多久正规手续就要办下来了，就是合法矿了。你的那个矿没手续，说白了，就是非法的，政府还要取缔呢！"陈老板这下更急了，便托关系去县里联系办手续的事儿，联系的人当天就回话了，说已经有人申请在鬼头岭开矿，申请的人后台硬着呢，市里都有领导打招呼了，说那地方周边关系复杂，纠纷隐患太多，不宜多开口子，建议只批这一家。

陈老板一听，顿觉天都黑了，此后一连几天都迷迷糊糊的，像患了大病一般。

小青这次似乎是下了血本，弄来了大型机械打洞子，掘进速度非常快。陈老板急得干瞪眼，他想，用不了一年半载，自己洞子里的铺砂煤就要变成人家口袋里的钱了，到那时，自己花大价钱买来的这个洞子就真的是一文不值了。他深知在水云湾这块地盘上，自己是没有实力去采煤的，强龙也压不过地头蛇呀！

趁早把自家的洞口卖了，也许还能捞些血本回来！当脑壳里涌起这一念想时，陈老板自个儿也觉得心酸、悲怆、悲壮。陈老板是不甘心把洞口卖给小青的，他把自己所认识的能在水云湾地面上搞事的人都过滤了一遍，觉得能与小青斗狠的人只有福旺。可福旺的条件也不是很成熟，他目前不具备小青那样的经济实力和官方背景，再说投资搞矿福旺也不一定就真的敢赌敢搏。掂量来掂量去，陈老板还是觉得要硬着心肠委屈自己去求一回小青。陈老板提着烟酒找到小青的时候，小青倒也客气，话说得大度洒脱："陈大老板，你开你的口子我打我的洞，互不妨碍的，这个时候我怎么能买你的口子呢？真要那样做我小青就真太不够兄弟了，我还不被天下人的唾沫给淹死？大老板哎，你可千万别害我！再说，我的这一点家底你也是知道的，这会儿真的一个子儿也拿不出来！"

陈老板被小青客气地封了门，便去求老朋友罗小强。

罗小强更客气，他仗义地说："兄弟，是我害了你，我去找小青！"

三个人碰头的时候，罗小强板着个脸，用不容商量的口气说："小青老大，陈老板当初是我介绍来的，现在他不想在这搞了，那口子你买也得买，不买也得买！"

小青笑了笑，一副难为情的样子："你罗老板都发狠话了，我还敢不买账？只是我现在实在没钱。"

罗小强说："少给我耍嘴皮子！"他睃了一眼陈老板，"小青肯买了，你们找个地方详细谈吧！"

几个小时后，陈老板出来了，他忧伤地告诉罗小强："谈好了，五十万，春节一过就付清。"

罗小强腾出厚实的手掌往陈老板肩膀上拍了拍，说："兄弟，你可要保重好身子骨。钱终归是人赚来的，留得青山在，不愁没柴烧啊！"

陈老板的眼泪就快出来了。来水云湾不到一个月，一百万砸下去，收获的竟是人生的大喜大悲。他想，这一次真的是赌大了，输惨了，曾经的一百万已成为记忆中的符号，怕是一个子儿也收不回来了！当初接受他的孝敬时水云湾人那一张张温暖的笑脸此刻全都浮现出来，却全都那般地狰狞不堪！陈老板感觉自己已是一名不受人欢迎的悲伤逃兵，水云湾的山山水水对于像他这样的投资人来说是诱惑更是陷阱，而站在身边的老朋友罗小强就是引他步入陷阱的那个人，他多少有些怨怪罗小强，却又实在找不出恨的理由，要恨就恨歹毒的小青吧！

罗小强见陈老板站在鬼头岭上发呆，便想轻松一下气氛，故意岔开话题问："水云湾的风景——好吗？"

陈老板牙齿咬得咯咯响，愤愤地说："风景，很好；人，好——狠！"

四十六

1998 年春节，37 岁的福旺待在家里哪儿也没去，竟琢磨出一首自个儿挺满意的词来，他喜滋滋地拿给在乡里中心完小读六年级的儿女小宇、小静看。小宇、小静两兄妹的作文都写得好，都在县里组织的小学生作文大赛中获过奖呢！两兄妹逐字逐句地读了父亲写的词，小宇毫不犹豫地拿出红色圆珠笔在写词的纸张上面慷慨地打了 100 分，小静则嘟着小嘴巴朝父亲粗糙的脸上响亮地亲出一个"鸭蛋"来。颇感压抑的福旺顿时心花怒放，立时把忠忠找来，对忠忠说："秀才，你是权威，如果觉得我弄的玩艺儿还行，你给我用毛笔抄好，就贴在我屋里的厅堂上。要署名字——作者：谭福旺！我的名字比不得你，你的名字能上报纸杂志，我的名字也要堂堂正正地在自个屋里亮一亮！"

忠忠细细地把词看了，心里暗叹：这一肚子坏水的福旺竟还真的存了一些墨水！他拿起毛笔就在纸张上龙飞凤舞起来：

七律·寄新春

七载三十事如云，
虎落平阳自威风。
皆因豪气千般用，
不问利害在其中。
扶弱抑强引为本，
匡扶正义是我宗。
蹉跎半生非得志，
我自狂笑寄新春！

书毕，忠忠掷笔于桌，大呼："言为心声，愤怒出诗人哪！"

福旺一拳捣在桌子上，大叫："人海茫茫，知音难觅，得一知己，快活啊快活！"

美英站在旁边，嗔骂："两个癫子！"

那一年本县在全市率先办起了县报，几年前即已调离莲荷的清秀经过公开招考，顺利地进报社当起了记者并兼文艺版的编辑。春节前忠忠就接到了清秀的约稿信，约稿信是手写的，给忠忠一种久违的熟悉和亲切，还有激动。看完信，忠忠的激情和灵感就上来了，躲在小木楼里他连写了两首诗。

一首是情诗，题目叫《无言的结局》：

再一次 看你

以目光之锤 叩我伤痕

再一次 听你

以沉默之钟 朗诵尾声

我的心似那夕阳

仍以血红的绝望

燃烧美丽故事最后一句

你可以走了真的可以走了

那么多日子阳光和雨交织

跋涉之后

我无法承受风的承诺和温柔

走吧走吧走吧

背对夕阳我不想再回头

纵使黑夜里抖然的双手

再一次 捧起

你叮咚的足音

另一首是言志诗，题目叫《风的宣言》：

我是风

以狼之独步 扫荡孤独

孤独洒落

绵亘天涯海角

是省略号 不是休止符

我是风

来去无踪

第一声长啸便略去

二十春秋

阅尽沧桑

无根的生命不在乎秋之暮雨

纷乱 凄迷 冷漠

——那不是我

我注定要走很长很长的路

我曾经骚动一百次

我依然期待

另一百次 骚动

果然，这两首诗不久都在县报文艺版上发了，报社给他汇来了一张稿费单，总共三十元钱。稿费单上还留下了一行娟秀的字句：好久不见，可好？

忠忠把稿费单捧在胸口，像是捧着了昔日的一张清纯的笑脸。这张稿费单在忠忠贴身的口袋里躺了有两个月之久，眼看就要过期了，他才急匆匆地跑到乡里的邮政所去兑现。邮政所每天汇兑的人都很多，但就是没见着过正儿八经去兑稿费的，这事儿便惊动了邮政所长。所长仔细地打量着忠忠，见这人黑不溜秋、流里流气的，怎么看都不像是一个文化人。就在这时，一个职工在所长耳边轻声地嘟哝了一句："这个人好多人都认识，是水云湾的人呢！"所长更不放心了，把忠忠的身份证还给他，说："你去乡里面打个证明来吧！"忠忠性情本来就急躁，这下心里边隐隐地有些火了，但他又想，你们都是吃皇粮的人，都是读书人出身，我对文化人骨子里是尊崇的呢，这脾气万万不能发。他屁颠颠颠地跑到乡里，找到了联系水云湾村的何副乡长。何副乡长曾经也是个文学爱好者，见了忠忠的稿费单眼睛顿时晶晶亮亮的，说："水云湾那个地方，还真有拿笔杆子的！好事，好事！"何副乡长一个电话打到邮政所，事情便解决了。

　　领到三十元稿费，忠忠便一个人去了集市，他想买点吃的给家里人带回去。他看到好多的人在买甘蔗，便走了过去。那是一块宽坪，宽坪里堆的甘蔗快有小山头那么高，一个四十来岁的中年妇女带着一个五六岁的小男孩子在那里叫卖。买的人多，中年妇女根本就忙不过来。这时来了好几个年轻人，每人揽了一把甘蔗说是要买，但也不过秤，也不付钱，只把甘蔗托在肩膀上背着就走，中年妇女怎么叫都叫不住！一些本来想要买甘蔗的人见此情形，纷纷趁机顺手牵羊，好好的秩序一下就乱了。中年妇女急得呼天喊地，小男孩也哇哇地大哭起来……书生忠忠看不下去了，一个腾跃，就扑到了一个小混混身上，可他还没来得及腾出拳头，就被小混混的同伙一顿乱棒给打昏了。

　　见出大事儿了，小混混们弃棒而逃。

　　一名围观的群众忙找了公用电话报警："喂，是莲荷乡派出所吗？"

　　接警的甩过来一句普通话："没错！"吐字圆润，口气生硬。

　　"集市这里有一个人被打昏了！"

回过来的又是一句经典国语："让他自己来派出所报案！"

人都被打昏了，还能亲自去报案？一听此言，集市上的水云湾人首先愤怒了，他们将忠忠送到乡卫生院后，全都往派出所赶。在水云湾的福旺还有小青听说忠忠出事了，都分别带着人火急火急地赶到了派出所。

派出所高高的铁栏门早锁死了，村民进不去。烟筒、虾公异常冲动，要调大货车来强行闯门。

全体的乡干部都到了现场，和所里的民警一道用身子护住大门，后来桃子、国楚等村干部也站到了大门前，共同筑起了一道人墙。桃子喊："乡亲们，大家的心情我们都能理解，但大家一定要保持冷静，千万不能乱来！"

福旺此刻异常冷静，他也抽身站到了铁门边，用厚实的身子挡着村人。

就在这时，县委政法委杨书记、县公安局局长都赶来了。杨书记听了乡党委李书记和派出所张所长对案情的简短汇报后，当即对着村民表态：一，有关部门要立即成立专案组，限期抓捕犯罪嫌疑人；二，对工作失职人员一定从严查处；三，对见义勇为者要在全县予以通报表彰。末了，杨书记动了感情，他对着大家说："乡亲们，我在莲荷工作了十年，我的成长一点一滴都离不开勤劳朴实的莲荷人民，对这一方热土我是有感情的，你们就是我的再生父母！我看，老百姓是天，老百姓是地，老百姓的事情无小事，吃着你们的供养饭我们就得全心全意不讲条件地为老百姓做事，这样才算得上是一个实实在在的官，一个地地道道的人！我希望通过对这起事件的处理，把正气弘扬上来，把邪气打压下去！"

村民们的掌声自发地响了起来。

群众疏散后，杨书记去乡卫生院看望了受伤的忠忠。忠忠一家人因为那年整顿办学的事对杨书记的印象极为恶劣，便一个个都冷着脸。杨书记将一个红包拿给忠忠，忠忠的母亲见了伸手就抢了过去，她想，你当初罚了我屋里两千块，这会儿是还钱来了呢，就是少了点！杨书记似乎记不起过去的事情了，一点儿都不计较，依旧笑容可掬的。他对忠忠说："小伙子，好好养伤，你是为我们莲荷人民增光添'彩'呢！"又对忠忠的父母说："感谢你们为我们莲荷人民生了一个好儿子！"

忠忠的母亲心里骂：还好儿子呢，你那黑屋子还没把我关够！

临走的时候，杨书记吩咐李书记和王乡长："小伙子的治疗费用就由乡财政负责了，乡里的治疗条件要是不行就给我转到县里去，我们不能够让英雄流血又流泪！"

话，忠忠都听着。他想，这杨书记官当得越大怎么反倒越是显得亲切了呢?

四十七

果然，第二天忠忠就被转到了县人民医院，紧接着，县电视台、县报社都派人来采访他。报社派了清秀来采访忠忠，忠忠是她的文学作者兼老乡，情况熟悉。清秀见到忠忠时，脑壳上绷着纱布的忠忠正一个人躺在病房里发呆，实际上他的顺风耳早捕捉到了清秀熟悉的脚步声，那脚步声细碎细碎的，温温柔柔的，跟当年踩在幼儿园小木楼上的声音一样，一串一串的，比音乐还撩人。

清秀一见着忠忠，泪圈儿就在眼里打转了。她伸出手去摸忠忠的脸，抚着的是一脸看得见的沧桑。眼前的忠伢子比以前更黑了，更瘦了，更成熟了，也更野性了，她感觉自己的手在发烫，在颤抖。

清秀问忠忠："痛吗？"

"不痛。"忠忠说着腾出一只手臂甩了个波浪传递，"我还能跳霹雳舞呢！"

忠忠的痛在心里。这么多年两人没有近距离地接触过了，清秀不复是当年的青涩少女，她显得更美了，更有内涵和风韵了。忠忠问清秀："过得好吗？"

清秀似乎被刺着了痛处，眼神闪过几缕淡淡的哀伤。她的声音依旧温婉："凑合着过吧。以前的快乐时光怕是再也寻不回来了，我在梦里都留恋以前跟着牛儿撒欢的日子——你家的大肚子老黄牛还有那活泼可爱的小牛犊子后来怎么样了？"

"后来村里发牛蹄疫，全死了。现在村里也没有多少人耕田了，耕田的成本太高，谷子又卖不起价，我们那一边好多的田土都抛荒了！"

天上的云儿不再飘，地上的牛儿不回头，曾经握在手里的长鞭在记忆里划过，留给两个人的是一阵阵莫名的感伤。

忠忠从感伤中回过神来，用调侃的口气说："谭大记者，我这一辈子都会让你失望，包括这一次采访。你对我是知根知底的，要采访什么就问吧，我保证实话实说就是了。"

清秀快乐的神经被点拨了，顿时开朗起来，她掏出采访本，一会儿就进入了工作状态。

"你见义勇为的时候是怎么想的？"清秀问。

"没怎么想，我这个人有时候就是忍不住，实在谈不上'勇'不'勇'的，真的要说动机，我想可能就是个人英雄主义在作祟吧！"

"大英雄，你跟我正经点！"清秀停住正在作记录的笔，厉声呵斥。

"我正经着呢，大丈夫从来不讲昧心话。"

"行!"清秀颇感无奈地笑笑,接着问,"你怎么就会'忍不住'呢?"

"我想——"忠忠的声音嘶哑而又充满磁性,"每个人的心里都应该有条底线。当看到某种行为已经超过了我所能承受的心里的底线时,我就'忍不住',就要跳出来跟对方叫一叫板,就算对方是鬼王我也想拼一拼!"

"你当时怕吗?"

"怕,到现在还后怕!所以,我谈不上'勇'。我不能算是一个勇敢的人,我只能算是一个关键时候'忍不住'的人。"

"听说那天卖甘蔗的妇女到现在都没来看过你,甚至连一句对你表示感激的话都没说过,你是不是也曾感到过寒心和后悔?"

"在我看来,别人欺负那位大嫂就像欺负我的家人、欺负我自己一样,我们都是同一事件的受害者,谁还用感谢谁呢?再说,那位大嫂都受人欺负了,哪儿好意思像我这样在你们媒体的镜头面前风光?要说后悔,我只后悔自己的力量不够强大,没有给她和那位可怜的小孩子带来实质性的帮助。"

"要是以后碰着类似的事情,你还会挺身而出吗?"

"那要看我心里的那条底线会不会发生变化。如果底线下移甚至因为对世事的淡漠而在无声无息中消亡了,我想也许我就真的不会再冲动了。如果我还能坚守住那条底线,如果我还想让呱呱坠地时的那一声啼哭支撑和延续自己的人生,我照样会'忍不住'!"

正式采访结束,忠忠说:"清秀,你这篇稿子真的难写哪。我——实在讲不出高尚的语言。你可千万别把我的境界拔高了,真要那样我就无法在家乡的弟兄们中间立足了!"

清秀说:"你还真把自个儿当神了,想得美呢!忠忠是谁,我还不清楚?"

过了几天,清秀的文章《一个文学青年的侠义情结》见报了，县电视台也播了关于忠忠的专访，两篇报道产生的反响是空前的，人们开始明白什么叫英雄不问出处，一位平民也同样可以成为英雄。一个月之后，忠忠出席了全县的见义勇为表彰大会，少先队员们为他和另外几名接受表彰的见义勇为先进个人戴上了大红花。

卫兵专程找到忠忠，并请他到县里唯一的宾馆吃了一顿豪华晚宴，同去的几个人都跟忠忠差不多年纪，一个个西装革履的，手中拿的大哥大也一个比一个精致。卫兵向忠忠介绍说，这几位都是哥们儿，我们一起开了一家公司，专做矿生意呢！吃完饭，卫兵还带忠忠去了他在县城的家，家中的摆设时尚，装修豪华，让忠忠感觉气短三尺。忠忠想，这卫兵一下子哪儿就赚了这么多钱呢？卫兵从家里摸出一包中华烟扔给忠忠，而后躺在沙发上颇为自得地说："这年头人要找钱还真的难哪，钱要找人了可是门板都挡不住，这几天广东那边急要一批货，货影子没见到，钱就给我打过来了呢！"忠忠觉着做生意山高水深的，自己连门都摸不着，根本就不是那料儿，便一直傻笑着听卫兵摆谱，直到快十点钟他才坐着卫兵的小轿车回到县招待所为每一位受表彰人员安排的单间里。

屁股还没坐下，敲门声就响起了。忠忠打开门，一下傻了眼，站在门口的竟是温柔地笑着的清秀！清秀白衣素裙，长发飘飘，步履款款，有如一阵微风一会就闪进了屋子里。清秀说："我在招待所等你很久了，我是等卫兵离开才敢上房间来找你的。卫兵很会'钻'，冲着我是公安局长儿媳兼报社记者的身份，没事总打我的手机约我吃饭呢，你呀，要是有他一半灵泛就好了！不过，话说回来，我不大喜欢他这样子做。本来嘛，我们都是一个村子一起玩大的，真要有什么事帮得上忙的，招呼一声不就行了，何必弄得这么世侩这么俗？"

忠忠笑笑，给清秀倒了杯茶，两人便搬了凳子面对面坐下来。

忠忠问："张所长没回来？"

清秀说："回不回来都一样，我们已经没多少感情了，我也知道他在外面早就有了别的女人。"

忠忠便有些气愤："怎么能这样呢！"

清秀的眼圈便有些红，身子陡地朝忠忠倾倒过来，一双手竟紧紧地将忠忠的腰箍紧了，像生怕失去什么似的。

忠忠木讷地站着，机械地摇头，伸出手推开了清秀……那晚，忠忠被一阵阵的内疚折腾得睡不着觉，便披衣下床，竟然草就了一篇美文《无法安置你的情感》：

黑夜里，未曾想叩门而入的竟会是久未谋面的你。你说你分手后一直怀念着我，自己的家早被抽空了内容，只有我，才是你梦中唯一的依托。仿佛聆听一个于己无关的远古神话，我说我早忘了自己何处来何处去，我向你展现的心的天空已平淡得没有一丝的云彩。

不，不，你死死握住我的手，十根已显粗糙的手指透着无助的悲凉。你固执地诉述着当初的身不由己和婚后的寂寞凄凉，你说你的感情一直都倾注于我。

我相信你，一如当初。但我更清楚，分别多年，你对我的认识还停留在二十岁——这显然是不现实的，就像我当初所追求的，或许也只是一个美丽的影子！我必须破碎你对我的完美影像，破碎驻扎在你心目中的那个虚幻的我。我努力地挤出几丝虚伪的笑容，努力作出悲天悯人的"高贵"姿态，企图一举击碎你眼中的脆弱，让往昔自尊的太阳自你心灵的地平线上重新升起。我说我知道你不甘寂寞与平淡，家，或许只是你暂时的避风港，你的心向往大海，而作为人间凡子的我实在少了大海的宽容。你细细的哭声极力地渲泄着莫大的委屈，可我枯涩的心里实在涌不起丝毫的同情——同情于你，其实是最无人道的打击！我接着说，你已经有了家室，而我，年近三十而未立，人生或许还没有真正开始！

脆蹦蹦的言语掷地有声，迷濛的双眼却已混浊，眼前迭现出分手的夜晚血红的风景，多年未曾驿动的心枫叶一般颤抖——

多年前，我是那般真诚那般稚气没有一丝保留地爱过你；多年来，我的心中初恋蔚蓝的花朵永远如初地绽放，已属绝版的初恋风景烙印珍藏于没有尘垢的净土；多年后，我潜意识里仍在等待最初那道美丽阴影突然于某一天现出它绚丽的斑斓，纵使青山会老，岁月的沧桑爬满曾经舒展的额头，我依然会激动会兴奋……我也很难明白，心里对你，存着的是一份怀念，还是未尽的爱一直在继续！我曾经是个爱起来如火如荼的人，年增月长，不修边幅的我仍学不会对感情作必要的梳理，今夜，我无法安置你的情感。但我终归明白，前尘往事，云烟深处，回忆与怀念只能是一汪浅浅的河水，它能溅起缕缕温馨，慰藉炎凉人生，却绝不能任其肆意，泛滥痛苦，更何况，于你而言，这静静的一汪河水已泊于家的堤岸！

——安静地走开抑或勇敢地留下来，这份情感已决然不该属于我，我无须逃避，更无须刻意面对，我唯一能做到的，便是用默默的友谊作你人生的有力支撑。

让我们跟往事干杯，然后互道一声：珍重！

这篇文章忠忠没敢往县报投稿，便直接寄给了市报。回水云湾半个月后，他收到了清秀寄来的一封信，信拈在手里比较厚实，拆开一看，却是一张崭新的市报，市报的文艺副刊还真的把这篇文章当作散文发表了。清秀的信只一页纸，纸上面写了三个像婴儿拳头一般大的钢笔字：你混蛋！字的骨架拉得太大，笔画看起来便有些散落，手舞足蹈一般，忠忠阴阴地笑着，幻想着文静的清秀愤怒至极的模样。

四十八

这一年秋季开学没几天，乡中学初一新生谭小宇出了事儿。同寝室的学生上食堂打中饭回来的时候，发现小宇吊死了，道具就是一条洁白的澡巾，澡巾的一端死死地绞在上铺的床框上，另一端挂着小宇细长的脖子，少年小宇刚刚发育的身子像一根木头一样悬在上铺与下铺之间，一动不动的。学生们差点给吓死了，尖叫着扔下碗筷就去找老师报告情况。一会儿，校长、副校长们都赶来了，校长得知小宇就是福旺至爱的儿子时，脸阴沉着，他慌慌地吩咐在场的老师："保护现场！通知家长！报警！"福旺的火暴性子在莲荷乡是尽人皆知的，一听说要去把这致命的坏消息告诉他，老师们心里都麻麻的，小宇的班主任老师身子甚至抖了起来。这个时候，学校管食堂的一位老教师站出来了，他对校长说："通知家长的事就我去吧！"说着，他租了台摩托车就急急地往水云湾赶了。老师们目送着这位老教师离开，就像目送着一位孤胆英雄出征一样。

老教师赶到水云湾找到福旺，心情平静地说："福旺师父，我是乡中学的老师，你先不要激动——你家小宇在学校出了些事儿，正在抢救。"福旺见老师亲自送口信来了，预感出大事了，心里一紧，拉着美英就往学校赶。福旺的两个弟弟得知消息后，分头召集自个房头的人准备到学校兴师问罪了。

到学校时，现场已被派出所的人封锁了。这是一起校园命案，非同小可，县公安局张局长亲自带着法医正从县城往莲荷方向赶来。福旺两口子一见这阵势，断定已是凶多吉少。此时的美英再也克制不住自己了，伴随着一声天崩地裂的嘶嚎，她像一头母狮一样冲进了小宇的寝室，守在门边的两名民警差点被她撞倒了。

现场还是按原样保持的，美英见着挂在床框上的小宇，两腿立时就软了，身子一下就跪了下去。美英抱住小宇僵硬的两条小腿，使劲地往自个脸上摩挲，撕心裂肺地哭喊："崽呀，你去了，叫我怎么活呀！"哭了一阵，她又返转身，朝着劝她的民警跪下了，"我的崽一定是被别人谋害的，你们可一定要为我申冤呀！"张所长边拉她站起来边说："大嫂，这会儿你真的要冷静呢，现场要是破坏了，我们公安机关不好办案哪！"福旺一张脸铁板一样冷煞煞的，他像是没听见张所长说的话，顾自走到了床框边，摸摸儿子小宇的脸，小宇昔日那张有着鲜活笑容的脸寡白寡白的，像被冰冻了一般；又摸摸小宇的手，这双曾给他打一百分的小手再也灵转不过来了，也是冰凉冰凉的。福旺此刻才确信，他的儿子，他寄予了莫大期望并引以为豪的儿子是真的死了！福旺的一双手颤抖着替儿子解开了脖子上的死结，然后把儿子的身体平平地捧在手里，挪开步子朝门外走去。张所长示意民警拦住福旺，又哪里拦得住！福旺径直来到了校长的住房，一脚将木门踹了，住房里空无一人——学校校长还有一些老师早就躲起来了。福旺便把儿子的尸体放在了校长的床上，自个儿身子一下子就瘫下去了。

水云湾来了一百多人到学校吵事，大多数是福旺自个房头上的人，别的房头上的人因为上次村里建校抢树的事儿差不多让福旺给得罪完了，少有人愿意来撑这场子，相反，有些跟福旺结怨深的人还因此在心里边乐呵着呢！吵事的人哄哄着，教师宿舍的门差不多都给踹了。

突发事件眼看就要升级为群体事件，乡里的干部都急急地赶到中学做工作来了。因为见义勇为事件，忠忠给王乡长留下了极好的印象，王乡长便叫人把忠忠找了来，让忠忠劝劝村里的人。忠忠到底是个明事理的人，说："没问题！但有一个要求——这么多人都还没吃中饭呢！"王乡长也是个爽快人，学着忠忠的口吻说:"没问题! 乡里马上安排!"忠忠便把福旺的两个弟弟找了来,说:"你们的大哥还有嫂子就由我在这里陪着,你们两兄弟先带着村里的人去外边吃饭吧——全都由乡里安排呢!"兄弟俩知道忠忠跟福旺的交情,也信任忠忠这个人,便说:"今后好多的事真的就靠你了。"

哄哄着的村人刚刚离去,张局长就带着刑侦队的人赶过来了。法医鉴定结果直到天断黑的时候才出来,小宇确系窒息死亡,但排除了他杀的可能性。法医推测说:"现在好多的学生都迷恋上了气功,这孩子会不会也在偷偷地练功呢?"

此后多天,美英像是疯了,成天地跪到乡政府或者派出所门口喊冤,要求政府为她作主,她的小孩子被人害了!痛失爱子的福旺也在一夜之间苍老了许多,头上生生地长出了好几撮白发,声音也变得嘶哑。他夜里老做噩梦,梦见小宇那红色的圆珠笔突然变成了魔鬼手中的刀,梦见了刀子下边淋漓着的鲜血。他也仔细地推想过,小宇死得太蹊跷,一个活生生的人怎么就会去上吊呢?十有八九是被人害了。但他在莲荷这一块儿因公因私都结仇太多,实在定不下哪个会是杀人凶手。他过滤了好几遍自己能够想得起来的仇人,觉得都有可能,又觉得都不可能。更关键的问题是,执法机关对死因已经有了定论。

跑过昨天的我,跑过心中的山与河,却躲不过命运这个对手! 福旺的心被一大堆乱麻缠绕着,当初砌"水晶宫"时师公的咒语在梦中一次又一次恶毒地响起:福旺,你坏事做多了,总会遭天谴的! ——难道这就是宿命这就是报应吗?

最疼爱的儿子撒手而去,福旺感到自己的心还有自己整个的人生大厦都坍塌了一大半。他是个要强的人,也是个心硬的人,这些天来,他隐忍着心中的悲伤没有在众人面前流一滴泪。妻子美英整日以泪洗面,他更要坚强,要不然一个家的脊梁就真的垮了!

眼下正是秋季收割的黄金时机，过了中秋就是烂雨天了，稻子就会烂在田里发芽呢，可福旺夫妇正沉浸在悲伤中，哪有这心思儿。生性贪玩不问农事的忠忠看在眼里，竟比自家的谷子就要烂掉了还急，去集市上喊了十几个同样贪玩的外村的年轻人忙了两天，总算将福旺家的几亩稻谷抢收回来了。忠忠的母亲也腾出时间来帮福旺晒谷，并笑着骂正担着两箩筐谷子大汗淋漓的忠忠："要是跟自家做事也这么霸蛮就好了！"

中秋那天晚上，不，是深夜十一二点了，美英突然来忠忠家找忠忠，说，福旺头痛得厉害，你去看看吧。忠忠明白，美英是想让他去卫兵老婆那儿拿些药。村子里就卫兵老婆开了一家诊所，而卫兵一家人跟福旺早就是闹翻天仇到底的对头了。这小病小痛的，福旺要真去求卫兵家里的人，一是难为情，二是不放心——谁敢保证仇人不会下狠手放慢性毒药呢！忠忠跟福旺心里是有默契的，他一骨碌起了床，在深更半夜的时候敲响了诊所的门。见了卫兵的胖老婆，忠忠说："我头痛得厉害，拿些药吧！"卫兵老婆便开了药，是白色颗粒状的西药丸子，用一个比婴儿的手掌还要小的白色小纸袋包着，纸袋上边详细地写了用法用量。卫兵老婆很热情，为忠忠倒了杯白开水，说："现在吃吧！"忠忠说："不了，还是按你吩咐的方法我自己回去吃吧，免得影响你休息了！"

福旺吃了忠忠买回来的药，头痛立时就缓解了。他躺在床上，拉着忠忠的手竟"哇"的一声哭了。福旺说："小宇去了，我感觉到我的魂也去了，自己的孩子才是心里的真实依靠啊！小弟，你是个重情重义的人，真的难为你了！"

忠忠有些不好意思，说："哪里，哪里！"

福旺说："古人讲'人到中年万事休'，这岁月不饶人哪，你看我一觉没睡醒就快蹦到这个年龄了，就像做梦一样。忠忠，人这一辈子不能没有梦，说来我们都是活在自己梦想里的人哪！可梦总有醒的时候，这一次我算是彻底地醒了！结识的朋友千千万，可真正的知交有几人？这年头不需要英雄了，英雄不值钱——值钱的只是钱了！"

福旺的声音有些悲怆，忠忠似懂非懂地点点头。

福旺说："小弟，你今年多大了——我算算，九二年二十二岁，到现在也该二十八岁了，老大不小了，该成家了，梦早些醒早好呢！"

忠忠感觉自己的脸有些红，又点点头。

福旺末了又说起一件事，小宇由学校统一买了学生人身简易保险，可学校卡着不肯把该赔付的保险款拿给家长，理由是那天水云湾的人砸了学校的财物，乡里招待水云湾人吃的那餐饭也是学校买的单，光这一餐饭就用了差不多一万块钱！

忠忠一听有些火，说："这是哪码事跟哪码事嘛，保险款可是命钱哪！这钱就算是死人倒灶我也要帮着去讨回来！书上的侠士为兄弟两肋插刀，我要插三把刀！"

忠忠去找了王乡长，王乡长说："有这事？我打电话问问。"打完电话，王乡长说学校领导答应付钱了。

第二天，美英总算领到了保险赔付款。

四十九

▼

儿子满周岁了，一号叫烟筒去集市买些菜喊着弟兄们庆祝庆祝。烟筒刚走出"外来妹"就碰上了稀奇事儿，一个十四五岁的小男孩突然朝他直直地撞了过来，撞了他一个趔趄。烟筒拧住小男孩的耳朵就骂："你瞎眼了！"没想到小男孩竟朝着他的脸"啪"地打了一个脆响的耳光。烟筒大怒，飞起一脚踹倒了小男孩。就在这时，斜刺里冲出来十一二个差不多年纪的小男孩，他们手里拿着棍棒对着烟筒就往死里打，落单的烟筒一会儿就被打翻了，一身的血。

"我们是'白虎帮'的，今天有一个新兄弟入伙，专找水云湾人磨胆子来了。小子，我们住何家湾，有种找我们寻仇去！"说这话的小男孩嘴里叼着一根硕大的雪茄烟，眼神凶蛮，像是他们的头儿。

事情发生后，一号急哭了，她首先想到的就是报警，但被聚集在一起的水云湾的年轻人阻止了。何家湾不过就是一个四五十户人家的小小自然村，在莲荷乡连号也挂不上的，论耍蛮，纯粹是小人逗着大人玩，如今大人被小孩玩狠了，大人还真的去报警，岂不让天下人笑话？水云湾人从此以后怕是连门也不要出了呢！

"踩平'白虎帮'！"虾公带着百多人把场子摆到了何家湾村口。到了何家湾村口，忠忠感觉到了某种熟悉的亲切，他想起来，自己当年就在这里用小药瓶盖盖卖过菜籽呢，当时还给买菜籽的大嫂们发烟呢。忠忠给自己点燃了一棵烟，思绪沉浸在时光隧道中。那时他是不抽烟的，而现在却是一位忠实烟民了；那时他是一个不谙世事胸怀梦想的十足书呆子，而今却差不多变成俗不可耐崇尚暴力的痞子了！何家村，多年不见，此番给你带来的只怕是腥风血雨！忠忠又想起了几年前的高湾，高湾那位被水云湾人逼着游街的善良母亲，这位善良母亲从容淡定的目光令他终生难忘……他想，他是无论如何不能再做沉默的帮凶了。

虾公早等得不耐烦了，大喊："兄弟们，先进去搞一顿再说！"只一会儿，何家湾就鸡飞狗跳起来，一群拿着棍棒的少年从村子里冲了出来，像野猪一样往四周的山岭上奔逃。这群少年真的是初生牛犊不怕虎，明知水云湾人要来寻仇竟不躲不逃想作抵抗，哪知只一会儿就被来势汹汹的水云湾人打得溃不成军了！

虾公极度兴奋，站在山岭上张牙舞爪，率领着众人狂追。

村里的大人呼天喊地地上山来了，他们没带任何武器，见着水云湾人就哀求："放过这些孩子吧，他们什么都不懂，都是让打打杀杀的电视给教坏了呢！真有得罪你们的事情，我们大人坐下来商量一定解决得好，求求你们饶了这些孩子。"

虾公鼓着一双牛眼睛，招呼弟兄们："少听他们啰唆，我们要把这些短命鬼的头一个个削了！"

不到一个小时，一群少年都被水云湾的年轻人活捉了。为首的少年一身是血，头却依然昂挺，他用挑衅的眼神瞪着虾公。

就在这时，不远处出现了一道身影，那是一道披着斑斓阳光的身影，一道快速移动着的少女的身影。

一会儿，少女就像一只小鹿一般站在了众人面前，她脸色红润，娇喘连连。

少女走到为首的少年身边，心痛地叫了一声"小毛"，便腾出手抚了抚那小子脸上的血迹。

少女竟直直地朝忠忠走了过来，两人目光相接的刹那，忠忠感觉自个心里沉睡多年的冰山就要融解了，有万般的柔情涌了上来。

少女的一张桃花脸似乎更红了，一双清纯明亮的大眼睛水汪汪地瞪着忠忠，说："大哥，小毛是我弟弟，放了他们吧！我们从小就没了父母，我就这一个弟弟……"说着，豆粒大的泪珠子就流了出来。

忠忠的心有些软，但依然黑着脸："姐大当娘，你这个弟弟真的是被你调教得出息了，敢找我们水云湾人磨胆子，我们的一个兄弟被这伙小子打趴了，还躺在医院里呢！你说怎么办？"

为首的少年面无惧色，叫："姐，要杀要剐随他们便，别跟这些人啰唆！"

虾公跳过去就给了少年一个耳光，这时少女突然像一只母狮一样朝虾公奔了过去，竟将虾公撞倒在地上了。恼怒的虾公从地上爬起来，对着少女张开了魔爪。见此情形，忠忠扔了手中的烟，一个箭步挡在了少女前面。惊恐不已的少女真像找着了靠处似的，整个身子竟紧紧地依偎在了忠忠厚实的后背上。虾公的一双手无处着陆，气得大叫："老大，你重色轻友，你是兄弟们中间的大叛徒！"

忠忠不动声色，说："你也好，水云湾其他的兄弟们也好，现在要打要骂，都尽管朝我来，但绝不能伤及无辜！"

水云湾的年轻人无人作声。

忠忠返转身面朝着小妹子和何家湾的人，说："事情靠拳头终归是打不清的，终究要回到桌面上来。"他拉过余怒未消的虾公，继续说，"何家湾的乡亲听着，你们推几个理事的人出来，给我俩安排个地方喝茶去——"

一顿茶的功夫，事情还算是圆满地解决了：一、何家村人负担烟筒的全部医疗费用和精神损失费300元；二、小毛要亲自登门放着鞭炮向烟筒及其家人赔礼道歉；三、何家村人不得再为此挑起事端。

烟筒和一号觉得这样处理便宜了何家湾的那帮小子，忠忠说："那帮小子也被揍得够惨，医药费也不敢问我们要了，我看这事就算了，和为贵！"

没想到的是，事儿在小毛心里根本就没过去，赶集那天他在姐姐的陪同下硬着个心向烟筒放鞭炮赔礼道歉，烟筒扔给他的却是一副冷脸，小毛立时觉得自个儿在江湖的脸面真个赔光了，这小子一心琢磨的就是怎么把脸面给补回来。那是一个美丽的黄昏，忠忠独自在水云湾村口的小路上漫步，他想起刚出校门那会儿自己曾在这么一条小路上伤感落泪，那时自己的心是那么地敏感柔弱，而今，一颗心已然麻木了，硬了。当年，他就是跟着小青从这条小路出发，在每个暗夜来临的时候走村串巷放片子啊！小青放片子为的是钱，而激情无处释放的忠忠图的却是个新鲜。多年过去，小青发达了，成家立业了，而他依然一事无成。他感觉自己就像一条在动荡中漂泊的船，在无奈中等待着命运的摆布。在与小青的比较中，忠忠深切地感受到了知识的无聊，无知的可贵——无知者无畏，无畏者却最能抢得先机呀！无畏是生产力，是执行力，是与正确的或不正确的经验主义条框抗衡的原始生命力量，是对适者生存这一自然法则最有力、最彻底的诠释！在无畏者面前，所有的说教都显得苍白无力，自惭形秽！忠忠独自沉溺在思索的深渊里，却不想头部被人敲了一闷棍，等他稍稍清醒的时候，他才发现自己已被人弄进了野外一口三米来深的地窖里。

嘈杂的洞口传来清脆却又蛮狠的声音："先饿他两天再说！"

那是小毛的声音，这无毛小子也许天生就是杀人越货的料！

夜深了，听见了蛙鸣和小虫间相互唱和的声响。月光像一泓清泉灌进了地窖里，照见了忠忠一张了无表情的脸，他知道凭自身的力量是无法爬出地窖的，也知道喊叫无用，更不想喊叫。发自求生本能的喊叫声传出去，他相信立马就会成为江湖中人口口相传的天大笑话！江湖本来就是硬汉扎堆的地方，宁愿挺着死，也不跪着生，这就是本色男儿的血性江湖。在一个书生的想象里，江湖是情义的，滴水之恩定当涌泉相报；江湖是血腥的，扎我一针须得还尔一锤！聚散随缘，生死由天，江湖相识，江湖相忘，就算是高手豪杰也无法躲逃得了这漂泊中的江湖宿命！

今日，我又落在了命运的轮回里，忠忠想。他的潜意识里跃过了一只神鹿，奔跑着的神鹿，那红颜就像娇美的花朵芬芳着他的每一根神经，让他柔情奔涌。她是谁？不知道芳名，也许是寂寞青春里划过的一道抽象背影。她越发具象了，那是一位野味灼然的村姑，她唯一的弟弟叫小毛！她曾经因为躲闪紧偎着他的后背，把他的后背当成了挡箭牌和在那一刻可以托付的靠山。那是生命原始的力量，更是信任的力量。那一刻，忠忠才真切地感觉到，生为男儿就得有坚实的脊背，就得有敢于担当的大丈夫气概和品质，这是男人的尊贵，是男人一辈子的骄傲！

林语堂曾在书里说："一个人出生后，他的灵魂就到处寻找那与他相配的另一半。他也许一辈子都找不到她，也许要十年、二十年。但是他们碰面的时候，马上认得出对方，全凭直觉，无需讨论，无需理由，双方都如此。"忠忠想，这也许就是一见钟情了，如果真的如此，二十多年说教筑起的樊篱就真的给一只在山野里奔跑的小鹿给撞破了！

许是自作多情呢！忠忠骂自己，他在心里哀叹：青春啊青春，为什么总是这般地飘忽迷离？

五十

夜深了，地窖口传来了脚步声。走在上面的人像是在搜寻什么，又像是在躲闪什么，声音细碎温柔却又急促紧凑。忠忠的大脑迅速作出判断：只来了一个人，而且是女生。

"喂，你在吗？"温柔的女声细细地传了下来。

果然是那一只神鹿！书生碰女鬼的现代版聊斋神话就要开演了！

"你——是——谁？"忠忠故意把声音整得苍老，像发了霉似的，想让她毛骨悚然一回。

"我是思慧，小毛的姐姐——你一定饿慌了吧？我给你送吃的来了！"

一会儿，一把木楼梯就从地窖口竖了下来，紧接着，一个穿着白色运动服的身影就从楼梯上飘下来了。

思慧说："小毛他们还在玩牌，他们说那天那只'黑野猪'被他们捉回来关在地窖里了，我猜被关在地窖里的就是你呢！"思慧手上提了一只小竹篮，小竹篮里盛了几大钵子饭菜，饭菜都还热的，喷香喷香。

看着狼吞虎咽的忠忠，思慧的眼泪快出来了。她说："我知道你的名字叫忠忠。你见义勇为那天我正好赶集，正好就在现场，整个经过我都撞见了，我觉得你是一个好人。"

忠忠把一篮子饭菜扫荡光了，这才拿正眼打量思慧。哟，这真是一个靓妹子，眼睛亮闪闪的会说话，高耸而又精致的鼻子镶嵌在脸庞上，整张脸便被点拨得乖巧而又生动。再看那腰身，水蟒蛇一样的，不动的时候是一种安娴的美，动的时候便把人的心思搅得风生水起。地窖很窄，两人的身体几乎是贴在一起的。思慧似乎也意识到了这一点，呼吸有些急促起来，她慌慌地催忠忠："还不快走，要不小毛来了你就走不脱了！"

外边已然天亮，忠忠和思慧刚沿着木楼梯爬出地窖，小毛就带着他的一帮小兄弟赶来了。

"快走，要不真成死鬼了！"思慧焦急地催忠忠。

"走什么走？就凭这一帮小鬼？"眼见大祸临头，忠忠依然死撑着一张薄脸。

"你的嘴巴真硬！"思慧恨得咬牙切齿，骂得干脆而又野蛮。

小毛的人一会就围住了忠忠。小毛瞪住思慧，思慧的头上、身上都沾着黄色的土粒，像是刚刚搏斗过。

"你欺负我姐姐！我今日整死你！"小毛瞪着忠忠骂，眼睛红红的。显然，这帮家伙赌了一个通宵。

忠忠看着小毛，十五六岁的男孩，骨架都还没长成型呢，估摸着这家伙力气再大也就是吃奶的力气儿，光凭自己当年跳霹雳舞那股劲，随随便便也能奈何他呢！想到这，忠忠的眼神便有了几分不屑，说："你们要怎么着——一块儿来还是单挑？"

小毛不由分说，伸手就从同伴手里夺过了一把锋利的菜刀。思慧见状，急了，扑将过去死死地抓住了小毛的手。

小毛说："姐，我不会蛮来的，我要跟他单挑——单挑胆量，让他死得心服口服！"说着，小毛就挣脱了思慧的手，走到忠忠面前。

小毛把菜刀递给忠忠，然后把脖子伸到了锋利的刀刃下，骂："你听着，谁有胆谁就往这儿剁，谁能把对方的头剁下来，谁就赢了，谁就是英雄！按江湖规矩，长者优先，这先动手的便宜就让给你了！——剁呀！"

忠忠懵了，这比胆量不比力量的斗法他还从没有听说过呢，他又哪里敢真的"剁"呢？

"那你就等着去死吧！"小毛突然抢过菜刀。

就在菜刀举起的那一刻，思慧挡在了忠忠身前，她对着小毛破口大骂："一头蠢猪，也不问问你要砍的人是谁——鼓起眼睛给我认清了，他就是你的亲姐夫！"

小毛愣了，恨恨地瞪了姐姐一眼，朝着忠忠骂："你代水云湾的人听好了，我们何家湾虽说是小门小户小村庄，但也不是你们大村庄的人随便能够拿捏的！给我记着，我叫何小毛！"骂骂咧咧的小毛真的像江湖老大一样地带着人走了。

五十一

鬼头岭发现煤矿以后，与其相连的大小山头便热闹了起来，短短的半年时间便打出了好几十个洞口。投资者有掘洞不久就见矿的，有满怀希望继续掘进的，更有半路收兵弄得血本无归的。

黑幽幽的洞口敞开着，里边盛着的是投资人膨胀的欲望，还有淘金路上的悲喜哀乐。细心的村民稍一统计就发现，来水云湾投资的竟大都是先富起来的黄婆镇人。金钱当道的年代，穷疯了饿极了的水云湾人民风不古，观念发生了深刻的变化。宝财的家道中落，烂皮料子小青的瞬间暴富，让水云湾人真切地感受到了金钱的能量，金钱的威胁！"有奶便是娘"，一些脑瓜子灵泛的村民不再以黄婆镇人为仇，相反还频频地向当地富豪示好，想方设法吸引富豪们来水云湾投资。这些灵泛人自然都没什么钱，就是有少量的钱也没有上矿山博一博的胆，他们最大的梦想就是仗着地主的优势借别人的鸡为自家生几个黄金蛋，当年被水云湾人的拳头收拾得服服帖帖的黄婆镇张家村人，如今都敢人模狗样趾高气扬地进村办矿来了。

矿山开发给村里带来的效益是看得见的，村里光每年收的山租费就不下上百万元，村支书桃子仿佛回到了青春时代，整日红晕满面的，三天两头陪着上面来的领导在矿区瞎转。年底的时候，乡党委李书记来矿山检查工作，他站在鬼头岭的顶峰上，摆弄着新买的"掌上宝"手机，豪情满怀地表态："矿山的问题，可以先上车后补票，先发展后规范。一句话，一切为了发展！我们的目标就是化资源优势为经济优势，争取在最短的时间内将水云湾打造成全乡乃至全县的一个黄金亮点，把水云湾建设成为全县第一个名副其实的小康示范村！"

自然，在水云湾遍布的矿井中，最具规模的就是小青的鬼头岭煤矿。偌大一个鬼头岭就让小青独占着，没有人敢在岭上开第二个口子。罗小强比小青更会来事，竟在岭上开了个狩猎场和垂钓中心，专门接待上边来的高官。罗小强的父亲此时已是市委常委、纪委书记，他也专程来到鬼头岭视察，一边赞叹美不胜收的自然风光，一边指示陪同前来的县乡官员："规模企业要好好保护，自然环境更要好好保护，鬼头岭是个好地方，我们不能杀鸡取卵，过分糟蹋。我看，这里除现有的这家煤矿外，不能再开别的口子了，这就叫人与自然和谐发展！"

乡党委李书记立马接过话头，说："罗书记高瞻远瞩，我代表莲荷人民感谢您！领导的指示我们一定不折不扣贯彻落实！"

县公安局张局长也带人来鬼头岭狩过猎，陪同来的警车在水云湾村口摆了一长排。

村人感叹："鬼头岭的那个'鬼头'，面子真的大过天呢！"

到了2000年，煤炭行情暴涨。一天下午，罗小强把小青叫到财务室，笑眯眯地问："谭总，你猜猜看，今日一天我们每人可以分到多少钱？"

小青不明就里，答："几千块吧——反正不会超过一万。"

罗小强只笑不答，却甩给他一塑料袋子钱。

小青接过。数数，正好6匝，全是百元大钞，票面墨黑墨黑的，一看就是用煤换来的钱。

"这是——一天——的分红吗？"小青不敢相信自己的耳朵，明知故问，手却软软的，抖个不停，总也不能把拿出来的钱装进袋子里。那一刻，他想起了以前走村串巷放片子的狼狈时光，想起了在高湾占山为王烧砒灰整天打打杀杀的日子，即便是拿命换钱，一年到头也赚不了五六万啊！

望着6匝墨黑墨黑的钞票，小青像个孩子似的笑哭了。

这天铁牛带着几个矿工在井下作业时，突然听到巷道前方的煤墙背后传来了人声。铁牛本能地一惊，喊："喂，隔壁讲话的是人还是鬼？"

对方答话了："你是人还是鬼？"

早听老辈人说鬼头岭好多失魂野鬼，今日怕真是碰活鬼了！

铁牛走出矿井向小青报告了这一情况。小青一听，怒不可遏，骂："一定是附近岭上别人的煤矿暗中挖进鬼头岭跟老子抢矿来了，真是吃了豹子胆！铁牛，跟我多填些炸药，把煤墙炸了——是人是鬼先震死他们再说！"

大约一个小时后，铁牛带着作业的矿工走出了井口。

紧接着井下传来了惊天动地的轰响。

过了没多久，一个陌生电话打到了小青的手机上。对方的声音似是被处理过，有些变形，却仍能让小青感觉到几分小心和急促："你们惹出大祸来了，派出所和刑侦大队的人马上就到。"小青慌了神，摸出一叠钱给铁牛，让他先打发知情的矿工逃命，而后自个儿跑到办公室带走了保险柜里的备用现金。小青没敢开车子，带着铁牛就从后山的小路溜了。

办案民警赶来的时候，两具民工的尸体已被人抬着摆在了鬼头岭煤矿门口，死难者家属正围着尸体呼天抢地。一群从黄婆镇赶来的年轻人聚在门口舞刀弄棒准备闹事，他们高呼口号：严惩凶手，血债血还！

案子由刑侦大队主办，当地派出所负责维持现场秩序和协助调查。张所长声嘶力竭地对着激动的人群喊话："请大家相信政府，相信办案人员，相信法律的公平公正！法网恢恢，决不会让任何一位违法犯罪人员漏网！"

鬼头岭煤矿惹出了人命关天的大事，逍遥惯了的大股东罗小强却依旧心平气静。跑了多年江湖，人心险恶，世道艰难，他信。但他更迷信金钱的能量，在他看来，再险恶再艰难也没有用钱摆平不了的事儿。虽说人命关天，但法律的条框终究是写在纸上的紧箍咒，念咒的就算是唐僧也终究是人，是人就有七情六欲，是人就不会跟钱过去。"出钱消灾"是古人的金玉良言，是他罗小强的行动指南，也是他在处理复杂关系时长袖善舞的不二法宝。

他先安排人与死难者家属沟通，以巨额的安抚金平息了家属的愤怒情绪，而后开着车上上下下打通关节。出事的当天，邻矿有三个人在井下作业，除一人侥幸逃脱外，剩下的两人给生生地震死了，其状惨不忍睹。正是侥幸脱逃的那人向公安机关指证，事发前三人曾在井下与鬼头岭煤矿那边放炮的人有过简短对话。有了这一指证，案件的性质就变了，成了故意杀人案件。有人暗示罗小强，你先去找活着的这名民工吧，让他主动来公安机关"澄清真相"。

过了不久，这名民工真的来到公安机关找办案民警，称自己以前讲了假话，三人在井下根本就没有与鬼头岭煤矿的人通话这回事儿，自己当初做假证的动机就是想让财大气粗的鬼头岭煤矿老板赔死去的兄弟一大笔钱。说来这名民工与两名死者本是一个村子一块儿长大的人，感情真的还挺深。他侥幸逃出来后，出于义愤向办案人员指证了鬼头岭煤矿惨无人道的行径。可是后来，眼见着两名死难兄弟的家属得到巨额安抚金后那心安理得的样子，心就生生地凉了，他为自己的九死一生倍感不值。正好，财神爷罗小强就找他来了，并许以重金让他翻供。这名民工心理上能够接受这从天上掉下来的大馅饼，但感情上一时半会儿还转不过弯来，没有当场应允。民工待在家里犹豫了好几天，看着自己一家老小生活的寒酸样，意志就彻底地动摇了，有道是人为财死，鸟为食亡，天底下哪有送上门的钱不要的道理？这样想着，他便主动找到罗小强，把自己的良心兑现了。得到巨款后，这名民工带着妻儿老小离开了偏僻的小山村，到城里谋生去了。

摆平这一切，有"高人"告诉罗小强，事儿不能急，还得调查，"凉"上一年半载的，自然会有结论。罗小强深谙其中的道道儿，无可奈何地点了点头。

五十二

　　长袖善舞的罗小强实在不是块弄经营的料，加之为摆平命案分身乏术，小青不在的大半年过去，曾经红火的鬼头岭煤矿竟然陷入了半停产状态，倒是鬼头岭周边的山头上新增了十多个口子，那全是水云湾人串通外地老板过来开的。罗小强驾车回矿时经常一个人愣愣地站在鬼头岭顶，看着这厢冷清周边火热的景象，心里慨叹着什么叫强龙难压地头蛇，他想他和小青独占鬼头岭的日子怕是再也不会回来了。他早就听说乡党委李书记曾经多次来视察过鬼头岭，在乡里的干部们眼里，鬼头岭又成了全乡经济增长的亮点。李书记在视察时有些晕晕乎乎，早把上回市纪委罗书记来视察时说过的话抛在了脑后，望着遍地开花的小煤窑，李书记竟然意气风发地说："原始积累太慢，银行贷款太难，财政扶持太小，还是招商引资实在！水云湾的经验值得好好总结！"听着这话，陪同视察的村支书桃子心里有些不是滋味。于私而言，这么多乱开的口子实际上都是在与自己的弟弟小青投资的鬼头岭煤矿抢资源，于公而言，她预感平静了一番日子的水云湾可能因为利益之争引发一场难以收拾的风暴！想来她这个女支书也当了好些年头了，命运对她是特别关照的，上任不久，暴乱分子福旺就被"上调"到了乡里的治安联防队，没再在水云湾实施什么"恐怖"活动，再往后，福旺又给放回来了，可放回来的福旺似乎变了个人，不再为公家的事强出头了，尤其是近一两年，儿子小宇出事后，福旺似乎就彻底地消沉了。她在水云湾主政的这些年头，成绩是有目共睹的，村里的学校建成了，水云湾还成了全县的首批小康建设达标村，真的是政通人和风调雨顺哪！桃子并不期望这村干部当来当去能成什么大气候，只指望自己退下来时能不落个骂名。

2002 年春节的时候，有两名客人突然造访福旺。一名是当年来水云湾鬼头岭投资又被罗小强和小青耍惨了的陈老板，另一名客人竟然是快十年不见了的兄弟黄坤。黄坤似乎沧桑了许多，没以前帅气了，甚至找不到一丝当年青春潇洒的影子。福旺跟黄坤一见面，两人就使劲地抱在了一起，眼泪都出来了。福旺骂黄坤："死崽，我还以为你真的给政府'嘣'了呢，这么多年连音信都没得一个！你那兄弟阿虎，还有那屁股后面跟着俩美女的老板呢？"

黄坤的神情有些黯然，说："别提了，都给人算计了。我命大，九死一生，坐了几年大牢出来了。"黄坤似乎不愿再提在深圳的一些事情，拉过陈老板对福旺说："这位你认识吧？我的一位亲戚，几年前来你们这里投矿，被你们这里的几个黄毛小子耍了，现在他要从哪里跌倒再从哪里爬起来，重新来水云湾开口子。我告诉他，去水云湾投资好啊，我的铁杆兄弟福旺就在那里，在水云湾没有他摆平不了的事情。福旺兄弟，有福一起享，有钱一起赚，怎么样？"

看着有些拘束的陈老板，福旺有些尴尬。当年他也接过陈老板的孝敬呢，他也为陈老板的鬼头岭煤矿尽过力，没想到却被小青雇请的那不要命的司机给吓着了。想必这些事陈老板也对黄坤说过，真的是丢丑呢！说心底话，这小青如今翅膀有些硬了，凭福旺单个的力量去收拾他有些力不从心了。可福旺到底是个要强的人，他不会把自己软弱的一面展现给黄坤，便大大咧咧地对黄坤说："现在鬼头岭到处都是口子了，陈老板只管去开就是了。不过要我出场的话，我还得叫上我的一位兄弟来，他叫忠忠。"

"哦！"黄坤说。黄坤知道福旺是个自负的人，能让他看上的人想必真的非同一般，想来这水云湾真的是豪杰辈出呢。黄坤问陈老板："你在水云湾待过那么长时间，认识福旺师父说的这个人吗？"

陈老板摇摇头："没听说过。"

一会儿，忠忠就被福旺叫过来了，跟着忠忠来的还有小毛和他的一干子小兄弟。黄坤的大名忠忠早就听福旺说过，一见其人果然英武高大，果然有几分像梁羽生和金庸笔下的风尘汉子。两人见面就握手，黄坤真把忠忠当豪杰了，像当年跟福旺第一次握手一样，手伸过来劲就跟着使上来了，忠忠哪受得了，说："黄坤师父，我可不会武功呢！"

黄坤笑笑。骨子里他是个好兴的人，看着屋子里一下子涌来这么多人，手脚顿时有些痒痒的。他想，日后真要在水云湾这地盘上站稳脚跟，不露两手也许根本就镇不住这里的人，尤其是眼前这干黄毛小子。

没想到这想法正与福旺不谋而合。福旺说："黄坤老弟，耍两手给我们村里的年轻人看看。"

黄坤回答得豪爽："行！我就先耍一回'软'的给大家看。"他让福旺找来绳索，并让福旺帮忙将自己的双手反绑在背上。此时的福旺也不知黄坤葫芦里卖的是什么药，他力大，一会就将黄坤的双手结结实实地反绑了。黄坤一脸痛苦的表情，他对众人说："大家都看清楚了，奇迹就要出现——"说完，黄坤跳着一个转身，绳索竟然在转瞬之间全部滑落在地上！

福旺呆了，众青年都呆了。独独小毛跳了出来，对黄坤说："这不算数——你是在和福旺师父一起耍魔术，骗我们。要不，让我捆你一回试试看！"

黄坤瞪着小毛："就你人小鬼大，你要不服气，就来捆我一回试试！"小毛还真不服气，叫上几个小兄弟寻来钢丝将黄坤的双手反绑了。因为绑得太狠，钢丝甚至"咬"着了黄坤手臂的肉，痛得黄坤的牙齿一阵阵打战。但黄坤只能忍着，他不能失态，尤其不能在这伙黄毛小子面前失态。

"捆好了没?"黄坤问。

小毛再检查了一回，说："好了。倒要看你还能怎么跳!"

黄坤瞪了一眼小毛，陡地一个弹跳，钢丝"哗"然滑落。

忠忠、小毛顿时傻了眼，但一会便由衷地鼓起掌来。

福旺感觉很是长脸，对着黄坤竖起了大拇指。

黄坤好不得意，大笑着说："火车不是推的，牛皮不是吹的，我再耍一回'硬'的给大家看看。"

黄坤这一回表演的是硬气功。他赤了上身仰面躺在地上，水桶般粗壮的手臂上肌肉一块一块地鼓凸着。几个年轻人抬来了一块平板青石，压在了黄坤的肚皮上。

黄坤喊："谁敢拿大锤砸我? 使劲砸，把石头砸开了才算!"

在场的人都蒙了，都不言语。

福旺也有些蒙。他没见识过黄坤的气功，这人有时神五神六的，还真摸不准。要是几锤子砸下去，把他的命砸没了，谁又担得起这责任?

就在这当儿，小毛把自己的衣服褪了，赤着上身走了出来。他刚过了十八岁，却已蹿到了一米八几，身高远远超过了同龄人，但他的肌肉似乎长得还不够结实，胸肌还只有少许的鼓凸。

让人想不到的是，小毛已能把大锤轻松地操起来，高高举起，对着青石板就砸了下去。

这时的黄坤已然运气，肚皮鼓鼓的，顶着青石板，承受着大锤的第一击。

眼见小毛把大锤举起的刹那，福旺有些心惊肉跳，但随着"呼"的一响，电光石火，青石板底下的黄坤却脸不改色，福旺心里头的一块石头才落了地。他想，这黄坤在外面总算是没有白混。

没想到小毛只把前面几锤当作热身，接下来竟会越战越勇，十多锤过后，青石板开裂了，再补一锤，成了碎石，黄坤的白肚皮全然暴露。小毛像是红了眼，抢起大锤朝着炫目的"鱼肚白"就要砸下去。

这下黄坤怕了，慌忙间掀开身上的碎石一个鲤鱼打挺跳了起来，他指着小毛骂："你胆大过天，真以为砸死人不要命填？"

小毛不气，竟像是受了赏，扔了大锤，欢天喜地地跑了。

五十三

黄坤力邀福旺入伙开矿。福旺故意甩甩手说："赚钱的事我怕是干不来。你们搞，有需要帮忙的地方招呼我一声就行。"

黄坤大呼："老大你不来，给我一千个胆子我也不敢搞。我们兄弟，有钱就得一起赚。你来，不要你出本钱，怎么样？"

福旺倒也直爽："那行。但我先前也说过，我还得叫上一个人一起搞。"

黄坤问："忠忠是吧？"

黄坤很是失望地叹了口气："老大，你怕是看走眼了，我看那人不行——倒是那个'砸死人不要命填'的小子可以。"

福旺说："你懂什么！"

黄坤见福旺像是有些生气了，忙说："听你的！那我也再叫上一个人——就是那个'砸死人不要命填'的小子。"

几天后，黄坤邀来一大伙人聚集在莲荷乡的一家酒店商量开矿大事。参会的除陈老板、福旺、忠忠、小毛外，还有好几个在莲荷乡和黄婆镇一带颇有名声的狠角色。

黄坤西装革履，气宇轩昂，一看就知道是一堆人中真正见过大世面的人。他先说，话很爽亮："今天来开会的都是好兄弟，今天兄弟们都是为着一个共同的目标而来。什么叫兄弟？兄弟就是要有肉一块吃，有酒一块喝，有钱一起赚！我想给我们即将开挖的矿取个名字，就叫'兄弟矿'，大家说好不好？"

"好！"众人鼓掌。

"下面讨论一下具体的开矿事宜。我先谈一下我自己的想法。"黄坤接着说，"前期，我与兄弟们作过商量，我们将要开挖的新矿暂定十股，其中陈老板五股；我和小毛一股；福旺老大和忠忠一股……选举股份多者为矿长。而每一股暂定先交股金十万元。"

说到这里，黄坤用眼睛睃视了一下会场，淡定地喝了口茶，话题很是轻松地一转："有一个情况需要向大家作个说明。我们都知道福旺老大在水云湾、在莲荷乡和黄婆镇一带的声望，尤其是对于我们这些外来的开矿者来说，这声望就是实实在在的金钱——不，应该说是金钱也买不来的。我跟福旺老大相交多年，很了解他的为人，他本来只愿意帮我们办矿，并不愿意入伙，是我以兄弟之情相求，他才勉强同意的。——为此，我提议，福旺老大那一股，就不用出股金了，以后需要劳烦福旺老大的地方还多着呢。"

黄坤的话，福旺听着舒服，细细一想，却也觉得理所当然。黄坤也好，陈老板也好，都是外地人，不打我福旺的牌子，他们能在水云湾立足吗？做梦去吧！

忠忠也听得出来，黄坤的话里只抬举福旺，只字不提自己的名字。但这不要紧，关键是他跟着福旺入股，还能不出钱，这简直就是捡到了宝。几天前福旺拉他入伙时就是这么说的："兄弟，我们发财的机会到了——还不要我们出本钱！"

但参会的几个狠角色开始议论了："既是入伙，就要出钱——又想赚钱，又怕垫本，这水云湾人哪儿就这么寒酸这么没出息？

哪儿有老板气魄?"

万万没有想到的是，陈老板这次没听黄坤的，甚至唱起了反调。但他是从另外一个角度说的:"福旺兄弟那边完全不出钱，这完全不可能。——倒不一定是钱的问题。想想看，一分钱不出，赢了是赚到的，输了也没亏本，这哪里会有责任心? 一旦有事，不跑得快才怪! 我的意思是，福旺兄弟那一股，多多少少都要出些钱，大家认为怎么样?"

"好!"众人鼓掌。

这陈老板果然是长进了，对世道人心竟体察得这般透彻，想来，他之前在水云湾的学费也算是没有白交啊。

黄坤一惊，但立时又觉得不无道理。他想，我是"义"气用事，怎么就真的没有想到这一点呢? 他走近福旺，两人耳语了好一会儿，就又带着满意的笑容离开了。

福旺把忠忠叫到一边，说:"黄坤这小子的意思是让我们出一部分股子钱——你也知道，我家里也没有多余的钱。不过，这样的股子钱出一些也值，反正鬼头岭这一带地下的资源是肯定有的，要不了多久股本就回来了。"

忠忠想也没想，抬头望着福旺:"感谢师父抬举我，这一部分股子钱由我找家里人先交了，怎么样?"

福旺眼睛放出了喜悦的光芒，抬高了嗓门儿，似是说给众人听的:"我们两兄弟就有这么默契! 我们先说好——股份一人一半，赚了，先还本，后分红;赔了，每人承担一半的本金!"

"行!"两人的手掌响亮地碰到了一起。

那一天，许是因为高兴，忠忠特意上了一趟县城。在县城供销社商场，喜欢唱歌的他看中了一只话筒，他很想买回来，可一看售价，差不多一百块，便犹豫了。其实他身上有一百块钱，但这一百块钱是他的贴身钱，一直舍不得用。他走出商场，在大街上漫无目的地游走。天上飘着细雨，街面凹洼处已然积水，他穿着的劣质皮鞋也早就进水了，每踏一步，几乎都能听到水被挤压的声响。就这样走着，一不留神，他又回到了供销社商场的家电柜台前，他发现那只话筒正在安静地瞪着他，似要和他说话，直到被瞪得不好意思了，他才悻悻离去。步出商场的那一刻，他静静地对自己说："我一定要赚钱！赚钱！"

忠忠回到家的时候，很少生病的父亲正躺在床上，不住地呻吟。忠忠叫父亲上医院，父亲抚着胸口说："不用，过一会儿就没事。"而后，又忍不住呻吟了一声。

忠忠知道，父亲是心疼钱。

刚好，母亲从村里的卫生室为父亲拿了药回来。忠忠便把要和福旺一起入股办矿的事情跟父母亲说了。

忠忠的父母也知道，能够在水云湾办矿的都是有本事的人，要么有钱，要么有能力，要么恶得起，像他们这样的老实人家要想跟矿老板扯上联系，那是做梦也不要想的事情。他们也早就听人说鬼头岭的矿有好大好大，随便开一个口子就够几辈子吃的了。在他们看来，福旺是水云湾村——不，是整个莲荷乡——最有本事的人，他能来喊忠忠入股，明摆着是看得起忠忠，看得起他们一家子。而且，尽管外人都说福旺很恶，很坏，可在他们一家人眼里，福旺从没有嫌恶过他们，福旺甚至可说是他们一家在水云湾最靠得住的人。

更何况，这入股需交的股子钱虽不算少，但也明摆着比别人少了许多。而且，即便赔了，福旺也会负责一半呢！

忠忠的父母平时都是把一分钱掰出汗来的人，但这一次，他们信了福旺，去信用社把老本都取了出来。他们当着福旺的面，把厚厚的一包钱拿给忠忠，并再三叮嘱忠忠："把钱交到矿里。——要晓事，在矿里一定要听福旺师父的话。"

忠忠忙不迭地点头，拿钱的手有些抖。从小到大，他哪里见过这么多的钱！他在心里想：这是父母大半辈子的积蓄，可千万不能给糟蹋了。

忠忠的父亲对福旺说了好些感激的话，末了，又指着忠忠对福旺说："我今日就连钱连人都托付给你了，又要让你多操心了！"

福旺也被这种信任感动了，兴奋得脸红红的，说："应该的，没事，没事！"

忠忠也笑歪歪的，心想：我也可以当老板了，日后赚了钱，一定要记得报答对自己有恩的人！

五十四

议定的股金都交上来了，也算是正儿八经地合伙办矿了。陈老板、黄坤、福旺，还有黄婆镇入股开矿的几个狠角色聚在一起商量具体办矿事宜。

先讨论从哪里打口子。陈老板的意思是，稳妥一些，跟其他后来办矿的人一样，从与鬼头岭邻近的山头开口子。如果直接从鬼头岭上开口子，这样的螃蟹吃不得——尽管鬼头岭周边大大小小的口子开了那么多，但还真没人敢直接从鬼头岭上开口子呢！即便是这样，也还是因为小青带着铁牛躲难去了，要是他们把事情摆平了回来，周边的矿能否开得成就难说了——至少不会开得像现在这样多，这样安宁！

陈老板在心里作过认真的掂量，在水云湾，甚至是在莲荷乡、黄婆镇一带，既心狠手辣又方方面面都耍得活的，小青应该算得上一个。论钱，论人脉，谁又能强过小青？

可黄坤不这么看。他说："牛角不尖不过岭，没得金刚钻就不要揽瓷器活——要就不搞，要搞就搞明的，直接从鬼头岭打矿，这样成本少，见效快。更何况，这鬼头岭煤矿最开始就是陈老板打的。不要总怕那个小青——就算我无能，也还有我们的福旺师父在呢！"

黄坤适时地把脸转上福旺，眼睛直视着他："福旺师父，您说是不？"

福旺感觉如芒在背。其实他一直在思量：陈老板说的并非不在理，甚至可以说，陈老板所担忧的也正是他福旺所担忧的。一来，小青已远不是当年的干麻拐小青；二来，现在也不完全是靠拳头平天下的社会，"水"深得很哩！这黄坤坐牢坐久了，加上又从来没有搞过矿，恐也不太明白。

福旺也明白，黄坤这个时候说这个话，很有一些"逼宫"的意思，福旺是一个死要面子的人，关键时候又怎么能认怂？

福旺没有再多想，接过黄坤的话头说："小青有什么好怕的？就按黄坤说的搞！"

其他的股东也巴不得早点回本，都赞同黄坤的提议。

见此情形，陈老板无奈地晃了晃头："大家的想法好是好，就怕惹出祸端压不倒。"

股东们聚餐的时候，忠忠看见了小毛。小毛告诉忠忠，黄坤拉他一起干，并答应给他0.2股干股。小毛还说："姐姐思慧前两天去广东打工了，让我瞒着你。"

其实前番日子忠忠跟思慧在一起的时候，她也隐约暗示过这层意思。但忠忠只是听着，一言不发。他知道在乡下的日子过得太苦了，而他又无力去改变，出社会这么多年，他其实一直在混日子，一直在傍着父母生活。一个人，可能是胸怀天下，可现实却偏偏让他填不饱肚子，他所能抱负的，或许也只是一片虚空！

思慧的远行让忠忠有些怅然。面对小毛，他不知该说些什么。只希望，自己能尽快赚些钱，才不枉为男子汉。

第二天上午，打矿的民工进场了，有二十来号人。带队的是莲荷本地人，其他的都是湖北、贵州、四川等地的远方仔，也都是二三十岁的好劳力。

新买的采矿设备随后就被送到了，陈老板看着崭新的岩石掘进机、鼓风机笑得合不拢嘴，他没想到他真还能重新站到鬼头岭这块宝地上，还真能在这块宝地上大干一场，这意味着他打翻身仗的机会真的来了！

就在这时，一辆崭新的三菱越野车开了进来，从车上下来的是黄坤，后面还跟着小毛及他带着的几个兄弟。

黄坤跳下车，嘻嘻哈哈地对陈老板说："买设备还剩了些钱。我寻思着，干事业没辆车怎么行，再说这辆车价格也还合适，就擅自作主买下了。"

陈老板说："这么大的事，就你一个人作了主？煤没看到一块，架子扯得天大，这哪像是搞事业的？再说，车买回来了，往后的油钱、修理费等等，怎么处理？"

黄坤的脸立时黑了下来："就这样了，你想怎么着就怎么着！"他叫上小毛等人，径自开着越野车去大马路上拉风了。

陈老板气得直翻白眼。他也算是了解黄坤，这人其实就是一匹野马，所有的股东里面，就看福旺的话他听不听得进一两句了。福旺得知此事后，也很恼火，第一句话是：不能任由黄坤这小子胡来。第二句话是：木已成舟，这次也就算了，以后绝不允许重大事情个人擅自作主的事情发生。他心里的真实想法是：要是"兄弟矿"还没开打，自个儿倒先打起来了，岂不让人家笑死？

而黄婆镇的那几个股东本就是黄坤拉过来的，对黄坤的做法也都一笑置之。

更可恼的是，众多股东，还只有黄坤有正式驾照，会开这种越野车。

福旺叮嘱陈老板，公车只能用于公事，你是一矿之长，得把车子管妥帖了。

五十五

按照先前的约定，兄弟矿十大股东，每股无论参股人有多少，都只推一人上矿管事。管事者由矿里发工资，管吃住。

福旺当仁不让地成了管事者之一。而忠忠却主动要求上矿做事，成为一名挣苦力钱的普通矿工。在忠忠看来，反正闲着也是闲着，当矿工可以挣些钱，还可以顺带体验体验生活——语文老师不是说过"经历是一笔财富"吗？自己不是还做着文学梦吗？

福旺也很赞同忠忠的想法，一是认为忠忠其志可嘉，二是觉得这样一来，两兄弟更可以整天待在一起，真有什么事情发生，彼此也能有个照应。

两个月后的一天，福旺随陈老板进矿察看进度，没想到竟然已经掘进了近两百米，呈现出一条逼直的巷道，而且及时跟进的铁轨也已铺设好。两台新式的岩石掘进机正"突突突"地闹得欢，势头强劲地往前方推进。烟尘滚滚处，一台运送废石渣的矿斗正被推送出来，福旺定睛一看，推送矿斗的正是忠忠。

忠忠戴着安全帽，安全帽上的矿灯雪亮雪亮。

忠忠自顾埋着头推送矿斗，没看到站在巷道一侧的福旺，矿斗一会就从福旺身边溜过去了。望着忠忠的背影，福旺心里陡地涌起一股愧疚和怜爱之情。愧疚是因为，忠忠是他的伙计，在兄弟矿拥有和他一样多的股份，照理忠忠也是有资格上矿里来管事的，又何须要来吃这样的苦？——当然，如果真让忠忠来管事，可能还是显得嫩了些，加之作为文化人，似乎天生就凶劲不够，忠忠十之八九会受到他人的要弄和欺负，不像福旺，在莲荷乡这块地盘上，早就是个老江湖了。怜爱是因为，一个文弱书生，还真干上了体力活，同那些外地来的矿工一样，挣的是卖命钱和血汗钱。而且，休息时间两人在一起散心时，忠忠可从来没有说过苦。

实际上，在忠忠看来，当矿工确实苦，但因为毕竟是年轻人，身体还吃得消，便自觉算不得什么，但当矿工成天与矿工们在一起的体验带给了他无法言说的快乐。

为加快进度，掘进实行的是"三班倒"模式——矿工们被分成三个班，每班九个人，每天每班工作八个小时。忠忠那个班，除他和带队的安全员二狗是莲荷乡本地人外，其他七个都是贵州、四川等地的年轻人，其中有一个叫"黑皮"的，比忠忠大两三岁，跟忠忠特别要得来。

他们上的是晚班，每天凌晨两点钟进场，上午十点钟出班。为方便矿工们上班，矿里开设了食堂，农村里的饭吃得迟，他们下班的时候，正赶上吃早餐。可黑皮吃了大约半个月的早餐，就不再对食堂感兴趣了，总喜欢独自去山脚下的便民饭店买包子、馒头吃。一日，忠忠忽觉对食堂的菜也不感兴趣了，便偷偷地尾随着黑皮去了山脚下。便民饭店的生意很好，来此就餐的多是一些在周边矿上做事的年轻伢仔，这让还算宽阔的店面也显得闹闹哄哄的，忠忠只是走神了一会儿，就不见了黑皮的身影，便四处找寻，终于在饭店后面的作坊里发现了他。此刻的黑皮边嚼着馒头边跟在作坊里揉面粉的两位女工说话，年龄大些的女工三十七八岁，眼睛晶亮，操作熟练，像是师傅；年龄小些的女工十七八岁，眼神水灵，操作略显生涩，像是徒弟。黑皮有一句没一句地跟她俩聊着，一双贼眼闪闪发光。忠忠也有些奇怪，他可从来就没见黑皮有这么兴奋过。忠忠冲着黑皮叫："原来你是在这里吃包子、馒头！"

黑皮不惊不乍，攥忠忠："想吃包子、馒头，外边去！"

尴尬的忠忠趁势退出，他瞥见小徒弟看了他手中的书一眼，脸红扑扑的……

五十六

掘进打得很快。不到三个月，竟然见着了传说中的铺山煤。煤像铺在山体上，又宽又厚，陈老板、福旺、黄坤闻讯都下井来看了，大家都像是见着了闪光的梦想，一个个激动不已。

这天凌晨两点，忠忠、黑皮照例上晚班。陈老板有了交代：今天就能把最后一小片石层处理掉，而后就可以安安心心出煤了。

大家似乎很兴奋，因为都还没见过不苟言笑的陈老板有这么兴奋过。

但黑皮悄悄地对忠忠说："我这会儿就想着便民饭店揉面粉那个师傅——她其实是一个蛮可怜的单身女人。"

忠忠说："难怪你翻来覆去总睡不着觉。"

黑皮说："是啊。我想，多挣些钱，说不定真能把她娶回贵州老家去。"

忠忠说："她怕比我们要大好些岁呢。宁可男大七，不可女大一，懂不？"

黑皮有些不耐烦了："就你天天拿着个书名堂多，喜欢就喜欢吧，哪里那么多讲究？——干活！干活！"

那晚的活干得特别来劲，不到半个小时，十多个炮眼就打好了，炸药也填充好了。他们所处的位置已经是三级下山（注：开矿的时候，运输巷道一般是水平的，生产巷道一般是倾斜的。沿倾斜方向向上的巷道叫"上山"，沿倾斜方向向下的巷道叫"下山"。很多情况下，"上山"与"上山"、"下山"与"下山"之间达到一定的垂直距离就分级，依序为一级、二级、三级……每级都专设作业平台，配有运送矿斗的绞车），海拔负 N 米了，除黑皮负责点炮外，其他的人都躲到了 50 米开外的一级下山的猫耳洞里。

一会儿，黑皮点完炮就爬上了一级下山，刚躲进猫耳洞就传来了接二连三的炮响。"……五、六、七、八、九……十二。"炮声停止，但黑皮数来数去总是少响了一炮。他对大伙说："一共十三炮——还有一炮没响，大家先不要动，等一等。"等了好一会儿，还是没动静，大家责怪黑皮是不是把数给数错了。听着听着，黑皮对自己也产生了怀疑，此刻的他，一脸魆黑，就一双眼睛是亮的。

他鼓着这一双晶亮的大眼睛说："未必我真数错了？我先下去看看。"而后潇洒地跃出猫耳洞，一会儿就没了人影。

几乎就在这样的一瞬间，从三级下山传来了一声巨响，先前没响的哑炮果然响了！大伙一惊，估计黑皮是凶多吉少了，纷纷走出猫耳洞，但又不敢急着往下走，担心还会有未数得清楚的哑炮，只得朝三级下山喊："黑皮！黑皮！……"

这急骤的喊声又被弹了回来，还带回了一阵浓烟。

隔了好一会儿，硝烟散尽，三级下山复归平静，大伙在一处爆裂开的石窝里发现了黑皮已不完整的尸体。

这是忠忠第一次见证生离死别，没有恐惧，却陡生了一股幻灭感。曾经蓬勃的生命，没见着他的枯萎，却直接面对了他的消亡，忠忠强烈地感觉到人的命运其实都在被一只看不见的手操纵。

发生了这样的安全事故，早就派出矿工兄弟出矿井去报信了。然而，不多久报信的人就折回来了，带回来一个不好的消息："出井的巷道塌方，我们都出不去了！"

大伙又是一惊，但都沉静着合力将黑皮的尸身转移到三级下山较为干爽的高处，然后跑上二级下山、一级下山，再跑向出矿井口的平巷。平巷通至矿井口有两百多米长，他们才走了十来米就发现，一堵湿漉漉的泥墙挡在了面前，两米来宽近五米高的巷道口被堵得死死的，沿着巷道铺设的泄水道也被堵了，矿井里的水已经排不出去！

矿工们都懵了，周遭似乎都被恐惧感笼罩。恐惧来自两个方面，一是不知道这塌方由里向外究竟塌了多长，二是井内的水排不出去，越积越多该怎么办？

被困在井下的除安全员二狗有40来岁外，其他人都是30岁左右的年轻人，大家起初对塌方可能带来的严重后果预估不足，还闹闹嚷嚷的，忠忠甚至点燃一根烟抽了起来。这时，平时死声没气的二狗突然来了狠劲，他扫了忠忠一个耳光，抢过烟头死劲踩灭，大骂："你想把里边的氧气吸光了，统统闷死？"

忠忠懵了。

对这样的地底下的事情，二狗当属于见多识广的人。他吩咐大家："都不要慌，先去找枞木，做支架，从里向外掘进，看能不能将巷道打通——也只有这一条活路了，时间就是生命！"

大伙不敢怠慢，先对着湿漉漉的泥墙掏口子，然后迅速往口子里边竖枞木，可支架没搭成，又有泥石流冲下来了，好不容易掏出的空间又被死死地堵住……就这样反复了两个多小时，一个支架也没搭成，大伙却一个一个累成了软瘫的泥猴。

二狗似也是绝望了，他让大伙休息一会，便叫上忠忠向一级下山走去。实际上，二狗和忠忠都知道煤矿只有平巷上的唯一一个进出口，这唯一的口子被堵死便再无其他出路，但作为安全员的二狗仍是要往下边看看。一来，走一走可顺带缓解一下闷气，二来，也可看看下边的状况。果然，当他们走完二级下山的时候，却发现没路了——三级下山已全部被淹，黑皮兄弟的尸体已看不见了！照这速度，整个矿井不用多久也会被水灌满，所有的兄弟都面临被淹的灭顶之灾！

二狗和忠忠都仿佛听见了死神的嚎叫，在矿灯下打闪的水光仿佛死神不经意间抛过来的媚眼，让他们倍感毛骨悚然。

看着二狗闷声不响的样子，忠忠突然有了主张："把平巷里的泥石流往一级下山、二级下山和三级下山引，哪怕把下山填满也要把巷道打通，只有这样，才是唯一出路。"

二狗说："我也想过，但万一巷道没打通，下山又填满了，堵死了，空气也变得难流通起来，到时不被淹死也会被闷死，可能就一点儿退路也没有了。"

"还去想什么可能不可能？水就要淹上来，剩下的时间不多了，大伙只能这样跟死神赌命了。否则，就是等死！"

"就赌一把吧！"二狗终于下了决心。

两人急急地跑上平巷，把下边的情形跟大伙说了，求生的恐惧让大伙都有了紧迫感。不出半个小时，大伙便疏通出一条把泥石流引向下山的简易通道。

大伙用矿斗把泥石运上通道，然后倒入下山。

"哗"，眼见着横亘在眼前的泥墙被掏空了，突然顶部又有更多的泥石汹涌进来，大伙便更加拼命地往外掏泥石。

二狗突然说："平巷上边是整整一座山哪，究竟还有多少泥石呢？这样子掏怕也不是个事！"

忠忠说："不掏又能怎么办？干等着，这巷道还能自动打通？"

二狗说："你懂个屁！"他吩咐几个矿工多找了些枞木放在泥墙旁边，说，"大家瞅准机会，只要上边的泥石停止下滑或下滑得不很厉害了，就把枞木塞进去，做好支架，就能顶住上边的泥石下滑了。然后，稳住一块儿，再往前推进一块儿，这样，大伙就有救了！"

话刚落音，果然泥石就没下滑的动静了，靠前的几个矿工忙把枞木从掏空处塞了进去，然后麻利地打好了支架。这个时候打支架是很危险的活计，因为四周看似平静，但谁也不知道头顶上湿漉漉的泥石什么时候会"冲动"，要是泥石抱团滚落，那可是要"吃"人的。

也算是老天睁了眼，支架竟然连打了三个，往外推进了好几米。

然而，矿工们还没来得及休息，更猛烈的泥石流又下来了，支架摇摇欲坠，而后生生垮塌，瞬间被汹涌的泥石淹没。

这一次，大伙彻底绝望了。一个四川籍矿工瘫坐在烂泥地上，哭了起来："我没有父母，我的妹妹、弟弟还等着我赚钱供他们上学哪！"这哭声瞬间把众人的悲情引爆，矿井内哭声一片。

感性的忠忠这会儿倒是忍住了。他不是不怕死，但这会儿，怕又有何用？在这些矿工兄弟里面，他应该是文化程度最高的，但读了这么多书，他仍然成为父母的负担，没有报答过父母一丝一毫，这是他最不能原谅自己的。他在心里对父母和妹妹、弟弟说：原谅我吧，我白来了这世界一趟……

而这时，水已经从二级下山倒灌到一级下山，慢慢向平巷渗透了。照这情形下去，生已无望。

看着矿灯光下暗黑色的浊水，大伙都沉默了。

这时忠忠突然说话了："反正就是一个死，就死豪气些吧。我们，包括已经死去的黑皮兄弟，今天都算是生死兄弟了。黑皮兄弟先走一步，我们还活着的，就举行一个结拜仪式吧。"他褪光了衣服，跳进了下山水湖中，说，"先把身上的泥浆都洗掉，也好干净些去阎王爷那里报到。"

大伙多半是同龄人，眼见自救已无可能，便纷纷把衣裳脱了，跳进了水湖中。

水，清凉清凉，不一会儿，似乎就把大伙的疲惫和恐惧洗去了，大伙在水湖里追逐，嬉戏，甚至听到了久违的笑声。

忠忠终究是个乐天派，他说："我甩两手水上霹雳给大伙看好不?"

"好!"

仿佛有音乐响起，忠忠双脚踩着水，手臂上起了"波浪"，模仿起了打炮眼、装矿斗、喝啤酒等工作日常，心，瞬间回到了当"孩子王"和在山上牧牛的岁月，想起了和清秀在一起的青涩时光，一首歌自心底响起：

噢 世界上所有爱我的姑娘

你不要为我默默地流泪

每当我想起你的温柔

我就不会流泪

我就不会低头

就不会低头

歌声中走过的还有"野"妹子何思慧的身影，也不知她在他乡过得怎么样了。

他甩霹雳舞的手慢慢地停了下来，眼眶有些红，但终于忍住没让眼泪掉下来。

忠忠重又把双手举起，喊："不求同年同月生，但求同年同月死!"

"不求同年同月生，但求同年同月死!"大伙齐声应和。

声音在绝壁回荡。

五十七

有时候，所谓的乐观其实是因为绝望，绝望了，也就无所顾忌不当回事了，此刻的忠忠和他的弟兄们就是这样。二狗有些不一样，算他年纪大，有家室了，可不是那么容易绝望的，再加上他本就是矿里的安全员，他的清醒有时是本能的。他爬上岸穿好衣服的时候，水已漫上平巷，就快贴着肚皮了，但他隐约看见先前还横亘在眼前的一堵泥墙往平巷出口方向凹下去了，甚至还隐约感觉有一丝光线透进来。二狗觉着头晕了，扭了扭脖子，再定睛细看，是真有光线射进来了。

二狗的心头顿时亮堂起来，耳朵也似乎灵敏多了，他听到了墙那边人的说话声。

二狗喜不自禁，朝水湖喊："快穿衣上岸，救我们的人来了！"

水湖里的人方才从与死神的狂欢中醒转过来，找了衣服穿上便往二狗身边挤。

"里边有人吗？"大伙听见了从阳间传来的声音。

"有！"二狗答。

"活的？死的？"

"死的！"忠忠高声大叫。

"饿了吗？"

"快饿死啦！"大伙闹闹嚷嚷。

"快点去下边便民饭店买包子。"是陈老板的声音，他正在吩咐人，似乎很凶，凶得很兴奋。

一会儿，泥墙凹开了一个比人头要大的口子，站在前边的忠忠顾不了许多，把头拼进去一个倒栽葱就爬了出来。候在外边的福旺喜出望外，麻利地接住了他，而后一个熊抱。

陈老板走了过来，用一块黑布裹住了忠忠的双眼，说："不能立刻见光，要不眼睛真会瞎了!"

"兄弟，你好命大! 想带你出外边来赚点钱，要是真的钱没赚到，命也没了，我怎么向你的父母交代哪!"福旺说着，似是在抽噎，用手一摸，泪花也溅出来了。

忠忠那一刻很平静。大难不死，必有后福，定会如此吧!

忠忠后来才知道，这一次矿难，他们在矿井里被关了九个多小时，他们在里边自救的时候，乡里安监站组织的救援队也到了。这次矿难实际上就是平巷中间的一段塌方了，导致积水无法排出，若不是塌方被矿外边的值守人员及时发现了，忠忠这一支上晚班的人马就真的没了。

但，黑皮兄弟却永远回不来了。

接下来要做的就是善后工作。矿内就是抽水，打捞黑皮的尸体，抢修巷道；矿外就是配合乡安监站处理好对死者家属的抚恤问题。矿内的事情好办，由陈老板处理；矿外的事情就由福旺、黄坤负责了。见多识广的黄坤觉得配合乡里处理这样的事情根本就不是事，只能算小菜一碟；福旺也认为在莲荷乡的地盘上，少有人不认他的拳头的，谁要逞英雄就收拾谁，何况死去的不过是一个远方崽。

黑皮的亲属一行有七八个人从贵州赶来了，他没有父母，来的是几个叔伯。跟着来的还有一个十六七岁的男孩子，一个十一二岁的小女孩，他们是黑皮正在读书的弟弟和妹妹——他们一家就三兄妹。

乡安监站出面先把来的人安置在乡里的招待所，然后召集当事双方商谈抚恤事宜，但根本谈不拢。矿里说死者亲属狮子大张口，要价太高；亲属说老板不把矿工当人，贱命不值钱。乡安监站的人便按当地已经形成的规矩算，结果亲属说："你们官官相护，更狠！"

谈一上午没谈成，黄坤火了，一拍桌子："你们存心挑事是不？在这地盘上，你们要使坏，我叫你们有来无回！"

来的人里面一个沉默着的壮年人跳了出来，指着黄坤："你以为你们是地头蛇就可以欺负人是不？要怎么玩，随你！"

黄坤跳上桌子，一巴掌甩了过去。

壮年人侧脸躲过，而后一个反转身，一脚将桌子踢飞了。

如此敏捷的身手和劲道让黄坤吃了一惊，幸亏他反应快，早从桌子上跳了下来，否则可就真的下不了台。

福旺反应也快，一个侧身横过去，挡在了两人中间，喊："都冷静点——吵不清也打不清，最后还得坐下来谈。"

但壮年人此刻横到底了，拒谈。

下午的时候，先是三四十个在莲荷乡打工的贵州崽聚集在兄弟矿门口，一会儿在黄婆镇打工的贵州崽又来了三四十人，他们手持刀棒，声称要先把矿里的设备砸个稀巴烂再谈。

这阵势，陈老板、福旺、黄坤都始料未及。他们都没想到，这些在外地的打工仔这么合心，简直是一呼百应。

陈老板快被吓瘫了，一双有些发白的眼睛盯着黄坤，像是在责备：事情都是你惹出来的。

陈老板又将眼睛盯向福旺，却有了无助的神情。

福旺倒也镇定，他让大家退回矿内，让矿工把铁大门锁了。黄坤对着外边喊："里面有的是炸药，有种就冲进来——来一个死一个！"

话未落音，倒真有炸药包从围墙外边扔了进来，"嗤嗤"地冒着烟。

"贵州崽，这么狠！"福旺也懵了，领着众人往远处躲闪。

"你们不是不怕死吗？都狗熊了？告诉你们，刚刚扔进去的是假炸药包，只是警告你们，我们外地人也不是好欺负的！你们要是不接受警告，再玩蛮的或者阴的，我们就把真炸药包扔进去。"

这是上午那个壮年人的声音。

"我们也扔炸药出去！"黄坤说。

陈老板挥手阻止："我们都是来求财的，不是来求祸的，两边真打起来，人不死也得坐牢——在这个时候，宁吃钱亏也不要人吃亏了。"

陈老板的话也点醒了福旺。他估摸着贵州崽即便再蛮，一时半会儿也不至于敢炸了铁门冲进来，毕竟，矿里确实有很多开矿用的炸药。

他警觉地观察着局势，忠忠一直陪在他的左右。

两边就这样对峙着，直到乡政府、派出所的人赶到，险情才得以缓和。

忠忠也是兄弟矿的股东，让矿里的财产不受或尽量少受损失是他的本能，但他真不希望有械斗的事情发生，甚至还希望黑皮的亲属能够多拿到些抚恤金，毕竟，金钱可以赚回来，而生命不可重生，而且，一起采矿的黑皮还是和他最讲得来的一位兄弟。

还好，事情最终以矿里出钱消灾了结。

这一次矿难，吃饭招待、上下打点、抽水清淤、抚恤赔偿，让尚未见效益的兄弟矿损失了不少钱。当初凑齐的股金早用完了，陈老板提议按股份重新派钱，但大伙却都避而不谈。陈老板没办法，只好先自己设法垫钱，等见效以后再行扣还。

那天，陈老板带着福旺、黄坤、忠忠等所有股东下矿走了一趟，看着三级下山满眼的铺山煤，他信心满怀地说："保守点估计，仅把这一窝煤卖了，能还清所有的债，每一股至少还可以分到四万块钱！"

四万块，还仅仅是卖一窝煤！大伙的眼睛立时被点亮了。

对于忠忠来说，活这么大，他还没有赚过大钱，如果第一次分红就能拿到一大笔钱，父母该会有多高兴啊！他仿佛听见了母亲的夸奖："我屋里养了一个好崽！"

那晚矿里聚餐，陈老板边敬酒边抹眼泪："为到水云湾搞矿，受了这么多波折，没想到老天真有眼，这一次要给我大回报了——我们终于打到铺山煤啦！"

"打到铺山煤啦！我们发了！"股东们的酒杯碰在了一起。

福旺又起了一杯酒，抹抹嘴，说："难关总算是挺过去了，往后大家更要团结——"他转过身，醉眼迷离地问忠忠，"有句古话是怎么说的？兄弟齐心——"

"其利断金！"忠忠想也没想，将杯中酒一饮而尽。

五十八

▼

那段时间，忠忠是心花怒放的，下班后他经常哼着《小芳》去便民饭店买包子吃。便民饭店依然人声喧哗，做包子的依然是那对女师徒。

他对师傅说："包子，来两个！"

又对女徒弟说："馒头，也来两个！"

每每这时，他就想起了已经逝去的黑皮。而今，那一双生动的眼睛已经永远地闭上了，消失了，不见了，可他想念的人又是否知道？心往这儿一想，忠忠觉得人生实在是美丽又残酷。

忠忠接过包子、馒头转身离去，师傅依旧做着她的包子，女徒弟却直起了腰，盯着忠忠另一只手里拿着的《知音》杂志。

对于《知音》，年轻人都是爱看的，里边的爱情故事往往会打动少男少女的心。而且，所刊篇什标题出彩、情节精彩、结尾带"彩"——故事再悲情，一般也会带个光明的尾巴，闪烁着人间温情。

忠忠就常常被感动得稀里糊涂。他相信好人会有好报，相信人间自有真情。

兄弟矿的煤坪堆满了煤，福旺提议该开秤卖煤了。陈老板只是笑笑，并不把他的话当回事。其实陈老板有自己的考虑，眼下煤炭行情虽说还行，但还不是很好，挺过这一阵，估计行情会大涨，那就真的赚大钱了。我是大股东，不急，你又猴急干嘛？

黄坤倒是笑得放肆。他总以为自己才是见过大世面的人，因此笑完之后也懒得解释，潜意识里，他把福旺和陈老板都当成了土鳖。

自从兄弟矿发现了铺山煤并处理好了上次矿难之后，福旺越发感觉到，股东们对他有些不待见了。以前哪怕距离还蛮远，股东们见了都会"福旺师父、福旺师父"地叫唤，现在呢，爱理不理，真有事要找他说了，黄坤从黄婆镇带来的那几个股东就远远地朝着他叫一声"哎"字，仿佛他的名字就叫"哎"似的。陈老板委婉些，不叫"师父"也不叫"哎"，有事了就说："你——快过来。"黄坤倒还是叫他"师父"，但每次叫完，脸上就是阴笑阴笑的，似乎从没正经过。

福旺是个心高气傲之人，这让他很感郁闷，甚至还有无处倾诉的委屈。

矿里又喊来铲车修了一个煤坪，还买了一台掘进机。办这么大的事情竟没跟福旺商量，福旺找到陈老板，一声吼："你们都把我当木偶了是吧？"陈老板一点都不感到惊诧，说："你——莫急。这是正常生产范围内的事情，由我负责，而且其他股东都同意，所以就没跟你讲了。"福旺气急了，正待发作，黄坤过来说话了："师父，你以为矿里还有钱？筹了多少股金你又不是不清楚。这些钱，都是陈老板和我找了熟人，以煤坪里的煤作抵押从银行里贷出来的。"末了，黄坤又问，"不扩大生产，怎么能赚大钱哪？不去找人贷款，又怎么去扩大生产呢？要是重新筹股金，你可愿意出钱？"

一谈到钱，仿佛点了死穴，福旺就真的没了底气。他悻悻地走开了。

过了不几天，黄坤开了一台崭新的墨绿色的丰田霸道越野车进矿，价值四十来万。一见福旺，他就跳下车请罪："师父，这也是拿矿里的贷款买的车。现在这世道，你不知道，当官的都喜欢老板办事有气魄，有气派，如果连开一辆车都寒碜得死，鬼才跟你打交道！所以，这车就代表了矿里的形象，代表了'兄弟矿'兄弟们的形象。当然，如果股东们都不同意，就当是我个人买的。钱，我黄坤先欠着，等矿里分红了再一分不少地扣回去。师父，陈老板，还有众股东，大家说怎么样？"

福旺气得想吐血。黄坤呀黄坤，你怎么总改不了有一个用两个、有日不思无日的浪荡德性呢？他真想甩一个耳巴子过去，但又怕黄坤真跟他翻脸，到时太难堪。

"师父，你要是不高兴就打我吧？打吧！打吧！"黄坤拉着福旺的手往自个儿脸上凑。

福旺没料到黄坤会出息成这个样子，终于没有忍住，抽出手一个耳巴子狠狠地甩在了黄坤的脸上。

黄坤没料到傻土鳖福旺真敢打他，而且是当众打他，他双眼杀气奔腾，逼视着福旺。

福旺对黄坤说："看来，我们只能做兄弟，不能做伙计！"

黄坤说："我们做不成兄弟了，但我会记住你这一巴掌——如果还有下一次，那就是白刀子进，红刀子出了！"

福旺说："山高隔水，气高隔财，别说是这样的一个'兄弟矿'，就算是金矿银矿，我也不搞了！"他一把拉过忠忠，抬腿就

— 286 —

要走人。

忠忠不想就这么仓促地走，他投的股金——父母一辈子积蓄的老本——就在这矿里，抽身哪有这么容易？

忠忠反过来拖住福旺，劝他不要这么冲动。福旺甩一甩衣袖，直骂忠忠没骨气，顾自走了。

书生忠忠孤零零地站在原地，目光直直地瞪着福旺渐行渐远的背影，一股无助的情愫浸染开来，他的心情跟脚步一样沉重。

黄婆镇来的几个股东都走到了黄坤身边，簇拥着他上了丰田霸道车，说："老大，管它赚不赚钱，先享受了再说——我们就上KTV'裸嗨'去！"

呆立一旁的陈老板，险些被气晕了。他想，福旺不在了，黄坤这匹野马怕真的要脱缰了。

依忠忠对福旺的了解，他下山也只是出于一时的冲动，睡一个饱觉过后大抵会没事的。第二天上午，忠忠来到福旺家里，没想到福旺像是很冷静了，可任凭忠忠左劝右劝，就是不肯再上山了。忠忠着急得要死，冲着福旺吼："那我家里投进去的股金怎么办？"福旺也没好气地回答："那是你自己的事了！"

事已至此，忠忠满是怨恨地瞪了福旺一眼，说："你只适合做兄弟，不适合做伙计——我再也不会来求你了！"

可投进矿里的毕竟是父母的血汗钱哪！忠忠又赶回矿里，先找了陈老板，要求退股，只要本金。陈老板说："矿上还欠着那么多贷款，拿什么退给你？"忠忠又去找黄坤，黄坤一向没把忠忠放在眼里，甩给他一脸鄙夷的笑，说："你可以让福旺来求我呀！"

忠忠气得直翻白眼。

一会儿，忠忠背着卷好的铺盖出现在众人眼前。他的淘金梦破了，友情梦破了，什么梦都破了，而且，连父母的老本都给玩没了！他想起了寻父母要钱那天，父亲躺在床上舍不得去看病的情形，心是彻彻底底地碎了，也就在这样的一瞬间，似乎有一股冷冷的杀气在胸中升腾。

忠忠背转了头，风一样地从众人眼前飘忽而过。

天空没有一片云

眼中没有泪滴

不回头不说一句

要拿出自己拼到底

紧握的手永远也不会躲

不管多少险恶会来找我

倔强的心什么也不想留

任凭在风中

天地只剩一个我

昂然孤独地走

多少心都已离去

多少人还在看着戏

是否我早已习惯一种名字叫孤单

是否我注定挂在最冷的夜空那端

别问我 有没有明天就让我

一个人面对我的梦

不会再是一场错

别问我 知心还有谁就让我

留着你的吻我的歌

将永远陪着你走

下山的路上，王杰的《孤星》在忠忠的耳畔一遍又一遍地响起。

只是，当年不知曲中意，再听已成曲中人！

五十九

美丽是要依附于暴力的！忠忠有了很痛的领悟。但忠忠内心清楚，这种依附并非归附，并非因为暴力的"美"，而恰恰是因为暴力的恶！他痛恨暴力，但他又多么地希望能有一股力量呵护所有被恶所染指的美丽。

忠忠似是很清醒又似是失魂落魄一般背着铺盖回到了水云湾的家中，父母见这情形忙问他是怎么回事，是不是给鬼打了。

忠忠便把事情的前因后果说了。

"呃——"老实的父亲像是被噎住了，好久不说话。但忠忠却分明看见父亲一张老脸上的筋在抽搐，他知道，父亲是心疼投进去的钱。

平素暴躁的母亲倒是沉住了气，说："先不张扬，免得让人家看笑话，说整个村子里的人都避着他，就你屋里和他交好，以为有宝捡，这下吃亏了晓得信了。福旺今天可能也是犯糊涂了，他怎么会甩手走人不管我们家的死活呢？说不定哪天想转了，就什么事都没有了。忠忠崽，你也不要急。"

忠忠仰天大哭："我不急。我怪自己没用！"

忠忠又过起了晃晃荡荡的日子，好久没去的"外来妹"发廊成了他落脚的地方。起初烟筒还和他开玩笑："发财啦？成谭老板啦？记得回来看我们啦？"一号见忠忠脸黑着，便笑嘻嘻地圆场："发财多好，日后借钱也方便。"

忠忠听着，总感觉这小夫妻俩像是在合伙奚落他，陡的一声大喝："我想杀人！"刚好虾公也过来了，他们几个还从没见过忠忠发这么大的火。毕竟是在一起玩得好的兄弟，烟筒立马软了下来，边道歉边和虾公一起安慰着忠忠。忠忠稳了稳情绪，但还是没把办矿的事情向两人说起。

他不是觉得该保密，而是觉得这事由自己亲口说出来太没面子。

莲荷乡圩场依旧繁华。一条公路车水马龙，公路两旁商铺林立，有南杂店、饮食店、发廊、录像厅、桌球室。发廊、录像厅和桌球室常常是乡里年轻人的聚集之地，也是最容易生是非的地方。忠忠百无聊赖，一个人拐进了一家录像厅。

"有一天，我又会不会成为坏人呢?"忠忠问自己。

忠忠突然地心血来潮，去了县城，到自己念高中的学校看了一看。但他不敢进校园，怕碰见熟悉的老师或者已经毕业在学校任教的同学，那样太难为情。想读书时，少年壮志当拿云，他的作文在全校都是叫得响的，语文老师还曾在他的一篇作文后边写了八个字："自强奋斗，可成大器!"现在看来，确实是被老师错爱了，这句话简直就是对自己所处现实的绝妙讽刺啊! 还大器呢，简直就是狗屎不如!

近校情更怯，他只能在校门外往里边望一望，然后沿着校园的围墙走上一圈，或者找个安静处站立，静候校园响起的曾经熟悉的钟声。当钟声响起的那一刻，他竟然泪挂两腮了。

他感觉自己真的就是一只孤鹰。

天快黑了，急着往家赶的忠忠才搭上了一辆开往莲荷乡的大客车。也许因为是末趟车的原因，乘客只有二十来个，车厢空了一大半。车到黄婆镇地界时，天已黑尽，路也变得坎坷难走。忠忠清楚，拉煤的货车整日整日地跑，又都喜欢超载，哪会有好路? 他想，再忍一忍，就到莲荷乡了。

突然，坐在车厢前门边的两个人站了起来，发出一声吆喝："识相的把身上的钱都拿出来!"而后掏出身上的砍刀往乘客们眼前晃，晃出了炫目的寒光。

忠忠坐在车后头，虽说当下的社会治安不好，但这样的明抢他还是头一次碰到。他带的钱都买车票了，身上一分钱也没有。但他仍是害怕，双脚甚至还在不争气地颤抖。

　　"都不老实是吧？敬酒不吃吃罚酒？——给我搜！"其中的一个瘦高个发出了指令。

　　坐在车后头的一个形容猥琐的青年立时站了起来，他一手拿砍刀，一手去搜邻近一位妹子的身子，说："上车时还看到你带了耳环，怎么就不见了呢？"

　　妹子面对寒光闪闪的砍刀，浑身哆嗦着，眼泪往外涌。

　　猥琐青年的一只手先捏了妹子的T恤衣领，然后直接伸进妹子的领口，妹子发出一声惊叫。

　　这叫声把忠忠的血性唤醒了，他快速地站了起来，一个飞腿将猥琐青年踹个四仰八叉，并迅速夺下了对方手中的砍刀。

　　前门边的两个青年见状挥舞着砍刀扑了过来，众乘客都吓得抱头躲闪。

　　忠忠的前臂被划了一刀。

　　忠忠看见了血，这让他霎时红了眼。他没有躲闪，迎着刀光扑了过去，手中的刀子似在不长眼睛地乱砍，那一刻，他潜藏在心中的野性完全爆发了，不求生，只求死。窝窝囊囊地生，不如痛痛快快地死。

　　司机见状，停了车，并打开了车门，好让乘客们逃生。

　　忠忠的刀法凌乱、凌厉，让对方疲于躲闪。

　　"碰上了真不要命的，快撤！"瘦高个惊慌地发出了指令。

　　三名同伙很是狼狈地逃离了车厢，消失在夜色中。

　　一名乘客脱下身上的衣服给忠忠包扎伤口。其实，忠忠伤得不重，仅仅是被刀口划开点皮而已。

　　妹子看着忠忠，号啕大哭。

忠忠说："我命大，没事。碰到今天这样的事情，越是怕死，可能越是死得快，狭路相逢，从来都是勇者胜！"

司机是个五十来岁的壮年人，他对忠忠说："这一路上太不安全了。我早上开车上县城，有一伙人在车上抢了一次，没想到跑今天最后一趟又被抢了。"

"你为什么不报案呢？"

"这一条路车匪路霸太多了，以前报过案，但没多少用，就懒得报了。哎……"

忠忠沉默了。但他对自己说：我的命反正不值钱，这一辈子专跟坏人扛上了。

六十
▼

多年以后，忠忠听到了当红歌星汪峰唱的一首歌——《生来彷徨》：

　　每天走在疯狂逐梦的大街上
　　我们精神褴褛却又毫无倦意
　　徘徊着寻找着那虚空的欢愉
　　奔波着抗争着那无常的命运
　　朋友啊 这生活会把你的心伤烂
　　可它从来就不会有一丝怜悯
　　再也别像个傻瓜一样的哭了
　　因为像我们这样的人生来彷徨

　　传真机到炼钢厂一万光年
　　那只是我们失梦之路的起点
　　妈妈你善良的孩子还没放弃

他想在今夜的街上爱到死去

朋友啊 这世界会将你的梦破败

而它从来就不会有一丝同情

再也别像个疯子一样的拼了

因为像我们这样的人生来彷徨

路上散落着花朵般受伤的英雄

如同我们一起挣扎着的那些片段

明天我们是否活着却依然不在

明天我们是否存在却迷惘依然

朋友啊 这生活会把你的骨折断

而它从来就只是在袖手旁观

不如像一块石头一样的滚吧

因为像我们这样的人生来彷徨

朋友啊 这世界会将你的爱破灭

而它从来就不会给一次拯救

不如让我们一起放任自流吧

反正像我们这样的人生来彷徨

忠忠不清楚汪峰是否也有过在街上打溜的日子，反正那时的忠忠就是如此"精神褴褛却又毫无倦意"，他一天要无数次地在莲荷圩那一条公路上游荡，留着像歌手齐秦一样的长发，嘴上叼着香烟。口袋没钱，却又目中无人，一口涎沫要吐丈把远，谁沾着让谁恶心去。

那时，他听得最多的一句歌是："我俩的情，我俩的爱，在纤绳上荡悠悠，荡悠悠。"以前，他觉得这歌俗，现在却觉得也蛮有意思，用在他身上很贴切：这马路不就是纤绳吗？在纤绳上荡悠悠不就是我的生存状态吗？还好，不管处于何种境地，忠忠的心态都不会差到哪里去，就因为那句话：经历是一笔财富！

问题是，忠忠做不了旁观者，要么沦陷，要么抗争，他必须有自己的选择。"妈妈你善良的孩子还没放弃，他想在今夜的街上爱到死去"，这歌词太切合他的心境了。

真实的情形是，溜子再恶，实际上也处在社会的底层。有道是途穷匕首现，底层的争斗往往没有那么多的虚伪和客套，一个耳巴子往往能把那些自以为掌握了真理的书呆子打醒。而身处底层的人，往往会把人性与兽性看得更为分明，更分得清善与恶。

忠忠从内心里看不起的是那些"见了善人像凶狗，见了恶人像哈巴狗；小利面前，像疯狗，大义面前，像死狗"的真混混。

不管落到了什么样的境地，也得把自己当人，这是他的底线。

自从有了上一次的血拼经历，忠忠就有了不把命当命的想法。更让他明白了的道理是，蛮的怕横的，横的怕硬的，硬的怕不要命的，一切坏人都是纸老虎！有了这样的想法坐底，他硬气多了，而连他自己也没有感觉到的是，他身上有了一种特别的气场。每逢有事，他往场面上一站，眼睛一鼓，那才叫来势汹汹，杀气腾腾，当事的某一方刚刚还有的嚣张气焰霎时便没了影踪。那天，白日头晃晃，他看到一家当街店铺前里三层外三层围了很多人，挤进去一看，店铺前停了一辆吉普车，一辆货车，有五六个满脸横肉的人正在抄店子。店铺的男主人乖乖地站在一旁，眼神漠然；女主人两只手一个劲地抹着眼泪，她的屁股后边有两个掉着鼻涕的小男孩拉着她的衣襟，被吓得哇哇大哭。

当头的坐在吉普车上，很神气地对着同伙挥手，大声说："快点快点，把东西全部抄光！"

围观的人敢怒不敢言。这当中有很多就是在圩场上晃来晃去，被人认为是恶得没人敢惹的溜子。——但他们在更恶的人面前，哑了声。

"大白天你抄别人的店子，你神气个什么！"忠忠一个箭步冲到店铺门前，指着当头的就是一句狠骂。

那一刻的忠忠，像一尊门神，稳稳地把守住了店铺门。

"把东西统统给我搬回原处，不然，连人带车一起砸！"忠忠浑身鼓颤，内里一腔正气，外表一身匪气，虽显文弱和瘦小，却一样地威风凛凛。

当头的看了忠忠一眼，立马被忠忠的凶神恶煞样给震慑住了。

一会儿，莲荷乡的一位大佬级人物过来了。忠忠认识他，但他未必认得忠忠，因为此时的忠忠还就是无名之辈。

大佬对忠忠说："小弟，他们之间有些经济上的纠纷，这事你就不要管了。——给我个面子，好不好？"

"有话可以坐屋里边好好说，但抄家——一根针也休想抄走。多余的话都不要说了！"忠忠对大佬直接无视，只指着当头的人问，"你告诉我，将东西原样搬回——搬，还是不搬？"

大佬也算是见过些场面的人，但这一次却硬生生地感觉到了眼前这个愣头青天不怕地不怕的气势，简直就是大土匪的做派呀，一个人赤手空拳真把一伙人给震住了。

他感觉这愣头青不好得罪，要不真会给自己难堪。于是顺势做了和事佬打圆场，对当头的人说："还是先将东西搬回去，你和店铺主人再坐下来谈吧。"

"搬回去，搬回去！"当头的人怒气冲冲地命令自己带来的人，也算是找着了台阶，就坡下驴，好挽回些体面。

等东西都全部搬回了，忠忠冲着店铺主人挥了挥手，在众人的目送中转身走了，大有"事了拂衣去，深藏身与名"的大侠风范。

老辈人常说："人善被人欺，马善被人骑。"这话听起来在理，但在忠忠看来，善良也是一种勇敢——因为善良，所以该出手时无所畏惧，而在他人正遭危难的时候，勇敢就是最大的善良！

"路上散落着花朵般受伤的英雄，如同我们一起挣扎着的那些片段。"穷得叮当响的忠忠，似乎天生就有着浪漫的英雄梦想。他的果敢和义举赢得了人们心里面的尊重，一些平时凶得很的烂仔见了他也有些怵。

六十一

忠忠回了几次水云湾，但硬是没去过福旺屋里，偶尔碰着福旺，也不再打招呼，甚至是怒目而视。福旺想，忠忠还就是个木脑壳，书呆子，真不知道江湖到底有多险恶，跟那样的一伙人打伙计，哪儿还会有好果子吃？他也知道，因为股金的事情，忠忠对他已经很不满，这小子虽然看似随和，实际上倔得很，眼睛里面根本就容不得沙子。

此时的水云湾已成一副破败相。进村的砂石路坑坑洼洼的，碰上下雨天，双脚仿佛踏入地雷阵，稍不留神，一只鞋子就陷深坑里去了，溅起的水花落满全身。而且，村里已经被乡里的电站断了电，原因是村里的电费总是收不拢，交不齐。乡里的电站建在水云湾的地盘上已经二三十年了，一些横蛮些的村民认为，靠山吃山，靠水吃水，天经地义，乡里的电站用了水云湾的水发电和赚钱，水云湾人不向乡里的电站收钱已经很不错了，哪里还有电站寻水云湾人要钱的道理？而老实本分的村民则认为，就算水是水云湾的，但光有水也发不了电，乡里买机器要钱，建厂房要钱，不交电费真让电站的人喝西北风去？因此，用了电一分钱电费不交怎么都说不过去。而一些村民起初也有本分的想法，但真到交电费的时候，可能就向横蛮的村民们看齐了：你不交，我也不交！毕竟，从自个儿口袋里掏钱出去总归心痛。一些管电的人趁机浑水摸鱼——收多交少，甚至不交。理由是：真的没收上来或真的收不上来。这样拖皮赖债还带来一个恶果：不少村民大白天也开着灯，没人在家也开着家电，反正用电不用交钱。乡电站的人来村里转，发现电被白白浪费却又无可奈何。因为修建电站之初，架设的高压线路起始就必须经过水云湾，然后输往全乡各个村庄。也就是说，水云湾人再怎么赖皮也轻易断不了他们的电，因为断了他们的电，电就输不出去，全乡的人都要跟着黑灯瞎火，长此以往，辛辛苦苦收好的电站也就废了。而今年，电站实行新一轮承包，承包人发现乡里到处开煤矿，电的销路广阔，便投入巨资，对线路进行了重新规划和改建，并特意让起始线路走远道绕开了水云湾。承包人一致认为，虽然花了钱，但长痛不如短痛，绕道新架线路意味着只要水云湾人不交电费就随时可以断电，而不致对别的村带来影响。这样，水云湾人就没有"骄傲"的资本了，就老实了。忠忠回水云湾的时候，要经过铁炉村。铁炉村有电，村人的音响铿铿锵锵地放着，生气盎然。走过两三里地，到得水云湾，似乎所有的电器都罢工了，显得很是沉闷。因为停电快一个月，有村民没米吃了，只好肩挑着满满的一担谷到小小的铁炉村去碾米。碾米厂的老板倒是笑盈盈的，故作不知何故，问："是不是我们这里碾出的米好吃些?"村民的脸顿时一红，说："水云湾村比你们铁炉村至少要大一半哪，但什么用都没有，还显小家子气——要用电，又要不出钱，哪有这样的好事? 这下好了，白天变聋子，晚上变瞎子，要是再不来碾米，就要呷谷了! 真的是倒丑、倒丑、倒丑哇!"

五保老人兰秀婆婆是忠忠的邻居，那天她一手拿着一把菜刀敲着另一只手上拿着的砧板在骂街："哪个千刀万剐的昨晚上偷了我地里的魔芋唷……"老婆婆骂一句，敲一下，声音听起来悲戚而又狠绝。

忠忠的母亲说："水云湾真在倒败了，一些年轻人好吃懒做学坏不学好，偷鸡摸狗偷魔芋偷姜的事情越来越多了，连你兰秀婆婆的东西都去偷了！"

忠忠问："村里都没人管事了？桃子支书呢？"

"她呀？干麻拐小青带着铁牛逃出去这么久还没回来，哪还有心思管事？就算是想管，自家老弟都没管着，犯了事，又怎好去管别个？怎管得着别个？"

忠忠顿时无语。

六十二

忠忠骑着摩托车带着烟筒、虾公回到了水云湾，一会儿就召集了二三十个年轻人在潮泉前边的空坪上议事。说起水云湾的现状，一个个都咬牙切齿。水云湾大，一盘散沙，打自己的小算盘的人多，为公家事着想的人少，要不也不会出现一个偌大的村被断电，而且被断电了这么久都没人管的情况。大家一致认为，水云湾的事情再靠老一辈的人去做好是不可能的了，年轻人必须自己把担子担起来。

毕竟都是热血青年，聊了没一会儿，就彼此都亲热友好得要死了。忠忠见已形成共识，就说："为把生养我们的水云湾搞好，就先从实实在在的事情做起吧。我的想法是，这两天动员村里的青年人都出动，把进村的砂石路维护一遍，一路上的坑坑洼洼都要填好。不是说'要想富，先修路'吗？这路不仅仅是致富路，还代表了我们村子的形象！要是有陌生人来我们村里，给人家的第一印象就是路烂，人家对我们村和我们村里人的印象又会好到哪里去呢？而且，我们动员村里的青年人去修路，就是告诉村里的人：青年人从此都要走正道了，不会再去干偷鸡摸狗让父老乡亲失望的事情了。所以，青年人去修路，不仅仅是为了修路，更重要的是能让父老乡亲和邻近村庄的人，看到水云湾的青年人团结、向上的崭新风貌——大家说，对不对？"

"对！还是读了书的人说话有水平！"忠忠的一席话让村里的热血青年们豁然开朗。

"表态不算，还得做出来看看！"忠忠笑着给青年们鼓劲。

考虑到砂石路上的坑坑洼洼太多，需要将小石头敲成鸟蛋状的碎石块补填，大伙决定参加修路的人每人先捐 10 元钱用来买敲打石头的小锤子和其他劳动工具，买工具的任务交由烟筒和虾公去完成。

就在他们把修路的事情安排好了的时候，一辆 6 缸三菱越野车开进了空坪里。从车上下来三个人，竟然是干麻拐小青、铁牛，还有当年曾跟自己斗过霹雳舞、见多识广的卫兵。

"忠忠，今天怎么和这么多兄弟在这里？"小青一行显得很是高兴，都精神抖擞的样子。

"好久不见！"忠忠起身迎过去。

"水云湾的兄弟们，我和铁牛躲出去这么久，真想死你们啦！我们差点被冤枉了，如今事情总算查清了，我们与那些破事全无关系！今天刚回来，我们就叫上在县城的卫兵兄弟一起来潮泉看看，到潮水庙烧烧香……哈哈哈哈，想不到与兄弟们会合了，大喜事、大喜事呀！"

小青让铁牛打开车后厢，摸出几条中华烟来，一包一包地给大家发。

忠忠抽着烟，便说了些村里的情况和今天商议好的修路的事情。

"好啊，好啊，兄弟！我开车进村都还在说，这路烂得太不像话，我这车都快跑抛锚了。这村里还没电，那怎么行？我那嫂子也太无能了，还占着支书的位子干嘛？早该让有能力的人上了！"

铁牛和卫兵也说："年轻人早就该团结起来——为村里人做好事，我们都支持你们！"

忠忠看着小青高兴的样子，突然预感，他一回来，水云湾，还有鬼头岭可能又要不平静了。

第二天上午，烟筒和虾公上了县城，在老街的一处地摊上发现了可以用来敲打碎石的小锤子，便买了二三十把，装在两个蛇皮带子里。他们回到水云湾的时候正好碰见了背着锄头从地里回家的福旺。福旺只瞪了他们一眼，两人便莫名地被吓丢了魂，背在身上的蛇皮袋"咣""咣"几声掉在了地上。福旺几步走近去，掀开蛇皮袋一看，里边果然不是好东西，竟然是锤子！他认定这些都是凶器，似乎预感到了什么，狠狠地踢了烟筒一脚，又狠狠地踢了虾公一脚，大叫："水云湾这些不走正道的孤坟上的野鬼要成匪了！水云湾这些不走正道的孤坟上的野鬼要成匪了！！"

福旺认定眼前这两个人只是小鬼，大鬼就是忠忠。忠忠是铁了心跟他作对了！他的牙齿咬得咯咯响，狠狠地瞪了瞪从地上爬起来的烟筒和虾公，将蛇皮袋提走了。

一会儿，福旺一手拿着一把小锤子一手拿着一把锄头来到了忠忠家，还没开口，对着忠忠家的木门框就砸了两锤，木门上立时留下了两道深深的凹痕。

忠忠把门打开了，立时怒不可遏："你不要真以为自己就是'人王'，可以胡作非为！告诉你，我忠忠是水，踩没了我的底线，我就敢冲掉龙王庙！"

忠忠的声音不高，却隐隐地透出从未有过的底气甚至几分杀气。福旺想，这书呆子好像没有多少书生气了，也从来就没见过他有这么硬气过，三天不见，还真有些让人刮目相看了。福旺对着忠忠吼："你不用威胁我，我也不怕你威胁。我老婆有了，孩子有了，而你，老婆都还没影子，人生的滋味都还没品尝过——你不怕死，我还会怕死？"

"哈哈"，忠忠很是爽朗地一笑，"我无牵无挂——你不怕死，未必我还怕死？"

这样的响动，几乎把整个水云湾的人都惊动了，忠忠屋前屋后的巷子里都围满了人。不少村人听了忠忠的答话，很爽心地笑了起来。

福旺像是被激怒了，举起锄头朝着忠忠就砸了过来。

就在这时，忠忠的母亲"呼"的一声挡在了忠忠的前头，手指着福旺的鼻子大骂："你带起我的崽去搞矿，害得我的崽差点被水淹死，我不怪你；你不为我们投的股金负责，我也没说你；今日我的崽没惹你，你又杀进我屋里来，你怕是让鬼摸昏头了！你把锄头举这么高，以为吓得到哪个？你有本事就砸呀！砸呀！老娘我眨一下眼睛都不是人！"

母亲挡在身前的那一瞬间，忠忠想起了家里养的老母鸡舍生忘死呵护小鸡的情形，老母鸡的勇敢都源于母爱的力量！忠忠和母亲从小吵到大，到现在才明白，母亲，就是那个愿意为儿女挡死的人！母亲不管不顾地挡在自己前面，瘦小的身影此刻却显得无比地高大！也就是在那一刻，忠忠暗自发誓：无论今后是荣华富贵还是穷困潦倒，都一定要孝敬好自己的父亲、母亲。

这一顿恶骂，似乎把福旺给骂醒了，他举起的锄头在空中停顿了好一会，而后又被他慢慢地收了回来。也许是被眼前这母爱的力量感染了，他的眼眶甚至流出了浑浊的泪水。福旺拖着锄头，一个转身，众人吓得急急地让开了一条通道……

忠忠的母亲仍然指着福旺的背影骂："你砸呀砸呀砸呀！怎么就不神气了？告诉你，你惹到我，也是惹到了鬼！"

似乎骂得还不解恨，她反转身，对忠忠说："崽呀，只要走正道，你什么都不要怕。跟坏人坏事斗，老娘支持你！"

忠忠的父亲也从地里赶回来了，知道事情的原委后，木讷的他盯着门框上深深的砸痕说："真是……太欺负人了！"

小青回来之后才发现鬼头岭已经变了样，而且远远超过了他的想象。白天，机器轰鸣，人声鼎沸；一到晚上，到处灯火闪烁，真如一夜之间冒出来的妖艳的鬼头。这让小青恨得直咬牙，内心焦灼不已。尤其是鼻子底下的兄弟矿，直接对准自家煤矿的中心部位开口子，简直就是明明白白抢矿了。他有些恨罗小强的软弱，但又反过来想，强龙难压地头蛇，也真难为罗小强了。当他知道兄弟矿的老板就是原来被自己"吃"掉的陈老板还有老对头福旺时，气不打一处来，他想，要修理鬼头岭上大大小小的"鬼头"，就得先拿兄弟矿开刀，这样才能杀鸡儆猴。他在心里暗暗发誓：不惜任何代价也要将兄弟矿"抹"掉！

罗小强在为小青还有铁牛接风时，热泪盈眶。其实小青知道，罗小强一直在外边操持着煤矿及为他和铁牛的事情奔忙，这已经让小青很是感激了。

罗小强说："我的能力有限，但有一件事我是看清楚了——矿产资源不可能总任人滥采乱挖，终归得规范，因此，我有一大半的时间都在跑证，把证件办下来，这就取得了合法手续，我们也就可以名正言顺地开采了。可以告诉大家的是，事儿差不多要跑成了！"

小青不禁叹服：这当官人家的儿子再怎么捣蛋，也比我们这些农家子弟看得长远。

但对付兄弟矿，还得来蛮的！

那天上午，铁牛带了几个人来到兄弟矿"探底"。黄坤他们几个开着丰田霸道上县城办事还没回来，兄弟矿管事的只有陈老板在。陈老板一见铁牛，那敦实的身材似曾相识，却总记不起在哪里见过。铁牛西装革履，因为在广东待过很长的时间，讲话既有本地口音又夹了些广东腔，在陈老板看来，这小伙子是在外面闯过世面的老板。

铁牛见兄弟矿的两个煤坪里都堆满了煤，恨得心里长了牙齿：这不都是从鬼头岭煤矿的地底下抢来的吗?! 铁牛强忍着心里的愤怒，大大咧咧地笑着，问：

"老板，这煤存了多久了？怎么不卖呢？"

"存了没多久，还想等价格再涨些再卖。"陈老板也笑着回答。

"哦，我正好是做煤生意的。老板，你的煤不管是贵还是便宜，我都要了，全要了！"

陈老板答："要得，要得！"

铁牛又绕着煤坪转了一圈，一张宽脸瞬时就拉了下来，正儿八经地警告陈老板："这矿里的煤一斗都不能卖出去，你要敢卖，我就敲碎你的脑袋！"

说完，铁牛带着来的人走了。陈老板盯着他们的背影，一脸茫然。

六十三

太阳出来的时候，水云湾的年轻人挑的挑畚箕，背的背锄头，拿的拿钢钎、锤子，都集结到了进村的公路边。烟筒数了数，参加修路的竟然有 100 多人。这样大规模的集体劳动，村里的人似乎好久没有见过了，这让年轻人的心里兴奋不已。忠忠按 20 人左右一组，将大伙分成 8 组，然后把进村公路划为 8 段，确定一组负责一段路程的维护。任务落实好了，大伙便甩开膀子很愉快地干了起来，公路上顿时热闹非凡。一会儿，一辆手扶拖拉机从村里开了出来，驾驶员正是蠢子谭文龙。这些年，蠢子谭文龙闷声不响，先搞种植，后搞生猪养殖，路越走越宽了，今天就是想早点去县城拖些饲料回来。他看到这么早就有这么多年轻人在路上，而且还是在正儿八经地维修路面，以为是自己看花了眼。当他看到在现场指挥的忠忠时，似乎什么都明白了。他停下手扶拖拉机，快步走向忠忠，紧紧地握手，说："老弟，你一回来，水云湾的年轻人就有魂了，修路这样的事做得好，我也要参加——今天我就不去县城了，我要跟着你们年轻一回！"大伙听着，掌声骤起！隔了一会儿，又有几辆手扶拖拉机开了过来，当驾驶员们听说是水云湾的年轻人在修路时，一个个笑盈盈的，其中一个提议说："这路这么烂，我们村里的年轻人没有车、不跑运输都上来修路了，我们跑运输的还好意思不修路吗？我们今天都不跑出去了，今天的任务就是修路！大家说呢？"

"好！"众人异口同声。

有了这么多手扶拖拉机驾驶员的加盟，年轻人的热情高涨，有人还带头唱起了歌：

你是不是像我在太阳下低头

流着汗水默默辛苦地工作

你是不是像我就算受了冷落

也不放弃自己想要的生活

……

大伙合唱：

我知道

我的未来不是梦

我认真地过每一分钟

我的未来不是梦

我的心跟着希望在动

……

歌声嘹亮，太阳似乎在眨眼之间就被唱高了，路也快修好了一半。

在休息的间隙，烟筒突然提议："村里好久没放过露天电影了，今天天气好，心情好，不如请乡里的电影队来放一场电影再助助兴吧？反正前几天买修路工具时我们年轻人每人凑了十元钱，现在还没用完。"

"噢嗬！"众年轻人立时高兴得吼了起来。

对烟筒的动议忠忠没表态，别的他不担心，他担心的是放露天电影时会有人乘机捣乱。忠忠很清楚，放电影在村里甚至在四里八庄都算得上是一件大事，会惊动很多的人，一到放露天电影的晚上，不分男女老少，乡里的人都喜欢赶来蹭一蹭这样的热闹。按水云湾的惯例，每次放露天电影都得先跟福旺通个气，取得他的支持有他出面这场面才有可能撑得住，而且电影放至中途得请他出场讲几句话，得他开了"金口"才能镇得住"邪"。

可这次放电影，是年轻人自个儿组织的，又是在敏感的节点上，年轻人是绝不可能跟他通气并请他出场的，而这，便可能直接触怒福旺。

"放电影是好事呀！我支持！"蠢子谭文龙也乘兴添了一把火，其他几个开手扶拖拉机的也齐声附和。

忠忠不好再说什么，算是默认。

烟筒和虾公这一对活宝便先去莲荷圩联系电影放映队了。

下午，修路照样进行。

烟筒和虾公先领着电影放映队的人到村里的大晒谷坪上立树杆、扯幕布，刚进村口，冤家路窄，又与福旺撞上了。但这一次福旺没有敢动手，只指着放电影的机器骂："你们这些孤坟野鬼名堂没有，还想跟我作对，等着我晚上去踢了你们的场子!"

路过的村人见了这情形，都为年轻人捏着一把汗。

虾公抢先返回修路工地向大伙报告了发生的这一情况。其实，在忠忠看来，这也是预料之中的事情。但他拿不定主意的是：这电影，放，还是不放？

就在这时，五保老人兰秀婆婆急急地赶过来了。

"我刚从外边回来，听说忠忠带着年轻人在修路——带着年轻人学好，这是大好事。"兰秀婆婆说。

当兰秀婆婆听说年轻人凑了钱修路和放电影时，非常激动。她说："这电影一定要放，让别人凶一句话就不放了，你们年轻人还想出头？——你们凑了十块钱，我老人家再没钱也要凑十块钱，我是真心实意支持你们!"

说完，兰秀婆婆就拿出钱死劲往忠忠手里塞。

忠忠死活不肯接，说："老婆婆，您的心意我们领了，我们怎么能够收您的钱呢？"

兰秀婆婆哭了："忠忠，我是从小看着你长大的，你不要我的钱，就是看不起我——你怎么也会看不起我呢？呜呜——"

忠忠的心顿时被浸润得一塌糊涂。

蠢子谭文龙见状，忙出来打圆场，说："我们每人也凑十块钱。兰秀婆婆，算您老，收您一半，要得不？"

兰秀婆婆终于破涕为笑，说："好。——我今天就是高兴!"

众人没怎么注意的是，早有一辆吉普车停在了旁边。车上下来几个干部模样的人，他们正好看见了这一幕。

一个中年干部走过来，问忠忠："有人向乡里反映，你们水云湾的年轻人买了锤子，要成匪，是不是有这回事？"

忠忠便把事情的前因后果说了。

兰秀婆婆说："这些年轻人做得好!"

蠢子谭文龙说："我也支持年轻人！"

众手扶拖拉机驾驶员说："我们也支持！"

其实，水云湾的情况乡里的干部都是清楚的，对于福旺这个人也是了解的。今日的所见所闻，更加深了他们的印象。

忠忠说："今晚上我们年轻人自己凑钱放电影，但有可能会上演一场血战……"

中年干部边上车边摆手，然后给了忠忠一个真切的微笑。这微笑像是蔑视：哼，福旺是一天两天的福旺？就凭你们这帮毛头小子敢跟他斗？又像是赞许：行啊，初生牛犊不怕虎！

在这样暧昧的微笑里，似乎还有着隐隐的怂恿和期待。

干部就是干部，一个微笑，看似云淡风轻，其实意味深长。

太阳快要落山的时候，进村公路总算被维修得平整了，蠢子谭文龙他们的手扶拖拉机都先开回去了。这时，有善良的村民过来报信：福旺放了狠话，今晚要把放电影的摊子踢个稀巴烂！还说这是送大家一场比电影更精彩的"加映片"。

忠忠想，这福旺已经有些神经质了，他这样做无非就是要吓唬吓唬年轻人，让年轻人都像以前一样乖乖地听他的话。如果说忠忠与福旺之间真有了过节的话，先前还多少有些误会的成分，而现在却真可能是反目成仇了。忠忠也是一个心气很高的人，他是再不会主动去找福旺沟通了。

"福旺，你不要再逼我。逼急了，兔子也会咬人了！"忠忠对自己说。

天色在慢慢地暗下来，这给了忠忠"黑云压城城欲摧"的感觉。福旺的猛他是见识过的，有一年，邻村一户人家干塘，却引来了乡里的四五十个烂仔下塘抢鱼，这四五十个烂仔根本就不把塘主人放在眼里。后来，塘主人请了福旺出面，福旺赶到现场，大喝一声："你们今天都来找死了，我一个一个埋呱你们！"话未落音，他拖了一把锄头就下塘，朝众烂仔奔去。刚刚还穷凶极恶的众烂仔一听见福旺的声音，魂都没了，纷纷丢下手中的鱼，没命地逃窜。那气势，正印证了一句话：虎吼一声百兽散！——而今晚，真要有事，事情的性质跟那天自是不同，但出现人人只顾自己逃命的情形也还是蛮有可能的。毕竟，福旺在莲荷乡甚至在江湖上都是一只还没有出现过败绩的猛虎。而一旦有年轻人各自奔命的情形出现，一是让人笑掉大牙，二是这么多人来回"奔忙"，其实无异于是在拿性命为福旺免费做"活广告"。

忠忠领着大家来到了潮泉边上的草坪里，微笑着问：

"今晚的电影还放不放？要是不放，还来得及，让乡里的放映队回去就是了，我们也当着什么事也没有发生，反正来日方长。"

"怎么能不放？放！"

"我们自己凑钱修路凑钱放电影，这是为村里人做好事，碍着了谁？谁要是敢出来捣乱，就对谁不客气！"

"今晚上就是遇见了鬼，也要拼一下！"

群情激愤。

忠忠收敛起了脸上的笑容，严肃地说：

"既然要放，就要放好。首先要保护好群众的安全，其次才是保护好我们自己的安全。我们的原则是不惹事，不怕事。但一定要作好准备，如果真有恶战发生，只能打，不能逃；只能打赢，不能打输！大家认为如何？"

"说得好！"年轻人举臂高呼。

忠忠只觉得箭在弦上，命在弦上，心里涌起一股无以名状的悲壮。

天黑尽了，宽敞的晒谷坪上全是人，有早早地背了长板凳过来占了好位置坐着的村人，还有从四邻八庄赶来的人。他们说笑着，言语间难以掩饰心中的喜悦。电影就要开映了，放映队的人启动了自带的发电机，竖挂在放映机上边的灯亮了，温馨的灯光立时就点燃了人们的兴奋，一群小孩子高声地喧哗了起来。

是啊，村人已经多日没见过电灯光了，他们的渴望又怎会不被这现实的光明照亮？

忠忠想，还是这些孩子们好，他们看见的只是快乐，只是光明，全然不会去理会可能有的阴影和绚丽表现下的波诡云谲。人啊，是越单纯越美好，可是现实却逼得人不得不抛弃与生俱来的单纯。

晚上八时，电影准时开映，水云湾的年轻人手持棍棒旋即进入战备状态，这样的场景仿佛当年跟黄婆镇张家村人打架时的情形再现。

一会儿，从外村赶来了三四十个头发染得或红或黄的年轻人，他们是今晚的外援。

本来，外围已由烟筒带了五六十个年轻人负责警戒，刚刚赶来的这些染了发的年轻人又被补充到了负责警戒的队列里。

水云湾的年轻人早已统一了思想：注意内紧外松，尽量不影响大家看电影。注意巡逻和外围警戒，发现不好的苗头快速处理。

对好人秋毫不犯，对坏人丝毫不让！

这是忠忠单纯的想法。

忠忠站在放映机旁，目光瞪着幕布，其实他又哪里还有心思看电影？放的电影是什么名字他都没搞清楚，他的脑壳里一直跃动着三个字："加映片"。在孩提时的记忆里，加映片肯定比非加映片好看，要不就失去了"加映"的意义。可今晚的"加映片"会不会上映呢？又究竟会以什么样的方式上映呢？准确地说，今晚的加映片如果真会有的话，不应该叫上映，而叫上演，真刀实枪地上演。

主角还没来，主角还会不会来呢？

时间一分一秒地过去了，忠忠的心"叮叮咚咚"像一块不安稳的石头。

烟筒来报，没发现大的情况，只是电影开场没多久来了几个人，也都拿了棍棒，但一见年轻人这架势，便都走了。

电影放到中途，年轻人推举忠忠讲几句话，忠忠没有准备，还是接过了话筒："父老乡亲们：我们水云湾是个好地方，但近些年来却是好人受气，坏人神气，弄得整个村子里乌烟瘴气。村里的年轻人不信这个邪，决心要振兴水云湾，今天修路就是一个好的开头。今后，我们更要多做好事，谁行偷盗，谁作威作福，我们就对谁不客气！我们相信，只要大家齐心协力，就一定能把歪风邪气打下去，一定能把清风正气树起来！"

忠忠的讲话赢得了群众雷鸣般的掌声……

快到晚上十二点钟的时候，电影放完了，但没有听见异常动静，看电影的人开始慢慢退场。一个平时老实巴交的中年人突然走近忠忠，他手上提着个烂包裹，里面裹着的竟然是一把砍猪肉的屠刀，在灯光下，屠刀闪着炫目的寒光。中年人对忠忠说："要是今晚上打起来，我也要跟在你身边保护你，也会扑上去砍那家伙几刀——他以前太欺负村里的人了。"

这让忠忠大感意外。

一会，小青、铁牛也带着十多个人过来了。小青说："今晚的事我们都知道了，干得好！我告诉你，我们身上都带了家伙，都想着大干一场呢！"

忠忠震惊不已：今晚究竟还有多少这样潜伏着的福旺的仇家呢？他今晚要是真出来主演"加映片"，岂不会当场成为肉酱？

忠忠、烟筒带着年轻人护送放映队的人走出村子，却见福旺家黑灯瞎火，大门紧闭。

在出村的公路口子上，忠忠突然看见一个魁梧的身影敏捷地蹿进了停在路边的一辆越野车上，而后车子发动，箭矢一般地离村而去。

忠忠隐约感觉到，这人正是黄坤。

他来干什么呢？忠忠很是纳闷。

这时，村里传出了庆祝节日一般的"噼噼啪啪"的鞭炮声……

六十四

忠忠回到家里，才感觉肚子饿了，才发现自己还有村里那么多的年轻人根本就没吃晚饭。之前也许是太紧张了，所以不知道饿，现在一兴奋，馋虫也就跟着觉醒了。忠忠的母亲点亮了蜡烛，然后准备为忠忠热饭，忠忠说："不用了，我还喜欢吃冷饭。"说着，找了一只大碗盛满饭就吃了起来。看着忠忠狼吞虎咽的样子，忠忠的母亲又爱又怜："崽吔，你总算硬气了一回，出息了！看电影回来的路上，村人都说福旺这回是碰上对头了，那些平时看不起我们家的人，对我说话也是客客气气的——崽吔，在水云湾，再也不会有人敢欺负我们了！"

忠忠假装没听见，吃了两大碗饭，躺在屋里的长板凳上便呼呼睡去。

烟筒来叫醒忠忠的时候，已是次日上午十点多钟了，阳光从窗棂照射进来，直晃眼睛。烟筒说："我们几个都在等你了，马上去找乡电站的人谈用电的事情。"忠忠胡乱着抹了一把脸，连早饭也来不及吃，说："现在就走！"

那天在乡电站谈得还算顺利。电站站长起始就很务实，没有过多地谈村人历年来拖欠电费的问题，只笑着问年轻人："你们认为要怎样做我们才会把电给你们送过去呢？"忠忠说了自己的想法："我们年轻人实际上也是看不惯村里一些人之前拖皮赖债的做法才出来管这事的。我们的想法，一是这次把电送过去后，村里一定按时交电费；二是因为发电的水源毕竟在我们水云湾，因此，请求乡电站在定价上给予优惠。"电站站长站起来，说："好。小伙子，我喜欢你的直爽！我也不拐弯抹角，就按这思路谈下去。"

到下午快两点钟的时候，双方基本达成协议。然而，就当双方代表要签字的时候，电站站长像是突然想起了什么，脸色有些凝重，他对忠忠说："协议内容就这样定了。但你们村里原来管电的人也说过还要把电管下去，因此，电站也得把这事告知他们。——这样吧，明天乡里赶集，你们和你们村里原来管电的人哪边先来电站，电站就跟哪边签协议。"

说完，电站站长笑着说："你们水云湾人，我们可是谁都惹不起啊！"

年轻人都听到了，立时狂笑不已。

忠忠明白，电站站长其实是话里有话。忠忠早感觉到乡电站其实早就不想再让水云湾村原来管电的人管电了，要不就不会这么坦诚地跟他们这些嘴上没毛的年轻人谈。事实上，乡电站花了大本钱把供电线路从水云湾村移开，很大程度上就是因为对水云湾村用电管理的失望，准确地说是绝望——因为再指望用老人老办法去管好电那是绝无可能的事情。可这一些"老人"都是水云湾的"人精"，电站还真的惹不起。电站的人今早也在传说水云湾村昨晚放"加映片"的事情，他们感觉到死水一潭的水云湾也有年轻人开始觉醒了。电站站长敏感地意识到，给水云湾村断电绝非长久之计，但欠电费却是自电站开始发电以来一直存在的事情，都快二十年了，要一次性把这些新债旧债全都理清，然后再为水云湾村供电，这不现实。最好的结果是，自重新供电之日起不再有欠电费的事情发生，哪怕就是让点利也行。没想到，毛头小子忠忠一开口就替自己把想法说出来了，他看了看忠忠，黝黑、朴实，却一股倔劲，一双眼睛清澈又沉静，只是长时间瞪着一个人看时，却又冒出莫名的杀气，让人心里隐隐地发毛。电站站长与忠忠乍一见面，就料到他是这一班年轻人中说话有分量的人。

忠忠伸出手跟电站站长握了，很是温和地说："明天我们会早点来。"

忠忠知道，电站的人还是有些怕原先管电的人，如果从另外一个角度理解，就是认为水云湾的年轻人要出面管好电可能还没有绝对的实力。要是年轻人在村里的脚跟还站不稳当，原先管电的又被得罪了，电站的人就会是猪八戒照镜子——里外不是人。因此，明天来签用电协议，恐怕又是一场硬仗。而且，这场硬仗不是在水云湾打，而是可能在莲荷圩打；不是在晚上打，而是可能在白天打。

昨晚的"加映片"没演成，是否意味着明天又要直接交手？

第二天清早，忠忠果然来到了乡电站。乡电站外边全是水云湾的年轻人，他们不吵不闹，很是悠闲地聊天、抽烟。

一会儿，有人看见村里原先管电的人朝电站这边过来了，他们有七八个人的样子。

"噢嗬！"烟筒兴奋地叫了一声，年轻人立马振奋起来。

那七八个人见了这阵势，立马掉头，一会儿就没了踪影。

这一幕，电站的人都看到了，他们没想到，这么快就见了结果，少了许多的精彩。

电站站长对忠忠说："把协议早点签了吧。"

忠忠气定神闲，说："不急，不急。再等等。"

没想到的是小青、铁牛也带了十多个人过来，他很是友好地拍拍忠忠的肩膀，然后很是恭敬地递了根烟给忠忠。他们就这样在电站前边的空坪里等着，秋日清晨的阳光打在他们身上，打在水云湾的年轻人身上，不疾不徐，不愠不火，这些年轻小伙们从小到大似乎都没感觉到像此刻这么爽心过。

又等了半个多小时，仍没见着那七八个人的影子，小青说："我敢打赌，他们不会来了！"说着，"呸"的一声把嘴巴上的烟头吐了好几尺远，然后抹抹嘴巴上的口水，对乡电站站长说，"今天只要他们敢过来，这协议就让给他们签。"

电站站长没理会小青，又对忠忠说："你们把协议签了吧！——水云湾这么久没送过电了，线路还得检修呢！抓紧时间吧，好事早办好，早安心。"

忠忠便让烟筒把协议签了。

"噢嗬！"年轻人欢呼雀跃。

小青说："好像今天福旺也来了，我们马上去找他，干干脆脆地把他放倒在大街上，看他究竟还有不有脾气！——大家说要不要得？"

铁牛说："要得！把他放倒，看他还坏不坏?!"

烟筒、虾公因为当初买锤子进村时曾经被福旺踢过一脚，一直想着报仇，便齐声说："要得！要得！"

年轻人都热血沸腾，双手挥舞，说："要得！要得！"

这一刻，忠忠心中如同打开了五味瓶。他想起了入伙兄弟矿之前，福旺对自己的好，想起了当初两人在水云湾曾击掌盟誓"苟富贵，勿相忘"，那是何其惺惺相惜呀！无论怎么说，福旺都曾经是莲荷乡人眼中的豪杰，也是水云湾的招牌，而今，这块招牌就要被水云湾人生生地砸烂，又是何其地残酷和残忍！

但此刻，年轻人的情绪都已经燃烧起来。

"我去这条街找找，你们去别的地方找找看。"走出电站，忠忠对烟筒他们说，而后一个人朝前面的小街走去。

这条小街是一溜的店铺，服装店、饭店、杂货店，应有尽有。以前，福旺经常带着忠忠去其间的一家杂货店坐坐，老板是福旺的一个熟人。果然，忠忠走近杂货店，就听见了福旺的声音，还有村里原先管电的几个人唯唯诺诺的搭话声。

　　他们不知道，外边虽像往常赶集一样众声喧嚣，其实已经布满了杀机。

　　福旺的声音让忠忠放了心。他折转身慢腾腾地往回走，正碰上了小青、烟筒他们。

　　"你们那里找见人了没有？我这边没看见人。"忠忠对他们说。

　　"没有。我知道那家伙鬼精，肯定溜回水云湾了。"小青说。

　　"下午得把线路检修好，晚上乡电站就可以送电了，我们赶紧去找一个电工师傅。"忠忠绕开话题。

　　"这事我来办。上午大家一起在醉仙楼吃个饭，我请客！"小青大包大揽。

　　"好！小青哥不请谁请？谁让小青哥这么有钱？"烟筒说。

　　一行人吃完饭已快下午两点钟了，小青、铁牛因矿里有事，上了鬼头岭，忠忠他们带着电工师傅回到了水云湾。

　　时值金秋，家家户户在抢收稻谷。本来忠忠家也打算今天割禾的，但为了村里能用上电，也就把时间往后推了。

　　在田里劳作的村民听说年轻人把用电协议签了，并请来了电工师傅检修线路，最快的话晚上就可以用上电，顿时兴奋不已。

　　福旺的二弟见了这么多年轻人帮着电工师傅检修电路，深受感染。他说："年轻人做好事，我支持！"

　　年轻人都没声，都不好表明态度，因为他是福旺的亲弟弟。

　　忠忠对福旺二弟的印象一向不差，甚至说是很好。一是生性乐观，也像忠忠一样，属于那种几天不听录音机唱歌就心里发痒的人；二是聪明，农活、砖活、木匠活，还有电工活，他都能来几下子；三是仗义，黑白是非能分得清楚，而且能拿出态度。

但忠忠也不急着表态，只是认着福旺二弟憨憨地笑。

福旺二弟对忠忠显然也是有好感的，他说："我这个人一向认为公是公、私是私，这电再不搞过来，哼哼，水云湾人的眼睛就都要瞎了！不管近段时间发生过什么，你们把电搞过来，就是为村里的人做好事，做好事的事，我也要积极参加，更何况，我比你们这些年轻人更懂电！"

"哈哈哈哈！"忠忠爽朗地笑了起来。

年轻人也跟着笑了。

这笑很暖心。是啊，都是喝着同一口井水长大的水云湾人，犯不着真跟仇人似的，说黑脸就黑脸。

尽管已经断电了很长时间，但电工师傅为保险起见，还是亲自把进村线路的电源断开了，接着要做的是把进村线路入口处的变压器取下来检修。变压器四四方方的有好几百斤重，一时找不到能将其绑稳并抬下来的小指头般粗的铁丝，忠忠想起公家那破旧的礼堂里长年放着埋人绑棺材用的粗棕绳，便问电工师傅可否拿来一用。

电工师傅四十来岁，似是有些急，说："还不快去拿！"

忠忠一溜烟似地往村里的礼堂跑去。

村里的礼堂就在村口的水塘边，与福旺家相邻。但礼堂的大门上了锁，忠忠也懒得找人去要钥匙，因为那又粗又长的棕绳就胡乱地放在礼堂靠路边的一间小房子里，只要拿一把锄头从小房子的木窗棂间放进去就可以慢慢地把棕绳钩出来。

忠忠便先回自个儿屋里拿锄头了。

让电工师傅意想不到的是，拆变压器这边会出现状况。电工师傅确认进村的电源已断，变压器上早没电了，可是当烟筒搭了木梯去拆变压器与进村线路的连接线时，一只手摸了一下电线，瞬间就被弹了回来,并大叫:"我的妈呀,有电!"

电工师傅骂:"你怕是见鬼了,不是电线上有电,是你心里边有电,进变压器的电线上如果有电,那就是高压电,早打死你啦!"

烟筒说:"不骗你,真的有电!"

在下边扶木梯的福旺二弟抬起头,很是鄙夷地望了烟筒一眼,大叫:"你这个胆小鬼,下来,下来——我上!"

烟筒战战兢兢地下了木梯,福旺二弟哼着小调踩住木梯,然后像猴子一样爬了上去。让众人料所未及的是,福旺二弟的手还没摸到电线,只是头发无意中触了一下,便口吐白沫从高空摔了下来。幸亏下边木梯边的几个人眼疾手快,将福旺二弟稳稳地接住了。

电工师傅是第一次碰到这样的状况,险些懵了。在现场的这么多人当中,只有他一个人是持有相关专业作业证件的,要是真出了人命,他得负责任,甚至可能有牢狱之灾。电工师傅毕竟是专业出身,他指挥着烟筒等人将木梯平抬着,然后叫另外三四个年轻人将福旺二弟的身体平放在木梯上。

那会,忠忠正拿着锄头在村里的礼堂里钩棕绳,陡然看见有人往福旺的屋里跑,并向福旺报信:"我刚刚在变压器对面的晒谷坪里看见正在摸电的一个人被电打下来了,那么高被打下来,怕是死了。"

福旺正在用刀剁猪菜,说:"这些年轻人牛皮烘烘的,本事又没有,就要多死几个才好!"

忠忠一听,便顾不得钩棕绳了,他把锄头一扔,便往出事的地方奔去。

他看到福旺二弟被烟筒等人用木梯抬着,嘴巴上、鼻子上全是白沫。

"快去喊医生！"电工师傅对忠忠说。

几乎在同时，第二个报信的人走进了福旺屋里，说："刚刚被电打下来的是你弟弟！"

仿佛晴天霹雳，福旺立时跳了起来，冲出了屋子。

忠忠风急火燎地跑着，去叫村里唯一的赤脚医生——卫兵的老婆。他远远地看见，福旺正朝自己跑来，他右手拿了菜刀，左拳紧握，有很多村民见了，又哪敢劝阻？

但有好心的村民见了忠忠，劝他赶快躲开，不要去叫什么医生，这会儿自己的命当紧！

是啊，福旺是专业武师，这会儿又手握利器。而忠忠，本质上就是一介书生，何况还真是赤手空拳呢？

但忠忠就是忠忠，他是个死要面子的人，最不屑于做的就是躲避，何况当下还真是去叫医生来救人要紧！他也作好了最坏的打算，真要发生冲突，只能以命相搏！

忠忠一步也没停，依然风急火燎地奔跑着。

正所谓冤家路窄，在村口的石拱桥上，福旺、忠忠迎面相逢了，眼见的村民们都惊出了一身冷汗！

六十五

在现场的村民看来，福旺、忠忠就像两头斗红了眼的公牛，正向着各自的方向奔跑。在村里的石拱桥上，两人的目光正面相遇了。一双目光凶狠，一双目光凶猛，奇妙的是，两人只是对视了一眼，谁也没有停下脚步。

眼见的村民心里的石头才算是落了地。

忠忠的母亲正在家里煮猪潲，对外边发生的一切浑然不知。一会她的小儿子跑进了屋里来，哭丧着脸说："哥哥忠忠……电电……电死了!"忠忠的母亲是出了名的急性子,顿时感觉到有血往脑门上冲,接着"嵩吔嵩吔"地哭出了声。她趿着一双塑料拖板鞋,急急地往村口赶,等到得变压器旁,就还剩一只鞋了。她没有看见自己的儿子忠忠,只看见福旺的二弟躺在木梯上,嘴边全是白沫,而木梯由烟筒和村里的年轻人抬着。福旺像是疯了,挥舞着菜刀,嚷嚷着要杀了忠忠,要抄了忠忠的家。一会儿,他扔下刀,把烟筒从木梯下拖出来,将烟筒举起,然后狠狠地摔在了地上,接着虾公也被拖了出来,摔在地上……烟筒和虾公这一次似乎不再惧怕了,爬起来,对还抬着木梯的年轻人说:"把梯子扔了,反正是死他屋里的人——我们走人!"抬着木梯的年轻人也还懂事,考虑到木梯上边躺着福旺的二弟,便轻轻地把木梯放在了地上,然后都跟着烟筒、虾公走了。

闻讯赶来的福旺房头的人便又把木梯抬起。

烟筒见了忠忠的母亲,告诉她,忠忠没事,去叫卫兵老婆来救人了。

忠忠的母亲一听,立马转身往卫兵家跑。

忠忠到村卫生室的时候,见大门紧闭,一问住在旁边的人,才知卫兵刚从县城赶回来带着老婆去自家责任田割禾了。忠忠又一阵小跑,找到了卫兵的责任田。看得出,田里的水放干不久,湿湿的,卫兵的一双赤脚踩着打谷机正打禾把,他老婆负责递禾把,旁边还有两三个从外村过来的亲戚在帮着割禾。

卫兵见了忠忠,叫:"怎么,大秀才,帮我割禾来了?"

忠忠哪有兴致跟卫兵开玩笑,只说:"快要你老婆跟我走,刚刚年轻人在村里检修电路,有人快被电打死了!"

"啊?"卫兵和他老婆几乎同时叫出了声。

"好,我马上去!"卫兵老婆急忙放下了手中的禾把。

"哪个被电打倒了?"卫兵又问。

"福旺的二弟。"

卫兵老婆一听，复又把地上的禾把捡起，递给卫兵。

卫兵没答话，狠狠地打着禾把。

"不急哦，这丘田的禾把就快打完了，打完就去。"卫兵老婆说。

好不容易等到禾把打完，卫兵老婆又说："我先去江边洗下脚。"

又等了好一会儿，她又朝着卫兵喊："看到我的鞋了吗？我的鞋怎么就找不见了！"

似乎喊得很急，忠忠听着，却分明听出了冲着卫兵来的撒娇样。想来，福旺跟卫兵之前的过节她是很清楚的了。其实，忠忠之所以今日要亲自来叫卫兵老婆，也有这方面的考虑。一来他跟卫兵也还要好，二来卫兵家人对忠忠的印象都还不错，三来在村里他也还算是有面子的人，换成他人来，只要卫兵老婆知道被电打了的是福旺的二弟，这个水云湾村唯一的赤脚医生未必就能请得动，说不准会一口回绝。

所以，她的磨磨蹭蹭也算是给足了忠忠面子。

就在这时，忠忠看见趿着一只塑料拖板鞋的母亲朝着他飞奔而来。母亲喊："忠忠，你千万不要回去。福旺拿了刀到处找你，要杀了你！他还要去抄我们的家！"

忠忠感觉到了事情的严重性。但自己又怎么能一躲了之，让家人去承担危险呢！

那一刻，他突然觉得自己真的长大成人了。他对自己说：天塌下来也不要怕，何况我没做坏事，问心无愧！福旺啊福旺，你何以要步步紧逼？我的屋门已被你砸过一次了，我一直都在隐忍，但这一次，你再敢欺人太甚，我绝不会客气了。

忠忠平静地对母亲说："我们回去。"

母亲推开忠忠："崽咓，你这十天半月都不要回屋！"

这句话像是扫了忠忠的逆鳞，他对天咆哮："我现在就回去，我要看看谁还敢欺负我！"说完，撒腿朝家里奔去。

此时的家门口，站满了手持棒棒的年轻人。烟筒见了忠忠，说："我们都在这里等人家打上门来了，我和虾公已经被人家打了好多次——你不要再容忍了！"

忠忠说："容忍个屁！"

半个小时过去了，一个小时过去了，并没见福旺过来。这时有人来报：福旺二弟被送到邻村卫生室救治了，已经清醒过来，没什么大事。

忠忠问："电工师傅还在不？"

"还在村里。我们怕他挨打，将他保护起来了。"虾公说。

"好。"忠忠吩咐虾公，"你马上带着年轻人去协助电工师傅检修电路，记得一定要注意安全，不能再出事故。如果今晚上全村的人都能用上电，我们近些天来再苦再累再受气也值得。"

忠忠算是松了口气，突然他有了一个想法，便跟烟筒商量："无论怎么说，福旺二弟是跟我们一起检修电路时被电打倒的。要不，我俩代表年轻人去看看他？"

烟筒感到很惊讶："你是不是脑壳进水了？要去你去，我不去！"

忠忠的母亲也急急地答话："福旺刚刚还拿着刀到处找你，你怕是想去送死了！"

忠忠没理会母亲，也没再跟烟筒讲大道理，只用眼睛瞪着烟筒，逼问："你是去还是不去？要是你不去，我就一个人去！"

烟筒服软了，叫上一个帮手就跟着忠忠上了路。他们到达邻村卫生室时，福旺的二弟正躺在病床上打挂针。

忠忠把三人凑钱买来的橘子罐头放在福旺二弟的床头，然后说："今天你受惊吓了，我们代表村里的年轻人过来看你。"

福旺二弟很是感动。毕竟检修线路是为全村人做好事，并非为忠忠个人帮忙，他没想到忠忠竟然会特地赶过来看他。福旺二弟仍是乐观地笑着说："人被电打倒，当时没死就不会有事了。我没什么大碍，请全村人放心。"

临走的时候，忠忠告诉福旺二弟："可能从今天晚上起，我们水云湾就又有电了，又可以放录音机了！"

福旺的二弟也来了神："我也爱听录音机'咚咚咚咚'响，还喜欢看你跳霹雳舞！"

忠忠说："你好生休息，到时我跳给你看。"

福旺坐在病床旁边的木凳上，始终绷起个脸。他也没想到，忠忠会过来看他的二弟；更没想到，明明知道他还在这里，这个书呆子竟还真有胆量过来。从这一点看，倒还真有自己昔日的风范。

忠忠这家伙似乎真是成长了，再也不是当初乳臭未干的小子了，再也不是当年的跟屁虫了，放电影那天晚上，竟然晓得布下"口袋阵"，就等着我钻进去了——还好，我做事老到，才没上他的套！想起曾经融洽相处惺惺相惜的时光，想起自两人反目后所遭遇的灰头土脸，福旺悲喜交织，他对忠忠说出的竟然是一句又爱又恨的话："我恨不得捏死你！"

忠忠已懒得跟他说话，他们之前的情谊似乎已被消耗殆尽了。

忠忠一行三人迈步走出了邻村卫生室，当他们回到水云湾的时候，突然眼前一亮，瞬时，家家户户的灯都亮了！随之引出的一阵接一阵的喧哗，打破了水云湾夜晚的沉寂。

六十六

陈老板近段时间总有着不祥的预感。"这矿里的煤一斗都不能卖出去，你要敢卖，我就敲碎你的脑袋!"这话一直在他的耳边响起，后来他才知道，说这话的小子叫铁牛，跟鬼头岭煤矿老板小青是一个鼻孔出气的兄弟，小青叫他往东，他大抵不会往西。他也知道，小青和罗小强已经把鬼头岭煤矿的麻纱事摆平了，其能量远非兄弟矿的人所能比。当初，小青和罗小强能合谋把他坑了，而今，眼见着从他们的矿底挖出来的财富在他们面前摆着，他们又岂会善罢甘休? 这些天，常有不明身份的年轻人在兄弟矿门口晃悠，碰上有货车想进矿里来拉矿，这些不明身份的人便拿着棍棒一哄而上，司机往往被吓得魂飞魄散，掉转车头一溜烟跑了。黄坤也知道了这些情况，有几次让小毛叫了些人去教训他们，尽管小毛很勇敢，但一次也没打赢过。黄坤有一次亲自动手了，一下干倒对方几个人，铁牛知道后，带了更多的人来，不要命地往前冲。黄坤他们只得退回矿里，把铁门反锁，事态才算平息。

"强龙难压地头蛇呀! 真理就是真理，到哪里都管用。"老江湖黄坤暗自嗟叹。他想起了福旺。曾经，在莲荷这块地盘上，有福旺在，他就有了底气;而今，没了福旺，他可就连底都没有!

水云湾放电影那个晚上，其实他进了现场。他躲在外围，一直在静静地观察。他明白:自己以前小看了书呆子忠忠。

就目前的形势分析，尽管福旺还算是兄弟矿的股东，但再请他出山护矿，一是之前股东们表现出过对他的怠慢甚至可以说是看不起，他是个心高气傲的人，未必就肯屈尊;二是从人气方面来看，他已处于劣势。他也会看事做事，量力而行，所以未必请得动;三是即便请得动，他硬起一股气出山，在当前复杂的形势下，也未必还会有用。

思来想去，他只有在忠忠身上去碰碰运气了。

忠忠这几天心里感到特别地爽。一是村民们都愿意交电费，电费都能收齐交给乡电站了；二是偷鸡摸狗偷魔芋偷姜的事情在水云湾再没有发生。兰秀婆婆整天笑眯眯的，逢人便说："这几天我睡得着了，再也不用担心有人偷我地里的东西了。"

有时候，忠忠也为自己感到惊讶：我就一文弱书生，怎么真的会在水云湾甚至会在莲荷乡闹出大的动静来？事实上，忠忠还就是一个懵逼青年，但他冷不丁就会给作恶的人"临门一脚"，这足以让那些横行无忌的恶人感到"懵逼"。当有人犯了众怒的时候，当众人敢怒不敢言的时候，忠忠总会习惯性地跳出来。他起的作用就是做那根小小的火柴，希图用自身的微光去把正义的火焰点燃。他就像大战风车的唐吉诃德，要结果，不顾后果，而一些恶人惧怕的恰恰是后果。

邪不压正，再恶的恶人心也是虚的，这是忠忠用 N 次"懵逼"验证了的真理。

忠忠家的稻禾刚割完，他就收到了省作协的通知，让他报名参加省作协组织的为期两个月的文学创作培训班。忠忠拿着通知从乡邮局出来，哈哈大笑，说："以前是为赋新词强说愁，这些年经历了这么多，我是该静下来，好好地充充电，好好地写作了！"烟筒、虾公都听不懂他笑什么，但都"哈哈"地陪着傻笑。

"兄弟！兄弟！"他们在公路边走的时候，突然有声音追着忠忠的背影而来。烟筒、虾公一回头，却见后边跟了一个身材魁梧穿着西服打了领带的人，很像港台片中的保镖或打手。

"忠忠兄弟！忠忠兄弟！"忠忠没回头也听出这是谁的声音来了。

他不想回头。但那声音一会就跑在了他的前面，那人果然就是黄坤，一个他曾经崇拜却从未受其正眼看过的人，一个高傲至极其实也功利至极庸俗至极的人。

"兄弟，你果然就不一样了哦。抽烟，抽烟！"黄坤恭敬地给忠忠和烟筒、虾公发烟。

"该不是矿里面真有事了吧？"忠忠问。然后，坚决地摆摆手，"我不想抽烟，也不稀罕当你们的兄弟，我真就不会跟你们这些'高手'玩了！"

是这一些人颠覆了武侠小说曾经赋予忠忠的美好想象，在此时的忠忠看来，所谓的江湖豪杰，可能也多是追名逐利之人。

忠忠甩给了黄坤一个冷屁股，头也不回地带着烟筒、虾公走了。

"外来妹"发廊的生意特好，忠忠在那等了很久，一号才歇下手脚。一号已为人母，早没了少女的青涩，但一双眼睛依然清亮。

忠忠问："烟筒欺负过你没有？"

一号反问："有大哥在，他哪敢？"

烟筒抱着5岁了还在撒娇的儿子在旁边憨憨地笑。

眼前开心的情景，突然让忠忠有了莫名的伤感。是啊，从校园步出社会这么多年，自己究竟做成了什么？非但一事无成，还差点把父母给的一条小命弄丢了。

他陡地悲观起来。

"大哥，要理发不？"一号问。

"理。"

"长头发要剪短不？"

"剪。"

"长发不留了？"

"不留了。"

"你不是很喜欢长发很喜欢齐秦吗?"

"那是从前的我。"

"从前的我是不是原来的我?"一号的天真率性似乎又跟上来了。

"告诉我,雨果是哪里人?""不认识。是你男朋友吧?"忠忠闭上眼睛,呈现的却是与一号初相识时的画面,这记忆竟然是那么地温热,感觉是那么地纯真。

"给我一个空间,没有人走过,感觉那心灵的伤口;给我一段时间,勇敢地面对寂寞,再一次开始生活……"一号竟然吹起口哨,哼起了齐秦的《原来的我》。

"可我已经不是原来的我——你唱个鬼,给我剪发,下手狠点!"忠忠打断了一号。

烟筒以为忠忠不高兴了,指责一号:"没老没少——你是越来越癫狂了。"

忠忠连忙纠正烟筒:"错。——这叫文艺,文艺你懂吗?"

烟筒似乎开了窍:"我觉得你留长发文艺,你今日怎么就不文艺了呢?"

"我要洗心革面了,懂吗?"

烟筒笑了笑,似懂非懂的样子。

这个发,理得比较狠,成了平头,却让人显得特别地清爽、精神。

忠忠一个人哼着歌走出了"外来妹"发廊,来到了乡粮站的家属楼下。家属楼有七层高,他站在楼底下往上瞄,目光停留在三楼的一个一年四季都鲜花盛开的阳台上,那里有他心里藏着的一个小秘密,这小小的秘密他从来没有对任何人说起,包括烟筒和虾公。每当他来到这里,他的心就充满无以名状的甜蜜。

事情得从两年前的某天说起。那天天气很晴朗，吃完中饭，忠忠一个人在莲荷圩圩场上闲逛。突然，听见人声喧哗，忠忠走近一看，见一个三十来岁像是喝醉了的人一双拳头正对着一群人舞来舞去，一位小孩躲闪不及，摔倒在了地上，家长去拉扯反挨了醉汉一拳。这家长也不是好惹的，一会就叫来了七八个手拿棍棒的人。但醉汉根本就不畏惧，把衬衫脱了，秀起了全身鼓鼓凸凸的肌肉，还有青色的文身，以及身上的刀疤。这时人们才看见，醉汉的脖子上还带着有成人大拇指一般粗的项链，项链在阳光下泛着耀眼的金光。酒壮人胆，醉汉拍打着自个鼓凸的胸脯，大叫："别以为我醉了就怕你们，有种朝我身上打呀！打呀！"这凶蛮劲显然把拿棍棒的人吓蒙了，他们竭力地保持着克制。但醉汉不管不顾，竟然冲上前去，又朝家长打了一记醉拳。拿棍棒的人忍不下去了，但就在他们高举棍棒欲行教训的时候，醉汉的母亲、妻子还有女儿闻讯扯架来了。醉汉的妻子差不多是跪下来拦住众人，哀求："行行好，放过我屋里这个惹事鬼！"醉汉的小女儿拉着奶奶的手，"哇啦哇啦"大哭。

醉汉的家人都转身去拉扯醉汉，又哪里拉得住？他还在手舞足蹈秀肌肉，大嚷："想打架？我就是打架打出来的，看看，这边这块刀疤是二十多岁的时候被人砍的，那边那块刀疤是前两年被人砍的，我什么都怕，就不怕死！——你们这些家伙，竟然敢过来吓我！"

这仿佛一桶油泼到了火堆上，醉汉的妻子顿时吓得脸色苍白。

作为旁观者的忠忠也觉得这醉汉可恶至极，很想飞身上去一脚踹他个嘴啃屎。但看看他的妻儿老小，又觉得这一家子很可怜。

忠忠沉默了一会，还是挺身上去，挡住了醉汉。

一个醉眼惺忪，一个剑眉倒竖，两人对视的刹那，醉汉竟然浑身打了一个激灵。

忠忠说："你以前怕不怕死都不用去说了，因为好汉不提当年勇。我只和你说现在。现在你是上有老，下有小，中间有贤惠、漂亮的老婆，一大家子人的生活都指望着你，你还能像年轻时一样不怕死吗？你带着那么粗的项链，起码证明你家的日子过得不赖，你会真的不怕死吗？你还敢不怕死吗?!"

醉汉像是被子弹射中了，身子僵直，一动不动。

"你不要耍酒疯。你要是还能像年轻时一样不怕死，还真的敢往死里玩，那就随便你，但我会陪你玩到底。如果你觉得自己已经有些怕死了，但又还想硬玩下去，我告诉你，你今天肯定玩不赢，因为理不在你这里，人也不在你这里——就你一个人，打得过那么多拿棒棒的人？你仔细想想，如果真的不像年轻时一样不怕死了，就听我一句话，向摔倒的小孩、小孩的家长和在场的这么多兄弟赔礼道歉！"

醉汉扭了扭脖子，酒醒了一大半，望着忠忠，也望着眼前手拿棍棒的一群人，突然屈膝跪了下去，大喊："我错了！我做错事了！请各位大哥、叔侄还有小朋友原谅！"

醉汉变脸如此之快，大出众人意料。孩子的家长指着醉汉说："看你是喝了酒，今日就放过你了，你以后要是再犯，不会这么客气！"

忠忠原想着醉汉能嘴巴服软多向对方说几句好话就行了，没想到他竟跪下去了。在忠忠的意识里，男儿膝下有黄金，又怎么能轻易下跪呢？

"表面牛气哄哄，其实垮垮松松，酒癫子就是酒癫子！"忠忠在心里骂了一句，转身要走。

"谢谢你了！"醉汉的妻子向忠忠鞠了一躬。

围观的群众也朝着忠忠鼓起了巴掌。

就在忠忠转身的瞬间，他看见了站在远处的一个手拿书本的漂亮姑娘，她安静地看着他，脸上是浅浅的笑容。

尽管只是惊鸿一瞥，但姑娘的眼神却让忠忠回味了好久。

在忠忠的印象里，莲荷是一个血腥味很浓的地方，随身带书的人，哪怕是女孩子也很少见，诗情画意早已被现实中的势利看薄或早就变得世俗化了，而此时此刻姑娘清新雅致的装束和静如止水的明眸却似乎让忠忠不安分的灵魂归了位，狂野的心现出了少有的安静。

后来，她知道了姑娘的家就住在乡粮站，父母都是有单位呷国家粮的人。忠忠时常一个人去乡粮站的家属楼旁蹓跶，目光总不自觉地锁定三楼那个一年四季开满鲜花的阳台，内心"突突"地期待着与一双晶莹剔透的眸子相逢。有一天，忠忠看见了姑娘在阳台上浇花，但当姑娘不经意间低头往楼下空坪看的时候，忠忠吓得躲了起来。那一刻，他看见了姑娘的美丽，也看见了一个农家孩子心里的自卑。

即便是烂仔，心里再龌龊，在真正的美丽面前，他的内心也是自卑的。忠忠一直这样想，也一直被自己的行为印证。

两年了，他一个人进出过乡粮站好多次，也看到过好多次姑娘婀娜的背影，但他们的目光再没有对视过，彼此之间更没有说上过一句话。

但忠忠就是喜欢来这里，每每听见自己羞怯的脚步声响起，心里就涌起一阵又一阵的青涩和甜蜜。

这一次进乡粮站来，忠忠认为就有了告别的味道。向一个叫不出名字的姑娘告别，向一个给了他回味和甜蜜的姑娘告别。

三楼阳台的花依旧盛放着，但姑娘依然没有出现。

这已经很好，阳光灿烂，照在身上，暖在心里。忠忠把手举了举，空坪水泥地板上的影子现出了挥别的模样……

第二天，忠忠搭上列车去省作协报名参加培训了。

六十七

煤，已把兄弟矿的水泥坪堆满了，加之矿里已没了流动资金，正需钱救急，陈老板、黄坤和其他的股东们决定择日开秤卖煤。为防范鬼头岭煤矿来人捣乱，小毛召集了一二十个小青年上矿，黄坤也动员了好几个昔日的江湖兄弟来矿里坐镇。当然，所有请来的人都由矿里付报酬，小青年每天100元，黄坤请来的兄弟属大佬级别，每天500元。

那天，黄坤探知小青和罗小强都出远门办事去了，只留了铁牛在矿里管事，便宣布："开秤！"

来买矿的煤车在矿外边排起了长龙。

果然，鬼头岭煤矿来人了，领头的是一个开着挖掘机的年轻人。挖掘机昂起头，三两下就把进兄弟矿的卵石路挖出了几米深几米宽的壕沟，把所有进矿车辆的退路断了。小毛忙带了小青年们过来教训鬼头岭煤矿的人，哪知鬼头岭煤矿的人根本不把这些小青年放在眼里，一见面拿了刀棒就上，顿时厮杀声一片，吓得来买矿的车主四散奔逃。黄坤见势不妙，立马带了自己的江湖兄弟过来增援，他们都是正儿八经练过武的人，手上又挥着马刀，兄弟矿这边的人一会就占了上风。

这时，铁牛带了几个人赶过来。铁牛手上拿着的是可以连发的猎枪，他的脚跟还没站稳，瞄准小毛的太阳穴就是一枪，小毛应声倒地。他的第二枪又对准了黄坤，黄坤见势不妙，弃刀而逃，但还是跑慢了，腿上中了一枪。黄坤捂着伤口，逃进了山林里。铁牛像是杀红了眼，带着鬼头岭矿的人涌进了兄弟矿。

直到自己带来的人把兄弟矿的矿井口炸平了，铁牛才算完完全全清醒过来，他自知又惹下了大事，当天就潜逃了。

这一场血战，双方有十多个人受伤，其中重伤 3 人，死亡 1 人。参与打斗的多人被警方抓获。

远在广东的思慧得知消息后，连夜赶回，她抱着弟弟的尸体，抚摸着弟弟的脸蛋，失声痛哭。突然，她高呼一声"天吔"，便猛捶着自己的胸口，而后又狂笑不已。她像一只受伤的小鹿，沿着鬼头岭不停奔跑……

小毛被火化的第二天，思慧也不见了。村人说，这妹子疯了，出走了。

更让人想不到的是，打斗发生时即已躲开的陈老板几天后潜回了兄弟矿，他闻着依然浓烈的血腥味，看着崩塌的矿井，想着自己在鬼头岭的两次血本无归，不禁悲从心来。

那天就快天亮的时候，从兄弟矿传来一声接一声的巨响，兄弟矿厚实的炸药库被夷为平地。有人说，炸药库爆炸前曾听见了一个男人"呜呜"的悲哭声……

忠忠得知这些消息的时候在省城参加文学创作培训已快一个月，那一刻，他的心里感到非常地震惊。尽管之前，他也预感到鬼头岭煤矿与兄弟矿之间会有一场恶战，但没想到会来得这么突然这么惨烈。他想起了曾经把自己绑架并关进地窖里的小毛，也想起了给自己送吃的并把自己救出来的野妹子思慧。可现在，小毛没了，思慧也不知道去了哪里……他的脑袋一片空白，眼前却分明有一只英姿飒爽的小鹿在晃动，晃啊晃的，把他的眼角给晃湿了。

忠忠想，事发前，福旺没上兄弟矿，想必他也是有自己的估量的——一上去，也许就真的回不来了。可是，要是他和福旺两个人事前没有反目呢？一种可能是，小青也好，铁牛也好，都未必敢对兄弟矿下手；另一种可能是，倘若真下手了呢？当事的每一个人都可能不死褪层皮，没哪个会有好果子吃。如今，因为两人间的扯反，他和福旺都躲过了这场劫难，都得以全身而退，又何其幸哉！祸兮福所倚，福兮祸所伏，谁又能料到冥冥中的天意？

昔日的兄弟矿成了一片废墟，忠忠不得不佩服福旺当初下山走人的先见之明——姜还是老的辣啊！

不久，又一件事传到了忠忠的耳朵里：福旺真被人打了！原来，为了一家的生计，福旺拿出积攒下来的两万多块钱，买了一台七八成新的龙马车，和儿子一起开着跑运输。福旺坐在车上，感觉很充实，很惬意。他想，一辈子就这样稳稳当当地生活，其实真的不错。

然而，就在福旺不想再去招惹是非的时候，麻烦惹他来了。那天，他和儿子驾着车来到黄婆镇，一辆无牌照吉普迎面开来，朝龙马车使劲一撞，而后鸣着喇叭豪歌而去。福旺哪受过这种气，急令儿子掉转车头撵上了吉普。"咣"的一声，从吉普上走下来四五个十七八岁的小青年，他们个个穿着洋气，领头的右手还带了好几个金戒指。金戒指走近福旺，一言未发就朝福旺腹部捣了一拳。福旺一动不动，鼓足气用肚皮狠狠地将那只肉拳弹了回去。金戒指不气馁，拳头张成了五指爪，狠狠地朝福旺扇去，"啪！"响声如空气爆炸一般清脆。福旺顿觉受了奇耻大辱，抓住"金戒指"就要饱以老拳。就在这时，街上又冲出来一伙小青年，手持棍棒叫嚣："打死他！砸了那台破车！"福旺并不很畏惧打架，然而小青年的叫嚣提醒了他，自己的龙马车要是被砸了，两万多块钱就要变成一堆废铁，一家的生计又问谁去要呢？福旺左思右想，最后觉得受点皮肉苦事小，全家吃饭事大。他像瞬间被人点了死穴一样，攥紧的拳头在不觉间松弛下来。"金戒指"此时更为嚣张，又一连扇了福旺几个耳光，众小青年也一哄而上……鼻青脸肿的福旺漠然地承受着，眼睛一直瞪着那台龙马车和车上的儿子，直到这群小青年过足拳瘾扬长而去。

幸好，小青年没动他的车和儿子。望着丝毫未损的龙马车，福旺流下了也不知是高兴还是悲伤的泪水。

说实话，忠忠还没见过福旺被人打过，内心里也不希望他真的被人暴打。他毕竟是水云湾响当当的人物，也毕竟是曾经与自己惺惺相惜的人。他觉得他这次被人打，不能被白打。

福旺又岂会善罢甘休？他找了中间人出面，把那一伙小青年都叫到了一块儿。小青年仗着人多势众，加上年轻气盛，起初根本就不把打人的事情当回事，放言"要是不服气，就再打一场"。后经中间人多方撮合，对方的气焰才稍稍和缓下来。就在场面陷入尴尬的时候，没想到忠忠从省城赶回来了，并设法找到了双方相会之处。

一见忠忠，福旺的家人很是感动。

更为奇怪的是，忠忠这一来，气氛和气场都发生了改变，双方接着谈，便有了效果，最后小青年当场就打人的事情赔了礼，道了歉。

忠忠和福旺家人一道把福旺送回了家。一踏进福旺的家门，福旺便紧紧地握住忠忠的手，说："你终于又肯来我屋里了。你——成熟了。"

忠忠说："鲁迅不是有句话叫'度尽劫波兄弟在，相逢一笑泯恩仇'吗？"

两双有力的手握在一起，使劲地晃呀晃，直把心头的阴霾晃散了。

六十八

鬼头岭煤矿和兄弟矿械斗事件发生后，县里成立了专案组对案件进行侦破，而后又组建了近五十人的工作队对鬼头岭周边的矿山秩序和社会治安进行整治，鬼头岭所有的煤矿都被强行关闭。那段时间，小青和罗小强先是接受公安调查，最后认定结果是，他俩事发时也不知情，没有证据证明他们是这一起械斗事件的主谋。但小青自此低调了许多，或许是因为铁牛再无可能在身边了，也或许是因为煤矿被停产，他整日都是一张苦瓜脸。罗小强不一样，整日玩牌，嘻嘻哈哈的，开心得想飞起来。小青愣是看不懂，忍不住问罗小强："你整天吃了蜜一样的，是不是因为我少了一位好兄弟？"罗小强笑笑："不要半年你就会晓得答案！"

那一天落雨，忠忠坐在家里看电视。中午的时候，乡政府来了两位年轻人找他，他们自我介绍是乡里的宣传委员和办公室秘书。两人大致说了来意：省电视台有个栏目叫《乡村发现》，想重点推介水云湾村的景点潮泉，市、县领导对此都非常重视，认为神奇的潮泉目前是养在深闺人未识，这一个好机会务必抓住！但《乡村发现》那边需要一篇写潮泉的散文，你的一位老师认为你文笔好，又是本地人，熟悉情况，力荐由你来写初稿。

忠忠一听，兴奋不已。他没想到，在社会上晃荡了这么多年，仍然会有老师记起他，记起他曾经的文笔。更没想到，在这个物欲横流的世界，一支秃笔也还真会有用武之地。

忠忠的两只拳头握得紧紧的，身心都处于跃跃欲试的状态。

乡里的宣传委员看着忠忠的可爱样，心里吃了定心丸。但他又告诉忠忠："县里要求三天内交稿，所以我们才急着来找你。有信心不？"

"有！"忠忠回答得特别响亮。

下午，雨还在淅淅沥沥地下，忠忠撑了伞一个人来到了潮泉。对于像忠忠一样出生、成长于水云湾的人来说，实在是太熟悉潮泉了。从小在潮泉边上长大，手脏了，用潮泉水洗净；口渴了，捧一捧潮泉水就喝。也许真是熟悉的地方没风景，任由潮涨潮落，住在潮泉边上的人就是没有感觉。

但今天这个下午比起以前来似乎很不一样。也许是因为落雨，潮泉四周都没有人，山上偶尔传来一两声鸟鸣，却更反衬出潮泉的幽静。忠忠沿着满是青苔的石阶，一级一级往下走，轻快的脚步仿如踩响了琴弦，每一块青石板都会发出悦耳的"叮咚"声。就快贴近山谷低处的潮泉了，忠忠择一石阶，顾不得青石板上的潮湿，一屁股坐了下来。他似是在等涨潮，也似是在等潮落，又似乎什么都没等，只是独撑一把伞去感受空谷的清静和自己内心难得的安宁，还有潮泉涨涨落落间的自在与从容。整整一个下午，忠忠安静地坐着，终于等到了涨潮。如果说，家乡的潮泉真是养在深闺人未识的女子，忠忠在潮涨潮落间似乎真读懂了她的寂寞，也是这样的寂寞唤醒了忠忠的灵感。

回到家，坐在书桌前，忠忠仍感觉到寂寞在回响，灵感在奔突，他拿起笔，在每页300字的方格稿子上写下了散文《潮泉散记》：

从莲荷乡水云湾村西行三华里，只见两座卧猴状横亘的山脊，峰前的长条形山岭往前笔直伸展，犹如卧猴嘴里含着一根箫管，它叫猴形山，当地人称"古猴吹箫"，传说在那久远的年代，一只猕猴曾在此不舍昼夜地吹一管洞箫，陶然中一口涎水滴落下来，遂成今日闻名遐迩的湘南八景之一——潮泉奇观。

走近山前，渐闻水声叮咚流淌，俯身寻见清澈晶亮的流水从杂草丛生的沟渠里蹦跳而出，溪水来自猴山悬岩底下一口潭中，沿溪岸而上，这口约20平方米的椭圆形潭面尽收眼底，清风徐来，潭水泛起涟漪，恰似蓝缎子皱褶着铺展。岩缝中的数株杂树旁逸斜出，枝叶茂盛，浓荫蔽日，伫立潭边，渐感凉意侵入全身。

当你站在碧绿的深潭边欣赏自然美景时，突然"嘭—咚"一声瓷响，气泡一串串从潭底咕噜噜直往上冒，撒在那如镜的水面上，像白银盘堆砌银珠碎玉。紧接着，潭水上涨，沸沸扬扬，兴波起浪，追着你的脚跟而来，冲散你悠闲的情趣，你不由得掉头"噔噔噔"跳跃上岸。这潮泉奇观，令人惊魂动魄，时过境迁，每每忆及不免心有余悸。

这潮泉水有多深，古往今来无人知晓。有好奇者曾联结18根谷箩棕绳，一端系着石头沉下云，仍然晃晃荡荡挨不着底。1984年，省水文队到此勘测，摆开八台大功率水泵，决意抽干潮泉水，查个究竟。然而，日夜不停地抽了星期有余，山涧如堤坝决口，流水哗哗。一量潭面水位未曾降低，却陡然间猛涨了十多级台阶，岸边勘测设备险些儿卷入潭中，观者无不惊讶称奇。水文队别无良策，只好作罢，打道回府。

潮泉被人称为"神泉"，说它"神"，因为它能预报天气。潮泉涨潮，平素水质清亮，晴久水浊则雨，雨久水浊则晴。其次，"大河""小河"一脉相通，"大河"涨水，"小河"偏偏波平浪静，"大河"退潮，"小河"方有訇然水响，潭水扬升。

潮泉北岸空坪，是"潮泉书院""潮水庙"遗址。据说庙里的"潮水名山"四字大匾，是清朝"湘军"创办者、赫赫有名的曾国藩亲手所书。绿柳后边，有一排青砖琉璃瓦、画栋雕梁的学堂，大门上方镶嵌着遒劲古朴的四个大字"潮泉书院"，门两旁分别有一个蹲伏着的龇牙咧嘴的石狮和站立着的竖眉怒目的彩绘金刚门厮守，形象凶煞，望而生畏。穿过小厅，便是学堂，两层双间，楼上讲学，楼下住人，曾鼎盛一时。

学堂后面是佛殿，即"潮水庙"。佛殿中堂高悬那块"潮水名山"四字大匾，匾下方是玉皇大帝，泥塑金身，高丈余，周围小佛众多。每遇夏秋干旱，庙内巫师云集，旗号张扬，为求神得雨，方圆几十里来朝拜者虔诚匍伏，真挚与悟性似乎都投入了一尊尊泥胎塑像之中，红柱雕梁，香火缭绕，有节奏的诵经声糅合着撼人肺腑的法器声，繁衍着一方风土文化。庙的东北侧，有一庵堂立于石壁之上，名曰"听泉庵"，庵内传出的悠扬钟声，穿林涛越旷野，回荡山谷。

整个书院、庵庙占地面积千余平方米，它们始建于何时，已无从查考，仅从一块残缺石碑记载上看，明朝万历年间重修过，距今约400多年历史。一九五八年"大跃进"，村里还在书院办了小学。随后，拆了佛殿办起了养猪场。潮泉圣地，竟如此随着远古的箫声，被岁月的风尘裹走。唯有潮泉水，一日三番，潮涨潮落。每当波平浪静之时，如镜的湛蓝水面，映衬蓝天白云，依然深邃，坦然。

忠忠写完最后一个字时，已经听到鸡叫声了，哈哈，又一缕曙光要来了！忠忠从凳子上直起身，才想起自己昨天可是连晚饭也没吃，他也记不清家人是否喊过他吃晚饭了。他从橱柜里捞出一只海碗，盛了冷饭，就着冷菜大口大口地吃起来，饿老虎一般。填饱了肚子，他躺在床上，沉沉睡去。

也就在这天中午下班前，忠忠搭乘客车赶到了县城。县委宣传部的领导热情地接待了他，当读完他的手稿时，这位领导大喜过望，直瞪着眼前这个肤色黝黑虎头虎脑的乡里孩子，连声说："我要求你三天时间把稿子拿出来，没想到你一个晚上就写成了，还写得这么好！小伙子，你很不错，很不错！"

领导的表扬让忠忠心花怒放，脸绯红绯红的。这样的激动与兴奋已经好久没有过了，他想起了当年高中语文老师曾在他的作文本上写下的八个字："自强奋斗，可成大器！"——简单的八个字，却给了他这么多的能量，支撑着他走了过来。这么些年，即便是趔趔趄趄，身板却永远挺着，一颗心也是愈发地炽热和坚强！

忠忠想，人生的道路再怎么艰辛和漫长，恩师和伯乐却是永永远远不能忘！

六十九

经过强力整治，鬼头岭及其周边的矿业秩序和社会治安都得到了根本性的扭转，昔日每到夜晚就灯火通明的鬼头岭上再没有看见一盏矿灯闪烁，莲荷乡其他矿山乱采滥挖的行为也不见了踪影，一些平时说话恶声恶气的人都变和气了。据《整治简讯》报道，参与鬼头岭煤矿和兄弟矿械斗事件的违法犯罪人员，除首犯谭铁牛在逃外，均已归案。

半年后，整治工作队撤走了。

工作队前脚刚走，鬼头岭煤矿便拿到了有关部门颁发的采矿许可证，成为鬼头岭上的唯一合法矿。当天，罗小强请来了市县有关部门的领导为新生的鬼头岭煤矿挂牌剪彩，一阵接一阵轰鸣的礼炮声让沉寂了大半年的鬼头岭重又变得喧嚣。

小青自然是笑得合不拢嘴。罗小强拍拍他的肩膀，说："你终于知道我半年前就开心的原因了吧？这就是答案！现在整个鬼头岭都是我们的了，如果没有这一次强力的整治，这样的美事又怎会来得这么顺当和稳当！兄弟，这一次我们是不大发都不行啦！"

小青听着，鸡啄米一样点头，他这一次对罗小强是彻底地服了，心想：这干部家庭养出的崽女就是不一样，站得高，看得远，天生就会赚大钱。我小青就是十个脑袋也当不得他一个脑袋！

小青沿着整个鬼头岭的外围走了一大圈，仿佛大王巡山一般。

看着兄弟矿爆炸后留下的废墟，他想起了潜逃在外的铁牛，想起了两人曾经在一起逃亡的那么多的日子，眼眶不觉有些湿了。但他同时也感觉到了矿山周边环境的险恶，还有水云湾人人心的难测，一切变故皆有可能出现，他必须小心防范。

不久，鬼头岭煤矿便招兵买马成立了由二十多人组成的护矿队。在小青看来，这护矿队便是鬼头岭煤矿的"镇矿之宝"。

而罗小强似乎不太关心这些，鬼头岭煤矿挂牌剪彩之后，他只感觉到自己真正地拥有了一个大舞台，心里踏实了许多。据他推测，煤炭行情马上就要上涨，他只想着鬼头岭煤矿多出煤，多赚钞票。——这年头什么关系都要，而且都重要。很多事说大就大，说小就小，有了关系就没关系，没了关系就有关系，但拉关系或者摆平关系，说到底，多半与钱有关系。"人是英雄钱是胆""有钱能使鬼推磨""没钱难倒英雄汉"，这些话在书本中被批臭了，可在现实中几乎就是真理，又有几个人会跟钱过不去呢？

罗小强想，现在的鬼头岭，就我和小青的鬼头岭煤矿独大，加上煤炭行情再次暴涨，这正是赚大钱的好时机。当年与小青结为牢友，出狱后一直在社会上闯荡，虽说已在鬼头岭立足多年，但鬼头岭煤矿几乎没一天不是处在风雨飘摇之中，而现在，鬼头岭煤矿真正的春天来了。罗小强让人打了报告，要求相关部门在鬼头岭煤矿现有的规划基础上，再增设四到五个通风口，以确保采矿工人的生命安全。这些通风口被称为风井，风井名义上用于通风，实际上更用于煤矿的开采和运输，也就等于增加了出矿的井口。报告被批下来后，罗小强又有了点子，因为深层开采后，地下水增多，因此又具报告要求相关部门批准设立多个抽水点，理由同样是为了保护采矿工人的生命安全。这些增设的抽水点与风井有异曲同工之妙，主要也是为了多出煤炭，多见效益。罗小强不愧是打擦边球的高手，赚了钱，还能卖乖，每次上边开安全生产工作会议，他总会被推荐到会议上作典型发言，称"安全第一，生命至上。矿里不惜筹集巨资，新增通风口和抽水点，确保矿工兄弟们进了矿没有后顾之忧。作为民企，要效益，但更要赚'安心钱''良心钱'。"

那天小青守在矿里，在电视上看到罗小强露了脸，听到了他的感言，鼻涕也笑了出来。

2003 年，一家报社向忠忠伸出了橄榄枝，他成功应聘为时政记者。去报社上班的前一天，他请虾公及烟筒一家在醉仙楼吃了顿饭。席上，从不喝酒的忠忠一杯接一杯地敬虾公、烟筒、一号的酒，感谢他们这么多年来的陪伴。一号抱着小孩，一双眼睛依旧大大的，清而亮。她说："我第一次见你的面，就感觉到你与我们这些人不一样，所以我才问你'雨果是哪里的'——比起烟筒和虾公来，我总还算是个有文化的人，而你是真正的知识分子，我不敢比！哈哈哈哈……"一号说着，放肆地笑了起来，这笑声，真诚而又坦荡，一如初见，却又分明穿透红尘让曾经蒙昧的心房敞亮。忠忠似乎醉得很是清醒，他模仿着那一天的一号："大哥，我问你，雨果是哪里人？我是跟你说真的。我记得他的一句诗——'生活是花朵，爱情是蜂蜜。'"一号的脸顿时羞得红彤彤的，烟筒和虾公也跟着大笑起来。忠忠也是爽朗地笑着，眼角却满是泪花。他说："这么些年，就当着是进入社会这个大课堂实习吧，当初投资办矿把父母的血汗钱倒掉了，就当是向社会这所学校交了学费。没有这么些年的磨难，就不会有今天的忠忠……"

烟筒、一号、虾公齐声说："祝贺你，我们的大记者！"

背着简单的行囊离开莲荷乡的那天早上，忠忠又特意到乡粮站转了一圈。家属楼三楼的那方阳台没看见意想中的曼妙身影，但一盆一盆的鲜花正沐浴着阳光静静绽放。忠忠依依不舍地转身，留给了花儿们一个背影。

七十

五年后，也就是 2008 年，省里召开表彰会，有二十多名"经济能人"接受表彰，前来采访的忠忠忙着为这些肩披绶带胸戴大红花的经济明星拍照。忠忠的双眼在瞬间亮了：被表彰的人里面居然有小青，他的发小、水云湾村人小青！短短五年，这小子真的出息了！

小青显然也看见了忠忠，面对忠忠端着的镜头，西装革履的小青下意识地抚了抚领带，而后面带微笑，一张脸满是荣光。

当日会后，小青找到忠忠，两个昔日的发小在一家茶楼的包厢里相聚了。

"领导！领导！"一见面，昔日飞扬跋扈的小青竟然显得有些拘谨。

"谁是领导？小青干麻拐，五年不见，你也学会打官腔了！"忠忠骂小青。

"哦，我错了，还是叫'兄弟'亲切——兄弟，我大字认不得两个，但这些年经常读你的报道，你能冲出水云湾，实实在在不容易！"

这一对发小聊了许多年少时的糗事，当说到当年走村串巷放片子的事情时，两人都放肆地笑了起来。

小青似是在无意中提起了另一个发小卫兵。他先卖了个关子，问忠忠："你猜，卫兵现在怎么样了？"

忠忠立马想起了那个为报父仇上名山习武，还曾与自己斗霹雳舞的生龙活虎的小子，急着问："他现在怎么样了？"

"我也不知道他现在怎么样了。"小青说，"只知道他们的公司倒闭了，他欠了好多的债，四年前他就失踪了。开始村里的人都以为他失踪只是为了躲债，但去年他老爸贵祥过世了，他也没有回来，村人便都猜测，他可能真的是不在这个世上了。"

在忠忠的印象里，卫兵豪爽，大气，在发小当中算是最早闯过大世面的人，十多年前他开着小轿车、手拿砖脑壳大哥大回村的情形依然深深地印在忠忠的脑海里，那时的卫兵是何等地意气风发，光彩照人。或许，卫兵真是个死要面子的人，他不愿意让水云湾人看到他落魄的模样，所以即便是死，即便是背着不孝之名，他也不愿意再出现在水云湾人面前了。

"那——他的家人呢?"

"他的老婆——那个胖医生改嫁他乡了，孩子也跟着走了。"

说起这些，小青和忠忠都不禁唏嘘，人生无常啊!

小青突然瞪了忠忠好一会，说："其实我知道你喜欢我妹妹清秀，我还知道清秀其实也喜欢你，但你当时就那么点出息，就那么样的家境，我和家里的人都不可能真把清秀往火炕里面推，都希望清秀能过上好日子。——但说句良心话，对你们俩的事，我和家人虽不很赞成，也不很反对，随缘随命，保持中立。你说事实上是不是这样子?"

忠忠说："应该是吧。谢谢你们一家人给了我起码的颜面。"忠忠像是若有所思，喝了口茶，接着说，"当初你追贺姑娘，我拿给你的诗，其实是我写给你妹妹清秀的，但我真没勇气交给她。后来我把诗给了你，帮你出馊主意，没想到你跟贺姑娘歪打正着，真的成了! 要是我也真有你一样的赖皮，说不准也成了!"

小青听着，笑得眼泪也喷了出来，骂："你们读书人鬼点子就是多!"他吸了口烟，突然问，"你和清秀在学校教书时，两人经常在同一间房子里备课——你老实说，当时欺负了我妹妹没有?"

忠忠说："天地良心，我们可是连手也没有正儿八经地摸过!"

小青大笑："我就猜你鬼点子再多也就是一个怂货! ——现在

后悔了吧？"

忠忠说："有后悔，后悔当时真没碰过她；又不后悔，要是真碰了，藏在心底的纯真和美好也许真被'碰'没了。"

"清秀，她现在怎么样？"忠忠忍不住，问。

"离婚了。但她也算争气，刚被提拔到一个好点的镇当了镇长，是全县唯一一个女镇长。"

"哇，真出息了！"忠忠赞叹。

小青说了自己这些年走的财运。因为风井和抽水点的增加，鬼头岭煤矿多了近十个口子出煤，而且赶上了多年来都没遇上的好行情，煤炭紧俏，价格暴涨，这财运来了想挡都挡不住。现在采矿依然实行"三班倒"模式，高峰期上班的矿工有三四百人。鬼头岭煤矿成了黄婆镇和莲荷乡一带最大的民营煤矿，无论是安置就业还是纳税方面，排位在全县甚至全市都是前三名。鬼头岭煤矿因此被评为县、市的"纳税大户"，小青甚至成了省里的"经济能人"。当然，小青目前还有一个身份，那就是市政协委员。

忠忠听了，感叹着说："小青呀小青，好事都给你占完了！"

或许是茶楼的包厢太热，也或许是不习惯，小青站起身，脱了西装，解开领带，松了白色衬衣领口的扣子，脖子上大拇指粗的金项链也耐不住寂寞似的露了出来。小青似是放松了，他拍拍已是微凸的肚子，接过忠忠的话："有钱赚就得霸蛮赚，那是必须的！人是英雄钱是胆，没钱老子还活个屁！"

因小青要急着赶回矿里，他们在包厢里吃了个便餐便分手了。这一次小青开的车是两三百万的保时捷，望着小青神气地驾车远去，忠忠想：这小子的野心是越来越大了。

一日，忠忠读到一长篇侦破通讯，称在外埠发生的一起枪击案告破，行凶者是一名被人雇佣的杀手，名字叫谭铁牛。此前，凶手尚有命案在身。通讯披露了凶手被抓时的一个细节：从凶手的背包里搜出了一沓汇款单,都汇往一个小山村的贫困家庭,汇款的时间已长达7年……

读到这里,忠忠的心有些颤抖了。他想起那一年春节,卫兵回水云湾的情形:

小青问卫兵:"这次回来还比武不?"

哈哈,卫兵爽爽地笑了起来:"比什么鬼武啰,那都是年少时做的混账事了。现在都什么年代了?再硬的拳脑骨也是肉和骨头做的,鬼用都没有!实话跟你说,要搞一个人,拿钱就可以放倒他!"

铁牛眼睛鼓得大大的,问:"谁都想着挣大钱发大财呢,这钱还能放倒人?"

卫兵说:"铁牛啊铁牛,早些年我们这批同龄人还就你见多识广些,这几年你只待在水云湾,脑袋瓜子真的生锈了——我要放倒你,我出钱请人不就行了?"

"请人?"铁牛的眼睛鼓得更大了,"这世界上真还有做这种事的人?"

声犹在耳呀!真没想到铁牛真成了"做这种事的人"。倒是应了当时卫兵的话:"没有天生的杀手,却有'地'生的杀手——到什么山唱什么歌,落到什么样的境地就做什么样的人!"

生活远比小说来得突然啊!忠忠忍不住拨通了小青的电话,将侦破通讯披露的内容告诉了他。

小青听着,沉默了好一会儿,突然像一个孩子似的号啕大哭起来。

在忠忠的印象里,小青天生就有些冷血和冷酷。这是忠忠第一次听见小青哭,哭得这么清透和凄厉。

哭着哭着,小青就自个儿把电话挂了,忠忠的电话听筒里传来的是空洞的忙音,"沙沙沙"的,像在落雨一般。

日子水一般地流走。2010年春节刚过,令黄婆镇、莲荷乡一带的煤矿老板们都没想到的是，上边突然发了文，要全面取缔小煤窑，产量达不到一定规模的煤矿也将被统统关停。鬼头岭煤矿即便在当地算得上是大矿，也在关停之列。过了没几天，由公安、国土等部门组成的上百人的工作队进驻莲荷乡，要求所有矿主在规定的时限内撤离所有的生产设备，并明确半个月后，对矿山实行断电。

　　风云突变，险些把小青整晕了，他想，这些年正干得来神，却眼见着这手中的金饭碗就要被敲掉了！开始几天，他以为会像以往一样走过场，等到浩浩荡荡的工作队来了，才晓得这次根本就不会是闹着玩。眼见着撤离生产设备的规定期限快到了，他才慌忙组织人马把井下的设备全部搬运到水云湾村自建的厂棚里。这些设备最贵的要几十万一台，但躺在了厂棚里，再贵也就是废铁一堆，可要是放在井下不搬走，矿山一被断电，井下的水抽不了，这些设备便会被淹没。经历了这么些年，小青对矿山真有了感情，因为开矿，他受了不少苦，但矿山也给了他富贵和荣华。可以这么说，鬼头岭煤矿的一砖一瓦都是他垒起来的，鬼头岭煤矿所有的设备也都是经过他的手采购来的，如今，这些设备都被搬走了，鬼头岭煤矿也将不属于他，单从情感上说，他就感到难以割舍。上边发文明确，对于被强制关停的合法矿，将会给予相应的经济补偿——事实上，即便没有一分钱经济补偿，小青一家的日子也可以风风光光滋滋润润地过下去了，可问题是，真要没了事业和产业，仅仅有钱，那就只是个人的事情了，一个人的社会价值可能就没法体现。鬼头岭煤矿可也是一个在生产高峰时期有三四百矿工的民营大矿啊，在这样一个大矿当老总，出行有人鞍前马后陪伴，自己也人五人六的，那才叫风光！

　　"命啊命啊命啊命！"小青长叹一声又回到了现实里。既然命不可挡，那就顺命吧！小青想。

这是一段让小青倍感纠结的时光，罗小强却超然事外。长袖善舞的他一直在市里面活动，等鬼头岭煤矿真被关停相应补偿也已到各自手上的时候，他才正儿八经地告诉小青："乱采滥挖开矿本身就破坏生态环境，同时也是一种杀鸡取卵行为，我早料到搞不得长久。还好，这么些年，我们两兄弟真诚合作，总算可以做到衣食无忧了，总算是把后半生的幸福赚回来了。但我还想再玩一把大的，近段时间我跑了一些部门和单位，准备在市区摘300亩地从事商业地产开发。这是个大项目，商业前景十分可观，我们开矿跟这样的项目相比，简直就是小打小敲，不值一提。这项目有多大？几十上百亿吧。"

　　小青一听，怔怔地瞪着罗小强："你是讲童话吧？这么大的项目，你也敢搞？"

　　罗小强反瞪着小青，淡定地说："只要项目选得对，没有什么敢搞不敢搞的。撑死胆大的，饿死胆小的，你又不是不清楚。"

　　"嗯。"小青像个小学生似的仰视着罗小强。

　　罗小强接着说："我把这样一个项目当成自己终身也要完成的事业，所以动用了很多的社会关系。目前，300亩地已选中，而且离中心城区不远；有关部门的相关规划图就快出来；银行那边也已协商好，他们表示，地一摘牌，立马放款，还说服务地方经济发展，本来就是银行的本职。"

　　自认为也算是大老板的小青又一次叹服，并从心底羡慕起了罗小强的神通广大。

　　"但是，目前还有一些困难。"合作这么多年，罗小强第一次揽着小青的肩膀推心置腹地说，"其实主要就是资金上的困难，光摘300亩地，就需要6个亿左右的资金——哈哈，话说回来，对于我罗小强来说，困难是暂时的，地一摘牌，银行就会放款给我，而且还会有很多家很多家银行跟我的商业地产合作，资金问题不就稳稳地化解了吗？目前呢，除自有资金外，我已融了一些资，我给予的回报应该也算是可以的，月息三分呢！"

"月息三分？"小青一听，在心里盘算了一下，如果借给罗小强100万，在两年半左右的时间里不用想事就可以拿回200万。如果借1000万呢？——哈哈，小青真有些心动了。

罗小强不看小青，但似是摸准了小青的心思，说："小青，我们兄弟相处了这么久，各自的家里有几个碗几双筷子、彼此的为人怎么样，互相都很了解。所以，拐弯抹角的话就不说了。如果兄弟不急着用钱，对我的商业地产项目也有兴趣和信心的话，我也可以向你融些资。我给你的月息是四分，就因为我们是兄弟，有钱就要一起赚！但是，我只是项目前期融些资，往后便再不会融资。融资不？——你其实不用急着回答我，但可以先回去考虑考虑。"

"哈哈哈。"罗小强若无其事地笑着。

"哈哈哈。"小青也笑了起来。

笑声在风中飘荡，意味暧昧而又清晰。

七十一

应该说，对于罗小强，小青算是了解的。他是个有眼光的人，眼界也开阔，看大局，从不纠缠于细节。做人随意，行事大气，也许这就是出生于官宦之家的人与普通农家孩子之间最为天然的区别。小青是要强的，在莲荷这地方表现也是强悍的，对于矿山所在的地方来说，强人太多，真要是成了软柿子，可能谁都会觉得好拿捏。而作为外来人的罗小强之所以能在莲荷乡立脚，很大程度上取决于他的包容。这么多年来，他似乎总是笑呵呵的，从没有与小青争吵过，红脸过，他的心思似乎总放在大局上、大势上，他的目光似乎从不在眼前停留，总盯着前行的方向。所有的这些，都是小青不能比更学不来的。小青嘴上不说，心里头其实特别服气。

矿被关停了，补偿金也到了手上，其实就等同于已经把矿卖掉了，也就是说，小青已不再是之前的矿老板。无事可做，手头还真有些闲钱，小青的心又不安宁了。第一次，他往罗小强的账号打了100万，一个月后，4万块利息到了自己的账号上。两个月后，他又打了500万过去，一个月后，增加的20万块利息又划过来了。一天，小青装着到市里办事路过，来到了罗小强所说的商业项目所在地。哇，这确实是一块儿好地，离闹市区大约5公里的距离，这让小青又一次佩服起罗小强眼光的毒辣来。此时的工地上热火朝天，挖土机、拖泥土的车来回移动，先前好大的一个山头都快被推平了。项目部就立在较远处一块早已被水泥硬化了的平地上，一栋三层楼房，虽说只是当作临时建筑用，却也装修得富丽堂皇。一进大门，就见一辆六七百万的劳斯莱斯豪车摆在一楼的展厅中央，竟然只是作观赏用的。宽大的展厅里，贴满了关于这一商业地产项目的规划和效果图，在展厅最中央的位置挂满了各级领导来项目视察的照片，还有领导们和董事长罗小强的合影。站在领导身边的罗小强，淡定、自信，微笑的脸上洋溢着让小青头晕目眩的光芒。

这样的气派先让小青气短三尺，他有些后悔自己灰头土脸冒昧前来。但一会他就找回了自信，因为不管罗小强再怎么发达，他也是罗小强的兄弟，真正的患难兄弟。

大厅漂亮的服务小姐见了小青，笑意盈盈地走了过来，一杯热气腾腾的茶水递到了他的手上。

小青对服务小姐笑了笑，拿出手机拨通了罗小强的电话。

一会儿，罗小强就从二楼奔跑着过来了。

"哇，谭总，要过来也不打声招呼，暗访来了？"罗小强紧紧地握住了小青的手。

小青感觉脸上有些火辣，忙解释说："来市里办事，正好路过，就过来看看你。这气场好大呀！"

"不仅仅是看我吧？"罗小强说着，似乎意识到了这话有些直硬，忙用眼睑了睑恭立在一边的服务小姐，玩笑着说，"我这里的妹子靓不？你以后要多来看看啊。男人嘛，那点小心思谁也瞒不住。"

罗小强领着小青到了自己的办公室。相对于展厅来说，罗小强的办公室装修得简约、高雅，绝对上档次，却又绝对不张扬，唯有那张转来转去的老板椅却是高大威猛，谁坐在上面，谁就会有居高临下之感，而给来客带来的却可能是畏怯和心里的不安。

在小青面前，罗小强始终是谦恭的，他坚持着让小青坐老板椅上面去。

天不怕地不怕的小青这一回却是怕了，他不肯——还真的不敢。

罗小强没再勉强，但他也没坐老板椅上，而是贴着小青坐在办公室的沙发上。

罗小强说："应酬太多，昏天黑地地忙，搞地产比办煤矿复杂多了。还好，各方面对我都比较照顾，不过，这块地马上就要履行挂牌出让手续了，摘了地，我就没什么资金压力了。"

小青说："我看了你的项目，觉得真是个好项目！你，比我出息多了，跟你比起来，我就是一个土鳖。我问你，还要多久能把地摘下来？"

"快则一两个月，慢则半年。怎么，你担心我向你融的资？——付你的利息都按时收到了不？"罗小强问。

"哪里，我们兄弟相处这么久，我还能不相信你？快半年了，你付的利息每月都按时到了我的账号上，我很放心。我是在想，我手头有些闲钱都躺在银行里，现在自己也没有找到其他的来钱的好门路，不如把这些钱都放兄弟这里来好了。"

罗小强显得很高兴，他拍拍小青的肩膀，说："我们到底是有福同享有难同当的好兄弟，你说了算。但，月息提高到五分，还是那句话——有钱兄弟一起赚！还有，我先拿我现有的房产作为向你融资的部分担保，你看行不？"

小青说："我们既然是兄弟，担保就不必了。"

罗小强握住小青的手，说："正因为我们是兄弟，做这些都是必须的，改天我们把手续办了。谢谢你帮助兄弟我挺过难关！"

小青把手头的"闲钱"划给罗小强刚过一个月，罗小强的利息就准时划过来了。又一个月过去，罗小强的利息又划了过来。看着这么高的利息，小青有些不敢相信自己的眼睛，这简直就是捡钱啊，比当初办矿可要强多了！"要是这辈子没有碰到罗小强，我小青又哪有这样的好事！"小青每晚做梦都在感激罗小强。

账号上按月刷新的数字仿佛致幻剂，引发了小青沸腾的想象。"不用两年，我小青的身价又要翻番！"小青仿佛看到了隐身在数字里的微笑的自己，心情变得非常的美丽。即便账号上的数字仅仅是利息，但其实也已是一笔巨款，让这样一笔巨款躺在银行里，小青陡地觉得实实在在太可惜。他拨了电话给罗小强，说："兄弟你够意思，我把这两个月的利息也放你那里去。"

罗小强不惊不乍，说："我做的都是应该的，谢谢兄弟对我的信任。"

就在第三个月快到的时候，罗小强那边出状况了。有领不到工程款的包工头向公安机关举报罗小强诈骗和非法融资，而且证据凿凿，罗小强便仓皇跑路了。小青知道情况后，懵了。但他仍然认为，罗小强骗谁也不至于骗他，他们是牢友、伙计、同甘苦共患难的兄弟。而且，罗小强那么高明，他看中的事情又怎会随随便便不靠谱呢？他用座机拨了罗小强的电话，果然是无法接通。他连忙开了车往市里罗小强的项目部赶，却见三层楼的项目部早已人去楼空，摆在展厅中央的那辆劳斯莱斯豪车不见了，昔日轰轰烈烈的施工场地一片狼藉。

项目部的大门上张贴了由政府抽调人员组成的债权债务清理小组进驻的公告，这醒目的公告让昏头昏脑的小青清醒了许多。

他回到了水云湾的家里，一连几日茶饭不思。他的老婆贺姑娘问他发生了什么事，他不说。他知道说也没用，徒增家人的烦恼而已。那天吃完晚饭，他进了在外读书的孩子的书房，拿出纸和圆珠笔，伏在桌子上写下了歪歪扭扭张牙舞爪的三个字：贪—必—死！

这时，电话响了，显示的是一个陌生号码。

电话果然是一直没有消息的罗小强打来的。他的声音仍然淡定，却有了隐隐的悲腔："小青兄弟，情况你肯定都知道了，兄弟我对不住你了。我以为各方面关系都运作得差不多了，那块地很快就可以摘下来，更何况事实上我已经安排工程队在拖土了。哪想到事情远不是想象中的那么好办，一晃一年多过去了，地仍然没摘下来，再加上银根紧缩，我是万不得已才拆东墙补西墙高利融资的。兄弟，其实我不是存心骗你，再让我坚挺两个月，或许事情就真的办好了，可偏偏在这个时候，有几个做土方工程的包工头把我告了，说我诈骗他们的工程押金，还在社会上非法高利融资——兄弟，事已至此，我是回不来了，我正走在投案自首的路上……"

那一刻，小青只觉一股血直冲脑门，突然"嗨"了一声，一口鲜血吐在了"贪—必—死"三个字上……

当贺姑娘闻声推门进来时，小青已经没有了活着的迹象。贺姑娘抖颤着一双手抚合了小青那依然鼓凸着的眼睛，悲声大哭。

七十二

小青猝死的消息传到忠忠耳朵里时，已是小青出葬过后的好些时日，当时忠忠正在湘北一个县城的农村采访。那一刻，忠忠目瞪口呆，他努力地按住自己的胸口，才总算透过气来。他和小青是发小，在忠忠无书可教失魂落魄的那段日子，小青收留过他，让他在高湾的砒灰灶上做事，后来，小青的事业越做越大，眼光也越来越高，但对忠忠却始终保持着起码的尊重，即便多年前的"清明事件"，忠忠甩过他一巴掌，他也忍了，硬是没还手。那次他们相会省城，事业如日中天的小青给忠忠留下了野心勃勃的印象，谁又能想到小青突然就会倾家荡产而且人也没了呢？

但小青的死，也让忠忠隐隐地感觉到，曾经让无数人陷入疯狂的暴富时代，终结了。

"贪—必—死！"远离水云湾千里之外的忠忠，似乎看到了小青临终前那双燃烧着永无休止欲望的滴血的眼睛。

谁也不会想到的是，这一年，水云湾村还曝出了一条大新闻。事情的起因，缘于"蠢子"谭文龙的两次突发奇想。两年前过春节的时候，谭文龙突然有了新想法：要尝试着走科学养蜂的新路。他趁着妻子带着孩子回娘家了，便把家里的箱子柜子甚至床棚都拆了，自个儿当起木匠做蜂箱。过了十五，妻子从娘家回来，见谭文龙干起了木匠活，脸上还笑眯眯的，一到里屋，发现自己的嫁妆柜也没了，一向贤惠温柔的妻子怒不可遏，冲出来对着谭文龙连捣了两记粉拳。依谭文龙的犟脾气，定然是要还手的，可这次他不但忍了，还笑得傻兮兮的。谭文龙行为上的反常让妻子意识到了问题的严重性，心想丈夫这一次怕是真的疯了，一时惊得目瞪口呆。直到谭文龙温言软语说起了养蜂的打算，一向支持丈夫的妻子才破涕为笑。那段时间，谭文龙的痴劲又上来了，整天看养蜂的书，按书上提示的方法去山上寻找野生蜂种，爬遍附近的大小山头，取回石洞、树洞、土洞中的野生蜂巢，收集农家谷仓、烤烟房内的蜂巢，忙碌了大半年，终于办起了一个初具规模的养蜂场。事业有了起色之后，考虑到野生蜜蜂蜂蜜产量低，就又筹集资金引进了意大利蜂种，并土洋结合，成功运用新旧两法养蜂。

"甜蜜的事业"带来了甜蜜的收获，谭文龙一家有了一些积蓄。当时妻子和家人最大的愿望就是用这些积蓄建一栋新房子。可谭文龙又有了新想法。一天，他突然向妻子说出了自己最迫切的心愿：为他最崇拜的一位杂交水稻专家塑像！谭文龙激动不已，他说，杂交水稻神话般地在同样的土地上成倍地增加了稻谷产量，改变了中国老百姓祖祖辈辈吃不饱饭的历史，这位杂交水稻专家就是我心目中的偶像。粮食产量增加之后，政府号召退耕还林，大地上的鲜花多起来了，给我们家养蜂提供了很好的外部条件。自己作为一个从饥饿年代走过来的普通农民为杂交水稻专家塑像，就是为了让世人永远记住这位为消除人类饥饿而作出贡献的科学家，就是要表达我们农民对科学家的感恩之心和敬佩之情！

谭文龙的妻子似懂非懂，被谭文龙的执拗打动，又被谭文龙的情绪感染，不住地点头。

听说河北省的石材最有名，半年之内，谭文龙跑了三趟。模型是在保定市定做的，塑像是在曲阳县雕刻的。终于，这位杂交水稻专家的塑像辗转数千里从河北运回了湘南。

一位农民朴素的义举，引起了社会各界的热切关注。年底，谭文龙作为新闻人物，与这位杂交水稻专家一道胸戴大红花，出席了中央电视台春节联欢晚会。

谭文龙上了头条，而且还是天大的头条，忠忠通过电话对他进行了采访。谭文龙说："我们村里有句土话叫'养崽不读书，等于养头猪'——何况，就是养猪也要尊重科学！一直以来，我对科学家的崇拜是发自内心的，常常勉励自己的孩子'生下你们的是父母，养活你们的是科技，尊重科学，自强创新才会有出息！'"

这话从谭文龙的口里说出，是实打实的大实话，没有丝毫的做作和空洞。谭文龙还告诉忠忠"我的儿子读书蛮争气，明年参加高考，目标就是向国家最顶尖的大学冲刺！"

说的，自信；听的，笃定。

水云湾在变，看来，再也不是二十年来忠忠记忆中村人只会亮拳头的水云湾了，崭新的一页正在真真切切地展开。

放下电话的那一瞬间，忠忠的脑海里浮现的是泰戈尔的诗句：

天空没有留下翅膀的痕迹，但我已经飞过

您的阳光对着我的心头的冬天微笑

从来不怀疑它的春天的花朵

尾　声

一转眼，离乡已经十几年，对于水云湾，忠忠在情感上一直很纠结。他感觉当年，自己的青春被命运打了包，被扔在了这么一个烂地方。当记者的这十几年来，他在一步步地往前走，也在一步步地往回望。只是，千帆过尽，云淡风轻，当所有的遭遇历经了时间的过滤，曾经的苦，有时竟成了梦里的甜。他也多次抽空回乡，曾经写过一篇散文，名字就叫《没有时光可回头》：

潭为明镜，溪为玉带，一年四季，故乡总保持着梳妆的姿态。

树绕村庄，水满陂塘。桃花红，梨花白，菜花黄。年少的我，没来得及欢呼，就掉进了故乡春天的画框里。

故乡山多，好山育好水，故而山泉多，山塘也多。而把一个个突兀与凹陷之处连接起来的，便是一大片一大片的敞坪。敞坪之上的沃土，被勤劳的先人们开辟成了良田或旱地，一丘一块，或长或方，随了视线蜿蜒。

我回乡放牛的地方叫莲塘坪，这是一个很诗意的名字。刚当牧童那会，正值油菜花开，我和我的牛走在田间小路上，耳听着沟渠里的流水哗哗地响，便也不甘寂寞，扯起正处于变声期的鸭公嗓就唱：

"读你千遍也不厌倦，读你的感觉像三月……"

那年，流行费翔的歌。多年以后，我在不经意间哼起他这首《读你》，记忆总会定格在那年春日某个阳光灿烂的瞬间：草长莺飞，山花烂漫，蜜蜂在眼前飞翔，小黄牛在山坡上撒欢，身后跟着的是一个手拿书本的安静少年。

那时候太喜欢看书，看琼瑶的《窗外》《彩霞满天》《六个梦》。一大早，把牛赶到山坡上，活蹦乱跳的牛见着青草似乎安分了，我的心神也跟着宁静下来，即刻捧书在手。清风徐来，书页展开的刹那，我似乎听到了清晨的第一缕阳光亲吻文字的声响，我沉浸在被吻醒的文字里，心旌摇曳，稀里糊涂地笑，稀里糊涂地哭，在泪花里绽放的是一个乡村男孩对朦胧爱情的憧憬……而当我从文字中醒来的时候，才发现小黄牛早已没了踪影，于是挥舞着书本，像追风少年一样奔跑着找寻。

我放完早牛回屋的时候，经常碰到对门邻居兰秀婆婆从菜园子里忙活回来，她背着的花篓里似乎总有刚摘下来的还带着露珠的果蔬，譬如西红柿、四季豆、黄瓜、南瓜花。每每见着我，她总要硬塞好多给我，嘴里不停地说："拿着，拿着，尝尝鲜。"

兰秀婆婆是一位五保老人，许是没有儿女的缘故，她对我自小便是特别地疼爱。

中午不用放牛，是我一天当中最悠闲的时光。那天中午，烈日晃晃，父母要去乡里赶集，特地交代我："晒谷坪里晒了谷，你要观好天色，要是快下雨了，记得去收好谷。"我满口答应，可一躲进放书的小房子，心思便沉浸在《六个梦》里，直到窗外连响了好几声闷雷，才扔下书带上雨具往晒谷坪跑。然而还是晚了，刚到晒谷坪，瓢泼大雨就来了，雨幕中，我看到了一个被大雨淋湿了的背影，她正躬下身子查看自己带来的薄膜是否已把收拢了的谷子遮盖好。

——这个帮我收谷的人正是兰秀婆婆。

故乡，如画，如梦。

而兰秀婆婆雨中的背影让我瞬间读懂了善良。

一天深夜，我却听到了兰秀婆婆的哭声。先是嘤嘤地抽泣，继而像小孩子一般地号啕，还伴随着一声一声"天－吔－天－吔"的呼唤和悲鸣，这真切的哭声像一记记响鞭抽打着我的心。母亲也醒来了，她对我说："肯定是哪个又欺负人家了，在农村，有崽有女总是受气。——其实，你兰秀婆婆经常这样：一个人哭，哭过之后，就没事了。"

第二天，碰见兰秀婆婆，她依然笑眯眯地喊我乳名，但这笑却牵扯得我心疼。

而接着发生的一件事情，让我彻底地懵了：我老实巴交的老父亲竟然被人踹倒在了水田里！作为家中长子的我，开始拿着一张文绉绉的状纸四处奔走，结果却是求告无门。那天放早牛，刚刚还晴朗的天空突然电闪雷鸣，继而大雨倾盆而下，莲塘坪一会就变成了泽国。我看见电火划来划去，沾着水面就发出"哗"的一声巨响，溅出一道又一道炫目的光亮。在这样的场景里，我手足无措，却应和着暴雨的洗刷，大笑，恸哭，甚至巴不得来一道闪电把我这个懦弱的不孝子劈死！我的两只小黄牛浑身湿漉漉的，打着响亮的喷嚏，绕着我淡定地踱步，电火划过，照见牠们背上的黄毛油光精亮……

我仿佛在一夜之间懂事了许多，恍惚明白：诗在远方，生存无法苟且。我曾上一家煤矿做事，不曾想竟遭遇了矿难，被困井下9个多小时，等被解救出来时，漫涨着的浊水已快淹过肚皮。其时，我和我的矿工兄弟已经藏躲在矿井的最高处，眼睛直直地瞪着幽暗又极显平静的水面，感受到的却是黑色死神的亲吻，那么地惊心动魄。

那是一段艰难困顿的日子，也是我一生中最值得怀念的清贫而又刻苦的岁月。我几乎看遍了正规出版的"伤痕文学"，知青这一代人的命运和所经历的苦难让我产生了深深的悲悯和共鸣。一本厚厚的《知青文学作品选》我得计划着看，哪怕正看在兴头上，仍得停下来，估摸估摸没看的还剩多少页——那时的农村，信息和交通都太闭塞，我生怕一口气"啃"完了，就会有断粮之忧。每每看到闪光的句子或段落，如果一时找不到笔，我会用手沾上泥土，轻轻地在书页上划好印记，等到有空了再用笔在本子上一一摘抄和整理。

要命的是，我迷上了武侠小说，看了《射雕英雄传》，入戏很深，行侠仗义的郭靖立马上身。那时的乡村，欺凌事件时有发生，而我最喜欢做的事就是替弱者出头——路见不平一声吼，该出手时不动脑子。那些日子，我时常遭受威胁、恐吓，无处安放的青春几被撕裂，但心却成了一坨燃烧的铁，温暖只留给善良的人。安全感的缺失成就了我现在的长相——半是憨厚，半是凶悍，分界线也许就是我坚守的良知底线。底线被踩疼，可能会一忍再忍；一旦越线，我所有的善良立马会化为破釜沉舟的勇敢，即便被暴揍，形体扑地，爬起来，依然精神如箭。

在故乡晃晃荡荡的时光，我青春得卑微而又倔强。当有一天要告别故乡，捧一捧水洒在脸上，徐徐回望梦开始的地方，转身的刹那，我的眼神，明媚而又忧伤。

故乡的水啊，洗去了我的清纯，却无法洗尽我的沧桑，我已不复当初春风少年的模样！

许是因此，在外打拼好些年，我一直对故乡耿耿于怀。但每每驱车回到莲塘坪，回到我当初放牛的地方，哪怕只是看一眼缓缓滑落山坡的夕阳，那暖暖的余晖仿佛照见了我曾经青春的容颜，心便如处子一般宁静。年少轻狂时总责怪故乡给予自己的太少，万水千山走过，才洞然明白，正是故乡的山，故乡的水，蓄养了赤子心中的正气与灵性。所谓的游子，其实就是那些被迫离开故乡却又心甘情愿为故乡打 call 的人——一个人离开故乡漂泊得再远，终究难逃这样的宿命。

多年前，我的家人已从故乡搬离，之后有一年的中秋节，我还是回了一趟故乡。环村的溪水依旧在潺潺流淌，踏上进村的石板路恍如踩响了童年，我的脚步欢快有如喜鹊。来到位于村中心的自家老屋前，我才发现，确实没碰见几个人，曾经热闹的村庄早就是名副其实的空心村了。兰秀婆婆已故去多年，她的老屋屋顶坍塌好久了，裸露的屋梁爬满了青苔，难料哪天在一声轰然巨响中，随了婆婆一生的喜与悲归于沉寂。在自家老屋楼上，我的目光被一口巨大的油漆斑驳的木箱点亮，我清晰地记得，当年离家的前一天，我把我看过的书、作过的笔记一一码好，挨挤着放进了这口大木箱里，书页中那一道道泥色印记总在我的心头闪亮……看看，过了这么多年了，就要与久别的青涩春春见面，我抑制不住激动，顾不得拂拭大木箱盖上蒙着的厚厚尘埃，"吱-呀"一声就将记忆开启了。箱盖下是一层薄膜，这是记忆中没有的；掀开薄膜，是 N 个竖放着的塑料袋，塑料袋里装放着母亲自以为珍贵却十年来都未曾动过的旧衣裳——这哪里是我记忆中的模样！

那一刻，我感觉念想里惊艳的花朵被生生掐灭——被母亲的手，抑或时间的手。

一些美好是回不来了，而曾经活色生香的时光是回不去了。我颤抖着双手合上木箱盖，随着"砰"的一声细微的脆响，一股尘烟涌入从窗口射进的秋日阳光里绮丽地舞蹈，恍若此刻，我胸中奔腾的缅怀和眷恋……

也许这就是乡愁吧。

乡愁是一种病，总随着年龄的增长而加深。

2019 年春节，忠忠虚岁五十，带着妻儿回乡省亲，而清秀早带了自己的先生和孩子在水云湾等他们。清秀的先生高挑儒雅，戴着一副眼镜，见了忠忠，笑得灿烂而又谦逊。他们是第一次见面，却仿如故人，两人的手握了又握，成熟男人间的坦诚在彼此的手心里温暖地传递。

"大记者，清秀可是经常说起你。说得最多的，就是你喜欢看书，还喜欢打抱不平。"清秀的先生说。

"谢谢夸奖！"忠忠哈哈大笑起来。是啊，能被人想起，而且被想起的是自己的好，这总是让人高兴的事情。

此时的清秀已是县委常委、宣传部部长，她招呼大家都上她的车，说："我们水云湾近些年的变化蛮大的，先带大家坐车上看一看，感受感受。"在车上，清秀告诉忠忠两件事：一是谭文龙的儿子早已从国家的一所名校毕业，到了深圳一家高科技企业工作，并已成为业务骨干；二是烟筒的大儿子率先在村里开起了淘宝店。

"烟筒呢？"

"带着老婆到县工业园打工去了，虾公也在那里打工。烟筒的二儿子目前正读高中，成绩很好，跟当年谭文龙的儿子有得一比。"

"这就好！这就好！"忠忠很是高兴。

说着，车就开到了鬼头岭地段。鬼头岭上立了一块巨型广告牌，上面写着醒目的大字：绿水青山就是金山银山。清秀介绍，鬼头岭早已退矿还林，垦荒复绿。她指着鬼头岭山脊上屹立着的一排长龙似的风车说："那是风力发电机组。我们小时候只知道莲荷乡山清水秀，却不知道风力资源其实特别地丰富。冬刮北风，夏刮南风，春秋刮季风，得天独厚的条件让我们莲荷乡成了国内风电企业的理想投资目的地，现全乡已建成了三大风电场，投资的都是央企。大家从这里远远望去，一排银白色的风车因势而起，直插云端——啊，是多么地磅礴壮美！"

不愧是宣传部长，说着说着，清秀的诗人本性不经意间就露出来了，博得了大家热烈的掌声。

清秀笑了笑，脸上立时飞满了红霞。她晃晃手，说："不好意思，每次回到家乡，我就忍不住地激情澎湃。我们水云湾真是太美了，昔日的鬼头岭如今已成了远近有名的风电风光带，再过不远，就是包括潮泉、打喊泉、天然水库在内的潮泉风光带。不久前，电视台《地理中国》栏目几名记者特地来潮泉蹲守了快一个月，拍摄了专题片《潮泉谜境》在电视台分上、下两集播放，潮泉奇观又一次引起了轰动。"

清秀既当司机，又当导游，一会就把大家带到了属于湘南八景之一的潮泉。

一湖水，依然静静地躺在那里，可能是因为春光大好，游客一拨接一拨，多是正值青春的红男绿女。

游客们屏息静气，目光粘贴着水面，观察着、感受着泉水每一点滴的变化。

潮涨潮落，宠辱不惊，春光荡漾的水面在炙热的目光下依然显得那么雍容。也就是在这样的雍容表象之下，有人通过参照物发现：泉水真的涨了。

"涨潮啰！""潮涨啰！"一声惊叫引来了一阵喧哗，游客们的心情犹如春潮般上涨。

这样的场景太熟悉了。对于忠忠来说，潮泉不仅仅美，还给他带来了一生的福。是当年的《潮泉散记》，在冥冥中改变了他的人生轨迹。

清秀继续驾车往前走。

去哪里？清秀不说。

忠忠知道。他也不说。

果然，车在水云湾小学的操场里停了下来。正值放假，校园特别地安静。清秀下得车来，看着似曾相识的校园，眼神变得特别地温婉。在县里，她已是县委常委、宣传部部长，是大领导。但无论官做得再大，走得再远，水云湾小学才是她梦开始的地方，才是她朝着梦想出发的地方，这里有着太多青涩而又甜蜜的记忆。

紧接着忠忠也下了车，脚一落地，仿佛踩响了青春的密码，他的心尖尖一阵阵地抖颤。

20多年前，忠忠就在这里做过"孩子王"，当时的村小就安身在一座破庙里。可眼前的村小，破庙早拆了，新建的校舍也显出了老样，哪里还有当年的影子？倒是校舍旁的一棵树惊醒了忠忠的感觉和记忆。离开村小那年，这棵树还是一株幼苗，弱不禁风地立在小土坑里摇头晃脑，如今，枝繁叶茂，树干需要成人的双臂才能环抱。小树长高了，长壮了，只能仰视。忠忠自认是一个心态还较年轻的人，但一棵树的成长却印证了他的衰老。忠忠想：经了这近20多年的离别，晃来晃去青春就没了，倒是树，在沉静中茁壮了自己。

忠忠的孩子和清秀的孩子年龄相仿，都在上初中，他们每人手上都拿了平板电脑，跑来跑去，对着简陋的校舍照相。

"牛！"忠忠的孩子突然冒出一声喊。

循声而望，果然有两头牛剪影一般立在不远处的山坡上。

这喊声让忠忠兴奋：崽呀崽，你在假期里整日对着屏幕敲着键盘游戏，竟然认出了真的牛，差点让老子热泪盈眶。牛是农家宝，有了牛，农家才会有希望！

两个小屁孩都嚷嚷着要和牛合影，打起飞马脚便朝剪影跑去。

大人们便都欢笑着，快步跟上。

牛，不怯生，依旧温驯，不动，不跑，从从容容地吃着山坡上的青草。

两家人站在两头牛的后边，眼望着前方。前方是一棵树，忠忠早把相机镜头调好焦，摆挂在那里。

"啪！"一个激闪，影像被温馨定格。

在忠忠心里定格的，是两个小屁孩天真灿烂的笑脸。他们都生活在一个叫城市的地方，或许只有籍贯，没有故乡。但因为有了牛，有了山坡上的青青草，他们成长的记忆或许就与乡土与乡愁有了关联。

抬头。蓝天，白云。静谧的晴空似有牧歌响起——

山上的花儿不再开

山下的水儿不再流

看一看灰色的天空

那蔚蓝能否挽留

天上的云儿不再飘

地上的牛儿不回头

甩一甩手中的长鞭

那故事是否依旧

噢，走过了山沟沟

别说你心里太难受

噢，我为你唱首歌

唱得白云悠悠

噢，走过了山沟沟

大风它总是吹不够

噢，我为你唱首歌

唱得大河奔流

忠忠仿佛看见自己在空阔的荒野上奔跑，可他已不是追风少年；他试着挥动双臂，又如何挥得动岁月的长鞭？忠忠分明听见有鞭声响彻在阳光里，一声一声，带给他疼痛、伤感、沧桑，还有铮铮作响蓬勃向上的力量。

埋藏童年的地方叫故乡，埋藏青春的地方也叫故乡，让游子魂牵梦萦的还是故乡。那些年，忠忠的青春是迷惘的，总是想着冲出水云湾。而当冲出了水云湾，一首歌却总是在心里边吟唱。

忠忠的嗓子有些痒，眼眶有些热。他一张口，奔出来的就是当年那首《故园之恋》——

走过了一山哟又一山啰

过了一江哟又一江啰

清晨我们曾分手

脚步在四方漂流

小路上我们在走

夕阳里我们在走

走过多少年月

付出几多辛酸

经过多少风雨

伴随几多忧和愁

噢

忧和愁

黄昏我们携手
泪水在心底涌流
默默地我们在走
缓缓地我们在走
世上多少变迁
不改我故园的情
人间多少霜雪
难移我的如初情窦
噢
我的情窦

一个是鬓发染白霜
一个是皱纹上额头
让我们紧紧手拉手
双双走在 走在暖暖
暖暖的神州

歌声沧桑，却依然清透。

对于游子来说，乡愁是永远唱不老的情歌。忠忠看见穿着风衣的清秀缓缓转过身，背对着他像个孩子似的向远处的山冈奔去。陡地，她迎风伫立，飘逸的长发散发着田野的芳香，她回眸之时的身姿瞬间被金色的阳光涂抹成一道暖暖的剪影……

2019 年 4 月 7 日下午，完成初稿
2020 年 5 月 5 日深夜，修改定稿